LA CÁMARA SECRETA

Colección dirigida y presentada por Javier Sierra

Pedro Jesús Fernández

TELA DE JUICIO

Círculo de Lectores

El secreto de Margarita

Por increíble que parezca, *Las meninas* se terminaron de pintar pocos días después de morir Diego Velázquez. El extraño *prodigio* tuvo lugar en agosto de 1660, al poco de haberse dado cristiana sepultura al artista en la cripta de Gaspar de Fuensalida, en la hoy desaparecida parroquia de San Juan Bautista de Madrid. Y fue el rey en persona el artífice del *milagro*.

Me explicaré.

Velázquez, pintor favorito de Felipe IV, fue velado con el manto capitular de la Orden de Santiago, sombrero, gola, espada, botas y espuelas, como correspondía a un gentilhombre como él. Tras años de tensa espera, don Diego acababa de ser hecho caballero, pero los caprichos del destino le privaron de recibir a tiempo el hábito que luciría en su féretro: una capa negra con la cruz roja de la orden bordada sobre ella. Pero su ingreso en uno de los círculos más elitistas de su época desató airadas polémicas. Tantas, que, aliviados, ni uno solo de sus nuevos compañeros de orden acudió para rendir honores a su compadre.

El desplante, dicen, irritó tanto al rey que la mañana después del entierro se plantó ante *Las meninas* –que entonces todos conocían como *La familia*–, y esbozó sobre el pecho del autorretrato del artista la cruz que aquellos taimados cortesanos pretendieron negarle en vida.

Ahora bien, ¿por qué desató tantas iras el ingreso del pintor en la Orden de Santiago? ¿Era sólo por su cuna humilde, o la furibunda animadversión de los caballeros obedecía a algo más?

¿Acaso tuvo que ver en ello el rechazo de tan píos siervos de la Iglesia a la pasión de Velázquez por las ciencias ocultas? ¿Conocían la completa biblioteca del pintor –que incluía obras de astrología, cosmografía y geometría–, su gusto por lo profano y su predilección por los horóscopos?

Seguramente, nunca lo sabremos.

... O tal vez sí.

Gracias a esfuerzos de investigación literaria como el que presenta esta obra de Pedro Jesús Fernández, algunas de las habilidades casi mágicas del pintor sevillano se han hecho accesibles, por fin, al gran público. Pero este esfuerzo tiene, no obstante, un ilustre precedente que me resisto a ignorar: el estudio que en 1985 publicó el ingeniero de caminos Ángel del Campo Francés con el título de *La magia de las meninas*. En él, ya se desveló que las figuras que componen el cuadro –la infanta Margarita en el centro, María Agustina Sarmiento, la enana María Bárbola, Isabel de Velasco, Nicolasio Pertusato, Marcela de Ulloa, Diego Pérez de Azcona, José Nieto y el propio Velázquez– no fueron dispuestas al azar. Al contrario. Si se unen con una línea imaginaria el corazón del autorretrato del pintor con el de la sirvienta María Agustina, la infanta, Isabel de Velasco y José Nieto, obtenemos una representación esquemática, perfecta, de la constelación Corona Borealis tal y como se veía en el siglo XVII. Y si, además, unimos con otra línea las cabezas de todos los personajes del cuadro, incluyendo el perro, el resultado será el signo de Capricornio trazando un círculo alrededor del espejo en el que se reflejan los reyes, como si los protegiera.

¿Casualidad? En absoluto.

Velázquez, en secreto, diseñó un talismán astrológico que velara por la familia del rey. Un artificio ya utilizado por Botticelli en *La primavera*, y por otros artistas «iluminados» antes que él. Y para ello eligió la constelación de Corona Borealis por una razón tan simple como eficaz: a su estrella más brillante la llaman... ¡Margarita! Y la infanta, por más señas, nació bajo el signo de Capricornio.

Esta clase de descubrimientos –más los que aporta la novela que sigue a estas líneas y que mal haría en adelantar al lector– nos obligan a plantearnos una nueva forma de entender el arte. Un punto de vista que nos recuerde que durante siglos, hasta el cuadro más sencillo fue diseñado para encerrar una enseñanza oculta.

¿Vamos a seguir perdiéndonos los mensajes encriptados en las grandes pinacotecas?

Yo, desde luego, no.

Javier Sierra

TELA DE JUICIO

Para Gonzalo y Marta, mis hijos

I
Madrid, julio de 1622

Uno nunca sabrá cómo pasó. Aquella tarde con ventisca a los tantos de julio de 1622, mientras el sol quemaba en la cercana Puerta del Sol y las gradas de la iglesia de San Felipe iban llenándose de gente, un muchacho llamado Diego, acompañado de otro niño con el mismo nombre, atravesó la calle Mayor y, tras saludar al vigilante en el portón del palacio de Oñate, cruzó el patio empedrado y vacío hasta una escalera de granito que le condujo al descansillo de la primera planta. A ambos lados se alineaban varias puertas de madera, todas cerradas. Al empujar el picaporte de la más próxima, notó una fría corriente de aire y encogió los brazos mirando con familiaridad la estancia en la que había estado trabajando los últimos días. El muchacho tenía diecisiete años recién cumplidos, era oriundo de Sevilla y apenas llevaba tres meses en Madrid. De carácter tímido –por cualquier cosa enrojecía hasta las orejas–, su timidez era extraña, cuanto más se ruborizaba, más resolución expresaba su rostro, como si se reprochara a sí mismo su flaqueza. Después de atravesar el umbral de la sala con expresión ceñuda, Diego prosiguió caminando bajo las vigas de roble sin reparar en las cuatro sillas de nogal, la alfombra de Alcaraz, el estrado de alguna moderación, la mesa de caoba y el espejo veneciano que componían el mobiliario. Al fondo, en una zona desocupada, un caballete de madera cubierto por un paño de algodón blanco y sucio atraía toda su atención.

–Quedaos aquí –oyó decir desde lejos–, el conde está fuera, pero dejó recado de que le aguardarais. No tardará en llegar.

El joven contestó con distracción:

–Así sea.

Poco después, se encontraba examinando con mirada experta el retrato que escondía la funda. Pasó alternativamente de la composición a la fluidez de la pincelada, se detuvo en algunos destellos de color y acabó concentrándose en un pequeño matiz de pintura hasta el punto de rozar la pasta con la yema de los dedos. La tela mostraba a un hombre de mediana edad visto de frente y ligeramente escorado, con el brazo izquierdo apoyado en el derecho y la mano, larga y delicada, de dedos ágiles, cerrada sobre el codo. Era una mano hermosa y decidida; contraria a esas manos redondeadas y fofas apropiadas para sortijas y chucherías. No obstante, su dedo anular llevaba engarzado un anillo que el pintor quiso resaltar de manera expresa: la ínfima montura de oro engastaba una esmeralda de regular tamaño, transparente y acuática.

Diego dio varias vueltas al lienzo para cerciorarse de los efectos y sin prestar atención a los detalles del rostro inacabado. A su alrededor reinaba un sosiego mudo. Los sonidos –el viento, el golpeteo de la arena contra la pared de ladrillo, un monótono chirrido procedente de algún lugar cercano– amplificaban el silencio hasta convertirlo en una bóveda de resonancia. De repente, oyó ruidos en el patio y se aproximó a la ventana para averiguar su causa. Un carruaje pequeño y salpicado de barro penetraba en el zaguán. Los caballos se detuvieron bajo el alero que daba sombra a la calzada delante de la puerta interior. Piafaban irritados y movían la cabeza con furia. El joven admiró la casta de los corceles guzmanes fecundados al viento; por un momento, sus crines flotantes le recordaron la cresta de una ola a punto de estrellarse contra las rocas.

Después escuchó los pasos del conde subiendo la escalera, le vio entrar en la sala, mirar a derecha e izquierda y dar orden de iluminar la estancia. A su llamada, un sirviente encendió un velón de aceite de al menos diez picos o mecheros, sostenidos por una columna de bronce con profusión de adornos y figurillas. La luz produjo una inmediata claridad en el área del caballete que contrastaba con la placidez anterior, al tiempo que el resto del salón, con sus grandes sillones y cuadros, cobraba vida al perder su contorno hasta llegar a confundirse en una penumbra inerme.

El conde era alto y moreno, como todos los de su estirpe, y cuidaba mucho de su barba fina, bien cortada y rala. Pálido, de generoso mentón, tenía los ojos azules todavía limpios, de hombre que se mantiene en perpetua juventud. Vestía loba de terciopelo, calzaba zapatos de charol y medias de gasa negra. Dirigió una mirada hermética al pintor antes de desprenderse con deliberada parsimonia del chambergo y de los guantes de gamuza leonada y depositarlos sobre el brazo de un lacayo. El muchacho sonrió; sabía que esa calma natural era aparente y que, tras la primera impresión, una vez superado el formalismo cortesano, el cuerpo del conde vivía en tensión, presto a reaccionar por cualquier motivo. Un instante más tarde, como corroborándolo, se había deshecho de la capa con un movimiento rápido del brazo y estaba sentado frente al caballete:

–Al trabajo, muchacho.

Diego asintió con levedad antes de concentrarse en su labor. Intentaba penetrar en la fisonomía de su modelo, y no era fácil. Don Juan mantenía una postura indolente, con la mirada vuelta a un vacío que sólo él podía contemplar. El muchacho tenía que escudriñar con detenimiento para captar el perfil que emergía del cabello castaño, largo, que sus dedos apartaban cada poco con impaciencia, para volver a caer sobre la sien, sombreando una parte de la frente. Sin embargo, no estaba interesado en ese mechón de cabello indisciplinado, sino en mostrar el contraste entre los ojos claros e inexpresivos y la mandíbula enérgica y musculosa.

Por lo demás, sabía que el cuadro estaba resuelto. Después de cinco sesiones de trabajo, Diego se encontraba moderadamente satisfecho del resultado. Había elegido una postura italianizante, de medio cuerpo, que permitiera resaltar la armonía del jubón de terciopelo verde, casi musgo, y la mano alargada, de dedos sinuosos, sobre la que destacaba el anillo dorado con la esmeralda.

El muchacho, con íntima resolución, había conseguido mantener oculto este último detalle y don Juan, que posaba con un diamante engastado sobre plomo, creía que el cuadro mostraba su anillo. Al iniciar la primera sesión, el pintor, un tanto sorprendido, le había preguntado al conde por las razones de tan parco engaste. Su respuesta –aumentar el brillo de la piedra y el lucimiento de la talla– no le pareció argumento suficiente y, tras pensarlo un día, decidió disponer el cuadro a su modo.

Tres horas de trabajo más tarde, Diego retrocedía dos pasos con el pincel en la mano y, después de mirar a su aprendiz, que ratificó desde atrás, al modelo y a la tela, declaró con expresión satisfecha:

–El retrato está acabado, señor.

Don Juan se incorporó con impaciencia de la silla:

–Por fin puedo verlo –dijo, abriendo los brazos en un gesto burlesco de desesperación.

–No era vanidad –respondió Diego con entonación humilde–, vos escribís versos y podéis comprenderme. Si lo he mantenido oculto es porque únicamente importaba el resultado.

Don Juan sonrió con indulgencia al apartar el paño que en teoría le había impedido conocer la evolución del lienzo. En realidad no había podido resistir la curiosidad y, jornada tras jornada, cuando el pintor interrumpía su trabajo y abandonaba el palacio, se apresuraba a observar la progresión. En silencio, dio un par de pasos en torno al caballete y, con el brazo apoyado en una silla y la mano en el mentón, comentó:

–Razón tenía don Luis, querido amigo. El cuadro es bueno. Bien captado el parecido y la expresión.

–Gracias, señor.

–No me las deis a mí, que por principio no os hubiera contratado, pero Góngora fue persuasivo. El retrato que le hicisteis le agradó sobremanera.

El conde se inclinó ligeramente a un lado, echando el pie atrás. De pronto, al contemplar la disforme esmeralda que ornaba el dedo anular, cayó en la cuenta del cambio y se dijo con asombro: «¡Pero si ha trufado mi diamante!». Diego vio la expresión del rostro y comprendió que su pequeño secreto había sido descubierto. Sin darle tiempo a reaccionar, se excusó por el atrevimiento y trató de justificarse:

–Vuestra ropa, señor, verde, y el tono sombrío del salón no concordaban con lo apagado del plomo y el brillo del diamante. Sólo hubiera destacado ese esplendor en detrimento del rostro –hizo una pequeña pausa y añadió con fruición–: Creo que era más adecuado pintar una esmeralda. Comprendedlo, señor, se trataba de un retrato. Y además –concluyó con énfasis–, lo decisivo es la armonía.

El conde miró al muchacho con malicia: «Es atrevido», se dijo, pero comprendía el argumento. Era el mismo que le obligaba a forzar no pocos versos. Volvió a mirarlo; a pesar de esta determinación, Diego seguía instalado en su mutismo. De hecho, durante los últimos cuatro días había tratado de sonsacarle alguna impresión, pero él persistía en la misma actitud de su primer encuentro, distante, tímido y como abstraído.

Don Juan se levantó del sillón y se dirigió a la ventana; estaba abierta, pero velada hasta abajo por los toldos, dejando entrar en la habitación una sombra cálida de luz. Madrid había dejado de arder al fuego de un domingo de julio y era esa hora en que los ojos se fatigan al querer distinguir los contornos; el cielo estaba violáceo y comenzaban a resaltar algunas pálidas estrellas. Ningún ruido subía de la calle. La casa también estaba silenciosa, tal vez vacía, con la sola excepción de las habitaciones de servicio.

Absorto en sus ideas, don Juan pensaba con cierta nostalgia en la audacia de Diego, comparando la distancia de carácter entre el joven pintor y su propia mocedad, veinte años atrás: «Quizás yo también lo habría intentado, pero nunca con esa parquedad... –sonrió para sí–: En mí hubiera parecido altanería lo que en él es modestia». Volvió la cabeza hacia el cuadro, dándole vueltas a una idea que acababa de atisbar. Se acercó al muchacho y le palmeó en la espalda:

–Sea pues, pintor.

Diego afirmó con la cabeza de forma casi imperceptible: una leve sonrisa asomaba en el rictus de la boca e iluminaba sus ojos.

–Y ahora despide a tu aprendiz y acompáñame. Vamos a comer algo.

Al abandonar la estancia, el conde iba pensando en que debían ser tan distantes como la flor y la hoja de una misma planta, y también en que, quizás precisamente por esa razón, le llevaba a cenar con la secreta intención de introducirle en el Madrid de sus dominios: el de los garitos, las tascas, las casas de juego y los prostíbulos.

Veinte minutos después descendían de la carroza frente a una extraña puerta. Enfrente había otra con un rótulo desvaído apenas visible. Más adelante, a la izquierda, había una tercera puerta y, un poco más allá, en esa misma pared, un gran arco sobre el que estaban trazando una inscripción encima de otra hecha con antigua pintura roja medio desconchada. Ni siquiera los ojos de Diego pudieron distinguir esas palabras, al menos desde donde se encontraba, pero al avanzar dos pasos las leyó con claridad: Posada del Espejo. Tapiado en otro tiempo, el arco ahora se estaba restaurando y había tablas apiladas a ambos lados. En el aire flotaba un indefinido olor a decrepitud que no era moho ni carcoma. Era un tufillo agrio, como si algo se hubiese podrido hasta lo más hondo antes de consumirse de manera definitiva.

Entraron en el local.

Aquella noche, Diego vagó entre la sorpresa de los continuos encuentros y el arrojo del conde. Con el correr de los años, evocaría muchas veces los acontecimientos de esa velada. «Parecía –dijo una vez– que don Juan adivinara su final. Es difícil expresarlo, actuaba como si se hallara en la situación de aquel que ha perdido más de lo que tiene o puede pagar, aquel que tiembla pensando en el momento en que ha de hacer frente a sus apuestas y sigue jugando a la desesperada, sin ilusión de rehacerse, simplemente buscando el aturdimiento.»

II
Madrid, mediados de septiembre de 1999

Apenas empezaba a anochecer en un día de finales del verano madrileño y el calor pegajoso se resistía a dejar paso a la brisa. Alberto Fernández Garibay caminaba por el paseo del Prado con las manos hundidas en los bolsillos de la chaqueta, mirando sin ver a la gente que pasaba a su lado. En la esquina de la calle de Felipe IV se detuvo bajo la marquesina de una parada de autobús para anudarse un cordón del zapato. Agachó su cuerpo cansado tratando de atisbar entre las piernas, aguzando el oído para captar algún indicio de los pasos que le seguían, un ruido, un movimiento extraño, un parón en seco... No oyó nada. Al volver a mirar por encima del hombro, únicamente vio la calle que se alejaba de él hacia la penumbra de la noche próxima. Se incorporó y, apretando el paso, decidió parar un taxi y dirigirse a su casa.

Había vivido las últimas jornadas con la paranoia de ser vigilado y si bien era consciente de sus temores excesivos, no podía evitar ni esa sensación ni la que le apremiaba a decidirse cuanto antes. Al llegar a su casa estaba exhausto. De hecho, llevaba más de cuarenta y ocho horas dando vueltas a su futuro, sin determinarse a actuar. Todo había comenzado hacía menos de tres meses, y parecía haber transcurrido un año entero. Se inició con la llamada del director del Museo del Prado para encargarle restaurar el recién descubierto retrato de Luis Méndez de Haro, pintado por Velázquez, y desde entonces los acontecimientos se habían desencadenado con tanto atropello como en una riada.

Al principio Alberto estaba convencido de la excepcionalidad de la obra; sin embargo, a los pocos días de trabajar, le surgieron ciertas dudas. De un lado, había detalles, sobre todo en el rostro, que parecían delatar la mano de Velázquez, pero luego la ropa estaba muy dibujada, con pinceladas poco fluidas, sin los quiebros y los molinetes característicos del maestro sevillano. Y sobre todo, el anillo del retratado era casi perfecto, el zafiro sobre el engaste estaba demasiado acabado para provenir de un pintor que todo lo basaba en la insinuación.

Cuando, tímidamente, manifestó sus primeras dudas a Pablo Arana, el conservador de pintura barroca que había descubierto el cuadro, y le vio inclinarse hacia él con los ojos muy abiertos, desenfocados, sin que fuera posible saber si se burlaba de Alberto o de quien había permitido que le encargaran restaurar esa obra, empezaron a confirmarse sus recelos. Pablo le había mirado con sorna y Alberto, en su confusión, no supo cuánto tiempo pasó hasta que sintió una mano en el hombro y la voz conocida del conservador terminando un embrollado parlamento, con una cortesía autocomplaciente en la que estaba implícita una nota de desprecio: ¿quién era él para pronunciarse sobre la autoría de un Velázquez?

Alberto se irguió como un águila desde las profundidades del viejo sillón, en el cual se había arrellanado al llegar a su casa, para blasfemar. Luego sonrió para sí inclinando la cabeza a un lado. A fin de cuentas, tampoco era para tanto: ¿qué sabía de él Pablo Arana? ¿Cómo iba a intuir sus obsesiones o imaginar sus conocimientos? Y lo que era más importante: ¿por qué tendría que estar al tanto de su pasión por Velázquez, a quien llevaba estudiando casi cuarenta años?

Su sonrisa se transformó en una mueca al recordar hasta qué punto Velázquez había condicionado su existencia. Exiliado a México en su infancia, donde acompañó a su familia al finalizar la guerra civil española, había alternado sus estudios de Bellas Artes con una maestría en química y pigmentación en la Universidad Autónoma del Distrito Federal. Después se había formado restaurando retablos por todo el Bajío. Alberto podía evocar sin el menor esfuerzo aquellos primeros años de deslumbramiento con el barroco americano –Morelia, Taxco, San Miguel de Allende, Puebla–, subido a un andamio, limpiando panes de oro y enormes lienzos, mientras a su alrededor, en la iglesia, las sombras se achicaban y esparcían como algas mecidas por el agua.

Había sido un proceso lento que culminó diez años más tarde, al obtener por concurso una beca de restauración en París y empezar a conocer a los grandes maestros europeos. Al fin, frisando la cuarentena y con un trabajo estable en el taller del Louvre, decidió de manera inesperada cuestionarse su posición en la pinacoteca francesa para opositar al Museo del Prado, ante la incomprensión de todos, incluida su mujer, Marie Troyan, una bretona recriada en París cuya concepción de la vida no contemplaba la posibilidad de vivir fuera de Francia.

Sin embargo, Marie era consciente, él no podía hacer otra cosa desde que, un lustro antes, le encargaron participar en la limpieza del retrato de la infanta María Teresa de Austria. Desde entonces, Velázquez se había convertido en una obsesión para Alberto: «¡Y cómo no –argüía el restaurador–, si fue el más grande de los pintores! ¡Si siendo el más difícil de interpretar, el más oscuro y distante, su pintura es un prodigio tal de autenticidad que hasta los habitantes de Madrid proclaman ante ciertos atardeceres que el cielo tiene colores velazqueños! ¿Acaso no es ése el mayor elogio que puede recibir un artista?».

La primera vez que escuchó esta expresión se quedó como paralizado, atónito:

–Fíjate qué refrán tan increíble –le comentó a Marie–. Dicen que es la naturaleza quien imita a Velázquez...

Por eso, al plantearse la hipótesis de regresar a su patria y examinarse para ingresar en el Museo del Prado, no lo había pensado dos veces: «Ésa sí que fue una oposición extraña», recordó con un gesto astuto. Ninguno de los miembros del tribunal había podido comprender la decisión de abandonar el estatus económico y laboral del Louvre, e incluso el presidente llegó a preguntarle de forma velada si no había razones ocultas que justificaran aquel trueque. Al responderle, Alberto optó por sonreír enigmáticamente, sabía que era lo mismo lo que dijera, no le iban a creer. En todo caso daba igual, consiguió su objetivo. Y si bien no pudo trabajar con *Las Hilanderas*, le permitieron participar en el equipo que había abordado el proceso de restauración de *Las Meninas*.

–Eso bastaba –se dijo con voz ronca.

Incluso contando con las dificultades laborales de aquellos últimos años, aquel paulatino ninguneo que le había ido relegando a proyectos menores; incluso asumiendo el agrio enfrentamiento que mantenía con el bendito Manuel Baena, subdirector responsable del taller de restauración, que ejercía su poder como un *capo* siciliano y a quien a veces traicionaban veleidades innovadoras.

Alberto hundió la cabeza aún más en el sillón y, de repente, se levantó para abrir una botella de vino. Mientras hacía girar en su mano la copa transparente y admiraba el color aterciopelado del caldo de la Ribera del Duero, su boca adoptó un extraño rictus, mezcla del entusiasmo al recordar aquella operación y el desencanto posterior. Era un gesto particular, de índole oculta, sus labios parecían arder en una llama fría. Volvió a sentarse: la verdad –rememoró– es que cada vez le encargaban menos trabajos importantes, y ni el director del museo ni casi ninguno de los habitantes de la planta de dirección le tenían especial aprecio.

No obstante, Alberto sabía por qué estaba restaurando el nuevo Velázquez; Bradley, aquel ambiguo norteamericano que se expresaba en una mezcla de italiano y español y se reía a carcajadas por cualquier motivo, se había encargado de ello. Bradley había llegado al Prado cinco años antes para dirigir la restauración de *Las Meninas* y el entendimiento entre ambos fue inmediato: los dos profesaban la misma fe y la misma distancia hacia su profesión. ¡Cuántas veces lo había confirmado mientras compartían el desayuno en algún viejo café detrás del museo! En esas ocasiones el americano se expresaba apasionadamente:

–Idiotas, no entienden nada. Restaurar no es sino restablecer la unidad potencial de la obra de arte sin cometer falsificaciones artísticas o históricas –y alzando la voz hasta hacerse oír en todo el recinto–: Y lo que es más importante: sin borrar huella alguna del paso del tiempo.

Alberto asentía con rotundidad al ver afirmada su posición, preguntándose si después de acabar la limpieza del cuadro, tras la partida del americano, conseguiría mantener los mismos criterios en el taller. Volvió a reacomodarse en el sillón con la mirada teñida de nostalgia. Sí, con Bradley había sintonizado, él sí apreciaba su trabajo. Por eso, al descubrirse el retrato de Luis de Haro, no le extrañó escuchar su voz después de tantos años anunciándole por teléfono que le encargarían dirigir la restauración de ese lienzo. Alberto dudaba; sin embargo, Bradley zanjó la conversación con sus risas atronadoras: «Tú déjame a mí, yo lo arreglaré».

Alberto levantó la cabeza y se atusó el bigote con un gesto semiautomático. Era un hombre corpulento, alto, con un gran vientre. Siempre había sido un poco grueso, pero desde la muerte de Marie, había engordado del modo en que sólo pueden hacerlo los hombres solitarios, viejos e indulgentes consigo mismos. Ahora le tenía sin cuidado el tamaño de su cintura o que los botones de las camisas estuvieran a punto de saltar. ¡Quién se lo iba a decir a él dos años antes! De hecho, se había cuidado con esmero durante toda la vida y era conocido por una coquetería tan tierna que siempre despertaba la simpatía de los demás. Marie y su hijo Gonzalo se habían reído de él cientos de veces al verle preparar con toda la minuciosidad posible sus potingues para teñirse el pelo y el bigote. Ponía en ello el mismo empeño que con el mejor de los lienzos y les dejaba burlarse. Él sabía que Marie estaba orgullosa de la manera en que se mantenía para ella y, cuando caminaban por las calles de Madrid, lo demostraba asiéndose a su brazo como una adolescente.

Mientras seguía jugueteando con ese bigote que ponía contrapunto a una nariz demasiado ancha y aplastada en la base, sus ojos oscuros se animaron despidiendo un vivo fulgor que nadie hubiera imaginado unos segundos antes. «¿Cómo que quién soy yo para opinar sobre Velázquez? –se dijo con un tono cortante de beligerancia–. Nadie le conoce mejor, absolutamente nadie.» Incluso necesitó pedir permiso y gastar una semana de vacaciones para poder investigar sus dudas sobre el cuadro. Al final habían llegado a ser tantas que se impuso resolver el dilema. La suerte estuvo de su parte. En Sevilla había encontrado la prueba de que el lienzo fue pintado por Juan Bautista del Mazo, el yerno y discípulo favorito del maestro. Al hallar en el archivo de la casa ducal de los Medina Sidonia el recibo por el que Luis de Haro le pedía a Mazo que pintara el anillo en su color, sintió una sensación ambivalente. De un lado, estaba apenado al haber confirmado sus sospechas; le dolía no haberse equivocado y tener la prueba de que el lienzo era una obra menor. De otro, se sentía orgulloso de evitarle a su museo el inmenso desliz de anunciar como auténtico algo que probablemente era una copia de Velázquez. Quizás por eso se atrevió a hacer un acto inaudito y, en un arrebato, escamoteó entre su camisa el documento. Al devolver el legajo al bibliotecario sintió que todo su cuerpo delataba el robo, pero para su sorpresa nadie percibió nada y al llegar a la calle se sentía como un niño tras una travesura.

Animado por su buena fortuna, dos días después enviaba de forma anónima una fotocopia del recibo a Pablo Arana, confiando en que ese documento bastara para hacerle desistir. No fue así. De manera inexplicable continuaron los preparativos para hacer público el hallazgo, y una semana más tarde, al volver a su casa, descubrió con sobresalto las habitaciones revueltas y que las copias del recibo original habían desaparecido.

Tras despedir al cerrajero que cambió la cerradura forzada, se sentó en un escalón de la puerta de entrada inclinándose hacia delante con las palmas de las manos sobre el rostro. Dejó vagar su mirada por las plantas del pequeño jardín: olía a tierra recién regada y la humedad daba una leve pátina al aire. «Ahora estoy solo –se dijo–. Ya no tengo prueba alguna que me permita acreditar mi certeza.» Alberto dejó escapar un sonoro suspiro, esparciendo el cálido y pesado hedor de un hombre entrado en años, deprimido, de mala salud... Era un tufillo de tristeza: «Sólo me queda la intuición de un viejo restaurador –prosiguió–, sesenta y cuatro años ya, que se va a jubilar dentro de seis meses».

En ese momento temblaba de frío y le dolían el hombro, el cuello, la cabeza. Los escalofríos le estremecían todo el cuerpo. Trató de darse ánimos a sabiendas de que era inútil, murmurando que en esas circunstancias adversas debía demostrar si era capaz de hacer frente al infortunio. Sintió una oleada de vergüenza. Se estaba dejando ganar por la autocompasión y la melancolía. «¡De peores has salido!», se dijo, sabiendo que mentía, que buscaba una justificación para ese callejón infame en el que le había adentrado su orgullo.

Al incorporarse tenía decidido intentarlo al menos una vez más.

Había ocurrido tres días antes. Subiendo a la planta de dirección se sintió torpe y desaliñado. Todos los despachos de los conservadores estaban decorados al gusto personal de sus ocupantes, era una de las ventajas del puesto. El de Pablo Arana, aun siendo el más pequeño y alejado del director, resaltaba entre los demás, quizás porque seguía siendo un interino y deseaba mostrar como fuera su importancia. Se trataba de un cuarto minúsculo repleto de cuadros, con el suelo cubierto de una alfombra color teja y en la pared un papel pintado imitación tela que representaba pequeñas flores de lis doradas; un hábitat muy adecuado para él, con su aire tópico de profesor universitario perfectamente calculado, sus chaquetas de estambre oscuro, camisas blancas inmaculadas, cabellos castaños ya un poco plateados y una sonrisa que parecía tímida y en realidad era una acción refleja, fugaz, de su indiferencia.

Alberto llamó a la puerta intentando darse los últimos ánimos, confiando en que triunfase la cordura. Sin embargo, Pablo esperaba la visita con tranquilidad. Una semana antes, por el contrario, al llegar la amenaza, le bastó una simple ojeada al papel para espantarse. Era un sobre anónimo colocado con pulcritud encima de su escritorio, sobre el que constaba únicamente el nombre y cargo: «Pablo Arana Buendía, conservador interino de pintura barroca. Museo del Prado, Madrid». En realidad no era siquiera una carta, sino una simple fotocopia de un recibo fechado en 1648 por el cual Juan Bautista del Mazo declaraba haber recibido setenta ducados por el retrato de Luis de Haro, *en la misma apostura y con el mesmo donaire dél fecho por el maestro Diego Velásques, visto de medio lado y la mano diestra al aire, y con la piedra del anillo pintada en su color.*

Hacía apenas media hora que Pablo, a pesar de sabérselo casi de memoria, había vuelto a buscar el papel para releerlo: «¡Pintada en su color! Tenía gracia el detalle», se dijo el conservador, mientras recordaba el pánico de los primeros instantes. Al investigar en la vida de Luis de Haro se habían encontrado varias referencias al anillo del retrato, cuyo zafiro debía constituir sin duda una de sus posesiones más valiosas. Ése había sido uno de los argumentos para confirmar la autoría, pues estaba documentado un retrato de Velázquez a Luis Méndez de Haro. Y ahora el mismo matiz, precisamente el mismo, venía a demostrar que el lienzo era un fraude: pues si el mismo Haro pedía a Mazo que copiara el cuadro de Velázquez, pero que pintara la gema en su color, es que el pintor sevillano había alterado la piedra preciosa.

–¿Qué demonios hizo Velázquez? –se había preguntado Pablo mil veces y ahora se lo repetía con la misma expresión impotente, mientras dejaba caer el folio sobre la mesa y buscaba un cigarrillo con ansiedad.

Hacía dos meses que había dejado de fumar. Era el primer pitillo desde la renuncia, pero guardaba –como una precaución inconsciente– una cajetilla medio llena en algún cajón de la mesa. Incapaz de retirarse al cuarto de baño, el único espacio de la dirección del museo donde antes se aventuraba a fumar, Pablo tomó el paquete de tabaco rubio, rojizo y fino, sin pensar en su atrevimiento. Puso el cigarrillo en la boca y, tras encenderlo, se quedó mirando las primeras volutas de humo azulado. Volvió a sentir en sus pulmones el intenso sabor del tabaco: el aroma seguía siendo tan agradable como siempre. Para su sorpresa, el gusto amargo de la boca no era todo; observó que tras las primeras caladas comenzaba a tambalearse y la habitación giraba en torno a él. Se levantó para acercarse al espejo: estaba pálido como un difunto. Apenas se echó sobre el diván, sintió tales náuseas y una debilidad tan grande que tuvo que cerrar los ojos.

Se incorporó con lentitud, no podía dejarse vencer por ese repentino mareo. Intentó concentrarse, pero el dolor de cabeza persistía: las cejas descendieron como persianas sobre los ojos cerrados. Ya más calmado, era necesario proceder con orden. Lo primero, averiguar quién había dejado sobre su mesa aquella misiva. Al poco desechó esta idea: «¡Qué sabrá un conserje!», murmuró, frunciendo los labios con gesto escéptico.

El mareo iba pasando sin que el miedo cediera. Al menos una cosa estaba clara: el cuadro que iba a ser presentado en público dos semanas después, el lienzo que le iba a permitir obtener en propiedad la plaza de conservador de pintura barroca del Museo del Prado, la obra que le iba a catapultar internacionalmente, no era un Velázquez. No podía creer en su mala suerte. Era imposible. Esa obra había superado todos los análisis, todas las pruebas. Había un acuerdo casi unánime entre los expertos. Y ahora, de pronto, de manera inexplicable, un recibo aseguraba que fue pintado por su discípulo, por su yerno, por su único alumno.

«¿Cómo ha podido pasar? –se preguntó. Poco a poco, el terror inconsciente del primer momento fue dejando paso a una actitud más serena–. Aguarda un momento –recapacitó–. ¿Por qué me han enviado a mí ese recibo? Hubiera sido más lógico dirigirlo a la prensa.» Incluso Santiago Ontañón habría pagado un buen dinero por la fotocopia; los periodistas rondaban ese tipo de carnazas como perros de presa. Pablo sonrió con amargura: daban igual los buenos resultados, las obras acabadas o las restauraciones impecables; si una miserable gotera arañaba una sala del museo, era noticia de primera página.

Se levantó del diván con otra cara y avanzó dos pasos hasta el escritorio. Con el papel en la mano, se dijo con suspicacia: «En buena lógica, el recibo debe provenir de alguien que no desea que el hallazgo tenga trascendencia. Probablemente alguien de la casa o cercano a ella. Entonces –continuó razonando–, ¿por qué no lo han enviado al director?». El melifluo Juan del Serrallo era la persona idónea. Con su natural pavor a cualquier problema, no habría tardado ni cinco minutos en llamar al ministerio para tratar de que otro tomara las decisiones. «Procedamos con orden –se dijo con su sonrisa carnívora–: Quizás lo haya recibido el director. Si han difundido este recibo no voy a tardar en enterarme. Veamos qué pasa.»

Dos horas después Pablo estaba seguro de ser la única persona de la dirección consciente de que el cuadro de Velázquez era una copia. Todo lo demás seguía igual, la misma rutina característica de una mañana de lunes. Con la calma que le definía, decidió seguir esperando acontecimientos antes de tomar alguna determinación. Durante todo el día se sucedieron las visitas y hubo momentos en que olvidó el incidente. Luego llegó la noche y no pudo evadirse. Pablo se preparó para la travesía nocturna, con sus iluminaciones, sus deslices hacia la paz del cuerpo, sus fantasmagorías de pesadilla y la herida suave de los ensueños. En ese viaje inmóvil en que todo podía llegar, su soledad sintió contra el cuerpo aleteos furtivos, roces de pájaros siniestros.

No pasó de ahí. Las jornadas siguientes transcurrieron sin la menor referencia al recibo. Poco a poco fue tomando cuerpo su deseo: debía continuar el envite, la apuesta era demasiado importante. Por lo demás, ciertos detalles vinieron solos. Para empezar, había sido un juego de niños averiguar quién fue el remitente de la fotocopia. Pablo era concienzudo, sus pesquisas fueron precisas y conforme acumulaba datos se iban eliminando por sí mismos los sospechosos. Al fin sólo quedó un candidato posible: Alberto Fernández Garibay. Lo había intuido casi desde que empezó a indagar; su conducta, de puro obvia, había sido casi insultante. Tras identificarlo, extremó su cautela para intentar eliminar las pruebas. Fue un proceso largo pero ahora creía haberlo neutralizado.

Mientras jugueteaba con el lápiz, las escenas se sucedían en su mente. Recordaba todo aquello con claridad, necesitó acumular toda la audacia de la que se sentía capaz. Con todo, la irritante sensación de miedo irracional persistía:

«¿Qué hará? –volvió a preguntarse. El escalofrío de temor pasó con suavidad–: Tranquilo, Pablo –se dijo–. No hay que alarmarse, no debe tener muchas opciones si viene a verte a tu despacho. Recuerda, estás en tu terreno...»

Al escuchar llamar a la puerta, Pablo había decidido adoptar un aire de seguridad y cuando Alberto cruzó el umbral, la inclinación de la cabeza, la sonrisa y el dedo, que señalaba la silla que tenía delante de la mesa, no interrumpieron la conversación telefónica que había decidido iniciar unos momentos antes, apenas le anunciaron la llegada del restaurador.

Alberto estaba alterado y con el paso de los minutos se fue poniendo más nervioso. Pablo colgó el teléfono y comenzó a saludarle con irritante cortesía y Alberto no supo responder sino hilvanando dos respuestas triviales para, de inmediato, de manera atropellada, comenzar a desgranar sus inquietudes. Trató de exponer sus razonamientos con tono conciliador, pero las palabras no terminaban de ordenarse con coherencia. Pablo le escuchaba con tranquilidad, asintiendo con inclinaciones del mentón, cada vez más seguro. Por su parte, Alberto, al desconocer la situación en la que realmente se hallaba, había confiado en que el recibo, por el simple hecho de haber existido, bastara para hacerle renunciar. Además, con torpe ingenuidad, tenía la firme convicción de que Pablo no podía sospechar que él hubiera sido el autor del envío de esa misiva. Y por encima de todo, tenía la esperanza de que, en última instancia, sus argumentos técnicos sirvieran para, como mínimo, retrasar la presentación.

Se equivocaba, el final de la entrevista fue revelador:

–Alberto, ¿tú juegas al póker?

El restaurador le miró con gesto de asombro.

–Lo digo porque en esta partida, te guste o no, la suerte está echada.

Esa noche fue larga y silenciosa, parecía que no iba a terminar nunca. Alberto, insomne, se dio cuenta de que era necesaria una determinación. Sólo a esas horas, cuando los afanes de la vida quedaban suspendidos en el remanso de una melancolía inofensiva, lograba reconciliarse con el mundo y afirmar las ideas. Al fin, sintió tan clara su opción que fue retrasándola mentalmente. Desde la cama aguzó el oído intentando percibir algún rumor en la ciudad dormida. Nada. A veces llegaba un remoto ladrido. De madrugada se levantó viento y las contraventanas del dormitorio crujieron y repiquetearon movidas por el aire repentino. Sintió envidia del sueño tranquilo del resto de los habitantes de Madrid. Echaba de menos la respiración turbada de Marie, su mujer, a su lado. En noches como aquélla siempre le había gustado ver su rostro sereno sobresalir entre las sábanas, su palidez y hasta su aliento. Incluso recordaba con nostalgia sus movimientos por la cama, inquieta como un potrillo. Alberto había pasado muchas noches recibiendo puntapiés y oyéndola proferir gruñidos secos y extraños. En aquellas ocasiones pensar en dormir era inútil: cuando pataleaba o arrancaba la sábana con los pies y la echaba al suelo, él se limitaba a levantarla con calma. Si por casualidad se estaba quieta durante un par de minutos, se volvía hacia ella y la contemplaba acostada, con sus largos cabellos castaños desparramados en la almohada. Pero Marie ya no estaba a su lado.

Durante los dos últimos años, tras la depresión por la muerte de Marie, Alberto se había sentido paulatinamente desdeñado por la dirección del museo. Era una sensación de bochorno, un alternativo tratarle como si no existiera o como si fuera un irracional que los impacientara, haciéndole notar de manera palpable que estaba de más. Sin embargo, contra todo pronóstico, le habían encargado limpiar el Velázquez y sabía que ahora sus sentimientos no estaban determinados por los agravios pasados. ¿O sí? ¿Cuáles eran esos sentimientos, en realidad? Alberto era consciente de no haber tenido ni la calma ni la perspicacia necesarias para advertir que él era el único culpable de cuanto le acontecía.

Estaba acostumbrado a calificar sus emociones, aun cuando la emoción no siempre le favoreciera. Pero ¿y esto? No sentía ciertamente culpabilidad aunque fuese asimismo molesto y desagradable. Tampoco celos, sino una especie de responsabilidad impuesta, un sentimiento de impotencia que se aproximaba más a un estado de ánimo que a una percepción concreta. Siempre le habían irritado las vaguedades y, todavía más, los problemas que con un esfuerzo no conseguía resolver o al menos aclarar después de unos instantes de meditación. Aunque no lamentaba su conducta, tenía el pálpito de haberse quedado corto. Era una sensación inquietante porque no lograba librarse de ella cuando, por lo general, se negaba a juzgar sus acciones y pensaba que el remordimiento era una actitud inútil. Se preguntó de nuevo si no hubiera sido mejor ser un poco más tajante con Pablo Arana. Desechó la idea, hubiera sido igual. No obstante, estaba avergonzado por su timidez; es verdad que iban contra su carácter los conflictos, pero al fin y al cabo no debía nada al conservador y había dado la impresión de que quien tenía algo que esconder era él mismo.

No podía conciliar el sueño. Sabía que la decisión estaba tomada, y sin embargo su conciencia se negaba a aceptarla con tanta rapidez. Sentía de una forma no reflexiva que abandonar todo debía exigirle más esfuerzo, más tiempo. Por eso, evitaba pensar en su marcha, evocando sus años de trabajo en el Museo del Prado, tratando de abarcar el espacio del taller del que se iba a expatriar. Encendió la luz de la mesilla. Tal vez aquel resplandor cerca de la ventana del cuarto le hiciera compañía. De forma paulatina se encontró pensando en su futuro con una sonrisa amarga. Ese desafuero era intolerable: ¡debía hacerlo! –exclamó con entereza–. No podía elegir. Se revolvió entre las sábanas. Pensaba en la despedida de su hijo Gonzalo y cambió su semblante al recordar los planes que estaba elaborando. Después miró sus pies desnudos, echó otra vez de menos la cercana respiración de su mujer y decidió pasar a la acción sin pérdida de tiempo. Con este sentimiento, sus ideas, proyectadas durante tantas horas sobre su despedida del museo, empezaron a desaparecer y se durmió.

Pero al día siguiente no se animó a hacerlo. Se pasó la mayor parte del tiempo en su dormitorio, rezongando, extraviándose en los recuerdos sin saber salir de ellos; husmeando, reconociendo su veracidad por un aroma que iba unido a una habitación determinada o a un objeto o a un tiempo, a la época de estudiante de Gonzalo, cuando Marie se había aficionado a la repostería y preparaba confites insólitos.

Al terminar de comer se acercó al balcón para echar un vistazo a la calle. Era una tarde triste, con el cielo encapotado y el ambiente de los días plomizos. Se apoyó sobre el alféizar y miró el rostro de la gente que pasaba bajo él en busca de alentadoras señales de honradez, sin conseguir animarse. A la vuelta se sentó en la cama. Estiró los puños, suspiró y miró al aire como si estuviera a punto de comenzar una jornada llena de desafíos y decisiones. Por el contrario, empezaba a anochecer, esa hora en la que el sol palidece y los objetos parecen endurecerse a media luz para recibir el peso del día. Tras la ventana de su cuarto estaba oscuro y comenzaba a caer la lluvia. Sin embargo, no llegó a tocar siquiera el interruptor de la pantalla de su mesita, sino que volvió a evocar su diálogo con Pablo, su apasionamiento, sus súplicas. Alberto no conseguía entender que el envío del recibo no le hubiera quitado de la cabeza sus inquietantes intenciones respecto al supuesto Velázquez, pero debía aceptar los hechos. A fin de cuentas, él no podía hacer más.

Al cabo de un rato oyó el murmullo de una conversación en la casa vecina y se levantó para ver lo que pasaba, tropezando con su caja de pinturas. Al apartarla, pasó la mano por un pincel de pelo de marta. El roce sedoso de las cerdas y la madera le puso en las yemas de los dedos una antigua y dulce voluptuosidad, como si pudiera evocar la función de moverse y sentir de nuevo sus oscilaciones, imponiendo a la tela la línea prevista que se cumple en susurros rumorosos, en contracciones súbitas. Y recordó con violencia física las largas horas de ensimismamiento volcadas ante ese pincel, las formas prendidas dóciles a la magia de su habilidad. Recorrió cada uno de esos estremecimientos, como si fueran ondas que llegaran hasta el agua quieta de su soledad, es decir, a la historia secreta de su vida, de su adolescencia, del día en que lo empuñó por primera vez en el Museo del Prado. Ese museo en el que más tarde, al compás de su sueño, pudo dar clima propicio a sus ideas secretas y hacer respirar el aire necesario a los pulmones. Y ahora, de improviso, desde que había resuelto qué hacer, ese oxígeno se había acabado, no estaba; esa atmósfera se había enrarecido sobre su museo, apartándolo de él, expulsándolo.

Mientras las yemas de los dedos seguían resbalando sobre la superficie del pincel, se dio cuenta de que era necesario pasar de página y repentinamente tomó el teléfono para hacer la última llamada:

«Pobre Gonzalo –reflexionó con dulzura–, en buen lío te voy a meter.»

III

Mi nombre es Gonzalo Fernández Troyan y soy el único hijo del Alberto al que han conocido antes y al que, por cierto, yo siempre he llamado así: Alberto. Los hechos que voy a narrar ocurrieron hace poco tiempo y son, sin duda, extraños. Ya sé que la incredulidad es natural y el escepticismo deliberado, pero ahora, volviendo la mirada hacia esos días incluso a mí me resultan desconcertantes ciertos detalles insólitos. Por eso, al disponerme a describirlos debo antes que nada cuestionar mi capacidad y, al tiempo, asegurar mi voluntad de relatar los sucesos de manera fidedigna. O por decirlo más claramente, intentaré que mi relato sea fiel a mi recuerdo personal, es decir, a la realidad.

Aquel día regresaba de Roma con una sensación hecha de desasosiego y confusión. Debía atender, junto a urgencias que no alcanzaba a calibrar, una cierta culpabilidad interna que incluía reproches sin enunciado y algo de fatiga.

Estaba oscureciendo mientras el taxi recorría desde el aeropuerto los últimos kilómetros hasta el centro de Madrid. Distraído, un tanto ausente, me recosté en el asiento de atrás para eludir la charla del conductor y observar teñirse las casas de ese tono entre violeta y naranja característico de los atardeceres madrileños: el día parecía morir con una lentitud especial y la claridad de la luna, que ya había salido pero estaba oculta por las nubes, comenzaba a sustituir de manera insensible a las luces del atardecer.

No obstante, mi mente estaba en otro sitio; pensaba en la conversación que había mantenido esa misma mañana con Nuria Valls, una compañera de mi padre del taller de restauración del

Museo del Prado. Ella había elegido con cuidado las palabras para evitar alarmarme. No por ello fueron menos inquietantes. En realidad, aunque apenas la conocía, durante los escasos diez días transcurridos desde mi partida, estuvimos hablando a menudo de él y pude sentir tras sus palabras auténtica ansiedad. De hecho –me reprochaba con amargura– no debí volver a Roma por mucho que mi padre insistiera, después de aquellas curiosas jornadas en que me hizo venir a nuestra casa de Madrid sin saber muy bien por qué. Era difícil precisarlo, pero yo percibía a Alberto íntimamente afectado y, aunque él había tratado de animarme argumentando, quizás hasta demasiado, su entusiasmo por estar trabajando de nuevo con un cuadro de Velázquez, era consciente –le conocía demasiado bien– de que detrás de su discurso se escondían otros afanes.

El taxi dobló por la calle de Alcalá y se internó en el corazón de la ciudad. El conductor pilotaba con gestos bruscos, como si manejara una máquina mucho más potente: las calles repletas de coches, las plazas con sus estatuas de bronce, bruñidas, el bosque incierto del Retiro, fueron desfilando a un ritmo acelerado frente a la ventana y por un momento me inquieté, hasta que el tráfico nos obligó a ralentizar la marcha.

La excitación de esta carrera apenas tenía importancia. Estaba abstraído, rememorando las últimas horas de mi anterior estancia en Madrid. Lo más extraño había ocurrido en la noche de nuestra despedida. Al día siguiente debía madrugar, tenía una reunión importante a primera hora en Roma –la maldita reunión que hubiera podido aplazar y que, sin embargo, no pude o no quise arrebatar de mis planes–. Mi padre, no obstante, había insistido en cenar fuera y prolongar cansinamente la velada, como si quisiera alargar nuestra despedida. Después, en casa, cuando rechacé la segunda copa de brandy, alegando lo tardío de la hora y la necesidad de descansar un poco, me detuvo:

–¿Qué quieres ahora? –le pregunté, esforzándome en ser amable.

–Espera un poco, Gonzalo. Voy a darte una cosa.

Fue entonces cuando él, con estudiada lentitud, se dirigió a su estudio y me trajo, embalado con primor, un paquete cuyo contenido se negó a permitir que descubriera en ese momento.

–Ya lo verás mañana en Roma –dijo con una sonrisa lateral–. Es una sorpresa especial. Por favor, no lo abras hasta llegar a tu casa.

Traté de negarme, pero no pude sino balbucear mi deseo con una mueca forzada. Alberto lo tenía todo pensado; de inmediato levantó sus grandes ojos brillantes y su mirada se cruzó con la mía como en un espejo. Al enfrentarnos, quise responder a ese aire melancólico, y no supe qué hacer con mi cara. Una expresión extraña debió pasar por ella. Luego, agitó una mano delante del pecho, igual que si espantara una mosca y me asió con sus grandes dedos:

–Hay algo más –dijo con voz turbada–. Ven conmigo.

Confundido, le acompañé hasta su estudio y le vi extraer un libro de su biblioteca particular, éste sí, perfectamente claro. Yo seguía sus acciones guiado por una especie de imán: la manera en que lo apoyaba en la palma de la mano, el modo en que ojeó con distracción una página y se detuvo en un fragmento, la forma en que se le iluminó la expresión al reconocer ciertos versos y, por fin, la intensidad con que me escrutó al volver la cabeza y tenderme el volumen. Sus ojos cambiantes tenían ahora pupilas duras que brillaban como diamantes.

Ora pesa
la stanchezza su tutte le membra dell' uomo,
senza pena: la calma stanchezza dell' alba
che apre un giorno di pioggia. Le spiagge oscurate
non conoscono il giovane, che un tempo bastava
le guardasse. Né il mare dell' aria rivive
al respiro. Si piegano le labbra dell' uomo
rassegnate, a sorridere davanti alla terra[1].

1. «Pesa ahora / el cansancio en todos los miembros del hombre, / sin sufrimiento: el tranquilo cansancio del alba / que abre un día de lluvia. Las playas en penumbra / no conocen al joven, cuya mirada en otro tiempo / les bastaba. Ni siquiera el aire del mar revive / con su aliento. Y se fruncen los labios del hombre / resignados a sonreír ante la tierra.»

Yo estaba tan desconcertado que llegué a olvidar el primer obsequio:

–Pero, ¡cómo!, ¿me regalas uno de tus libros de cabecera? ¿De veras estás dispuesto a desprenderte de tu Pavese?

–Este libro me ha acompañado durante mucho tiempo, quizás demasiado –contestó mi padre rápidamente y con voz solemne–. Ya sabías que algún día iba a ser tuyo y ahora no es mal momento –su mirada se entornó hasta nublarse–: Ya sabes cómo quiero estas páginas, ese volumen en especial. Por favor, cuídalo con cariño.

Me sentí abrumado con el regalo. Mi padre es un maniático de algunos objetos y atesora con especial primor media docena de libros que le han acompañado siempre, incluso en viajes cortos, de fin de semana. Ése era uno de ellos, *El oficio de vivir*, Cesare Pavese. Desprenderse de él era un gesto insólito, asombroso, porque sobre ese puñado de libros ejerce un dominio absoluto, sin permitir que nadie, ni siquiera Marie –mi madre–, los cambiara o descolocara.

–Si quieres alguno de estos libros, yo te compro otro igual, pero los míos déjalos en paz –respondía Alberto con irritación si alguna vez alguien osaba tocarlos–. Llámalo manía si quieres, pero es mi manía y no quiero que nadie los manosee.

Y ahora le veía entregarme *su* ejemplar sin el menor esfuerzo. Aturdido, no supe qué decir y, tras darle las gracias de manera confusa, le pregunté por qué lo hacía. Él se excusó con una frase atropellada, vaga, que interrumpió en la mitad para encararme y llevar su pesada mano a mi hombro:

–Vamos, no es preciso que te hagas preguntas. Anda, vete a dormir, mañana tienes un día complicado, lo has estado repitiendo toda la noche.

Luego volvió a callar y levantó la vista hacia la puerta que estaba a mi espalda. Sus ojos ahora estaban apagados, sin pestañear siquiera, y la boca colgaba abierta reprimiendo un bostezo:

–Buenas noches, Gonzalo.

Asentí y le dejé marchar. Repentinamente desvelado, di un par de vueltas por la habitación con el libro entre las manos y fui a la cocina a tomarme un vaso de agua, si bien terminé calentando un poco de leche. Apagué el fuego y coloqué el cazo encima de la mesa, sobre una base de madera, busqué una taza de porcelana y me senté a beber con lentitud. Durante unos instantes me quedé como embobado con la cucharilla entre los dedos mirando los estantes de la pared de la izquierda, limpios, ordenados, nítidos, almacenando copos de avena, azúcar en polvo, aceitunas, alcaparras, hierbas secas, pimienta en grano, setas liofilizadas, levadura, botes de sopa, uvas pasas y conservas de pescado de todo tipo: anchoas en aceite de oliva, ventresca de atún, mejillones escabechados, sucedáneo de caviar, berberechos, hígado de bacalao ahumado, almejas machas de Chile, navajas, caballa al vino blanco. Debajo, fui jugando durante un rato a adivinar las piezas de la bodega por la envoltura de los tapones. Cuando llevaba entrevistas quince o veinte botellas, levanté la vista y volví a mis alimentos.

Si me detengo en estos pormenores es porque la atmósfera cargada hacía que cada pequeño detalle pareciera una representación. Era uno de aquellos momentos en que los movimientos automáticos, por más habituales que hayan sido, se convierten en actos independientes de la voluntad. Debieron transcurrir muchos minutos sentado en la vieja mesa de la cocina, retomando sin recordarlo el sabor antiguo del cacao con leche y galletas. Acabé y limpié con minuciosidad la vajilla sucia antes de dirigirme a la cama. Al acostarme me sentía lleno de interrogantes, sin embargo, el cansancio pudo conmigo y no pasarían sino segundos desde que apoyé la cabeza en la almohada hasta quedarme dormido.

Al día siguiente en Roma la sorpresa se multiplicó por diez al desembalar el paquete que había semiolvidado entre el preciado libro y la reunión con mis colegas, un encuentro a la postre intrascendente, del que me había arrepentido diez minutos después de haber acudido. Por eso, cuando regresé a mi pequeño apartamento trasteverino, no estaba preparado para encontrar tras el plástico protector y el papel de embalar un objeto todavía más preciado para mi padre que el anterior.

Yo era apenas un niño, pero todavía recordaba el entusiasmo de Alberto cuando regresó aquella noche, en Madrid, con su hallazgo bajo el brazo:

–¡Marie! ¡Marie! –había reclamado con grandes voces al atravesar el umbral de la casa–. Fíjate lo que he conseguido encontrar. Un auténtico espejo veneciano del siglo XVII... Llevaba años buscando algo parecido y cuando creía que me iba a quedar con las ganas, aparece de la manera más insospechada.

Mi madre había salido de la cocina sobresaltada por las voces y se secaba las manos en el delantal con su característica parsimonia.

–¿Dónde lo has hallado?

–En una almoneda cercana al museo. Estaba arrumbado en un rincón y lleno de polvo. No creo que el dueño supiera lo que tenía.

Ella hizo un gesto amplio con las manos abiertas y se acercó a la mesa donde Alberto había apoyado el paquete para observarlo con detenimiento.

–Es precioso –dijo, mientras pasaba las yemas de los dedos por el marco holandés tallado con filigranas geométricas. Luego, asomó su mirada sobre la superficie del vidrio para apreciar el pulido cristalino y el tono grisáceo y blanquecino de la lámina.

Al tiempo, yo, desde atrás, me había acercado atraído por el escándalo de las voces sin comprender cuál era el misterio y la belleza de ese asunto, para mí tan anodino.

–Ya entenderá con el tiempo –dijo mi padre al percibir mi presencia. Y dirigiéndose a mi madre–: Míralo bien, éste no es un espejo cualquiera; fue fabricado en Murano, cerca de Venecia, hace trescientos años... Debe de ser uno de los escasos ejemplares que quedan de los famosos espejos mágicos de Venecia...

¡Mágicos! Aquella palabra fue como un detonante en mi cabeza y, durante años, me acerqué con un temor reverencial a aquel objeto sobre el que no me cansaba de hacer contar historias a mi padre:

–Gracias al misterio de estos espejos se ha construido buena parte de la literatura fantástica. Y, además –añadía, guiñándome un ojo–, en ellos han ocurrido aventuras extraordinarias.

Yo podía evocar sin apenas esfuerzo tardes enteras escuchándole mientras desgranaba historias en las que ese testigo mudo, ese confidente helado, era el protagonista absoluto. Mi padre era muy hábil para llevarme más allá de su poder de reproducir lo que tenía delante y supo demostrarme que, si ponía el suficiente empeño, el espejo también podía contener las imágenes que reflejaba. No fue fácil que asumiera esta capacidad mágica para absorber y devolver las figuras que aceptó en otro tiempo, pero una vez conseguido, empecé a atisbar en su reflejo imaginario lo que un día estuvo frente a él y ahora se hallaba en la lejanía.

Con este extraño sistema Alberto me obsequió con un regalo por el que siempre le guardaré gratitud: hizo desfilar ante mis ojos un pequeño universo de manera amena, cotidiana, mostrándome el camino para digerir mis primeros conocimientos y empezar a distinguir unos de otros.

Así conocí por primera vez las fantasías de la Alicia de Lewis Carroll, aquella niña a la que decían que el rey soñaba y le preguntaban si sabía con quién; y al tiempo que ella, con toda lógica, respondía que nadie podía saberlo, añadían: «Sueña contigo. Y si dejara de soñar, ¿qué sería de ti?». «No lo sé», contestaba ella. «Desaparecerías –replicaban–. Eres una figura de sueño. Si se despertara ese rey te apagarías igual que una vela.»

Sí, aquel espejo veneciano fue el preámbulo y el hilo conductor de cuentos y relatos. Mi padre siempre ha sido buen conversador y sabe hacer de cada historia una aventura. Ahora me viene a la mente, por ejemplo, aquella anécdota de uno de los autores predilectos de mi infancia, Hans Christian Andersen, quien, según decía Alberto, al final de su vida visitó en Nápoles una casa en la que había un espejo mágico; se decía que en él había desaparecido una niña vestida de verde. De vez en cuando, la niña salía convertida en mariposa y revoloteaba por la habitación. Andersen, atraído por el misterio, se quedó en la casa muchos meses para poder verla. No obstante, su espera fue en vano y, aunque pasó tardes enteras a su lado, jamás consiguió poder compartir el milagro. Por fin, el día de su marcha a Dinamarca, cuando se despedía de la patrona, escuchó que le llamaban a voces desde el piso superior. El escritor, sobresaltado, subió los escalones de tres en tres. Al llegar al descansillo se encontró a la criada mirándole con expresión satisfecha. Andersen se detuvo unos segundos para recobrar el aliento y la miró por encima del hombro con ojos interrogantes. No fue preciso pronunciar una sola palabra, ella asintió con solemnidad y él, sin aguardar, atravesó el umbral de la habitación. Fue un instante, pero aún pudo ver a una mariposa verde sumergirse, con parpadeante aleteo, en el frío espejo.

Cuando fui creciendo, mi padre, imbuido del poder de reflexión del azogue, fue ampliando el espectro de sus cuentos y hasta llegó a estremecerme relatando historias de aparecidos y vampiros incapaces de reflejarse en los espejos, pues su imagen –me decía bajando la voz– «se transforma cuando se miran en ellos en una forma algodonosa y blanda que va desapareciendo misteriosamente». Luego, yo era capaz de pasar horas enteras buscando en la superficie bruñida del que teníamos en casa, también algodonoso, pequeñas motas de grises tenues y hasta puntos negros que suponía testigos de ese reflejo vampiresco. Más tarde, aprovechando alguna ausencia, lo mostraba a mis amigos del colegio como el mejor de mis secretos e intentaba reproducir la atmósfera que Alberto había hecho germinar.

Era mi tesoro aquel espejo. Gracias a su mediación pude ver a mi padre suscitando apariciones, haciéndole retornar las imágenes que reflejó en otro tiempo, anulando distancias. Fue un proceso paulatino, medido, mediante el cual aprendí a utilizar su compañía para penetrar en el trasfondo de nuestra cultura por la puerta de atrás, la entrada más enigmática, más seductora.

También –y de forma muy especial–, esa lámina mágica fue la

culpable de mi pasión por el pasado. A su lado pasé revista a toda la historia de Francia, de manera similar a como lo había hecho cuatrocientos años antes Catalina de Médicis mientras Nostradamus le predecía el futuro haciéndola mirarse en otra luna veneciana. Y no sólo esto, ¡cómo olvidar, por ejemplo, aquel atardecer de invierno, yo tenía apenas dieciséis años, cuando mi padre me explicó con su voz grave y didáctica que la misma María Antonieta contó antes de morir que hacía muchos años, siendo delfina de Francia, vio en un espejo de la villa de Estrasburgo una extraña máquina, la guillotina, que sería desarrollada mucho más tarde y con la que fue ejecutada! En esas ocasiones, Alberto extremaba su rigor y trataba de narrar pormenorizadamente cada uno de los detalles, deteniéndose con delectación en los perfiles más singulares del relato:

–Esa máquina fue diseñada por un tal doctor Louis y construida por un alemán llamado Tobias Schmidt, pero la idea original fue de monsieur Guillotin.

Y si en su compañía aprendí el secreto y el misterio de tantos enredos históricos, fue sobre todo el sendero por el que llegué a amar la pintura. De alguna manera mi vida posterior y mi trabajo actual están vinculados a la fascinación de aquellas tardes en que la magia combinada del espejo y las palabras de mi padre me permitían visitar escenas como las del *Retrato de los Arnolfini* de Jan van Eyck o las *Venus* de Velázquez y Tiziano. Ahora, después de haber dedicado mi vida al estudio de la historia del arte, soy consciente de que el conocimiento ha hecho más profundo aquel primer contacto subjetivo, pero también sé que el acercamiento de esos días apremió mi comprensión del misterio esencial que encierra toda gran obra de arte. Con el tiempo me he convertido en un experto en asuntos quizás marginales de la pintura, como la iconografía o la composición, y cuando veo un cuadro me he acostumbrado a analizarlo considerando el punto, la línea, la perspectiva, la geometría y el tono empleados por el artista para expresar los aspectos de la realidad o de la experiencia por él elegidos. Pero la deuda permanece: si el misterio ha prevalecido, si no ha sido menos enigmática la vida del árbol porque haya estudiado sus hojas, es por aquella forma de arrimarme al arte que me inculcó mi padre.

¿Y cómo no? ¿Cómo permanecer insensible a la magia de los espejos contenidos en óleos como *Susana en el baño* de Tintoretto o a ese delicado prodigio, *La muchacha de blanco*, pintada por Whistler a principios de este siglo? Mi ventaja era sustancial, bastaba con sentarme frente al que tenía mi padre en su estudio –el que me acababa de regalar, ¡aún me parecía increíble!– para que, sobre el espacio real de la habitación, viniera a superponerse por una especie de prodigio otro espacio que yo sabía imaginario y real al mismo tiempo. Un espacio que recogía en dos dimensiones, exactamente igual que en un cuadro, la infinitud del universo escogida, reducida y enmarcada para mí.

Por eso necesitaba llevar el juego un poco más allá y las pinturas con espejos han acabado convirtiéndose en mis favoritas: en ellas –cuadros dentro del cuadro–, la asfixiante planitud de tantas composiciones conseguía abrirse en dos planos, hacia atrás, a través de la oquedad de la luna, rompiendo la monotonía del fondo, y hacia delante, por reflejo del mismo espejo, mostrándome la proyección de la escena en mi dirección. De esa manera, conseguía atisbar la otra parte de los personajes, aislándolos del fondo, convirtiéndolos en bultos redondos y librándolos de perecer aplastados. Y, sobre todo, podía vislumbrar el otro lado de la habitación –o del mundo–, que inexorablemente queda al exterior de la tela, pues ésta sólo es capaz de representar una mitad. Y así, mitad tras mitad, gracias al espejo, fui capaz de vivir la totalidad de un espacio pasado, representado y, al menos en teoría, muerto.

Era lógico, se trataba de la apariencia falsa más pura dentro de la apariencia falsa que es todo cuadro. Con toda probabilidad, no podía haber elegido mejor camino para aprender con un sentido más desengañado y, al mismo tiempo, más seductor que con ese objeto precioso que era capaz, al tiempo, de mostrarme la verdad y mentirme doblemente, con su pretensión de repetir la realidad exterior, con su jactancia de inmovilizar el mundo inquieto del azogue.

No todo fue tan maravilloso, tampoco debo engañarme. Atributo de la vanidad, de la verdad, del desengaño, del amor divino, el espejo en la historia del arte es símbolo de la ejemplaridad y de la memoria. Y siendo todo eso, puede ser al mismo tiempo nada, como en ciertas obras de Picasso. Por ello, consciente de que Narciso murió a causa del único espejo que halló a su alcance –una fuente–, yo he tratado de tener cuidado con el que mi padre utilizó para abrirme otras puertas y evitar confundir los reflejos con los espejismos.

En fin, aquel espejo supo despertar mis fantasías de adolescente y con él aprendí a buscar el envés de las cosas. Fue tanta mi pasión que incluso llegué a parodiar con gesto mecánico la terrible muerte de Mariano José de Larra, suicidándose delante de uno de ellos, para pasmo de mi madre, quien, al verme duplicar la macabra escena, me arrebató de un manotazo el viejo pistolón de madera con el que jugaba y me castigó toda esa tarde.

IV

Nuria Valls vivía en una vieja casa del centro, sucia y desaliñada, sin ascensor. Descendí del taxi y busqué la entrada. Ella me había indicado que su puerta se encontraba en la escalera de la derecha del patio. Mientras escudriñaba, vi que más adelante, a la izquierda, había una segunda escalera por la que asomaba una mujer gorda y despeinada, vestida con una bata. Llevaba un niño pegado a los faldones y me miraba haciendo una especie de visera con el dorso del brazo. Sin prestar mayor atención, ascendí hasta el piso de Nuria y al llegar a la puerta llamé con suavidad, arañando con los nudillos.

–Pasa, pasa. Está abierto.

La encontré en una pequeña habitación llena de alfombras y libros, sentada con las piernas cruzadas en un almohadón puesto encima de una estera, con unas gafas que le daban el aspecto de una persona entrada en años, estudiosa y llena de cordura, un libro sobre los muslos y la taza y la tetera de porcelana humeantes a su lado. Levantó la vista con calma, vio quién era, dijo: «¡Ah, Gonzalo, entra, por favor!», y volvió a inclinarse sobre el libro:

–Perdona un momento que acabe el párrafo. Estoy leyendo una historia deliciosa.

Enarqué las cejas por el curioso recibimiento.

–Se llama *Cuando el mundo era joven todavía.* Mira qué bonito es esto.

Nuria me pasó el libro sin darme tiempo a reaccionar. Ojeé la página que señalaba y vi a la derecha la silueta de un hombrecillo con gafas y sombrero sosteniendo una rama con una extraña flor. Al otro lado había dibujada una enorme abeja y debajo el siguiente texto:

Verano en el jardín. Bajo el peral, chispeantes insectos. Ellos zumbaban, yo canturreaba con ellos. Estaba sujetando una malva a un bastón, quitando malas hierbas, haciendo esto y lo otro, y entre una cosa y otra, nada.

Entonces me habló una abeja:

–Hoy se casa nuestra reina –dijo–. Mi pueblo y yo necesitamos un padrino. Te hemos elegido a ti.

Me quité la tierra seca de los dedos.

–Gracias –dije–. ¿Qué debo ponerme?

–Alas –dijo la abeja.

El cuento se llamaba *La invitación* y yo reconocí, un tanto azorado, que sí, era bonito.

Nuria, a mi lado, me contemplaba con una sonrisa tan natural que parecía ser una amiga de siempre, pero yo apenas la reconocía, a pesar de haberla visto alguna vez, fugazmente, en el Museo del Prado.

La había conocido quince o veinte años antes, en un viaje a Cataluña en el que Alberto me presentó a su padre, Faustino Valls, director de la Biblioteca de Tarragona. Pero entonces era una cría. Las formas angulosas, el encogimiento y la timidez de aquella imagen antigua, habían dejado paso a una lozanía que no podía asociar con aquel recuerdo. Y, sin embargo, no había variado mucho. Seguía teniendo los mismos ojos grises y la misma mirada perpleja; la misma nariz formando casi una línea recta con la frente, los mismos hoyuelos en las mejillas sonrosadas y transparentes, los mismos brazos blancos y las mismas manos, largas, afiladas.

Recordaba a la perfección la última vez que me tropecé con ella. Ocurrió en la fiesta de inauguración de una exposición temporal, uno de esos actos en los que todo el mundo se aburre soberanamente y, al final, te marchas a tomar una copa a otra parte. Ella estaba al otro lado de la sala, atendiendo a lo que decía mi padre. Le escuchaba con una media sonrisa que no ofrecía indicación alguna de si encontraba o no divertida la anécdota. Al final me acerqué a ellos para decirle algo a Alberto, y entonces fue cuando la reconocí: Nuria Valls era alta, de espalda muy derecha, con una cara serena y hermosa, si bien pasada de moda, nada que ver con los rostros angulosos y como tallados tan en boga. Lo que resultaba menos desfasado era su tipo, de talle esbelto y fibroso. Llevaba el cabello largo, peinado en melena y, por único adorno, una cinta de seda color crema. Por lo demás, lucía un discreto bronceado y se ataviaba con un vestido blanco que le sentaba muy bien. Tampoco usaba joyas y, en cuanto a maquillaje, tan sólo una pincelada suave oscurecía sus ojos, lo que bastaba para diferenciarla de las otras mujeres del salón. Le calculé unos veinticinco años y luego supe que, en realidad, tenía veintinueve.

Al verla en esa actitud tan plácida, recordé también que la mano que me tendió, larga y con uñas perfectas, estaba fría. La otra sostenía lo que, al parecer, era tónica, que resultó ser tónica con ginebra, y exhibía en su dedo anular un anillo con una moneda romana de oro, en apariencia auténtica:

Sin alterar la expresión, continuó:

–Anoche estuve hojeando uno de tus libros de emblemática, pero no es lo mío, me cansé enseguida.

Sonreí intrigado antes de preguntar:

–¿Cómo sabes que me gustan los libros de emblemática?

Nuria bajó los ojos, entornando los párpados, como si fuera miope, aunque me constaba que veía a la perfección.

–Conozco muchas cosas de ti, hombre –ante mi expresión confusa, añadió–: Cuando está de buen humor, eres uno de los temas favoritos de tu padre.

Volví a sonreír, ahora ya abiertamente. Era una extraña situación. Ambos habíamos oído hablar del otro en muchas ocasiones, pero sólo nos conocíamos por referencias de la misma persona. De hecho, aun siendo la primera vez que nos hallábamos a solas en un cuarto, los dos éramos conscientes de saber suficientes detalles del otro como para que el encuentro generara cierta timidez. Sin embargo, a ella no debía de importarle. Había constatado su conocimiento sin el menor recato.

–Anda, siéntate –insistió–, tengo que hablar contigo. Pero, antes de empezar, ¿quieres tomar algo? ¿Te apetece un té?

Mientras asentía y me acomodaba entre aquel revoltijo de enseres, ella se levantó parsimoniosamente, con cadencia de gata:

–Espera un poco –dijo–. Voy a la cocina a calentarlo.

La vi caminar de espaldas y decir algo sobre el número de cucharadas de azúcar sin escucharla; en ese momento estaba pensando en las conversaciones que habíamos mantenido en los últimos diez días. La primera vez que hablamos, me costó identificarla. «¡Ah, sí, Nuria!, la compañera de mi padre. Perdona, estaba despistado.» Me explicó entonces que estaba preocupada por Alberto y necesitaba comentarlo, no quería inquietarme, pero ¿era consciente de la depresión por la que atravesaba mi padre? Aquello me molestó, ¿quién era ella para hablarme con esa naturalidad? No obstante, más allá de esa sensación, quedé tan sorprendido que guardé silencio. Yo había estado con él hacía apenas unos días y, si bien tenía la seguridad de que el lastre por la muerte de mi madre aún permanecía casi intacto, me pareció exagerada la descripción de su estado. Además, todavía estaba fascinado por la magnitud de sus regalos al despedirnos y me costaba atisbar más allá. Sin embargo, había tanto sincero interés en sus palabras que la dejé proseguir y hasta acabé pidiéndole que me llamara al día siguiente para contarme cómo se encontraba. No hablamos entonces, pero en el transcurso de la semana mantuvimos dos cortas conversaciones sobre el mismo asunto. La penúltima llamé yo, tanto por sentirme intranquilo, con una cierta culpabilidad, como por escuchar de nuevo su voz. Y dos días después, en la llamada postrera, Nuria se manifestó con otro tono:

–No quiero alarmarte Gonzalo, ahora bien, continúo inquieta...

–¿Otra vez?

–Déjame continuar. Esta tarde he estado con tu padre en el cine y al salir le he propuesto ir a tomar algo. Si te digo la verdad, durante el camino al restaurante casi no hablamos, pero luego, al sentarnos, no sé... había algo confuso en el ambiente.

–No entiendo.

–Ni yo misma sé a lo que me estoy refiriendo. Sin saber muy bien los motivos, la conversación fue tomando un raro cariz y Alberto se embarcó en un larguísimo monólogo que me dejó sorprendida. Era la primera vez que le escuchaba hablar tanto tiempo.

–Mi padre puede ser muy parlanchín en ciertas ocasiones.

No me escuchó.

–Al principio, aunque parezca increíble, me contó una especie de cuento.

–¿Cómo?

–Dijo que unos días antes de tu partida, en su casa, mientras preparaba la cena, sintió la necesidad de acercarse a un pequeño espejo veneciano que había comprado muchos años antes. Tú sabrás cuál es –continuó Nuria, probablemente sin sospechar quién era su dueño ahora–. Según parece, es un espejo muy reducido, enmarcado con una talla holandesa negra, y en el perfil de su azogue deben haberse extraviado no pocas miradas. Tal y como hablaba, debió permanecer frente a él durante horas reflexionando sobre sus problemas, sin decidirse a abandonar su imagen del otro lado. Lo divertido es que por la noche, mientras dormía, tuvo un sueño muy curioso.

–¿Un sueño? –le pregunté confundido–. ¿Y te lo contó?

–Espera, a eso iba. No sé si lo sabré explicar bien, no tengo facilidad para evocar las imágenes de tu padre, pero lo intentaré.

Asentí con el mentón. Estaba consiguiendo despertar mi curiosidad.

–El sueño trataba de un viejo cuento de alguien de quien decían que era zurdo, porque cogía todas las cosas con su mano izquierda y su pie izquierdo regía al otro. Pero no era verdad, la mano que en realidad agarraba era la derecha y el pie rector, también el derecho. Sólo sucedía que tenía su derecha e izquierda equivocadas y, al señalar, erraba siempre.

Se interrumpió un instante para reflexionar o quizás para buscar mi complicidad desde el otro lado del teléfono. Yo callé y ella prosiguió:

–Bueno, pues Alberto decía que esa particularidad le daba cierto aire de espejo, y no sólo porque ése fuera el único lugar donde conseguía encontrarse, sino porque, aunque te parezca increíble, él se sentía parte del reflejo. Es decir, si se veía de frente le parecía inverosímil que pudiera tener espaldas o talones, y si sólo se reflejaba la cara sentía como si su cuerpo perdiera consistencia. Y también, ¿cómo te lo explicaría? Porque, al igual que los espejos, advertía que en él podía mirar el silencio y sentir el tacto de la luz y ver el aire que lo envolvía, ahondando en una profundidad sin límites.

Carraspeé con suavidad y ella lo oyó.

–Déjame seguir –replicó con tono de reprimenda–, estoy intentando utilizar las palabras de tu padre.

–No he dicho nada.

–Pues bien –continuó–, ese hombre era consciente de tener su derecha y su izquierda equivocadas y vivía en una extraña desazón que sólo conseguía superar reflejándose en el espejo, contemplando en la imagen que le devolvía la misma nostalgia irreparable que bañaba sus ojos y el mismo deseo de conciliarse con su alrededor. Y así, mirándose con ternura, compadeciéndose mutuamente por saberse trocados, real el reflejo, falso quien miraba, llegó a la absurda conclusión de vivir en un espacio equivocado y comprendió que el mundo que le correspondía no era éste, sino aquel que estaba dentro del espejo y del que había sido desterrado sin saber muy bien el motivo.

–Es una bonita historia, y te equivocas, la has narrado muy bien, me parecía escuchar a mi padre.

Ella asintió complacida.

–No te extrañe –continué–, Alberto siempre ha estado fascinado con los espejos y cuenta historias interminables sobre ellos.

–Te creo –dijo ella–. De hecho, no quedó ahí el asunto. Sin embargo, quería transmitirte otra cosa. Creo que Alberto, al hablar, al relatar esa historia, estaba refiriéndose de alguna forma a sí mismo.

Otra vez sus absurdos temores. Pensé que era mejor ir por partes.

–¿Por qué dices que no quedó ahí el asunto?

–Porque luego me habló de otro espejo insólito que tuvo una amante de Napoleón III.

–Ya sé quién dices –respondí, reconociendo la anécdota–: Madame de Castiglione, quien, al envejecer hizo tapar todos los espejos de su casa con terciopelos negros.

–Tu padre me comentó que dejó sin cubrir sólo uno de origen veneciano, en el que se miraba a menudo para contemplar lo que llamaba de forma un tanto melodramática los *funerales de la belleza*. En ese tocador, una vez cada doce horas y por espacio de un minuto, conseguía retroceder en el tiempo y trasladarse a su juventud.

–Es uno de sus cuentos favoritos –confirmé en un tono plano; Nuria desconocía hasta qué punto ese tipo de relatos constituían para Alberto tanto un hechizo particular como una vía de seducción ajena.

Intenté aclararlo:

–Supongo que él ya te lo contó, el espejo ha sido considerado desde hace muchos siglos símbolo de la multiplicidad del alma, de su movilidad y adaptación a los objetos que la visitan y retienen su interés.

–A ver si lo entiendo –me cortó–: ¿Acaso quieres insinuar que estaba describiendo dos historias paralelas, con finales parecidos, en las cuales el espejo simbolizaba una especie de puerta por la cual el alma puede disociarse y pasar al otro lado?

–Exacto –repliqué–, aunque me refería sobre todo al segundo relato. De hecho, esta versión mágica explica la antigua superstición de cubrir los espejos o ponerlos de cara a la pared en determinadas ocasiones, en especial, cuando alguien muere en casa.

–¡Ahí está! Tú mismo lo dices. Trataba de referirme justo a eso.

–¿A qué? –dije, esforzándome en comprender. Yo me había explayado con esa referencia cultista sin albergar la menor implicación.

Su voz cambió hasta sonar como el ronroneo de un gato al retomar la idea original.

–Mira, o bien yo no conozco a tu padre o él insinuaba otro asunto...

–Sigo sin entender.

–Es difícil explicarlo –dijo con voz cansada–. Al contarme esas leyendas o lo que sean, yo creo que estaba expresando también un cierto concepto del declive, y de sus palabras parecía desprenderse lo inútil de aferrarse a la vida cuando se espera poco de ella.

Traté de interrumpirla.

–No, déjame seguir. Él hablaba del fin de las cosas, de su progresivo agotamiento, de sí mismo encaminado al ocaso. Igual que con el sueño, no estaba tanto contando una trama más o menos ingeniosa como expresando sus ganas de irse, su cansancio de tantos errores... O al menos así lo interpreté.

Guardé silencio.

–Ya te he indicado antes que ni yo misma sé de lo que estoy hablando, pero han sido muchas alusiones, Gonzalo. Demasiadas en mi opinión. Y tú harás lo que quieras y probablemente yo me esté pasando –afirmó el tono de voz–: Creo que debes venir a verle lo antes posible.

La conversación había durado poco más, lo suficiente para comprometerme a llegar en un día y medio y pedirle que me permitiera visitarla antes de ir a ver a Alberto.

Al principio, trató de disuadirme:

–Te he dicho cuanto conozco. Tú eres su hijo. Por mí, encantada de ayudar, pero no veo cómo...

Al cabo, tras especificarle que quería escuchar esas palabras de su boca para asimilar mejor, acabó accediendo.

Y ahora la veía venir de la cocina con una tetera humeante. Se agachó y me sirvió con lentitud, el pelo cubría un tercio de su rostro y sólo me permitía atisbar el perfil de la nariz y parte del de la barbilla. Repitió la operación con su taza y se acomodó frente a mí antes de preguntarme:

–No te he oído antes. ¿Uno o dos terrones?

–Uno, por favor.

Al depositar el azúcar, nuestras miradas se cruzaron por un instante y yo desvié los ojos al suelo. Ella suspiró con lentitud y levantó la vista a una reproducción de una acuarela de Paul Klee situada frente a nosotros en la pared; sin embargo no daba la impresión de mirarla, sino de estar más allá, como si pudiera abismarla. De repente se apartó el cabello de la frente y me encaró:

–Tú dirás, Gonzalo.

–Ya sabes a lo que vengo –respondí con cautela–. Por teléfono parecías muy preocupada por mi padre.

Se agachó para buscar un paquete de tabaco entre los libros y encendió un cigarrillo.

–Bueno –comenzó–. Te he comentado en varias ocasiones que vengo notando distante a tu padre desde hace tiempo. Hasta ahora, siempre había creído que se debía al efecto de la muerte de tu madre, pero últimamente, con el lío del Velázquez, ya no sé qué pensar.

Fruncí los labios con gesto escéptico. Esta variante introducía una nueva perspectiva en la discusión.

–¿Qué tiene eso que ver?

–Supongo que estarás enterado de que tu padre sospecha que el cuadro no es auténtico.

–Sí, claro. A mí también me lo dijo. Nunca le tomé muy en serio, entre otras cosas, porque él tampoco está seguro.

–Yo pienso lo contrario. Debe estar relacionado. No es normal tanta insistencia con el bendito retrato de Luis de Haro –Nuria entornó los ojos y se puso un lápiz en la boca de manera mecánica, olvidando el cigarrillo en el cenicero–: Lo cierto es que en estos días le he visto cada vez más deprimido. No puedo asegurarlo, pero creo que le ocurre algo más importante o al menos diferente a lo de tu madre.

Permaneció unos segundos en silencio, inquieta. En aquel momento se estaba inclinando a la derecha y me miraba de soslayo esperando mi respuesta.

–Es posible –respondí–. Ahora bien, no sabes cómo le ha afectado su pérdida.

–¿Tan importante era?

–Más que eso. Decisiva –dije, con un ligero ademán de la mano–: Mi padre la adoraba. Cuando Marie falleció, cambió por completo. Por ejemplo, tú sabrás que él siempre ha sido un hombre ordenado y metódico, cuidadoso con sus objetos y maniático del decoro. Sin embargo, después de su muerte, empezó a vivir de manera extraña. A veces, a su lado, tenía la sensación de estar con una de esas personas que llegan de viaje y no están aún instaladas. Se levantaba y se acostaba tan pronto tarde como temprano; un día comía conmigo y al siguiente no. Iba por la casa a medio vestir...

–No sabía eso.

–Al principio –continué–, parecía que dos hombres se hubieran posesionado de él. Creo que en el museo y, desde luego, cuando teníamos que ir a algún sitio, seguía siendo un hombre bien vestido e incluso alegre. Sé de lo que hablo, tras la muerte de mi madre, yo abandoné mi apartamento y me trasladé a su casa. Al llegar del trabajo adoptaba el aire abrumado y sufrido del decaído. Erraba de una habitación a otra como una sombra. Lo mismo se sentaba al piano y tocaba alguna pieza, frunciendo el entrecejo por el esfuerzo de la atención, cuando siempre lo había hecho con la naturalidad de un virtuoso, que tomaba una novela de la estantería, leía media página al azar y arrojaba el volumen, o iba a la cocina, cogía un tomate y un poco de jamón y se ponía a comer, de pie ante la puerta de la despensa, hecho lo cual, con aspecto aburrido y laso, reanudaba sus correrías sin objeto por las habitaciones de la casa.

–Ya te digo que desconocía esos detalles. Ahora bien, estoy segura de que hay algo más.

Esperé a que finalizara la frase.

–Tu madre murió hace casi dos años y no puedo opinar. En todo caso, llevo suficiente tiempo a su lado para que me pase desapercibido un cambio tan notable como el de las últimas semanas –levantó la mirada, irritada–. Da igual. Ya te dije por teléfono que he estado intentando animarle, pero lo de anteanoche me asustó. Si me pides palabras concretas, no las tengo. Sólo digo que en un momento dado se puso a hablar con tanta naturalidad de la muerte que me alarmé.

–¿Qué quieres decir? –pregunté sobresaltado.

–Sólo sé que hablaba de la necesidad de descansar y perdona que hable con tanta franqueza –su voz se quebró sombría–. Creo que se le está pasando por la mente la idea del suicidio.

–¡Nuria!

–Serán exageraciones mías, no lo niego –añadió ella presurosa. Sus oscuros ojos grises me acechaban desde atrás–. Desde que lo insinuó estoy muy inquieta. Ayer le llamé varias veces sin recibir respuesta y hoy, sin ir más lejos, he pasado por vuestra casa, pero no estaba.

Se movió inesperadamente y apoyó su mano en mi brazo. Luego se inclinó hasta casi rozarme y murmuró en tono serio:

–Si yo fuera su hija, trataría de enterarme de lo que está pasando.

–Yo también le he llamado un par de veces sin el menor éxito –reconocí con voz turbada. Traté de suavizar la tensión–: Pero creo que, en efecto, estamos exagerando. Seguro que esta noche le encuentro y todo queda aclarado.

Ella me miró por encima del hombro con los ojos entrecerrados hasta quedar como dos rendijas, grises, inteligentes.

–¡Ojalá! –contestó, levantándose del suelo.

Me incorporé también.

–Te agradezco mucho tu interés. Ya verás como mañana todo está solucionado.

Al abandonar el piso de Nuria llevaba una irritante comezón en el pecho. Si bien pensaba que sus temores eran injustificados, conozco a mi padre y sé que la idea del suicidio es tan opuesta a su carácter como la dicha del tedio, ella se expresaba con tanta seguridad que impedía pensar en una intuición pasajera. Por alguna razón muy poderosa debía haber sido el transcurso de los hechos lo que motivara aquellas reflexiones. Pero ¿por qué? ¿Qué habría en el fondo de todo aquello?

Paré otro taxi y enfilamos la Castellana, camino de la casa de mis padres. Al doblar por Concha Espina los neumáticos chirriaron contra el asfalto. Percibí al conductor ajeno a las señales de tráfico y zigzagueando hasta enderezar el vehículo. Al detenerse ante un semáforo en rojo, el taxista soltó una blasfemia y dijo algo en mi dirección. No contesté. En mi cabeza se agolpaban atropelladamente retazos de la conversación anterior junto a preguntas menores que zumbaban al fondo del cerebro, igual que una nube de mosquitos.

Diez minutos después nos estacionamos frente a la casa donde he vivido tantos años, un pequeño edificio de dos plantas con ladrillos rojos, muy sucios, que siempre ha dado la impresión de estar medio abandonado. Despedí al taxista y salí a la calle. El zumbido de los coches que atravesaban la avenida semejaba una colmena de abejas iracundas en la noche. Al entrar en el jardín me levanté las solapas de la chaqueta, hacía frío y soplaba una brisa caprichosa que despertaba suspiros entre las ramas de los árboles; en el patio de la vivienda de al lado había toldos de lona que daban sacudidas como las velas de los barcos y el murmullo hueco de mis pasos confería a la visita un clima espectral.

Levanté la mirada y distinguí una luz que se filtraba por una ventana del piso superior. Tamizada por unos visillos, daba a entender que Alberto estaba todavía despierto. Más tranquilo, interpreté ese resplandor azulado con optimismo, pero por mucho que pulsé el timbre no hubo respuesta alguna. Maldiciéndome por no haber traído las llaves, me aparté de la fachada para llamar a mi padre a voces, sin obtener el menor resultado. La hierba húmeda mojaba mis tobillos; yo miraba las piedras y el suelo con la errante visión de quien se sabe consciente de otra cosa, percibiendo sin saberlo la noche de vigilia que se avecinaba.

Al cabo, sin saber qué camino tomar, me apoyé en el pomo de la entrada y cedió a la ligera presión. Me eché a reír y empujé la puerta. Penetré en el edificio, estaba muy oscuro y la humedad de los muros me envolvía como una mortaja de sudor frío. Tras el recibidor, di la luz y me dirigí directamente al estudio de mi padre. Avancé hacia las escaleras, estremeciéndome de manera involuntaria a causa de la confusión que percibía en cada recodo. Subí los peldaños de dos en dos y al ingresar en su cuarto estuve a punto de caerme tropezando con el marco de la puerta. Solté un quejido ruidoso que salió de la habitación y volvió a entrar en ella como si se persiguiera a sí mismo. La casa era un absoluto caos y estaba repleta de pequeños bultos, cuadros, esculturas y cajas tiradas por el suelo de cualquier manera.

Cinco minutos más tarde me encontraba de nuevo en el recibidor de la planta baja. Ordené algunos objetos de manera mecánica, murmurando con irritación cuál sería el origen de aquel desorden anormal. Estaba claro que allí no había nadie.

Cediendo a un instinto de complicidad, busqué el teléfono y llamé a Nuria.

–¿Qué ocurre? ¿Le has encontrado?

–No, aquí no está. Pero hay algo más. Han debido robar, todo está revuelto. Además la puerta estaba abierta y hay una luz encendida.

Nuria no lo pensó dos veces.

–¿Quieres que me acerque?

–Sí, por favor...

Media hora después, tras haber recorrido de nuevo en vano todas las habitaciones, nos dirigimos al estudio de mi padre a esperar a la policía. Me levanté a preparar dos copas y traté de combatir mi preocupación hablando de asuntos intrascendentes, pero al volver de la cocina vi que Nuria permanecía inmóvil, con los brazos inermes y las mejillas de color ceniza, sin responder a mis comentarios. Yo intentaba evitar el tono melodramático de la situación y decía frases constantemente para darle una oportunidad de olvidar sus propios temores, tratando de deshacerme de los míos. Como de costumbre, no logré ninguno de los objetivos; siempre que me enfrento con alguien cuyo mundo sospecho que, o bien puede serme demasiado diferente, o bien demasiado complejo, echo sin tino palabras como piedras a esa zanja que siento que puede abrirse en medio, en lugar de mirar si de verdad existe, si de verdad está abierta.

De manera que pasamos el tiempo envueltos en un silencio corrosivo hasta que me percaté de un pequeño libro que estaba a la derecha de la mesa de trabajo. Se trataba de un facsímil de una obra que yo estimaba en especial, *Los emblemas de Alciato*, en la edición publicada en Lyon en 1549. Nuria se acercó por detrás y, al verme hojearlo, comentó con un deje de ironía en la voz:

–Tu querida emblemática. Nunca he entendido ese asunto.

–Sí, hoy casi nadie conoce su significado e importancia, al menos la que tenía en el siglo XVII.

–¿Qué pensaban entonces?

–Ellos la consideraban el equivalente moderno de los jeroglíficos egipcios. Algo así como la expresión de una sabiduría escondida.

–Perdona, ¿qué es exactamente la emblemática?

Nublé los ojos en actitud pensativa. No me apetecía hablar, pero más valía disponer de un asunto sobre el que conversar mientras aguardábamos. Un esbozo de sonrisa tamizó mi cara antes de contestar.

–Los emblemas son mensajes ocultos que encierran un contenido moral específico. Lo importante es que no son exclusivos de un individuo o una familia, sino que pertenecen a la sociedad entera.

–O sea, se trata de símbolos que podía utilizar cualquiera.

–Algo así. Un poeta, un escultor, un dramaturgo, un arquitecto... Quien fuera.

Levanté las manos en dirección al techo.

–Por eso –continué– eran usados tan a menudo por los pintores del barroco para aludir a vicios o virtudes. El mismo Andrea Alciato, que escribió este libro, opinaba que la palabra deriva del verbo griego *emballesthai*, que significa «incrustar». En fin, lo decisivo es distinguirlos de otro género también muy difundido en la época, las *empresas* o *divisas*, que sólo pueden revelar simbólicamente a una persona o a un apellido.

–Ya entiendo, estos últimos son los textos de las leyendas de los escudos heráldicos.

–Más o menos.

Sin embargo, yo estaba pendiente de otra idea.

–De este libro, Velázquez poseía un ejemplar. Así aparece en el inventario de bienes hecho a su muerte. Mi padre debía estar consultándolo por eso.

–Déjame ver –me pidió Nuria. Al mirarlo con detenimiento, observó que entre sus páginas había una pequeña nota escrita en un papel de seda tan tenue que pasaba casi inadvertida–. Mira, hay un poema.

Tras leerlo quedé paralizado por la sorpresa. Incrédulo, volví a releerlo y dije:

–No es un poema. Es otro epigrama de Alciato que jamás había visto. Y yo creía conocer toda su obra. Lo más absurdo es que ésta es la letra de mi padre:

–¿Estás seguro?

–Conozco perfectamente su escritura.

QUE NO ES LO QUE APARENTA

La piedra que al cristiano más afrenta
Por ser la luz del mal lo que contiene
Llevara lucifer por cornamenta.
Verde fuego en el cuerpo de Selene
De lúbrica soberbia se alimenta
Y en los ojos de un hombre se detiene.
Él pudo andar por campos de zafiro
Mas escogió el Infierno de un suspiro.

–¿Qué significará? –preguntó Nuria.

–Parece un juego de palabras entre la esmeralda y el zafiro, dos piedras preciosas que se confundían mucho en la antigüedad. Es curioso, hace algunos años escribí un pequeño artículo sobre los símbolos de la gemología, y nunca oí hablar de este epigrama.

Ella me miraba esperando a que terminara:

–No consigo comprender de dónde ha salido, ¿cómo es posible que no lo hubiera visto antes?

Tragué saliva y acabé chasqueando los dedos:

–Espera, ¿dónde estaba?

–Perdona, pero antes explícame otra cosa –dijo ella–. No entiendo cómo se pueden confundir un zafiro y una esmeralda, ni tampoco conozco su significado.

La pregunta debió de tocarme el lado realista. Me erguí al borde de la silla, en la misma posición pensativa, con las yemas de los dedos en la sien:

–No es tan sencillo. Ambos términos, zafiro y esmeralda, provienen del griego y significan respectivamente «azul» y «verde». En realidad, no es que se confundieran entre sí, sino con otra piedra, la turmalina. A veces, si no eras entendido, podías embrollarte. Ten en cuenta que hay zafiros azul-verdosos y esmeraldas verde-azuladas. En cuanto a su significado, sobre el zafiro no hay duda posible, siempre ha sido positivo. Por su color azul, los alquimistas creían que simbolizaba el aire, piedra unida al cielo, representando tanto la esperanza como la conciencia. En Oriente decían que protegía del mal de ojo y la cultura del cristianismo siempre ha sostenido que representaba la pureza del reino de Dios.

–La esmeralda es más complicada, ¿verdad?

–Ése es otro asunto, es cierto. Se trata de una joya de significados más complejos, incluso contradictorios. Empezaré con lo más fácil. Para los indígenas americanos, está asociada a la lluvia, la sangre y los ciclos lunares, constituyendo un emblema de la fertilidad. En concreto, los aztecas la ligaban al pájaro *quetzal* de largas plumas verdes, símbolo de la renovación primaveral. Pero en la cultura occidental la cosa es más complicada. Los romanos la consideraban una especie de talismán: colocada sobre la lengua permitía conjurar los espíritus malignos y conversar con ellos. Se trataba por tanto de una piedra de clarividencia. Así pasó a la Edad Media, donde los alquimistas la asociaron con la gema de Hermes, el mensajero de los dioses. Para ellos, la esmeralda era el rocío de mayo y representaba el momento en que el metal se convierte en vapor dentro de la retorta. Incluso llegaron a elaborar una Tabla Esmeraldina.

Nuria acható los ojos y su perpleja mirada gris se hizo más profunda.

–Tu padre también me habló algo sobre esto, pero no imaginaba tantas derivaciones. Es verdad que eres un experto.

–Falta lo mejor –respondí más animado–. Primero, la esmeralda siempre ha sido considerada *piedra de inmortalidad* porque en el *Apocalipsis* se dice que Dios está sentado en un trono de este color. De ahí que muchos autores sostuvieran que el Santo Grial estaba tallado en una inmensa esmeralda.

–¿Y es cierto?

–¿Quién sabe? Yo sólo puedo decir que el único Grial documentado, el que se guarda en la catedral de Valencia, tiene el cáliz de color verde.

–¿Bromeas?

Ella me miraba con perplejidad mientras su rostro se teñía de un color negro azulado.

–No. Si lo piensas, verás que la versión que conoces del Grial te la ha transmitido Hollywood. Pero no siempre ha sido así. O por ponértelo en los mismos términos, ¿sabías que cuando Hitler se entrevistó con Franco en Hendaya para que España se incorporara a la Segunda Guerra Mundial, su lugarteniente Heinrich Himmler se trasladó secretamente hasta la abadía de Montserrat para reclamar el Santo Grial?

–¿Cuándo fue eso?

–Si no recuerdo mal, a finales de octubre de 1940.

–¿Y lo consiguió?

–No podían entregárselo, nunca estuvo allí. Pero no es raro que lo pensara, la mayor parte de la bibliografía alemana lo sitúa en ese monasterio desde el siglo XIII. Wolfram von Eschenbach escribió la obra más famosa sobre este asunto, *Parcival*, en los últimos años del siglo XII, y allí especifica que en Monsalvat –o Montserrat–, «en los confines del noreste español, es donde se custodia el Grial». Hasta Wagner se refiere al mismo lugar en su ópera *Parsifal*.

–Parece parte del guión de una película de Indiana Jones –acotó Nuria con gesto malicioso.

–Bueno, ya sabes que la realidad siempre supera a la ficción –respondí con una sonrisa cómplice–: Volviendo a la esmeralda, te he enumerado sus atributos positivos. Faltan los negativos.

Ella seguía contemplándome en silencio con el mismo rictus de labios.

–Según una tradición hermética, cuando Lucifer fue expulsado del paraíso, una esmeralda cayó de su frente al ser precipitado al infierno. En consecuencia, ya ves, está asociada al mismo tiempo a Dios y al diablo.

–Así que –concluyó ella–, a diferencia de otras piedras preciosas, la esmeralda tiene doble significado.

–¡A diferencia de todas las piedras preciosas! –puntualicé–. Y sí, tienes razón, por eso ha sido utilizada en un sentido u otro, positivo o negativo, según le haya interesado a un escritor o a un pintor.

–Ya veo –contestó Nuria, con voz pensativa–. Algún día me tienes que explicar todo esto con más calma.

–Claro. Pero ahora dime –pregunté a mi vez, cambiando de asunto–, ¿dónde estaba el epigrama?

Nuria seguía sujetando el libro entre sus manos y mantenía de manera inconsciente el pulgar entre las hojas de donde había caído la pequeña nota. Su rostro moreno estaba impasible de nuevo. Sólo se movían los pálidos ojos y la boca, delicadamente delineada.

Abrió el libro y leyó:

–Estaba entre las páginas 155 y 156, que corresponden a los números CXXX y CLXXX, cuyas leyendas, respectivamente, dicen: *Que presto viene el mal y el remedio tarde* y *Que más puede la elocuencia que la fortaleza.*

–Esto no puede ser casual –reflexioné más para mí que para ella.

–La verdad, ya te lo dije, nunca he sabido mucho de emblemática.

–No es raro. Ahora no se sabe nada de estas cuestiones, pero en el siglo XVII hubo un enorme desarrollo de este tipo de literatura ilustrada, cuya influencia sobre las artes y la vida en general fue mucho mayor de lo que imaginamos.

–¿Qué quieres decir?

–Varias cosas. Para empezar, que si bien, como es natural, tendemos a juzgar las épocas pasadas basándonos en general en los grandes monumentos literarios, arquitectónicos o plásticos, no es lógico, sin embargo, nuestro desdén por otras formas efímeras del arte de ese momento, entre otras cosas porque a menudo eran más admiradas por ellos...

Me levanté de la silla para seguir hablando y di un par de vueltas alrededor de la mesa. De forma mecánica, me acerqué a la pared para enderezar un cuadro y alinear unos libros medio tirados. Era imposible que mi padre hubiera dejado los objetos desordenados de esa manera. Me volví hacia Nuria para recuperar la conversación: era mi tema y casi nos había permitido olvidar el desconcierto por la ausencia de Alberto y el desbarajuste de la casa.

–Tenemos el prejuicio de juzgar la fisonomía de cada época sólo por ciertas obras de arte, en general por las que fueron realizadas con vocación de permanencia o de inmortalidad –dije con tono de voz un tanto solemne–. A mí me parece inaceptable. Es como si se hiciera un estudio de nuestra época en el que no se hablase del papel desempeñado en la vida cultural por la prensa diaria, la publicidad, la televisión, la radio, los deportes o el disco...

–Quieres decir por los elementos que desdeñaríamos si el siglo XX fuera una época remota.

–Exacto. Y además, no quiero parecer pedante, pero, por usar la expresión de Balzac, hay obras maestras desconocidas que no ejercen ninguna influencia en su época y hay obras espantosas que han entusiasmado a una sociedad entera cuyo mérito no logramos entender siglos después. Es lo que ocurre con los libros de emblemas.

–¿Espantosas?

Yo no la escuchaba, había utilizado esa expresión sin darle importancia. Continué:

–Te pondré una hipótesis. Imagínate que ahora te pudieras trasladar a los tiempos de la España del Siglo de Oro. Pues bien, tu existencia se vería regida por el orden y el protocolo y comprobarías que las ceremonias ocupaban un lugar primordial en tu vida. Y por otro lado, te darías cuenta de que el ingenio, ese ingenio tan ponderado del barroco, en la mayoría de las ocasiones, no consistía en otra cosa que en la búsqueda meramente retórica de aspectos novedosos de ideas previamente aceptadas y, también, en el alcance e intenciones de ciertos monumentos de esa cultura que hoy se nos escapan. No sé si me explico, pero mi padre debe estar buscando por ahí en relación con el cuadro de Velázquez.

–Quieres decir que el autor del cuadro tiene que ver con el emblema.

–Más que el autor, el significado, y con ello, como es lógico, también el autor.

Detuve mi marcha para encararme con Nuria:

–Ese epigrama... es increíble, si estuviera impreso hubiera dicho que es de Alciato, y sin embargo ¡no puede ser!

Nuria me miraba con una sonrisa escéptica.

–¿Has visto el Velázquez, verdad?

–No. ¿Por qué?

–Porque da la casualidad de que el personaje tiene un anillo con un zafiro o algo así.

–¿Estás segura?
Sus ojos lo decían todo. Asintió con un gesto decidido.
–Pues hay que comprobarlo.
Nuria me miró extrañada, pensando probablemente qué había que comprobar. Ya me había asegurado de que Luis de Haro llevaba puesto ese anillo. Pero yo no estaba pendiente del retrato, o mejor dicho, no pensaba sólo en eso.
–Quiero decir –proseguí– que si el Alciato es auténtico, es muy posible que Velázquez lo utilizara como referencia en la composición del cuadro.
Sonó el timbre de la puerta y bajamos para abrir a la policía. Nuria ya estaba en mi misma línea de pensamiento.
–¿Y cómo lo averiguamos?
–Yendo hasta el ejemplar que tenía Velázquez, si es necesario. Ya te he dicho que aún existe. Pero no creo que sea preciso, bastará con consultar una edición original del libro.

Dos días después, habíamos visitado tres bibliotecas sin el menor éxito, en una búsqueda que contenía tanto interés en sí misma como distracción ante la pregunta que me venía a la cabeza de forma constante: ¿qué había sido de Alberto? En la Biblioteca Nacional y en la del Ateneo existían ejemplares originales de la obra de Alciato, pero en ambos casos el tránsito entre las páginas 155 y 156 estaba determinado con el mismo vacío que la edición facsímil de la casa de mi padre.
Por la noche, Nuria, que había aprovechado la investigación para leer cuanto caía en sus manos sobre la época, me invitó a cenar en su casa. Incapaz de aceptar que a mi padre le hubiera ocurrido algo grave, conservaba buena parte de mi flema y trataba de animar a la restauradora, mucho más pesimista. Mientras comíamos, ella se explayó sobre sus recién adquiridos conocimientos:
–Tenías razón. La importancia del gesto era fundamental en aquella época. Hoy he leído una curiosa anécdota de un tal don

Rodrigo Calderón, valido de Felipe III caído en desgracia, acusado de abusos administrativos, que en el último instante logró el favor de sus propias víctimas gracias a la elegancia con que subió al cadalso en Valladolid. Lo curioso del caso es que de ahí viene el dicho: «Tener más orgullo que don Rodrigo en la horca».

–Sí –reconocí la anécdota–. Es divertido ese origen, ¿verdad?

Ella no se daba por vencida con facilidad.

–Aún conozco otra estupenda que ocurrió por los mismos años y que le pasó a un almirante, don Manuel Meneses, en el momento de naufragar su escuadra. Pues bien, el marino, cuando sintió todo perdido, en vez de combatir hasta la muerte, se dirigió a sus aposentos para vestirse con toda la magnificencia que le permitían sus pertenencias en aquel barco. Después, se trasladó de su camarote a cubierta y, como si no ocurriera nada, se puso a caminar recitando versos de Lope de Vega.

Ambos nos echamos a reír.

Nuria apoyó el brazo sobre la mesa y apostilló:

–Es curioso, dos siglos antes de Oscar Wilde, las personas educadas, cultivadas, consideraban la vida como una obra de arte. Un *beau geste*, en el momento oportuno, justificaba un episodio.

–Así es –confirmé–. Es más, yo creo que ése es el sentido de la sencillez en el vestir de la monarquía española de la época.

–Me he perdido –dijo ella con voz turbada.

–Míralo de esta manera, ¿no te parece paradójico que en una sociedad regida por el formalismo y el protocolo fueran tan austeros en el vestir? ¿No te han sorprendido nunca los trajes de los reyes de los cuadros de Velázquez, tan sencillos, tan limpios de adornos?

–Pero es lógico –respondió–. ¿No estaba prohibido importar brocados, terciopelos y adornos de oro y plata?

–Justamente por eso –confirmé, cada vez más animado–. Recuerda el momento y dime, ¿tú crees que un rey como Felipe IV, el monarca, el astro real, necesitaba adornarse con los laureles de Apolo para destacar mejor?

Ella seguía callada. Proseguí:

–No. Piénsalo bien. El colmo del refinamiento era ir vestido como un hidalgo cualquiera. Una simple golilla almidonada era cuanto necesitaba el rey para que «el gesto» del que hablábamos antes destacara más. Era preciso que sus andares y sus ademanes fueran los que mostraran su alcurnia.

–Ya entiendo –finalizó la frase Nuria–. Y de esa manera engañar al que no fuera tan listo o inspirado como Juana de Arco, quien supo reconocer al delfín de Francia entre sus cortesanos.

–Exacto.

Al recoger los platos para llevarlos a la cocina ambos debíamos estar pensando en posibles alternativas de búsqueda. Yo estaba convencido de que el epigrama que habíamos encontrado manuscrito por mi padre era auténtico, o la mejor falsificación que había leído en toda mi vida.

–La única solución, ya lo verás –le dije–, va a ser mirar en el libro original que poseyó Velázquez.

–¿Y dónde lo encontraremos?

–No estoy seguro –contesté mientras me secaba las manos–. Parte de su testamentaría está en poder del Instituto Valencia de Don Juan, aquí en Madrid, pero he oído que algunos de los libros fueron adquiridos por los duques de Medinaceli. Si está entre estos últimos, habrá que viajar a Sevilla para consultar.

Poco después nos encontrábamos tomando una copa frente a la chimenea, apoyados de cualquier manera sobre el lomo de un pequeño sofá que Nuria había decorado recubriéndolo con una tela que imitaba el dibujo de un *kilim* marroquí. Conversamos durante mucho tiempo; yo trataba de explicar a la restauradora la evolución del carácter de mi padre y ella acotaba su discurso con pequeños detalles de los últimos meses, durante los interminables desayunos en los que habían acrecentado su amistad recorriendo los cafés de los alrededores del Prado. Habló también de sus estudios en Italia, cuando pensaba en la vida como un porvenir radiante, restaurando tablas de viejos maestros flamencos en su taller, devolviendo a la vida pequeñas esculturas anónimas, sillas egipcias o crucifijos románicos. En un momento dado, al ensalzar su trabajo, sacó a colación a su hermano David: «Ése sí que es un artista –me dijo–. Deberías conocerlo, con sus libros, su barba de chivo y sus arrebatos místicos». Según me dijo, era la única persona a la que había tratado que se consideraba genial sin el menor género de duda. Le reproché con discreción el tono displicente con que se expresaba, sobre todo si estaba referido a su hermano. Nuria respondió con una de las primeras sorpresas de nuestra relación. Primero lanzó una mirada desdeñosa por encima de su hombro y luego me enfrentó con énfasis y una punta de nostalgia, afirmando que al cumplir quince o dieciséis años había aprendido a renunciar a los buenos sentimientos. O al menos, a alardear de ellos:

–Los pensamientos nobles rara vez van aparejados con nobles acciones –dijo–. Es malo pensar y, mucho peor, decir una multitud de cosas que pueden parecer excelentes, pero que deben quedar encerradas en nuestro corazón. En la mayoría de los casos, el solo hecho de haber expresado un buen sentimiento dificulta su realización.

Acabó inclinándose en mi dirección, con los ojos muy abiertos, desenfocados. No me fue posible saber si se burlaba de mí o de sí misma.

Tras la tercera copa, el exceso de acontecimientos del día fue triunfando sobre las fuerzas de Nuria y, poco a poco, se fue apoderando de ella un sopor insoportable; la espalda se acomodó contra un cojín, sus músculos se relajaron y dejó caer la mano en el suelo. Sin darse cuenta, se quedó dormida con placidez, como una niña. Un rato después la vi salir del sueño sin llegar a librarse de la somnolencia, su rostro transmitía la beatitud de las sensaciones agradables. Permaneció unos minutos en aquel estado confuso antes de discernir por qué parte de su cuerpo se introducía ese bienestar. Y de pronto debió deducir que el calor que emanaba de su muslo procedía de otro cuerpo vivo. Se dio cuenta de pronto: ¡Gonzalo! De repente se sintió invadida por una ola de pudor y se levantó con un pequeño salto, tratando, al hacerlo, de no dar idea de apresuramiento.

Por mi parte también estaba despierto, pero permanecía inmóvil. Había amanecido de mi sueño con la misma confusión: una luz contra los párpados me devolvía a un mundo rojo y oscuro. Aturdido, noté una fricción contra mi piel y oí una voz sobre mí. Mantuve los ojos cerrados. La voz era el suave ronroneo de su respiración rítmica, dormida. El contacto se producía por el roce de nuestras piernas. Al encajar los dos elementos, al sentir la aproximación de su cuerpo y deducir que uno se había deslizado en el sueño junto al otro, me envolvió una extraña voluptuosidad y con presencia de ánimo me mantuve inmóvil. Estaba completamente despabilado. La cercanía de los muslos, el roce de las telas y el calor de los cuerpos hacían que concentrara en aquel punto, no más ancho que un reloj de pulsera, toda mi sensibilidad. Permanecí jadeante, inmóvil y lúcido, gustando del desorden de los calores con un erotismo más delicado que una caricia.

Al levantarse Nuria, yo también fingí desentumecerme y, tras bostezar con lentitud, confesé con una sonrisa que pretendía pasar por ingenua:

–Me quedé dormido.

–Yo también.

Un instante después, superada la confusión, ambos tratábamos de volver a conversar con naturalidad, aún siendo conscientes de que, como si la chimenea nos hubiera brindado un gesto íntimo, estábamos animados con un pequeño rescoldo de brasas. Sin embargo, del modo que suelen producirse estas afinidades, cada uno sentía ese fuego arder sólo en él; quizás por ello, tratamos de mantener la conversación hasta la despedida en los términos más asépticos posibles:

–Parece mentira que nos encontremos tan distantes de los símbolos de otras épocas, sobre todo en nuestro tiempo, en que la publicidad industrial insiste tan a menudo en mensajes subliminales, gestos e imágenes que van más allá de lo que manifiestan a primera vista.

–Es verdad –acoté yo–, pero es la típica pedantería del siglo XX, que cree haberlo descubierto todo.

Me levanté un momento y tomé una concha de cerámica que adornaba la estantería.

–Observa esta concha, por ejemplo. Si alguien encuentra ahora en la playa una de ellas, lo más probable es que le sugiera la idea de mariscos, algo gastronómico. En el siglo XVII, la misma persona hubiera pensado en Santiago si era devota o en Venus, si profana.

Nuria escuchaba con atención.

–Hay un ejemplo fascinante de eso: la calavera. Hoy está asociada al temor, a la prohibición del paso en las instalaciones eléctricas y al veneno. ¡Vaya!, es un símbolo desagradable. Pero en el siglo XVII significaba algo mucho más hermoso y profundo, la fugacidad, el devenir del tiempo. Mi padre nos contaba siempre esta anécdota frente a las calaveras de los aztecas, algunas tan bellas como la joya más delicada y talladas en cristales de roca diáfanos como el agua.

–¿Los aztecas le daban un significado parecido?

–Más o menos igual. Para ellos y para los contemporáneos de Velázquez la calavera tenía un sentido de resurrección.

Al despedirnos, tendí mi mano formalmente a Nuria para agradecerle la velada. Ella continuó hablando de los planes del día siguiente sin decidirse a apretarla, temiendo quizás otro contacto físico. Antes, habíamos planeado ir juntos al Instituto Valencia de Don Juan y concertado la cita junto a la boca del metro. Cansado, bajé el brazo y me dispuse a marcharme, pero entonces Nuria, como si llevara mucho tiempo dilatando aquellas palabras, se pasó la lengua por el labio superior y comentó:

–Gonzalo, yo aprecio mucho a tu padre. Es muy importante

para mí, ¿sabes? –frunció el ceño y continuó con voz decidida–: Tenemos que averiguar lo ocurrido.

Contesté con un ademán de la cabeza.

–Supongo que estarás enterado. Sólo llevo seis meses en el Museo del Prado y continúo siendo una recién llegada. También te he dicho que mi especialidad es la restauración de maderas... ¡Sé todo lo que hay que saber sobre tablas y soportes de lienzos! Sin embargo, aunque mi título sea igual al de los demás del taller de restauración, siempre he notado que me miraban como a una intrusa.

Debí poner cara de duda.

–Sé muy bien de lo que hablo. Tú no conoces el ambiente del museo –hizo una pequeña pausa–. Da igual. Lo que trato de decir es que justo por esa causa me siento especialmente en deuda con él. No sé la razón, pero la casualidad hizo que coincidiéramos desde los primeros días y después, ya de manera consciente, he buscado su compañía para aprender a su lado. Si te soy sincera, nunca he tenido maestros ni me he sentido discípula de nadie, al menos en el sentido tradicional de la palabra. Pero con tu padre hasta me gustaba que los compañeros me llamaran así, aun a pesar del tono que suele envolver esta palabra.

Hablaba más para sí que en mi dirección. Se llevó la mano al bolsillo del pantalón y sacó un paquete de tabaco rubio. Me lo tendió, negué con la cabeza y encendió un cigarrillo. Nuria tenía un gesto lánguido y delicado manejando pequeños objetos. Después, al ir conociéndola, supe que era una huella de sus años de ballet. Sus manos, de dedos largos, casi infinitos, se revelaban en este tipo de gestos inconscientes. Por ejemplo, cuando pasaba alguna imagen por su cabeza, solía llevárselas en imposible peine para arreglarse el cabello. Otras veces, serena, sonriente, bailarina, apoyaba los codos sobre la mesa y alzaba la barbilla con gesto desafiante, igual que hacen los toros en las dehesas.

En ese momento me miraba con gravedad, entornando los ojos con una insinuación de sonrisa que no lograba asentarse en la boca:

–Sí, me siento su discípula, su segunda, su hija espiritual. Y también, a veces, lo confieso, su adversaria, sobre todo en ciertos momentos.

Nuria estaba apoyada contra la pared con las manos en los bolsillos.

–Nuestra relación se ha ido fraguando poco a poco –continuó en el mismo tono–. Él sabe crear un clima muy especial...

Después de esto ninguno de los dos habló durante un rato. Al principio, la miré con comprensión e incluso con cierto orgullo filial, y, de pronto, quedé desconcertado. Por la manera en que hablaba parecía referirse a un amante en vez de a un amigo. Meneé la cabeza. ¡Era ridículo! ¡No podía ser verdad que mi padre hubiera tenido un lío con ella!

Nuria debió de adivinar el rumbo de mis pensamientos y rompió el silencio entre nosotros.

–No pienses tonterías –dijo con una mueca turbada.

Tragué saliva, pero no contesté.

–Mira, Gonzalo –continuó con énfasis–, tú no puedes imaginar la forma en que tu padre se dirige a mí, su confianza, su naturalidad, las sonrisas, los guiños con que subraya algunas observaciones, incluso su vocabulario, en el que hay que estar iniciado. Te parecerá tonto, pero yo he tenido y tengo la seguridad de ser su única cómplice en el museo. Por otro lado, es curioso, uno no piensa en estas cosas hasta que las habla, pero junto a él también se ha ido modificando mi personalidad.

–¿Por qué dices eso?

–Es difícil explicarlo. Ocurrió de forma paulatina, insensible. Al principio sentía que me difuminaba cuando estaba a su lado; el ser completo e independiente de un momento antes caía de manera automática bajo su tutela. Y sin que me disgustara. Después he sido yo misma quien ha fomentado esa imagen. Además –se rió–, no te vayas a engañar, el cariño que siento por tu padre contiene también mucho de amor propio.

–¿Amor propio?

–Quiero decir que en su compañía he tenido ocasión de

aprender muchas cosas. Y no me refiero a su experiencia como restaurador, yo ni entiendo ni voy a entender nunca demasiado de pintura. Lo mío es la madera, los soportes. No, me refiero a su sabiduría sobre ciertos asuntos, a su manera de explicar las cosas y hasta al orgullo que he sentido al escuchar a otros profesionales, sobre todo de fuera de España, al referirse a su reputación.

–Sí, con mi padre se cumple el dicho. Le tienen más aprecio en otros museos que en el Prado.

Continuó hablando en el mismo tono.

Yo la escuchaba sin poder ocultar mi satisfacción. Por lo demás, Alberto me había hablado en alguna ocasión de ella y, conociéndole, podía imaginar perfectamente esa atmósfera. Mi padre es un maestro en el juego de las complicidades e imaginaba el ambiente de humor especial que les permitía aislarse de los demás y vivir una intimidad exclusiva.

Nuria se apartó de la pared en la misma posición erguida y me contempló con una expresión provocadora. De pronto bajó los ojos al suelo, se pasó las manos abiertas por los muslos y siguió mirando hacia abajo, a un mínimo espacio entre la puntera de sus zapatillas verdes y la estera de coco que cubría el descansillo de la entrada. Permaneció en esa postura durante algún tiempo, pendiente de sus imágenes interiores, ajena a mi presencia. En la casa de al lado una muchacha entonaba una canción acompañada de una guitarra. Luego se acabó y sonaron cuatro aplausos huecos, como en un teatro vacío.

–Ya seguiremos hablando mañana –concluyó–. No quiero ponerme nostálgica. Sabes, no se trata sólo del cariño que yo le pueda profesar. No te puedes imaginar el bien que me ha hecho la inclinación que tu padre siente por mí.

V

Al llegar a mi apartamento oí sonar el teléfono y me dio un vuelco el corazón. Ascendí con toda la rapidez posible los escalones y, sin cerrar la puerta, descolgué con voz jadeante. Mi carrera no tuvo la respuesta deseada:

–Gonzalo... ¡Por fin te encuentro! Llevo un par de días intentando localizarte, pero no conseguía dar contigo en tu casa de Roma. Perdona, soy Pablo Arana, el conservador de pintura barroca del Museo del Prado, y necesito hablarte cuanto antes...

Mientras le escuchaba, pensé que no tenía interés aclarar que llevaba varios días en Madrid. Extrañado por la llamada, tras saludarle de manera convencional, le pregunté qué era tan urgente:

Noté el silencio al otro lado de la línea.

–Hombre, tampoco hay que exagerar –la voz de Pablo se hizo ronca al carraspear–. Tengo un recado para ti de tu padre.

–¿De mi padre? –respondí con voz incrédula.

Pablo Arana había recuperado la normalidad.

–Sí. ¿Te extraña? ¿No le habrás visto en estos días, verdad?

–No.

Por instinto decidí guardar silencio sobre mis preocupaciones.

–No, todavía no he ido a verle.

–Ya –contestó Arana–. Pues, si no te importa, te espero mañana en mi despacho sobre la una. Después, si no tienes nada que hacer, podemos ir a comer.

–De acuerdo.

Por la mañana me desperté inquieto. Era uno de esos días de otoño en que el sol entra a raudales por la ventana y la naturaleza entera parece converger en la habitación. Al afeitarme, mientras esparcía la espuma por las mejillas, pensaba en lo extraño de la situación. De un lado, mi padre desaparecido y, al menos en teoría, ajeno a todo, como si hubiera decidido quitarse de la circulación. Acababa de hablar con la policía y continuaban sin poder aportar ningún detalle. Por entonces yo seguía siendo incapaz de admitir el más mínimo temor por su ausencia y no quería ni plantearme la posibilidad de que le hubiera podido ocurrir algún percance. De otro, Nuria, la inquietante Nuria, con su aspecto lejano y sus aires de independencia y, sin embargo, tan conmovedora en ciertas ocasiones. Pensé con voluptuosidad en el contacto del día anterior. Había sentido un placer comparable a una cercanía mucho mayor a pesar de que el episodio fue tan efímero como una ráfaga de viento. No obstante, intuía que ese roce nos había afectado a los dos. Y entre ambos, interponiéndose a manera de bisagra, el significado del cuadro de Velázquez, el insólito emblema de Alciato esperando una respuesta. Y ahora Pablo Arana, el malediciente Pablo Arana, llamándome con urgencias incomprensibles.

Los hechos empezaban a superponerse, pero mi cerebro no era todavía capaz de ordenarlos secuencialmente, como si se trataran de elementos de una narración. En realidad, por mucho que me obstinara en comprender, estaba tratando de agrupar demasiados ingredientes y me faltaban piezas esenciales para organizarlos con coherencia, al menos entonces.

Terminé de afeitarme con calma. A mi lado, sobre una repisa de cristal, la radio desgranaba noticias, anuncios y canciones con un ritmo enloquecido que, no obstante, me ayudaba a concentrarme en mis ideas sin alterar el tino del apurado. Consulté la hora en el reloj, apenas tenía tiempo para desayunar un café con leche. Al salir al portal me sorprendió el aire cortante de la calle. Entré al primer bar y me entretuve mirando tras los cristales durante la espera. La gente empezaba a usar ropa de abrigo y caminaba deprisa. Una muchacha con pantalón y chaqueta de lana pasó delante de mí. Llevaba la cabeza cubierta con un pañuelo y parecía a punto de ir a dormir después de una noche de farra: ¡Ah, mi querido Madrid! Tomé el último sorbo, me limpié la boca con una servilleta, pagué y me encaminé a mi destino, Nuria debía de estar esperándome en la boca de la estación de Rubén Darío.

En efecto, apenas subí las escaleras, ella me vio acercarme y se colocó de perfil, esperando mi llegada. Me saludó con la mano y yo caminé dando grandes zancadas hasta llegar a su lado.

El viejo palacio neomudéjar que alberga el Instituto Valencia de Don Juan parecía mantenerse como un extraño islote en el tumulto madrileño. Hecho de resonancias del pasado, tanto el bedel que nos recibió en la entrada como los empleados que veíamos parecían personajes de otro tiempo, anclados en la memoria que custodiaban. El bibliotecario jefe no iba a la zaga: cincuentón, manco del brazo izquierdo –cuya manga sujetaba un alfiler a la chaqueta– y de cabello rubio ceniza, largo y lacio, vestía un traje confeccionado veinte años atrás: solapas anchas, listas blancuzcas. Fue necesario porfiar un buen rato con él, no entendía qué interés podíamos tener en consultar un libro del cual estaba editado un facsímil, pero a la postre conseguimos nuestro objetivo gracias al mágico carnet de Nuria, cuyo escueto enunciado, «Museo del Prado», parecía capaz de abrir todas las puertas. Yo siempre me había sorprendido del poder de ese miserable papel, gracias al cual había evitado colas interminables junto a mi padre en no pocos museos europeos.

El bibliotecario deslizó las gafas hasta la punta de la nariz y se quedó mirando a Nuria. Tenía los ojos de un color marrón apagado, igual que el de los conejos, lo que confería un rasgo insólito a su expresión. Boca gordezuela, nariz aguileña y afilada y uñas largas y duras como pequeños cuernos. Puede que en otra vida habitase en una madriguera. Devolvió las gafas a su sitio sin abandonar el talante pensativo y concluyó con su voz frágil:

–De acuerdo, pueden consultarlo –dijo.

Atravesamos un largo pasillo cuidadosamente encerado hasta llegar a una pequeña salita, donde nos sentamos a esperar el libro. Al poco, una muchacha de andar cansino, también con cara de roedor, se introdujo en la estancia, nos tendió un papel para firmar el préstamo y depositó encima de la mesa el viejo ejemplar como si se tratara de un animal en extinción. Al marcharse, miré a Nuria con complicidad pero, antes de que se cerrara la puerta de cristal esmerilado, ya lo había encontrado:

–Aquí lo tienes. Tenías razón, sólo está en el ejemplar de Velázquez.

No pude contenerme y le quité el libro de las manos, sin dar crédito a mis oídos. Sin embargo, era verdad. *Que no es lo que aparenta*, el misterioso epigrama de Alciato que habíamos encontrado en casa de mi padre, aparecía ahora en la misma posición de aquel momento, entre los emblemas denominados: *Que presto viene el mal y el remedio tarde* y *Que más puede la elocuencia que la fortaleza.*

Pablo Arana debía de estar esperándome y se dirigió a mí conforme me vio caminar hacia su despacho. Yo le había vislumbrado al entrar en la planta de dirección, hablando con su secretaria.

–Gonzalo, cuánto me alegro de verte. Pasa, pasa –me dijo, tendiéndome la mano y, tras estrecharla, apoyándola sobre mi espalda–. Tenemos que hablar.

Al cruzar la puerta me señaló un viejo sillón frente a su mesa, me senté y él permaneció de pie, entrelazando de manera entrecortada unas primeras palabras introductorias, de mera cortesía. Parecía inquieto y yo decidí continuar en el mismo tono formal. Con cierto nerviosismo y una mueca distraída en los labios, caminó unos pasos hasta la ventana, mientras yo me dedicaba a observar los cuadros que adornaban las paredes. Por fin se detuvo, vuelto hacia la calle, y empezó a hablar con voz ausente, sin tratar de dilatar la exposición de sus temores:

Que presto viene el mal y el remedio tarde

Después que Júpiter echó del cielo
A Atis, ay gran mal en los mortales,
Que ella volando, no ay en este suelo
Cosa que no la enturbie con mil males.
Tras ésta las tres Litas, con buen zelo,
Remedian los desastres humanales.
Mas no pueden hasta muy largos años
(Porque son cojas) soldar tantos daños.

Que no es lo que Aparenta

La piedra que al cristiano más afrenta
Por ser la luz del mal lo que contiene
Llevara lucifer por cornamenta.
Verde fuego en el cuerpo de Selene
De lúbrica soberbia se alimenta
Y en los ojos de un hombre se detiene.
Él pudo andar por campos de zafiro
Mas escogió el Infierno de un suspiro.

Que más puede la elocuencia que
la fortaleza

En la siniestra el arco se descubre,
Y en la derecha tien' la clava dura,
Y la piel del león su cuerpo cubre.
Luego ésta es la fación de Hércules pura,
Mas no le quadra aquello que está cano,
Como hombre ya de edad vieja y madura.

–No sé muy bien cómo explicártelo, Gonzalo. Confío en hacerme entender. Hace un par de días cené fuera con unos amigos. Después fuimos a casa a tomar una copa y culminar la velada. La verdad, estábamos contentos: habíamos comido bien y hacía una noche magnífica. Al entrar en la cocina para servir el hielo, supongo que actué con gestos rutinarios: dar la luz y pulsar la tecla del contestador automático del teléfono. Los mensajes se sucedieron con su retahíla de recados intrascendentes, mientras yo me obstinaba con las cubiteras de goma. Sin embargo, al oír la voz de tu padre me sobresalté.

–¿Mi padre?

–Sí, Gonzalo, tu padre, por eso te he llamado. Espera, he traído una copia de la grabación. Escúchalo tú mismo.

Pablo se dirigió a la librería y apretó una tecla de un magnetófono grande y negro situado a su derecha. Escuché un rumor sordo y luego la inconfundible voz. Decía:

> Lamento molestarte, Pablo, soy Alberto Fernández. Necesitaba hablar contigo. Quizás por última vez. Ya sabes lo que ocurre, no voy a insistir más. Las cosas son como son y no tienen vuelta de hoja. Sin embargo, quería despedirme... ¡En fin!, no tengo demasiadas ganas de hablar con este aparato sabiendo que ningún oído escucha mis palabras cuando las pronuncio... Adiós.

Yo atendía en silencio, intentando asimilar la información. Él se había sentado en su sillón y tenía apoyada la palma de una mano en la mejilla mientras jugueteaba con los dedos de la otra sobre la mesa. Al finalizar el parlamento, esperó unos segundos antes de proseguir:

–Reconocí su voz de inmediato y, con franqueza, me afectaron tanto las palabras como el tono.

Fruncí el entrecejo. Aunque yo era consciente de su ausencia y la grabación me había intranquilizado aún más, él no podía saber nada de eso y, por consiguiente, no entendía el alcance de su inquietud. Además, acababa de escuchar a mi padre y, salvo un cierto tinte monocorde, no había percibido ninguna entonación especial.

–¿A qué te refieres exactamente?

–No sé. No es sencillo precisarlo y menos a ti, a su hijo. Ya le has oído, hablando con ese tono lastimero.

Asentí de manera mecánica, un poco forzada.

–Recuerdo que al escuchar el mensaje –continuó–, yo estaba de pie, y de pronto agaché los ojos y la cabeza y tuve que sentarme en un taburete. Me sentí débil durante unos segundos y luego fui recobrando las fuerzas de manera gradual...

Me revolví inquieto como me ocurría siempre que creía haber escuchado algo improcedente. ¿Qué trataba de insinuar?

–¿Por qué? –insistí, intentando mantener un tono de voz neutro.

–Es difícil explicarlo. Bien sabes que desde la muerte de tu madre no había vuelto a ser el mismo hombre. Pero eso no bastaba, yo no podía olvidar su comportamiento de las últimas semanas.

Mi frente se arrugó de nuevo.

–En realidad, si he de ser sincero –continuó–, estaba al tanto de su estado de ánimo. He pasado a su lado muchas horas en estos días.

–No sabía eso.

–Bueno, supongo que estarás enterado de su terca obsesión con el cuadro de Velázquez que descubrí y que él estaba restaurando. Según él no era auténtico y debíamos olvidarnos de la presentación. Hablamos a menudo de eso sin llegar a ningún acuerdo...

Abrió los brazos con un gesto de impaciencia y volvió a dejarlos caer. Pablo hablaba con ritmo contrito, uniforme, sin acabar de aclarar sus percepciones. Su explicación seguía siendo insuficiente. Volví a insistir.

–¿No decías algo sobre su estado de ánimo?

–Sí –contestó de inmediato–. Pero no creas que todo era tan claro –musitó en voz baja.

No entendí el significado de estas últimas palabras, pero consideré más oportuno dejarle seguir y me dediqué a esperar desde una cierta distancia.

Pablo se acarició a contrapelo su corta barba y guardó silencio, rememorando el contradictorio proceder de Alberto Fernández sin hallar una explicación. De un lado, estaba su terca insistencia para que se retrasase cualquier acto público en relación con el cuadro, sin dejar de argumentar la dudosa autoría del mismo. Pablo creía estar razonablemente seguro de su impunidad, nadie suponía sus manejos y, desde luego, mi padre no podía sospechar que él estaba al tanto de todo y que no sólo conocía la existencia y el origen del recibo, sino que había conseguido neutralizar sus efectos, pero era algo sobre lo que no podía sustentar sino intuiciones. En ese terreno resbaladizo, había optado por mantenerse firme en sus ideas, al tiempo que Alberto llegaba a asumir actitudes casi suplicantes con tal de dilatar el acto público de la presentación. Sin embargo, no lograba entender la extraña familiaridad de los últimos días. Nunca habían sido amigos íntimos y, aunque era consciente de que mi padre le había buscado para hacerle confidencias, no era idiota; sabía que se trataba de una elección premeditada. A él, precisamente a él, la persona a la que trataba de hacerle desistir de sus intenciones respecto al supuesto retrato de Velázquez, el colega con quien mantenía una disputa académica que en cualquier otra ocasión hubiera bastado para distanciarles. Y encima, para complicarlo todo, haciéndole revelaciones de un tenor tan delicado que habían terminado por afectarle a su intimidad.

Pablo sabía que algo no cuajaba, y no lograba precisarlo.

–Mira, Gonzalo, nuestra disputa sobre el cuadro es sólo una parte de la cuestión. He tenido ocasión de hablar muchas veces con tu padre y sé lo que digo.

Alcé la mano derecha.

–Permíteme continuar. Estos últimos días nos hemos encontrado por todos lados, bien sea porque se dejaba caer por este despacho con cualquier excusa, porque nos veíamos por casualidad en las salas del museo o porque yo subía al taller de restauración. Y su comportamiento ha sido incomprensible. No había coherencia...

Se interrumpió de golpe y levantó los ojos a la puerta que estaba a mis espaldas. Tragué saliva sin querer responder. Él continuó en tono serio:

–Es difícil ser concreto en estos asuntos y no soy ningún experto en psicología, pero, por ejemplo, al referirse a sus problemas personales, unas veces le encontraba sinceramente desencantado y triste, y otras ido, hablando de manera ausente –apagó la voz para llenarla de implicaciones–: Incluso te diría más, de modo forzado.

–¿Forzado? –repetí.

–Sí, forzado, fingido, como lo quieras llamar. Supongo que parecerá una exageración, pero a veces, cuando estaba deprimido y se comportaba como si fuera un moribundo prematuro, llegué a tener dudas sobre la sinceridad de sus palabras.

–¿Por qué?

–Porque hablaba muy pasivo y parecía encontrarse más allá del lugar de nuestra entrevista, porque parecía feliz con su desasosiego.

Yo no pensaba lo contrario. De hecho, siempre he creído que cuando falleció mi madre y me trasladé a su casa, para verle pasar más de una semana sentado en un sillón de la sala, frente a los visillos de la ventana, llegó a un punto de simulación tan perfecto que empezó a gozar las mieles de la compasión. Apenas se movía hasta que le avisaba para comer y entonces él, de mala gana, se levantaba del sillón y se sentaba a la mesa para juguetear con la comida, manchar el plato y no probar prácticamente bocado. Y si me decía algo, solía finalizar sus parlamentos manifestando su incapacidad para vivir separado de Marie. Al principio acepté esa postura y le dejé tranquilo unos días, hasta que me empezó a hartar tanta autocomplacencia en la desgracia. Cuando me rebelé, no sólo reaccionaba contra el placer que Alberto encontraba en ser compadecido, en provocar lástima, sino porque yo mismo había percibido alguna vez la misma sensación de escucharle hablar de manera forzada, en dirección a no se sabe qué galería, oyendo sus palabras pasar sobre sí mismo como las sombras de las nubes sobre el agua.

Alcé la cabeza; no deseaba dar a conocer a Pablo Arana mi conformidad con sus intuiciones. De forma no premeditada buscaba desbaratar los argumentos de mi interlocutor y preferí aguardar a que continuara.

–Por ponerte un caso –continuó–, el otro día, al referirse a la jubilación, lo hizo con un aire tal de postrimería que le aconsejé tomarse unas vacaciones. «Para qué», me respondió con voz monótona y cansada. Yo asentí sin saber qué decir, pensando que en el Museo del Prado abundan demasiado los estados depresivos para dar a éste mayor importancia. Además no olvides que era consciente de su derrumbamiento, todo el personal de la casa está al tanto del impacto que le produjo la muerte de tu madre.

Se abrió un alto silencio entre los dos haciendo perceptible el leve murmullo de un viejo reloj de consola que, adornado con profusión de angelotes, descansaba sobre la repisa de la estantería.

–Y luego, de pronto, de manera incomprensible, cambiaba por completo de actitud y se convertía en un hombre determinado y firme.

–¿Cuándo?

–Ya te lo he dicho –respondió de inmediato–. Al abordar la cuestión del retrato de Luis de Haro. Si surgía este asunto o él lo traía a colación, desaparecía su languidez por ensalmo y surgía otro hombre obstinado y terco. Si te soy sincero, al discutir sobre el cuadro con tu padre, ha habido momentos en que me figuraba junto a uno de esos individuos tozudos que sólo ven un lado de las cosas y permanentemente están entusiasmados. Ya sabes a lo que me refiero. No había forma de razonar con él. Se empeñaba en emitir juicios exclusivos y, permíteme que te lo diga, radicales y falsos; si bien, no lo dudo, sinceros. ¡En fin!, es todo confuso y no consigo ordenarlo ni yo mismo ni, desde luego, frente a ti.

Hizo una pausa antes de continuar.

–No quiero hacerte largo el cuento. Después de escuchar su mensaje en el contestador permanecí mucho tiempo en la cocina, anonadado, tratando de entender. Sin duda, había algo que no cuadraba –levantó la cabeza para mirarme a los ojos–: Ahora que te veo ahí, al lado, no puedo olvidar que pocos días antes de su mensaje, él estaba sentado en la misma posición en la que estás tú ahora. Y aunque tenía el mismo aspecto desfallecido de siempre, su determinación para disuadirme de presentar en público el Velázquez volvió a ser muy convincente. No sabía a qué carta quedarme. Y de pronto esa llamada.

–¿Y qué hiciste? –pregunté con voz queda.

–Ya te dije que estaba con unos amigos. Les conté lo que pasaba y decidimos ir a casa de tu padre a comprobarlo.

Pablo podía rememorar con precisión aquellos momentos. Estaban Julián Arévalo, gerente del museo, María Barrero, una conocida crítica de arte, y él. Tras ponerles en antecedentes, Julián había preguntado si creía capaz a Alberto de hacer una tontería. «¡Yo qué sé! –contestó Pablo–. De lo único que estoy seguro es de que ese hombre no está bien. Ya os lo he dicho, no es la primera vez que le oigo hablar así, como si la vida no tuviera sentido y fuera a tomar una determinación. Quizás me exceda, pero no estoy tranquilo...» A su lado, María Barrero trató de apaciguarle: «No te preocupes. Total, ¿qué podemos hacer nosotros? Ya verás como mañana percibes las cosas de otra manera».

–Vosotros, no sé –contestó Pablo–. Para mí es diferente. Es a mí a quien ha llamado, a quien le ha confiado sus preocupaciones. Es conmigo con quien se ha desahogado en estas últimas semanas.

–¿Y por qué no le telefoneas? –preguntó Julián con su voz práctica.

–Ya lo he hecho. No contesta nadie.

–En ese caso, no queda sino esperar, ¿no te parece? –insistió Julián. La expresión ceñuda del rostro de Pablo le alentó a proseguir–: ¿Qué quieres hacer ahora? ¿Ir a su casa para comprobar si todo marcha bien?

–Hombre, no sé..., y ya que lo insinúas, no es mala idea. Si ha hecho alguna tontería, como decías antes, quizás llegue a tiempo.

–Eres un exagerado –matizó María con voz suave–, pero si así te quedas tranquilo, ve.

–Espérame, te acompaño –dijo Julián–. Estás empezando a inquietarme.

–No te preocupes, no es necesario.

Pablo levantó sus manos en ademán de fastidio. Su mirada gris se había esforzado por ver a través del tiempo y ahora volvía al presente. Aprovechó para examinarse los dedos y prosiguió hablando con Gonzalo:

–Me costó dar con vuestra casa, no creas. Al llegar, las luces apagadas y la puerta cerrada me dieron el primer indicio de la inutilidad del viaje. Pero, aunque te parezca mentira, no hizo falta llamar, la puerta estaba abierta y únicamente tuve que girar el pomo. Y bueno, no es necesario entrar en detalles. Encontré todo revuelto y, encima del piano, dos mensajes. El primero estaba doblado y lo tienes ahí delante, encima de la mesa.

Me abalancé sobre el papel para leerlo. Estaba escrito a máquina, en la vieja Olivetti de mi padre, y era muy escueto:

> Era preciso tomar esta determinación. Me marcho... Siento provocar en quien lea estas letras dolor o preocupación. En todo caso, no habrá más problemas que éste...
>
> Alberto Fernández Garibay.

Debajo, estaba consignada la fecha de entonces.

Ambos nos encerramos en un silencio dolorido, que duró más de un minuto. De pronto levanté la mirada y vi cómo su cara se turbaba repentinamente. Parecía confundido. Yo no sabía qué pensar e intenté mantener la calma:

–¿Y qué crees que significa? –pregunté con cautela.

–Hombre, parece claro –se apresuró a contestar Pablo, mirándome de soslayo.

Durante una fracción de segundo pensé en continuar inquiriendo para poder determinar su percepción de los hechos, pero lo descarté enseguida. El conservador parecía tener las ideas demasiado claras para ayudarme en una búsqueda que yo percibía mucho más compleja. Decidí cambiar de estrategia.

–¿Y el otro mensaje?

–Estaba dirigido a ti.

–¿A mí?

Pablo se quedó mirándome al acabar su última frase y me mostró las manos abiertas para indicar su imposibilidad de ofrecer una respuesta más amplia; por fin, abrió un cajón de su escritorio y me tendió un pequeño sobre. Me adelanté al escritorio para recogerlo. Al rasgarlo comprobé que sólo contenía una pequeña tarjeta con un texto mínimo, esta vez a mano, si bien absolutamente incomprensible, al menos en ese momento:

Esto es hecho, señores.

Pablo se había levantado impelido por la curiosidad y leía por encima de mi hombro el sucinto mensaje:

–¿Tú qué piensas?

–No lo sé. He leído esa frase en algún sitio, pero no logro localizar su origen.

–Si no me equivoco, fueron las últimas palabras que pronunció el conde duque de Olivares antes de su muerte –dijo en tono casi monótono.

¿El conde duque de Olivares? ¿El primer ministro de la España de Felipe IV? ¿El valido por excelencia de nuestra historia? Otra vez volvía Velázquez con su ronda discordante a aparecer en escena. Y además, o bien Pablo Arana tenía una memoria excelente, o ¿cómo había podido reconocer con tanta precisión aquella frase? No debía olvidar eso. Sin embargo, ya estaba dándole vueltas a otra idea.

–¿Y cuándo dices que encontraste estos sobres?

–Ya te lo dije antes. Hace apenas dos días.

¡Dos días! Yo sabía que aquello era imposible. Hacía casi una semana que había estado en la casa con Nuria y tuve buen cuidado en dejar las puertas cerradas tras la llegada de la policía. Por otro lado, ninguno había visto el sobre encima del piano a pesar de haber registrado todas las habitaciones con minuciosidad. Y por último, llevábamos más del doble del tiempo que alegaba intentando desentrañar el epigrama de Alciato.

No tenía sentido esa fecha: «Si hubiera dicho que encontró todo ocho días antes, le hubiera creído a pies juntillas», pensé.

En todo caso, lo importante era otro asunto: ¿por qué mentiría Pablo? ¿Cuál era su interés en demostrarme el aparente suicidio de mi padre? En aquel momento yo le escuchaba hablar sin prestar atención a sus palabras. Además, ¿qué podía añadir? Sin duda era un hombre perceptivo y sutil, capaz de advertir el modo en que Alberto gozaba con la compasión. Ahora bien, después de haberme tratado de engañar con respecto a los mensajes, ¿hasta qué punto su intuición era cierta? ¿No podría tratarse de una casualidad provocada por reflejo de su propia personalidad? Yo le veía como si estuviera interpretando el papel de una comedia, con el discurso elaborado.

Necesitaba comentar esta conversación con Nuria. Gracias al cielo, al salir de la biblioteca del Instituto Valencia de Don Juan, le había pedido que viniera a comer con nosotros. Ella, al principio, se había negado sin entender qué pintaba almorzando a nuestro lado, pero su curiosidad estaba a flor de piel y la convencí con facilidad argumentándole si no tenía interés en saber, lo antes posible, lo que me tuviera que comentar Pablo Arana. Quedamos en que me esperaría en uno de los bancos de piedra de la entrada norte del museo, junto a la puerta Goya.

Por su parte Pablo era consciente del rumbo errático de la entrevista y me miraba con suspicacia. Me volví y sus cejas descendieron como persianas sobre los ojillos vacíos. Tras una pausa, pareció caer en la cuenta de la hora y me propuso salir camino del restaurante:

–Si no te importa, he quedado también con Julián Arévalo, el gerente del museo. Creo que le conoces. Es buen contertulio y si quieres saber más de lo que pasó en casa de tu padre, pregúntale a él, estuvo conmigo casi toda la noche.

Le miré otra vez con perplejidad. Julián participaba de ese engaño. ¡No era posible! En todo caso, aproveché la mención a su invitado para decirle que yo había hecho lo mismo con Nuria Valls. Al escucharme, Pablo se volvió de repente:

–¡Nuria Valls! Creía que apenas la conocías.

Me limité a sonreír.

El restaurante estaba cerca del museo. Ya había comido allí en alguna otra ocasión y me gusta el sitio. Aparte de su impresionante bodega, la cocina es honesta y transita por la complicada senda de homologar recetas tradicionales con los parámetros más sofisticados. Se trata de una sala repleta de pequeños cuadros, fotografías y objetos dispersos, en homenaje a *Viridiana*, la película de Luis Buñuel de la que ha tomado el nombre. Por lo demás, Abraham García, el dueño, es un toledano activo y corpulento, de temperamento sanguíneo, sofocado, satisfecho de sí mismo, de su salud, de su personal y de su comida, que se afana alrededor de los clientes y, a poco que le des oportunidad, sobre todo si sospecha que eres aficionado a la hípica, se sienta a tu mesa para comentar cualquier detalle que se le pase por la cabeza. Como esperaba, nos recibió en la puerta y nos hizo acompañarle al comedor.

Por suerte debía de estar ocupado y, una vez que nos saludó, fue relevado por el *maître*. Había ocho o diez mesas ocupadas: una reunión de amigos en torno a una mesa grande, varias parejas. Flores e hileras de copas resplandecientes sobre los pulidos tableros de falso estilo antiguo. Las conversaciones se apagaron mientras llegábamos frente a una mesita situada junto a una ventana del piso alto. Nuria, vestida con pantalones y blusa de lino, sintió la mirada del grupo de jóvenes y, atenta a sus tacones, se llevó la mano derecha a la cintura para retocar el cinturón. Yo sabía lo que estaban pensando y me gustó ir en su compañía.

El *maître* apartó la silla a Nuria y ella se sentó desplegando modosamente la servilleta sobre sus rodillas. Al sentarnos los demás, ofrecieron la carta de vinos a Pablo:

–¿Qué os apetece beber? –dijo Pablo.

–Si me dejas ver... –contestó Julián.

Pablo le pasó la carta y él se concentró en su lectura.

–Mmm. ¿Qué os parece un Alión del 94? No está caro.

–Por mí, bien –le contesté con una sonrisa. Me precio de ser un hombre tranquilo, de temperamento flemático, que sólo sabe algo sobre la simbología de la pintura española del siglo XVII y sobre vinos. Aunque estoy bastante harto de la legión de enólogos aficionados que proliferan por todas partes, no era el momento de hacer una demostración y preferí guardar silencio.

–¿Puedo ver la carta? –preguntó Nuria con voz tranquila.

–Entonces, no hay duda –contestó Julián, ignorando el comentario. Luego miró a Nuria, se sonrojó ligeramente y con un «por supuesto» le tendió el listado de vinos. Y dirigiéndose a nosotros–: Es un vino estupendo, el teórico vino barato de Vega Sicilia.

–¿Barato de Vega Sicilia? –repliqué, sin poder contenerme, intentando ponerle en evidencia.

–Más o menos –interrumpió Nuria–. Ya sabes que –creo que no lo sabía ninguno, salvo yo, y había decidido no demostrarlo– antes sólo producían dos marcas: el Único y el Valbuena cinco y tres años, todos carísimos, pero hace poco tiempo compraron una bodega cercana, Liceo, y han hecho allí este que, aunque no es barato, tampoco tiene esos precios.

La miré sin dar crédito a mis oídos.

Nuria continuaba sorprendiéndome. No imaginaba esos conocimientos.

–Aunque si no os importa –continuó, dirigiéndose a Julián–, yo propondría un Remelluri, que vale la mitad y está casi igual de bueno, a menos, claro, que el Prado tenga la gentileza de invitarnos.

–Bien sabes que eso no es posible –contestó el gerente del museo con voz monótona.

Acordado el vino, el sumiller trajo la botella y comenzó a descorcharla con precisión. Luego, vertió ceremoniosamente un poco en una copa grande y profunda situada frente a Pablo.

Era la segunda vez que se dirigían a él.

–No, sírvale a él primero para que lo pruebe –dijo, señalando a Julián.

Éste tuvo la elegancia de tenderle la copa a Nuria y ella le miró con una sonrisa socarrona aceptando el envite. Lo olió, lo probó y lo retuvo un momento en la boca antes de engullirlo, frunciendo los párpados y mirando al techo. Asintió con la cabeza.

–Excelente, gracias.

El sumiller llenó su copa y después las de los demás. Ella levantó el vaso en dirección al grupo y bebimos el vino. Tenía un sabor aterciopelado, con un regusto a cuero y estaba tibio. Su elección, sin duda, había sido acertada: «Esta mujer es una caja de sorpresas», me dije.

Casi de inmediato Nuria y Julián comenzaron a hablar sobre cuestiones de trabajo. Yo trataba de relajarme y prestar atención a la charla. Pero era como si hubieran quitado el sonido del televisor. Los oía sin escucharles. El mensaje escrito de mi padre golpeaba mi cabeza como un tam-tam insoportable. No parecía lógico, sus palabras resultaban demasiado evidentes para aceptarlas sin más trámite. Y por otro lado, aquella frase: *Esto es hecho, señores,* me inquietaba. ¿Dónde había leído yo esas mismas letras? La explicación de Pablo Arana sobre el conde duque era insuficiente. Había algo más, estaba seguro. Por mucho que lo intenté, no pude situarlo en ese momento.

Parpadeé y me obligué a atender. Hablaban del asunto que les importaba: la presentación pública del retrato de Luis de Haro. Julián explicó que estaban trazando los detalles en los últimos días. Con el alboroto de la exposición conmemorativa del 400 aniversario del nacimiento de Velázquez, habían conseguido convocar a toda la prensa internacional en el Salón Villanueva y Pablo –remarcó Julián con ironía– ya casi estaría terminando de escribir la presentación del acto.

Sin embargo, el conservador también se mostraba ausente, la cara impávida, los ojos inmóviles. Los pensamientos fluían sobre su rostro sin dejar la menor huella. De pronto, al volver a paladear el vino y sentir resbalar entre sus labios el sabor a tabaco del caldo envejecido, chasqueó los labios y sonrió.

A su lado, Julián también advirtió el cambio de semblante:

–¿Qué piensas, Pablo? ¿Qué te hace tanta gracia?

El conservador cerró los ojos con suavidad.

–Nada importante –contestó con voz lejana.

–Te habías quedado callado.

Pablo podía haber respondido que acababa de tener una buena idea en relación con el proyecto, podía haber contestado varias cosas, pero comprendió que si quería evitar que esa línea de pensamiento persistiese, debía tratar de imponerse a las ideas que ronroneaban por su mente y sustituirlas por otras.

–Es verdad, pero sólo estaba disfrutando del vino y recordando una historia divertida –entornó los ojos con malicia dispuesto a tomar el protagonismo–: No sé si os acordáis de aquel *courrier* borrachín que acompañó al cuadro de Caravaggio hace un par de años, cuando organizamos la exposición de los napolitanos. Era un tipo divertido. Me tuvo una semana acompañándole por todas las tascas de Madrid. Una noche ocurrió una anécdota interesante.

Nuria se inclinó apoyando las manos sobre la mesa, invitándole a proseguir.

Pablo aprovechó la ocasión para abandonar el estado de ánimo impaciente que le dominaba. Sabía cómo hacerlo. Dotado de cualidades histriónicas natas, el conservador conseguía aderezar las anécdotas como un verdadero comediante. Al principio situaba los hechos de manera escueta, limpia... apenas dos pinceladas y las notas esenciales del ambiente quedaban perfectamente dibujadas. Después, al entrar en el meollo del asunto, cambiaba el tono de voz y salía a escena el actor.

Nadie lo hubiera adivinado al contemplarle por primera vez. Próximo a la cincuentena, de cabello ya medio plateado y algo cargado de hombros, Pablo Arana hubiera parecido desprovisto de todo interés si no fuera por su cuidada apariencia. Soltero y, aunque jamás lo hubiera reconocido, algo misógino, gustaba de la ropa cara y era consciente de los detalles trascendentes: los zapatos de cordones, hechos a medida, las camisas impecables y las corbatas pintadas a mano. Pero, por decirlo en una sola palabra, era feo: ningún hombre puede ser guapo con unos ojillos tristes, una frente estrecha, y piernas y brazos demasiado largos. No tenía de bueno más que la estatura, su hermosa tez y sus magníficos dientes. Pero, aun siendo feo, su mirada serena y brillante, su móvil sonrisa, tan pronto severa como casi infantil, y su coquetería innata, daban a su fisonomía un carácter tan original y enérgico que no pasaba nunca inadvertido. Era algo más alto que la media y tenía cierta tendencia a caminar encorvado, lo que le daba un aire indolente, profesoral, semejante al de un pájaro extraviado.

En ese momento, su medida introducción estaba dejando paso a una minicomedia en la que fue interpretando de forma alternativa los papeles de todos los protagonistas con una fidelidad asombrosa. Fino observador, capaz de advertir en un instante el rasgo que individualizaba a cualquier interlocutor, memorizaba de inmediato el matiz y más tarde podía reproducirlo casi a la perfección.

Pablo se sentía especialmente brillante en esos momentos, gesticulando, recreando ademanes con su voz profunda y afable. De hecho, al narrar anécdotas de varios conocidos, aunque no tuvieran especial relieve y él exagerara las frases, era inevitable aceptar que los acontecimientos debían haber transcurrido como los contaba. Aquella ocasión fue igual. Atrapó nuestra atención y pudimos restablecer la figura y el carácter de aquel desconocido restaurador que había traído el cuadro desde el Museo de Capodimonte. Al fin, mientras terminaba de contar el incidente –se había medio desnudado en una cafetería cercana a la plaza de Santa Ana y terminó cantando en calzoncillos una *tarantella* encima de una mesa–, nuestras risas inundaron la sala.

Eché un vistazo a mi alrededor. El resto de comensales del restaurante miraban con envidia el ambiente distendido de nuestro pequeño grupo y Pablo había conseguido que olvidara por un momento las enigmáticas palabras de mi padre que guardaba en el bolsillo. Todos veíamos de nuevo a aquel menudo restaurador, de ojos miopes y sonrisa tímida, con su marcado acento italiano y su incapacidad para pronunciar la erre, organizando un pequeño escándalo. Fue un instante de deslumbramiento, un destello en el que la patética imagen del hombrecillo se iluminó con colores fosforescentes.

A la altura del segundo plato, yo conseguí evadirme con un espléndido *foie* al Pedro Ximénez, dispuesto sobre un *brioche*, una suntuosa mezcla impregnada del oloroso caldo caoba claro que se llevaba elaborando casi cuatrocientos años, cuando el soldado de los tercios de Flandes, del mismo nombre, trajo desde Alemania esquejes de uvas de vino del Rin en su cañuto de licenciado y las aprovechó para injertarlas en la vieja cepa de su padre en Jerez. La primera cosecha la recogió con sus manos Pedro Ximénez de Montilla en 1604.

Nuria, lejos de estas digresiones, pero sujetando firme con el tenedor un trozo de solomillo de buey con trufas blancas de Alba, volvió al cuadro. Alegaba que, si bien mi padre le había explicado algunos pormenores, todavía no lo había podido ver por sí misma. Según dijo estaba intrigada y fue inquiriendo sobre ciertos detalles con un timbre suave y tenaz. Preguntó a Julián si tenía la certeza de su autenticidad y, tras la respuesta unánime de Pablo y Julián, les solicitó aclaraciones sobre el momento en que fue realizado, la historia del anillo que llevaba Luis de Haro en su mano derecha y hasta cómo era posible que esa obra hubiera pasado tanto tiempo en el olvido.

–Nunca se tuvo la seguridad de este retrato –contestó Pablo, quitándose la servilleta del cuello de la camisa para limpiarse la boca–: Siempre se creyó que debía haber pintado a don Luis de Haro, siendo como era primer ministro y sucesor del conde duque, pero no había pruebas documentales. En todo caso, con el incendio del Alcázar en 1734, donde se perdieron tantos lienzos de Velázquez, todos habíamos supuesto que este cuadro, como los demás, había sido pasto de las llamas.

La comida finalizó pronto. Pablo alegó una reunión importante «a la que ya llego tarde» y nos abandonó en los postres. Julián también tenía prisa y nos entretuvimos lo justo para disfrutar del café jamaicano. Yo necesitaba confirmar un punto que me inquietaba y salimos juntos. En la puerta, antes de despedirnos, le pregunté a Julián qué había ocurrido cuando escucharon el mensaje telefónico de mi padre en casa de Pablo Arana. De manera subrepticia, hice una alusión dando por supuesto que él había acompañado a Pablo en su travesía. Para mi sorpresa, respondió con mucha tranquilidad, contradiciendo la versión que había escuchado minutos antes:

–¡Ah, sí, la otra noche! Pero yo no fui, creo que Pablo fue solo. Nos ofrecimos a acompañarle, pero insistió en que no nos necesitaba y María tenía una cita al día siguiente muy temprano. No tiene coche y terminé llevándola a su casa.

VI

Al despedirnos, me encontré de nuevo solo junto a Nuria, sin haber tenido tiempo para asimilar esta última información y todavía aturdido por el buen humor de la comida y el aplomo de Pablo Arana, tan desenvuelto y envuelto de cinismo a la vez. Su forma de ser me recordaba a uno de esos cántaros de barro llenos de agua de los pueblos del sur del Mediterráneo, que están rodeados por un paño y expuestos al sol: el paño se vuelve ardiente, el agua, helada.

Nuria intentaba conservar el tono de camaradería, como si la conversación nos sirviera de vínculo. Si bien desconocía las últimas novedades, su intuición la advertía de algo; en caso contrario, salvo por los benefactores efectos de la comida, no soy capaz de explicarme su cordialidad.

–¿Y si fuéramos andando? –propuso–. Puedo acompañarte hasta tu casa, es temprano y hace un tiempo muy agradable.

Me sentía con un ánimo equívoco; de un lado, Pablo Arana había revelado matices demasiado interesantes para pasarlos por alto y, de otro, estaba dominado por una intensa tristeza que no trataba de ocultar y a la que no me atrevía a entregarme; temía dejar escapar el lado oscuro de mi personalidad.

Nuria, ajena a mi melancolía, aparentaba excelente humor:

–¡Ese hombre tiene una cara increíble! Y lo curioso no es sólo eso. No sé si te has fijado en su capacidad para imitar a la gente, es capaz de reproducir casi cualquier tono de voz.

–Ya me he dado cuenta –dije, recordando la naturalidad con la que había pasado de mostrarse preocupado por mi padre a la desenvoltura del restaurante. Fingiendo tranquilidad, proseguí–: Al escucharle imitar al director del museo, me parecía estar viéndole. Es asombroso.

–Sí –articuló ella–, es asombroso. Demasiado, quizás. Pero éste es otro tema, ya hablaremos... Y bueno, cuéntame, ¿qué era eso tan importante que te tenía que decir Pablo Arana?

Yo no tenía ganas de hablar y le expliqué lo más escuetamente que pude los hechos. Acabé dándole las hojas de papel escritas por mi padre para que las leyera.

Ella se paró en la calle y miró con atención los dos textos sin añadir una palabra. Luego me cogió del brazo y seguimos andando en silencio sin rumbo fijo. Era una tarde clara, cubierta de pequeñas nubes que pendían sobre los edificios como bocanadas de humo blanco que hubiera dejado atrás un tren de vapor, antiguo y gigantesco. A intervalos, la luz del sol, suave, anaranjada, bañaba las casas y surgían las sombras largas, puntiagudas, de los aleros y los balcones. Nuria y yo caminábamos despacio junto a las fachadas pretenciosas de la calle de Alcalá. Intenté varias veces hablar, pero las palabras se negaban a salir de mi garganta. Al llegar a la intersección con la Gran Vía, nos detuvimos frente a una escultura de la Violetera que, arrancada de un almanaque de los años cincuenta, parecía reproducir una falla valenciana en bronce o cualquier otro espanto imaginable.

Levanté la vista, la miré de reojo y dije:

–Nunca he tenido inclinaciones terroristas, pero cada vez que paso junto a este adefesio me gustaría llevar encima un cartucho de dinamita. No sé a quién se le puede haber ocurrido poner esta cosa aquí.

Ella se echó a reír. El silencio se me había empastado en la garganta después de tanto rato y ni la risa quería salir. Acabé respondiendo a su carcajada con una mueca de sonrisa que debió de ser un triste fracaso.

–No me extraña. Si te sirve de consuelo, cuando consigas explosivos, te ayudaré a hacerlo –apuntilló Nuria.

Seguimos caminando. Nuria propuso tomar una copa en Del

Diego para charlar. Rehusé, no me apetecía. Tenaz, alegó que intentáramos relajarnos yendo al cine: «Ponen una película magnífica muy cerca que llevo intentando ver desde hace semanas».

Traté de disuadirla, pero logró atajar la cuestión:

–Más vale que vayamos –tras un breve titubeo, miró al cielo, me contempló, esquivó mi mirada y tosió levemente antes de apostillar–: En mi tierra se dice que cualquier hoguera sirve en una noche fría.

No supe qué responder y me dejé llevar sin oponer resistencia. Al entrar en la sala y sentarnos en nuestras butacas, pregunté a Nuria si deseaba tomar algo y fui a comprar unos refrescos al bar.

Mientras me acercaba a la barra reconocí, cuatro pasos por delante, una espalda y una postura grabada en mi memoria como una marca de ganado.

¡No era posible!

En realidad, si aún no he escrito una palabra, si todavía no he dicho nada de ella, no es por la reticencia de un hombre abandonado; los rostros que recreamos apasionadamente se nos escapan como la arena entre los dedos; apenas en un segundo... Miré hacia delante. Estaba junto a la barra del bar, bajo un viejo cartel cinematográfico, semiagachada, con el pelo cubriéndole parte de la cara, buscando algo en el bolso.

La impresión que sentí es algo difícil de concretar. Me quedé quieto, con la vista puesta en sus movimientos y, en ese momento, no sé por qué, recuperé su rostro de la manera más curiosa, en la posición más extravagante: volví a ver su cabeza inclinada sobre la almohada, igual que una mañana en la que desperté irritado por la discusión de la noche anterior y me encontré su cara joven y ancha dormida a mi lado. En ese instante la vi con ternura por última vez y mi enfado se disipó sin el menor esfuerzo. Poco a poco aquel cuerpo delicado se fue modificando... Las imágenes pasaban veloces por mi mente. Comencé a andar en su dirección con lentitud y determinación, accionado por una especie de resorte:

–Hola, Ana –le dije.

Ella nunca se desconcertaba por nada. Era una de sus características. Se limitó a levantar sus grandes ojos color miel y responder:

–Gonzalo, ¡qué sorpresa!

Hace tiempo, después del divorcio y durante los primeros meses tras su partida, había imaginado mil veces este encuentro y lo consideraba siempre como algo decisivo que implicaría más que palabras. Sin embargo, su actitud, ajena a cualquier movimiento de drama, obró sobre mí y me pareció experimentar simple curiosidad.

–No sabía que hubieras vuelto de Roma –me dijo.

–Llegué hace unos días. Llevo más de una semana en Madrid.

Afirmó con la mandíbula. No hubo tiempo para averiguar más detalles. Un hombre se acercó a nuestro lado y se situó entre los dos. Era un tipo corpulento, de estatura elevada y más o menos de mi edad o quizás un poco más joven, vestido con una gabardina blanca y grande bajo la que asomaban pantalones de pana y un grueso jersey de cuello cisne color negro. Llevaba en la mano un diario de la mañana doblado por la sección de espectáculos y, aunque iba sin afeitar, su sonrisa parecía franca, directa:

–Hola, ¿nos conocemos? –preguntó con voz cálida y grave, de locutor de radio, mientras rodeaba con el brazo la cintura de Ana.

Ella hizo las presentaciones precisando mi condición de ex, sin aclarar nada sobre ellos. Mientras tanto, él acariciaba su barba de tres días mirándome con indisimulado fisgoneo. Por mi parte, me mantuve asintiendo de manera mecánica, un poco forzada. Al fin, antes de despedirnos y comprar de forma apresurada los refrescos, acabamos intercambiando unas pocas frases de mera retórica sobre la urgencia de vernos con más tranquilidad.

Al sentarme, Nuria me susurró al oído:

–¿Qué hacías? La película ya ha comenzado.

Confirmé con la cabeza y contesté cualquier excusa. Pasé la siguiente hora y media en un estado irreal, con el cerebro convertido en un queso *gruyère* por donde entraban y salían las ideas más inverosímiles. Tropezarme con Ana me había trastornado y no podía dejar de preguntarme qué sería de su vida y quién era el hombre que la acompañaba. Acaso su amante o simplemente un amigo. No la imaginaba casada de nuevo, aunque pensándolo bien, era posible. Conociéndola, si lo hubiera hecho, estaba seguro de no haber sido invitado a la ceremonia. A ella le parecería natural que lo supiera por casualidad. Ahora bien, si era así, ¿por qué no me lo había presentado como su marido? Intenté abandonar ese rosario de especulaciones inútiles que no me llevaban a ningún sitio. No me fue difícil, junto a la imagen obsesionante de Ana, otras ideas venían a mi cabeza en oleadas continuas. Nuria, a mi lado, seguía transmitiéndome una zozobra creciente que ya era algo más que inquietud. Y además no conseguía arrebatar de mi memoria las consecuencias de la entrevista con Pablo. ¿Qué habría pasado con mi padre? ¿Dónde estaba? ¿Por qué no aparecía? ¿Qué significaban esos extraños mensajes?

Nuria se percató de mi desasosiego y preguntó con voz apagada si me gustaba la película. Le respondí moviendo la cabeza de arriba abajo y el dedo índice sobre la boca. Por momentos, conseguí evadirme de mis reflexiones atrapado por la intriga de la película, un buen *thriller* que debo volver a ver.

A la salida me mantuve atento, buscando con la mirada la sombra de Ana, esa manera de caminar tan peculiar que yo podía reconocer en medio de una multitud o, al menos, el destello de la airosa gabardina de su acompañante. No los volví a ver.

Seguía meditabundo y Nuria propuso que fuéramos a su casa a tomar una copa. De nuevo, me dejé llevar sin oponer argumento alguno. Al entrar en el apartamento, me senté en una silla del salón y ella se dirigió a una mesita que había al fondo de la sala a preparar las copas:

–Ginebra con tónica ¿verdad?

Mientras mezclaba el hielo y las bebidas dijo:

–Gonzalo, ¿te importa que te haga una pregunta algo íntima?

Ella no pudo ver la expresión de sorpresa y el ademán de fastidio que se dibujaba en mi cara. Tan sólo escuchó un tímido: «En absoluto».

Lo dijo a bocajarro:

–¿Has estado casado, verdad?

–Pues sí –contesté pasmado por su increíble intuición–: ¿Cómo lo sabes? –dije, comprendiendo al tiempo que pronunciaba esas palabras mi absurda curiosidad. Obviamente estaría enterada por Alberto. Traté de compensarlo–: Te lo dijo mi padre, supongo...

–No, tu padre nunca comentó nada sobre eso, cuando hablaba de ti no daba datos...

–Ya.

–Bueno, supongo que podía haberlo deducido de alguna impresión suya sobre ti.

La miré con más atención.

–Me enteré –continuó– por una compañera del museo. Un día, hablando sobre Alberto, me dijo que su hijo acababa de separarse.

Insistí en el territorio que me interesaba.

–¿Por qué dices que podías haberlo deducido?

–No lo sé. Es difícil de expresar y quizás haya exagerado. Alberto estaba preocupado, decía que eras muy introvertido, que vivías ensimismado en tus obsesiones y que te empeñaste en enterrarte entre libros como si quisieras huir de todo contacto con la realidad. No era complicado suponer detrás de eso a una mujer.

Su tono era elocuente.

–Dime, ¿qué pasó?, si no te importa que te lo plantee de manera tan directa.

Me importaba. Ni me era ni me es fácil hablar de aquello, a pesar de haber transcurrido casi año y medio desde la separación; sentía que la herida aún no estaba suficientemente cerrada. No obstante, me impresionaba la clarividencia de Nuria. ¿Cómo podía saber que, por primera vez en diez meses, hacía unos minutos que acababa de estar al lado de mi ex mujer?

Era estúpido, no podía saberlo.
Nuria seguía mirándome fijamente.
Bajé la cabeza. Me costaba hablar. Me dolía demasiado revivir aquel mohín petulante del final, la triste amargura de su silencio continuo, el desdén de los últimos meses. Sentía como si yo lo hubiera esculpido día y noche.
Traté de contestar en tono impersonal.
–¿Qué pasó? –dije–. Nada en especial. Sólo que llegó un momento en que tenía la sensación de hallarme con una especie de competidora dialéctica. No sé si les ocurrirá a muchas parejas, he comprobado que lo que uno siente como particular suele ser lo que le pasa a la mayoría de las personas; hubo un momento en que cuando charlábamos, si yo decía gris, ella entendía blanco o negro y pasábamos un tiempo interminable en un debate inútil acerca de las palabras exactas que había pronunciado cada cual. Además, en esas situaciones, ella alegaba sentir lo mismo y cuando emitía una opinión, yo deducía otra idea. El principio del final vino de eso, de una incomprensión casi consciente. Los dos nos encerrábamos en nuestros argumentos y aunque ella tiene más carácter y yo procuraba no añadir leña al fuego, solíamos terminar las conversaciones acusando al otro de esto o aquello, sin entender razones ni atender a ellas... En fin, nada original.
Nuria asintió con suavidad y me cogió la mano.
–Y además –continué–, ya sabes que, aunque parezca extraño, y te digo esto porque me he preguntado a menudo por ello, somos especialmente crueles con las personas que más estimamos.
–Es verdad –asintió Nuria–. Yo no me he llegado a casar, pero estuve a punto y, en todo caso, conviví con Javier más de tres años. Así que es lo mismo. Y tienes razón, creo que con nadie he sido más dura en mi vida que con él.
–Ni le habrás dicho más barbaridades, supongo –dije, recordando la inteligencia con la que Ana elegía las palabras en las discusiones para herirme.
–Sí –contestó ella riéndose–. A nadie le he dicho esas burradas.

–He pensado a menudo en eso y supongo que es lógico. Nos desinhibimos con quien tenemos más cerca. Tan sólo que es peligroso.

Ella entornó la mirada con una sonrisa tan cálida como maliciosa.

–No me has dicho cómo se llama.

–Ana, se llama Ana... –musité en voz baja.

Una ola de luz barrió la fachada de la casa y penetró por la rendija de la cortina. Nuria seguía con la misma expresión.

–Y tampoco lo que ocurrió.

–No, pero da igual. No tiene excesiva importancia el final. Pasó que un día me abandonó, y aunque ella fue la que más veces había pronunciado la bendita palabra separación, si te soy sincero, yo rumiaba la misma idea. Pero no hacía nada por pereza; supongo que me costaba abandonar a Ana sin motivo.

Nuria me contempló como si fuera un caso perdido, moviendo el mentón de derecha a izquierda.

–¡Cómo sois los hombres!

La miré sin entender. Había separado su mano.

–Te parece poco motivo el que alegabas.

–No me parece pequeño –respondí a la defensiva–, quería decir otra cosa.

–Ya sé –dijo ella con lentitud–. Quieres decir que no había otra mujer o que ella no te había puesto los cuernos, porque parece que ésos son los únicos motivos que cuentan para vosotros.

En otro momento le hubiera contestado con aspereza. Odiaba ese tipo de clichés acerca de lo masculino y femenino que parecían sacados de un coloquio televisivo. Pero estaba cansado y deseaba cambiar de tema de conversación; me cohibía hablar de Ana, y más con Nuria; ¿por qué estarán las mujeres tan interesadas en ese tipo de intimidades? Me negaba a entrar en una polémica sexista que hubiera perdido con toda seguridad. Puesto a elegir, prefería esperar lo que siempre se nos cuestiona a los hombres y también anhelamos en discusiones de ese tenor: un poco de afecto.

Precisamente Ana me lo había señalado con dureza muchas veces:

–Qué necios sois los hombres. Cuando una mujer cuenta un problema o hace una confidencia, lo último que desea es vuestra típica respuesta ofreciendo soluciones, y, a pesar de eso, no cambiáis, os empeñáis en explicar cuál es la mejor opción o las razones por las que fulano o mengano han hecho tal cosa. ¿Cuándo entenderéis que en la mayoría de esas ocasiones sólo estamos pidiendo unas migajas de comprensión y de cariño?

Observé la silueta de Nuria recortándose a contraluz. Notaba todo mi cuerpo concentrado, atento, a la defensiva, y levanté la vista hacia ella sin responder a sus últimas palabras. Además, si no era posible un poco de consuelo –seguí barruntando–, bien podíamos continuar charlando asépticamente sobre nuestra investigación. Y si no había más remedio que hablar de cuestiones personales, que no fueran las mías el tema de debate. En ese momento vivía una crisis de impotencia más allá de mis capacidades. Pero no se trataba sólo de aquel instante: ni soy el tipo de hombre dado a las confesiones íntimas ni estaba habituado a compartir mis tripas con nadie; había otros asuntos sobre los que hubiera estado encantado en ser el eje del discurso, pero a ella no parecían interesarle disquisiciones sobre la pintura o el arte.

Al final opté por una respuesta teóricamente más imparcial; de hecho, más coqueta. Fue un error.

–Me parece que exageras. Supongo que si yo hubiera conocido a otra mujer que me gustara más que ella, la habría abandonado antes. Y me imagino que a Ana le habría pasado lo mismo. Ahora bien, yo creo que no fuimos infieles el uno con el otro; hubo, quizás por parte de los dos, pequeñas aventurillas sin importancia.

–¿Estás seguro? –preguntó Nuria con intención.

–No, no lo estoy –contesté con dureza–. Lo supongo. Bueno, yo tuve alguna aventurilla pasajera y me imagino que a ella le ocurriría igual.

Estaba pasando justo lo que no deseaba. Volvíamos a mí y volvía a entrar en un callejón sin salida.

–Pero nunca las hablasteis.

–No –su voz insistente me estaba haciendo perder el equilibrio, amenazando con dominar la conversación y dominarme a mí.

–¿Y crees que ella las tuvo también?

–Sí.

–Típico –respondió Nuria con voz resignada–. Pues ya ves, fíjate que yo no conozco a Ana, y sin embargo apostaría que ella no tuvo esas aventuras, como tú las llamas.

Estaba consiguiendo ponerme incómodo.

–Mira Nuria, tienes razón, no lo sé. Quizás hubiera sido bueno hablar con ella de eso, pero lo dudo mucho, sólo hubiera conseguido hacerle daño sin motivo; esas chicas, tampoco te creas que fueron tantas –en realidad sólo hubo una, pensé–, no tuvieron la menor importancia en mi vida.

Nuria me miraba con reticencia, si bien lo hacía en dirección a los ojos, para animarme a continuar. Por fortuna tuvo la delicadeza de no ahondar en el asunto.

–Lo cierto es que me abandonó –continué–. Un día, al volver a casa después del trabajo, me encontré con los hechos consumados. Había agarrado la maleta y se había largado, sin más.

–¿No te dijo nada?

–Dejó una carta encima de la mesa del salón, si te refieres a eso.

–Sí, a eso me refería –contestó con un tono de voz mucho más dulce.

Proseguí hablando desde dentro.

–Transcurrieron seis meses sin saber nada de ella. Lo pasé francamente mal, no hay como perder a alguien para sentir su ausencia... Estuve a punto de llamarla en mil ocasiones... Al final me arrepentía, no sabes las veces que tuve el teléfono en la mano para marcar su número sin conseguir apretar más allá de tres o cuatro teclas.

Su sonrisa era ahora más cálida.

–Cuando empezaba a olvidar el dolor físico de la separación, me llamó con toda la tranquilidad del mundo. Ya sabes, tenía que recoger sus cosas, sus libros, la ropa que no se había podido llevar. Le contesté que se llevara lo que quisiera. Y así fue, vino y lo hizo.

–Lo dices con cierto rencor.

–Así será. Ya te digo que soy consciente de que nuestra relación se estaba esfumando día a día y de que ninguno hizo nada por cambiarla. Luego se marcha. Bien, desconozco cómo lo llevaría, a mí me afectó mucho. Pasé varios meses idiotizado, odiándola y deseándola, y en todo caso solo.

–¿Y no crees que Ana estaría igual de sola?

–Tal vez –contesté tajante–. No supe nada, ni ella me dijo sino vaguedades cuando vino a recoger sus cosas. En todo caso, parecía muy animada.

Volvió a echarse a reír y volvió a decirlo:

¡Qué tontos sois los hombres!

–¿Y a ti, qué tal te ha ido? –pregunté con cierto rencor por su comentario.

Ella no debió percibirlo, al menos no lo demostró.

–Si te refieres a si estoy saliendo con alguien, la respuesta es no.

–¿Y no te importa?

Nuria se llevó los dedos al cabello con ese gesto tan característico de ella, lánguido, de bailarina.

–¿Qué quieres que te diga? –se mordió el labio e hizo un gesto ambiguo con la cabeza.

Era mi turno y permanecí a la expectativa, imaginando cómo el corazón se iba animando en el pecho. Se sonrojó y guardó silencio. Nunca la había visto sonrojarse. Me sentí algo incómodo. Sus ojos me impresionaban. Eran inmensos, convexos, muy sombreados, y su tamaño formaba un contraste muy singular con la pequeñez de la boca.

–¿Que si me importa? Pues claro, cómo me va a dar igual...

Nuria se encogió de hombros, se levantó y, caminando ligera, cruzó la habitación hablándome desde atrás y por encima de mí:

su tono de voz vibraba con un rumor sordo de tristeza, apenas controlada:

–Ya lo sabes, hay muchos momentos en que se duda, en que la vida suena a hueco y sientes el vacío bordeando tu existencia: te levantas, coges un objeto, escuchas la radio, de la calle llegan sonidos balbucientes, tomas un libro, enciendes la televisión, piensas en los niños que no has tenido o te despiertas en mitad de la noche echando de menos la compañía de un hombre en tu cama. Y entonces te preguntas: ¿esto es todo? ¿Acaso yo no tengo derecho a esperar algo más?

Al verla de pie con los hombros inclinados, agobiada por el desencanto, me incorporé del sillón para acercarme. Nuria levantó sus grandes ojos secos y su mirada se cruzó con la mía. Yo quería responder a su aire melancólico y, sin saber qué hacer con mi cara, le tomé la mano y ella la trasladó hasta su mejilla. Estábamos muy cerca el uno del otro y podía percibir su olor particular, ese aroma que me había atraído desde que la vi el primer día en cuclillas sobre la alfombra de su casa. Ahora se apretujaba contra el calor de mi piel como una adolescente asustada que ha llegado demasiado lejos en la primera cita. Levanté su barbilla y me encontré con la sorpresa de los pómulos encendidos y de verla enjugándose una lágrima con el dorso de la mano. Deslicé el dedo índice bajo el ojo y comencé a acariciarla con lentitud hasta que se fue serenando.

De repente, arrugó la nariz, apartó el rostro de la cuenca de mi mano, me tomó del brazo y me llevó de vuelta al sofá.

–No te confundas, Gonzalo. Te he dicho que me importan las relaciones y hasta que las echo de menos. Es verdad –su voz era ahora una delgada hoja de cuchillo–. Como diría mi amiga Kinsey, admito que hay matrimonios estables, incluso enamorados. He visto parejas de ancianos cogidos de la mano caminando por la calle y los ojos se me llenan de lágrimas al contemplarlos, pero siempre me queda la duda de cómo se comportarán en el interior de su casa. Yo no puedo hablar demasiado. Hasta ahora he vivido con dos hombres y la experiencia ha acabado mal en las dos ocasiones. Antes solía reprochármelo; ahora no estoy tan segura. Puede que haya tenido mejor suerte de la que parece. Prefiero envejecer sola a hacerlo en compañía de los tipos que he conocido hasta ahora. Y una última cosa: no me considero una mujer incompleta, ni jodida, ni frustrada.

Guardó silencio un momento, buscando una frase para concluir:

–A la gente le fastidia; a los hombres sobre todo.

Se quedó en jarras, frente a mí, como si acabara de hacer una declaración de principios. Su rostro moreno estaba impasible de nuevo. Sólo se movían los pálidos ojos y la boca, delicadamente delineada.

Esa noche no podía polemizar. Miré mi mano vacía en el aire. Me sentía desamparado como un perrillo solitario, habían sido demasiados acontecimientos en una sola jornada: el anuncio del posible suicidio de mi padre, mi encuentro con Ana, la atracción que indudablemente sentía por Nuria. Y ahora sus palabras cargadas de ira, energía y distancia. Noté con algo de retraso que el corazón se me estaba poniendo a cien. Sin darle tiempo a reaccionar, me levanté del sillón, balbuceé una excusa y me dirigí a la puerta en dirección a la calle. La mano me temblaba mientras hacía girar el pomo. Incapaz de soportar otro fracaso, quería salir de allí lo más rápido posible. Yo sabía que hasta el portal de la calle había sólo tres pisos. Sin embargo, bajé los escalones con lentitud, como si soportara sobre mis hombros una carga excesivamente pesada.

Nuria fue más rápida por la otra escalera, al llegar al portal me estaba esperando con una sonrisa:

–¿Dónde vas, hombre?

No contesté. Con una mueca hosca me dirigí a ella, la sujeté con fuerza y la atraje hasta una esquina del descansillo. Ya bastaba de juegos. Permanecimos de pie, el uno frente al otro. Nuria ya no sonreía y, sin embargo, estaba pendiente de mis movimientos. Vi brillar sus dientes en la penumbra y antes de que supiera muy bien lo que estaba pasando, había acercado mi cara a la suya. Yo sabía que mis ojos estaban dilatados pero ella no se amilanó, sino que retrocedió un paso y cimbreó la cintura que acababa de rodear con el brazo, apartándose:

–Anda, déjame... –oí su voz tenue.

Era ya tarde. Me mantuve ciñéndola con firmeza y acabé poniendo los labios en su boca. Al finalizar el beso, se separó bruscamente, bajó la cabeza y con voz ronca murmuró:

–Venga, vuelve a casa.

Subimos en silencio las escaleras y al abrir la puerta la cogí de la mano. Ella se desasió al atravesar el pasillo.

–Espera un poco que estire la colcha. Esta mañana ni he podido arreglar la casa, esto está hecho un desastre.

Yo la observaba desde atrás. La cama era baja y amplia, sin cabecero, sostenida por un enorme somier de madera sin barnizar lleno de cajones que llegaba hasta el suelo. Encima, un cartel de Rauschenberg ocupaba toda la pared. El resto de la habitación estaba vacía, excepto por una cortina de lino color crema que cubría la ventana del balcón y un grupo de flores secas sobresaliendo de un jarrón de Talavera.

Volví a acercarme a Nuria pasándole los brazos por los hombros con intención de besarla otra vez: apenas pude apoyar los labios sobre su rostro fugaz.

–Voy a poner un poco de música.

La dejé hacer. Yo me sentía extrañamente tranquilo, como si tuviera esa relación todos los días y supiera de antemano sus reacciones, pero en mi interior oscilaba entre el deseo y el temor; un miedo un tanto infantil, no tanto a la cercanía de nuestro contacto como al pavor de ser rechazado. Al escuchar la inconfundible voz de Maria Creuza entonando *Insensatez* –Antonio Carlos Jobim al piano, Stan Getz con el saxo y Vinícius de Morais al fondo–, traté con voz neutra de iniciar una conversación que ninguno queríamos mantener.

Más tarde, cuando descansábamos después de nuestro primer encuentro, pensé en ello; por qué en ese momento, sin proponérmelo, comencé a hablar de nuestra investigación. Nuria, ahora lo sé, para escapar de la charla y evitar una respuesta quizás formal, se fue dando la vuelta por completo con un movimiento lento y ondulante. Se incorporó para encender la luz de la mesilla y yo callé.

En el aire había una leve pátina de humedad y la cubrí con la sábana. Poco a poco, fui introduciéndome entre las telas hasta acabar situando la mejilla contra su pierna. Tenía una piel muy delicada, bajo ella se advertía la fibra de un cuerpo en tensión. Por un momento, pensé que parecía una adolescente sin haber estado jamás con una de ellas: la misma piel satinada, suave y seca, sin rugosidades, que había evocado en tantos momentos de deseo en mi juventud. Pero su calidez era diferente, no tenía nada de esa fragancia impúber de las pieles de los niños frotadas con polvos de talco, sino que por el contrario delataba el sudor y hasta el resuello de los músculos entrenados. Era una piel sedosa y a la vez ardiente, con el ardor que proviene de dentro, semejante al calor tibio de un pajarillo bajo las plumas.

Levanté la vista y percibí el reflejo de la luz eléctrica iluminando irrealmente su cara. Me extendí y crucé el brazo por encima de su pecho para apagar la lámpara; en la penumbra entraba un hilillo de claridad que bastaba para insinuar el hombro y la cadera. Luego, me incorporé un poco y apoyé la cabeza en la pared para encender un cigarrillo. Al volverme, esa piel de seda estaba matizada de tonos castaños con reflejos azulados que semejaban polvo de acero.

–¿Qué haces?

–Te estoy mirando.

Ella se incomodó. No debía de gustarle ser contemplada así.

–Me miras como si no me conocieras.

Se impacientaba. Cerró los párpados y se quedó quieta, parecía dormida. Di una última calada al cigarro y lo apagué en el cenicero observando cómo se retorcía sobre sí mismo y se esfumaban los últimos rescoldos. Giré el rostro; Nuria estaba abriendo los ojos y sonreía con suavidad. Después hizo un movimiento lánguido, desperezándose, y paseó las manos a lo largo de sus piernas elásticas:

–Anda, ven a mi lado.

Alegremente me deslicé junto a ella, inclinándome sobre el hombro. El perfume del cabello suelto subía hacia mí en la tibieza de la alcoba: era un aroma excitante y pegajoso. La besé en los párpados y ella recostó la cabeza en mi pecho; en el calor de la cama todo su cuerpo emanaba la misma fragancia aunque más suavizada: un tufillo dulzón con un punto de picante, un olor que hacía pensar en otros bálsamos, en alguna especia turca, en el cuero o en la madera de caoba. Comencé a descender para acariciarle con los labios el vientre amplio y blanco, que tanteaba como un alfarero ciego dando forma a un cántaro en un torno. Apoyé el oído para aislar los sonidos de esa carne ya familiar y deleitarme escuchando el tambor que latía marcando el pulso de su propia sangre. Poco a poco ella volvió a excitarse y sentí provenir de su interior el calor húmedo del baño estival, esa calidez mezcla de salitre marino y bochorno de agosto. Alcé la mirada. Aún persistía un tenue rayo de luz iluminando su cuerpo: Nuria había echado el pelo hacia atrás y tenía el rostro perdido en las sombras. Introduje la cabeza entre la transparencia azul del vello púbico y busqué a tientas, persiguiendo encontrar el tono exacto, el ritmo preciso.

La observé de soslayo; tenía la pierna derecha ligeramente flexionada, hundiéndose con abandono en el colchón; la otra, por el contrario, estaba erguida, doblada por la rodilla, haciendo resaltar el perfil del muslo. Nos mantuvimos en esa posición durante varios minutos, sintiendo el jadear de su cuerpo y en el mío el disfrute del placer de su placer. Luego, de forma repentina, me levanté y me senté en cuclillas para mirarla.

Durante un momento contemplé en silencio sus pupilas espejeantes, admirando su belleza. Hacía quizás diez o quince minutos –no tengo una noción exacta del tiempo–, Nuria había proclamado, para mi sorpresa, que nunca se había sentido hermosa. Todo lo contrario, de niña era muy tímida y la conciencia de su fealdad aumentaba su timidez, porque siempre había estado convencida de que nada ejercía una influencia tan grande en la manera futura de conducirse una mujer como su aspecto exterior y la sensación de ser, o no, seductora. ¡Ah!, sin embargo –continuó–, ella tenía demasiado amor propio para resignarse y se consolaba igual que el zorro, diciéndose que las uvas estaban muy verdes. Al final terminó explicando con voz triste su envidia por las amigas de pecho grande, solicitadas en los bailes, mientras «a mí me llamaban lisa –añadió con tono herido–: ¡la campeona de natación!».

Sonreí con ternura. Nunca conseguiría entender la eterna insatisfacción de las mujeres respecto a su propio cuerpo, pero era algo sobre lo que había aprendido a no hacerme ilusiones.

Volví a recorrer su cuerpo con la mirada. Estaba inmóvil, sin comprender la interrupción. Al decirle qué estaba pensando, reaccionó con una repentina turbación que hacía aún más brillantes los ojos. Yo gozaba al ver todo su rostro arrebolarse, los hoyuelos hundiendo su sombra junto a la comisura de los labios, la naricilla tiñéndose de violeta, la curva llena y aniñada de la barbilla, irguiéndose con dignidad. Me eché a reír sin motivo. Esta vez me devolvió el gesto con complicidad:

–¿Qué has dicho?

Permanecí en silencio.

–¿Qué haces? –insistió.

–Ya lo ves, te miro.

–Ya te he dicho que no me gusta que me observen así. Basta. ¡Déjalo de una vez!

Y de repente con otra voz:

–¿Te apetece un poco de cava? Tengo un buen *brut nature* frío en la nevera.

–Claro, ¿por qué no?

Dos minutos después ella volvía de la cocina con una bandeja, un cubo de hielo del que sobresalía la botella y dos copas de cristal fino y transparente:

–Toma, ábrelo.

Yo cogí la botella y luché con el tapón hasta que el esfuerzo me enrojeció el rostro.

–Déjame a mí.

–No, ya la abro yo.

Pero no pude. Tiré, apreté el corcho con los pulgares, sosteniendo la botella entre las piernas, observando mi desnudez.

Nuria se incorporó y asió la botella con firmeza.

–Déjame intentarlo –dijo.

Le tendí el cava y ella agarró fuertemente el tapón. Sus manos eran rápidas y vigorosas. Retorció el corcho. Éste saltó entre sus dedos y fue a dar en el techo. El espumoso burbujeó y le mojó las manos. Me tendió la botella para que escanciara la bebida.

Se había apuntado un nuevo tanto.

Brindamos y bebimos el delicioso néctar. Yo miraba sus manos húmedas y un resto de líquido que caía por su cuello y resbalaba por el canalillo del pecho.

–¿Qué miras así? –volvió a preguntar con voz pícara.

–Te veo a ti.

Estaba excitándome de nuevo.

–Tonto, no me mires así. Tengo el pecho pequeño y los pezones son demasiado estrechos.

Me eché a reír.

–Eso es precisamente lo que me gusta.

–¿De verdad?

Nuria levantó los senos con timidez, uno después de otro, y los contempló con una sonrisa de ternura, como si fueran una pareja de animalillos fieles.

Antes de que pudiera advertirlo, apoyó su copa en la mesita y se encaramó sobre las sábanas en postura de gata:

–¿Qué haces? –pregunté con una sonrisa.

Sin contestar, bajó la cabeza y flexionó todo el cuerpo, envolviéndose dentro de mí como una boa. Observé su cabello entre mis piernas y sentí su aliento dispuesto a alimentarse. Entonces, dejé caer la cabeza sobre la almohada y cerré los ojos. En otras ocasiones, he sentido que el placer de esta situación, aun basándose en el contacto, se fundamentaba en contemplar el juego de la boca y el sexo junto al pecho móvil y, tras ellos, la línea sinuosa de la cintura, la curva de las caderas erguidas, la grupa redonda, el dorso de los muslos, la gracia del empeine. En esos instantes debía haber sido igual, Nuria tenía una piel lampiña y metálica, de visos dorados, por la que la mirada podía resbalar hasta el infinito; yo la percibía pasando de la caricia oral, lamiéndome como un felino, a arrebatos de glotonería en los que llegó a rozar con los labios el vello del pubis. No podía ser: ese cuerpo que tanto me gustaba, esas formas que antes había querido estudiar casi para memorizarlas, ese ritmo que tanto apreciaba, se hizo demasiado intenso para examinarlo desde fuera. Acabé acurrucado contra las sábanas en silencio, escuchando los latidos de mi corazón y el movimiento sedoso de su pelo sobre mis piernas.

Al cabo, desgarrado por el deseo, cuando noté el preludio del temblor y supe que unos segundos más bastarían para abandonarme, hundí las manos en la cascada de sus cabellos, y sin poder aguardar más tiempo, la levanté a horcajadas por los hombros para escalar la cresta de su desfiladero, ligar nuestras caderas e instalarme en el interior de aquella mordaza húmeda, susurrante. Y entonces, seguro de que la tensa cuerda de la ansiedad estaba rota, la poseí. Y después, cuando toda la luz se hubo extinguido en ella, Nuria me poseyó a su vez. Hicimos el amor seria, prolongadamente, como si necesitáramos ponernos un término; como si el hacerlo fuera una tarea de autoexploración que nos hubiéramos impuesto; como si el estar así unidos levantara una fortaleza, una ciudadela inexpugnable al ataque de las dudas y, peor aún, a la hostilidad, sea cual fuere su naturaleza y su origen; como exiliados en busca de una patria.

Recuerdo bien aquellos instantes, mis ojos eran ascuas circundadas por nuevas y profundas ojeras. Me consumía un hambre desconocida y, a diferencia de nuestro primer encuentro, apenas una hora antes, marcado por el anhelo imperioso, la confusión y la rapidez, necesitaba sentirme en el fondo de su concha brillante y anegada hasta para saborear la derrota oral. Cuando ascendió por segunda vez la ola que nos aunaba y se confundieron los gemidos, me noté mareado. Al finalizar, tendido sobre las sábanas pensé que de nuevo estaba expuesto, sí, y no sólo a respuestas físicas, sino también, y eso era lo que más me alarmaba, a emociones que no deseaba sentir. Otra vez en la intemperie, en la ternura, en la pasión, en sensaciones de una intensidad avasallante que no sabía precisar si eran de dolor o de felicidad... y todo eso podría continuar. Esos placeres sutiles, cambiantes y movedizos como el mercurio.

Ya apaciguados, ella se quedó abrazada a mis piernas en posición fetal. Queriendo aletargar el instante, le tendí los brazos y ascendió hasta apoyar su cabeza sobre mi estómago. Ninguno de los dos se movía. Después de un rato volví en mí y me pareció sorprenderme al verla; miré en torno y quise decir algo. Sin embargo, no supe hacerlo.

Tras vestirnos, Nuria se dirigió a la cocina y regresó con una tabla de madera sobre la que había dispuesto un poco de queso, lomo y pan. Al reconocer sus movimientos, recogí el cubo de hielo con el cava, las copas y el tabaco y fui hasta el salón; ella estaba extendiendo un mantel amarillo sobre una mesa baja de centro. Luego nos arrellanamos sobre su viejo sofá para disfrutar el aperitivo y acabamos encendiendo la televisión.

Tampoco entonces fui capaz de articular las palabras con un cierto orden lógico.

Ella fue mucho más clara.

Se arrebujó sobre el sofá en la misma postura yacente de la cama, y, apoyándose sobre el codo, con la cabeza vuelta, comenzó a comer tomando con los dedos pedacitos de queso que dejaba caer en su boca. Después, atraída por una noticia repentina, se levantó reclinando un codo sobre las piernas cruzadas, la barbilla en la palma de la mano, la frente adelantada, la mirada fija en la pantalla. Yo la escuchaba respirar. Por fin volvió a la misma postura de indolencia. Le pasé la mano por el hombro y abrí lentamente dos botones de su blusa para descubrir el pecho y apoyar la mejilla sobre él:

–Mmm. ¡Qué bien se está así! –dijo.

Afirmé con la cabeza sin poder contenerme de mirarla, persistente, perseverantemente: su rostro reflexivo parecía estar mucho más allá de las palabras. Nuria permanecía dueña de sí misma; no obstante, la contracción de la boca y la respiración entrecortada revelaban su esfuerzo por dominar uno de aquellos bruscos ardores que la asaltaban a menudo.

De pronto, se volvió y me dijo con otro tono de voz:

–Llevo toda la tarde dándole vueltas a una idea, sin poder quitármela de encima.

–¿Sí?

–¿Recuerdas hace un rato cuando te comenté que la capacidad de imitar de Pablo Arana me parecía demasiado asombrosa?

Asentí con el mentón.

–Te lo digo... vas a tomarme por idiota, pero es increíble la coincidencia y, lo mire por donde lo mire, cada vez estoy más convencida.

Deliberadamente suavizó el tono:

–Verás, hace unas noches estaba desvelada y leí un libro de cuentos antes de dormirme. Había uno intrascendente de intriga que me llamó la atención. Contaba la historia de una mujer deprimida y sola que, despechada por el abandono de su marido y sin hijos a quienes atender, había tomado la costumbre de telefonear casi todos los días a uno de esos programas radiofónicos nocturnos en los que la gente se pone a contar su vida con todo lujo de detalles. ¿Sabes a lo que me refiero?

Lo sabía. Es más, estaba fascinado por esa especie de impudor colectivo que hacía proliferar como setas programas de radio o televisión en los que la gente trataba de exorcizar sus problemas comunicándolos al vacío de las ondas. Muchas veces me había sentido desconcertado por la aridez de esos *reality shows*, pero mi interés no pasaba de ahí, del estupor y del asco. O sintonizaba otro canal o buscaba otra emisora de radio. No me preocupaban las miserias de desconocidos.

–Bueno –prosiguió Nuria–. Esta mujer va llamando durante varias noches y poco a poco, como quien no quiere la cosa, entre sus quejas, arrepentimientos y alusiones al sinsentido de la vida, deja escapar pequeños detalles sobre su existencia e incluso sobre su marido, que si es abogado, que si va todas las semanas a jugar con los amigos una partida de cartas al bar X. Y no te creas, lo hace sin darse cuenta, del mismo modo que relata el resto de los hechos cotidianos, de forma natural. Por ejemplo, en una ocasión, la periodista le pregunta si puede hablar con libertad y responde que ese día no hay problema, su marido va todos los jueves a su partida y no regresará hasta tarde... De forma sucesiva la mujer va explayándose en su depresión, hasta que al final, no quiero alargarte el cuento, en la cuarta o quinta llamada, afirma que está decidida a acabar con su vida esa misma noche. La conductora del programa intenta disuadirla, le explica los amigos que ha hecho a través de las ondas, las posibilidades que le esperan. Se trata de una mujer joven, sin hijos. En fin, que la vida puede cambiar de manera inesperada y todo ese rollo típico, ¿te haces una idea, no?

–Perfectamente.

–Pues bien, viendo que no la convence, al final, opta por pedirle que al menos lo retrase hasta el día siguiente. Pero la mujer es terca y está decidida. De repente, en medio de la conversación, cuando interviene un radioyente, ya sabes, se trata de esos programas donde participan varias personas a la vez, la mujer le corta y se despide con un seco: «Gracias. Adiós a todos», dejando a la audiencia con la duda en el aire. Ante ese desenlace, la periodista no sabe qué hacer, pero su prurito profesional le indica el camino. Hay que localizar al marido de la misteriosa suicida. Si logra evitar que muera, sería el mejor éxito para su programa. Y si se consuma, ¡ah, si se consumara, sería increíble, obtendría la mejor publicidad posible! Al fin, plantea la cuestión en público y consigue no sólo que se confabule la emisora poniendo a su disposición una unidad móvil, sino que muchas otras personas de la audiencia empiecen a llamar por teléfono y entre todos descubran el lugar donde juega el marido. Cuando llegan a la cafetería, ya te imaginas, con toda la parafernalia de cámaras y micrófonos, preguntan por el abogado y efectivamente le encuentran. Lleva jugando varias horas con sus amigos, está un poco bebido y no tiene la menor idea del problema que le comentan. La periodista le informa de los detalles y el hombre, deshecho, corre a su casa para ver qué ha ocurrido en compañía de amigos, radio y hasta medio país que sigue la noticia al minuto.

–¿Y qué ocurre?

–Que al llegar a su casa, en efecto, hallan a la mujer muerta por una sobredosis de somníferos.

–¿Y? –pregunté con curiosidad sin entender dónde quería ir a parar.

–Lo natural, tratan de consolar al pobre marido y acaban despidiéndose afectuosamente. Nadie ha podido hacer nada por salvarla. La periodista se apunta un tanto importante y al día siguiente la noticia sale en todos los periódicos. Ahí acaba la historia. Lo que no saben –continuó con una maliciosa sonrisa– es que el tipo, tras haberlos despedido, se traslada a casa de su amante para contarle toda la historia. Ella asiente feliz. Él la felicita y brindan con champán: todo ha terminado bien.

–Sigo sin comprender –objeté.

–¿Aún no? Date cuenta, es la amante quien ha llamado todas las noches por teléfono al programa de radio.

–¿Cómo?

–Claro, ¿no lo ves? El programa de radio es la perfecta coartada, media España ha escuchado cómo encontraban al tipo en el garito, su desesperación por la noticia y hasta sus lágrimas al encontrarla muerta. Pero, fíjate, el único dato con el que contaban para relacionar a marido y mujer era una voz anónima asegurando ser la de la esposa del abogado, una voz que ya no existe, ¿por qué iba a dudar nadie del desenlace?

–Y él estaba jugando una partida con sus amigos con toda la tranquilidad del mundo –repliqué con voz meditabunda–. Es verdad, parece el crimen perfecto. Ahora bien, no logro ver adónde quieres ir a parar.

–¿No? Piénsalo un poco...

Me mordí el labio inferior sin captar el fondo de su discurso.

–Quiero decir –me interrumpió, ya lanzada–, y me perdonas, ésta es la locura: que nuestro querido Pablo Arana ha podido utilizar con tu padre el mismo truco. Con su facilidad para imitar voces, pudo reproducir la de Alberto en la famosa llamada telefónica que recibió comunicando la gravedad de su depresión y su ánimo cercano a la muerte.

Alcé las cejas.

–Recapacita –insistió–, si hubiera hecho eso, hacerse pasar por él y comunicar a alguien independiente que la vida no tiene sentido, por ejemplo, a sí mismo, al conservador e incluso a ti haciéndote escuchar el mensaje, tendría la coartada perfecta.

–Puede haberle matado y simular un suicidio...

Nuria bajó la vista para darme tiempo a asimilar su teoría.

–¡Claro! –la interrumpí, cayendo por fin en la cuenta–. De esta manera, Pablo escucharía en su contestador su propia voz imitando a Alberto y, aunque le hubiera asesinado antes, podría contar con testigos para convertir irónicamente sus palabras en la coartada perfecta para un crimen en forma de suicidio.

Sin embargo, me costaba aceptar esa explicación.

–Pero ¿y las notas? Y sobre todo, si eso es así, ¿dónde está el cuerpo de mi padre?

–Lo de las notas es fácil. La importante está a máquina y, en todo caso, podía haberla escrito él mismo en la casa de tu padre. Y la otra, tú mismo has dicho que es incomprensible. Por otro lado, recuerda que el día que llegamos estaba todo revuelto, igual que si hubieran robado, pero no faltaba nada, ¿te acuerdas?

Asentí con lentitud.

Nuria puso cara de resignación.

–En cuanto a su cuerpo, ignoro qué haya podido pasar. Y lo reconozco, ése es el dato fundamental.

–No es posible, Nuria, no es posible...

VII

Contra la madrugada, me desperté sobresaltado, con la boca seca, invadido por la conciencia de una casi absoluta desorientación. Tras el balcón era noche cerrada, pero yo tenía los ojos encendidos. Me parecía flotar en la oscuridad de forma semejante a una densa corriente de agua cuyo fluir no tuviera final.

Tratando de no hacer ruido, me incorporé y recogí mi ropa de la silla.

–¿Adónde vas? –oí en un susurro cuando cerraba la puerta.

–Chsss. Duérmete. A dar una vuelta. Estoy desvelado, no puedo seguir en la cama.

Ya en el pasillo, no entendí su contestación, si bien había un cierto tono de advertencia en su voz dormida. Al dar los primeros pasos, bostecé y me dio frío. La casa de Nuria era inhóspita a aquellas horas: se sentían las pisadas, crujía el silencio. Entré en la cocina para tomarme un vaso de agua. Pasé la mirada por los estantes recogidos. Todo gris, estático. El tictac del despertador salía a la calle por la ventana abierta. Abrí el grifo y bebí el agua directamente. Me senté en una banqueta para encender un cigarrillo y fumé pendiente de la columna de humo, embelesado, como si fuera una hermosa estatua de bronce.

Afuera apuntaba un conato de luz en la ventana, una luz encogida que se esparcía por el cuarto y confundía las sombras y los bultos, dejándole a uno desnudo de sueños. Me volví hacia la puerta para reconocer el origen de ese rumor que afilaba los ruidos más leves; la había dejado entreabierta y oscilaba con lentitud mostrando una ranura inestable. Al levantarme con la ropa en la mano para cerrar con picaporte, caí en la cuenta de mi desnudez y me fui vistiendo con alguna dificultad. Salí de la casa despacio, evitando despertar a Nuria. Cuando llegué a la calle empecé a andar rápido sin motivos. Sentía las piernas flojas, pero quería forzarlas a correr, a escapar, aunque no supiera de qué. Crucé de una acera a otra, y después de una calle a otra, ligero y zozobrante, arrimado a las paredes, respirando a contratiempo a fuerza de impaciencia. Al notar que el corazón se me inundaba de aire, alcé los ojos al cielo tranquilizando mi marcha y comencé a pensar adónde iba.

Poco a poco, el paso se fue relajando aunque caminaba con un aire vacilante y arrítmico, como si estuviera borracho. Me detuve en una esquina abierta a una pequeña plaza con árboles, bancos de piedra y juegos para niños, vacía. Era una mañana oscura, cubierta de una cierta neblina. El mundo exterior empezaba a cobrar forma lentamente. Las calles se esparcían en todas direcciones, si bien era difícil distinguir los detalles. A la fría y vacilante luz del alba, la ciudad parecía un paisaje a carboncillo hecho de tonos grisáceos, sucios.

Sin plan alguno en la cabeza, acabé yendo hacia el metro en dirección a la Casa de Campo; al llegar a la estación de Lago, salí y me senté a tomar un café en una de las terrazas que lo circundan. De pronto, impelido por un deseo repentino, abandoné el jardín urbano para internarme en la pradera abierta del parque. La mañana se había transformado en un hermoso día de otoño, de sol franco, y la luz aturdía en las orillas del camino. Me dirigí a los pinares huyendo de la claridad, buscando ordenar las ideas y tranquilizar mis temores. El ramaje ruidoso de los árboles, el verde oscuro de las encinas, de los pincarrascos y los pinos, los diversos colores de la tierra, parecían acentuados por el crudo sol, a cuyo resplandor volaban hacia el sur distantes bandadas de pájaros.

Después de avanzar un kilómetro, cuando me creía completamente solo, me quedé parado oyendo unas voces: delante, sobre una loma, se alzaba perezosa la humareda de la comida que estaban preparando un grupo de amigos. Irritado, cambié de rumbo y conseguí errar durante un tiempo ambiguo –a mí me parecieron horas–, oyendo el sonido de mis pasos sobre las hojas muertas.

Al subir una pendiente me encontré con la tapia que delimitaba los confines del recinto. Decidido a continuar, busqué el portillo del muro y fue al atravesarlo cuando me di de bruces con la huella de las voces del trabajo del campo. Cien metros a mi izquierda, un tractor se movía a la orden precisa de su amo, el campesino lo guiaba con la mirada prendida, surco adelante, sacudido por los tirones de las rejas que la máquina mantenía enfiladas. Al contemplarlo, imaginé su vida, solitaria, hecha de rutina; cada mañana igual a las demás: ordeñar, comer cualquier cosa y encaminarse hasta los campos. Una vez allá, lo de todos los días. Se dispone el arado, se arranca el tractor y adelante, con los ojos fijos, el cuello tenso y la boca torcida. Luego el sol se agranda y quema. Y así de un bancal a otro, vertiente abajo, hundiendo las rejas en la tierra recia y blanda. Parecía una estampa antigua. Pensé que al igual que él, su padre, su abuelo, habrían repetido esos mismos gestos durante quién sabe cuántos cientos de años. Casi podía verlos, marchando a paso largo, con las piernas hundidas hasta las rodillas y la vista puesta en el linde. Allí levantarían el arado y darían media vuelta para encontrarse con los surcos otra vez de cara y la tierra abriéndose, reventada por los cascos del mulo en pequeños estallidos.

La imagen evocó en mi memoria los versos de León Felipe, el poeta castellano exiliado en México tras la guerra civil, del que mi padre tenía una fotografía de su estatua de hidalgo abierta al bosque de Chapultepec. Alberto amaba su poesía directa, sin filigranas y, a veces, de tarde en tarde, solía recitarla en el salón de nuestra casa:

> No es lo que me trae cansado
> este camino de ahora.
> No cansa
> una vuelta sola.
> Cansa estar todo un día,

hora tras hora,
y día tras día un año
y año tras año una vida
dando vueltas a la noria.

Seguí caminando: yo miraba el paisaje intentando imbuirlo de mi estado personal, como si pudiera imprimirle una infinita tristeza. Me paré y durante unos minutos permanecí quieto, desligado de todo, igual que si acabara de nacer. De pronto, sentí el ruido de un coche que pasaba por la carretera y levanté la cabeza. De un modo vago estaba pendiente de algún asunto entre la marisma de inquietudes que me acechaban, pero no podía localizar cuál, ni siquiera aproximarme. Todo se me había olvidado de golpe y sólo me quedaban el malestar y el aburrimiento. Parecía que una venda de terciopelo grueso me aprisionara los ojos y permitiera que siguieran entrándome imágenes nuevas de manera acelerada. Yo trataba de oponer cierta resistencia ante mi incapacidad para asimilarlas, y, sin embargo, al tiempo que pensaba de forma confusa en estas ideas y buscaba hallar un rincón aparte –una especie de norte de metales y peñascos donde mi cuerpo insomne pudiera morder su soledad–, no dejaba de admirar la naturaleza esplendorosa, contradiciéndome. Yo sabía que en otras ocasiones la naturaleza solía encostrarse con mi peripecia humana, al hilo de la corriente, pero estaba claro que ese día no iba a ser posible.

Al escuchar el canto de las urracas en un grupo de encinas, me desvié hacia una colina arcillosa, pelada e inhóspita, confiando en encontrar algún destino solitario y umbrío. Mientras descendía, asumí desistir de mis propósitos: nadie podía esperar en un páramo de piedra un vallecito como aquél, surcado por una brecha de azules y verdes tan profundos, tan dilatados que se diría que anegaban el horizonte. Delante de mí un pequeño riachuelo zigzagueaba entre los prados y, tras él, los arados simétricos se extendían hasta el infinito. Un silencio aplastante, que emborrachaba, caía a plomo sobre la tierra.

Siempre me han atraído los ríos, incluso antes de haber visto alguno. Me senté a la orilla del cauce jugueteando con un palo entre las aguas, como si pudiera dar vueltas en torno a mí mismo. Pensaba en mi ex mujer, mi padre, Nuria, el Velázquez y hasta en Pablo Arana. No eran pensamientos coherentes, sino imágenes fugaces, flashes que irrumpían en mi mente y salían de ella con la misma velocidad con la que habían llegado. Me sentía torpe y las ideas circulaban con una lentitud desesperante, apelotonadas en el embudo de mi cerebro.

Era curioso, con respecto a Ana, había pensado que nunca más iba a oír hablar de ella y vivía esa sensación en una especie de embriaguez. ¡Qué ingenuo!, debía haber sabido que las borracheras no duran mucho. Sin embargo, el impacto del encuentro había sido sepultado con una facilidad que me resistía a aceptar.

Mi padre..., no quería pensar en eso, al menos por el momento. Sin admitir los hechos aun conociéndolos. Y no porque los hubiera vislumbrado antes o por haber tenido certeza de ellos de algún modo, sino de esa manera en que alguien puede reconocer un rompecabezas si ha visto de antemano sus componentes con cierta calma.

Y Nuria. Su presencia me estaba turbando cada vez más. Supongo que al principio me había dejado llevar por la dificultad, por la novedad de la situación. Ahora estaba empezando a temerla. Ya no era dueño de mi universo y de mi soledad. Me aterraba la situación. Tras el desastre con Ana, había ido tejiendo con un enorme esfuerzo una bruma espesa y persistente entre mi intimidad y los demás, en especial con las mujeres, intentando ponerme al abrigo de miradas equívocas y situaciones comprometidas. Esa capa blanca me había tranquilizado y con ella conseguía alimentar mis sueños... Y ahora me parecía estar recuperando de nuevo un debate idéntico al contemplarla con la misma dicha y el mismo temor que creía haber desterrado. Era como si volviera de una larga ausencia, de un viaje difícil o de una enfermedad persistente.

Aquella noche, al regresar a Madrid, dormí mal, igual que si algún remordimiento apremiara mi sueño o tuviera alguna cita fundamental por la mañana. Ninguna de las dos cosas era verdad. A las cuatro de la madrugaba estaba despierto. Después de dar vueltas entre las sábanas durante media hora, preguntándome por la inquietante teoría de Nuria sobre la desaparición de mi padre, decidí darme un baño con agua casi hirviendo y volver a la cama confiando estúpidamente en su efecto tonificador. Sólo conseguí calar la ropa y emborracharme con mi propia transpiración. Volví la cabeza a la oscuridad mientras notaba hilos de sudor recorriéndome el pecho, los brazos y las axilas. Al poco me incorporaba como un enfermo tras el delirio: estaba congestionado, sin poder dormir, definitivamente desvelado. Además parecía que todos los ruidos de la ciudad convergieran en mi ventana: las voces agudas y débiles de la calle, las risas vulgares, el sonido sordo de la radio, el de los coches atravesando la avenida.

Poco después estaba en pie, envidiando el plácido sueño del resto de la ciudad. Volví al baño, me afeité con cuidado, preparé café y desayuné con toda la calma posible. Estaba inquieto y encendí la televisión con ánimo de distraerme. Había una película sin sentido. Casi no la vi, era sólo ruido y rostros hablando. Luego intenté leer un poco, pero eso tampoco tenía sentido. Molesto, preparé una segunda taza, que me sentó muy bien, y cogí una revista al azar sin conseguir concentrarme en la lectura. Encendí un cigarrillo y fumé mirando al suelo, con la frente entre las manos. Después de aquel cigarro, otros dos. Me sentía tan hueco y vacío como el espacio entre las estrellas, hasta que pensé en Nuria, ese ser inquieto con el que me estaba complicando, esa intrusa que yo mismo estaba instalando en mis secretos y mi intimidad, esa mujer valiente y creativa que había sabido encontrar su propio camino; esa mujer que hablaba con candor y entusiasmo, que leía libros de poesía y encontraba placer en trabajar con las manos; esa mujer que reposaba desnuda sin hacer el menor ruido; esa mujer que me impedía conciliar el sueño.

Recordé la noche anterior, ella se había dormido primero y yo me quedé mirándola, recogido ante ella, recorriendo las pupilas quietas que asomaban entre los párpados. Vistas así, tenían la expresión serena de los nenúfares sobre el agua estancada, pero yo sabía que en un instante podía formarse en su mente un remolino de pensamientos indescifrables. Entonces, inclinaba la cabeza o la volvía. Al final, yo también me había adormilado perdiendo poco a poco su rostro en la penumbra; rostro turbado, voz inaudible. Ya entonces era consciente de estar abandonando mi memoria y mi decisión. Por la mañana, mientras deambulaba por la Casa de Campo, comprendí la naturaleza del tránsito al rememorar mi encuentro con Ana en el cine, después de casi un año. Sin embargo, todavía no había asimilado la rapidez con que se estaban desmoronando mis recuerdos. Era como si tuviera entre las manos un pedazo de pan duro que desmigaba para dar de comer a las palomas...

Me desperecé. Estaba a punto de cabecear por segunda vez cuando decidí salir a la terraza. Era una mañana clara, sin neblina, y yo estaba allí esperando que algo sucediera. Se estaba levantando una bruma azulada que desdibujaba los edificios. La brisa de la sierra había comenzado a filtrarse en medio de las casas, en dirección al oeste, e iba limpiando la atmósfera.

Antes de las ocho estaba en la calle dispuesto a leer el periódico e iniciar el día con tranquilidad. Entré en un bar para desayunar y vi a un tipo triste junto al mostrador, con la cabeza baja, mirando su copa de licor con expresión concentrada y ausente. El cliente era de mediana edad, bien vestido y estaba borracho. Se volvió hacia mí, le di los buenos días y me miró con ojos brumosos. Al rato correspondió a mi saludo con un sonido inteligible. Acabé el café y, sin saber muy bien el motivo, me dirigí a casa de mi padre confiando ingenuamente en que le iba a encontrar como siempre, embutido en su vieja bata de lana, pintando en el estudio.

Hacía un poco de frío y soplaba una brisa caprichosa que despertaba suspiros entre las ramas de los árboles. En el edificio de atrás continuaban los mismos toldos de lona, dando sacudidas semejantes a las velas de los barcos, y el murmullo hueco de la hierba seca también seguía infundiendo a la entrada un clima espectral. Al entrar, el silencio de la casa me desconcertó. Olía a vacío, como si aquellas habitaciones estuvieran desiertas desde hacía meses. A lo mejor mi padre había vuelto y estaba escondido en algún cuarto para darme una sorpresa. Esta idea me sacudió y me puse a llamarle a grandes voces y a buscarle por todos los rincones de la casa, fuera de mí, renegando y maldiciendo, dando portazos, abriendo armarios, apartando objetos, levantando cortinas. Al entrar en su baño y ver ordenados sobre la repisa los útiles de aseo, como la fila de soldados de un ejército inerme, desapareció mi repentino furor. Pasé el dedo índice por el cepillo de acicalarse el bigote, el peine impecable y los botes de cremas y, al reconocer el polvo acumulado, acabé frotándolo contra la yema del pulgar.

Desorientado, volví al salón y me senté frente a la butaca que mi madre ocupaba cada tarde para hacer punto. Sonreí un tanto estúpidamente; Marie, mi madre, fue una mujer delgada, muy blanca, con un aspecto triste y agobiado. Aunque también muy alegre. Recordaba su sonrisa melancólica y bondadosa; sus grandes ojos fatigados, algo oblicuos, que le daban esa expresión tan suya, dulce y atrayente. Durante los últimos tiempos hablaba muy tenue, articulando las palabras con tan poca claridad que sólo la entendía a medias. No obstante, incluso cuando su enfermedad iba deteriorándola día a día, siguió poniendo especial interés en que le contara todo lo que había hecho esa jornada, como si mis respuestas le recordasen tiempos mejores.

Miré al frente y de pronto caí en la cuenta de un pequeño televisor en una esquina de la sala, sobre una mesa negra también nueva. Me sorprendía esa adquisición. ¿Acaso mi padre se había dejado seducir por la calidad de ciertos documentales y después, igual que tantos otros conversos que he conocido, se había quedado encandilado delante del aparato, cautivado por cuanto le ofrecía, para compensar el tiempo perdido? No me parecía probable; sin embargo, allí estaba la pantalla negra, silenciosa.

Un pequeño ruido producido por el viento me sacó de mis pensamientos. Era la segunda vez que lo oía. Empezaba a tener la sensación –quizás eran sólo imaginaciones mías, pero lo dudaba– de que se producían movimientos furtivos a mi alrededor. Un susurro a mi izquierda, una fricción a mi derecha, un súbito chirrido a mi espalda, apenas audible y tan fugaz que casi no tuve tiempo de dar un respingo. Era una vieja herencia de aquella casa, de aquel mismo cuarto. Frente a mí se encontraba uno de los fantasmas de mi infancia, el ruido, el sonido de lo desconocido; aquel animal malévolo al que mi padre me había hecho temer desde que tenía uso de razón. Se llamaba *alebrije*, y cuando hacía alguna travesura o me rebelaba, Alberto me amenazaba con encerrarme junto a ese animal imposible y equívoco, cuyo rostro tenía todos los rostros, incluido el mío. Yo vivía aterrado por su sola mención y mi padre tenía cinco o seis de todos los colores y formas, recuerdo de su estancia en México. Había uno azul, grande, de madera, que me había regalado para jugar. Nunca pude hacerlo. Su aspecto de animal insólito me apremiaba, con sus ojos a punto de estallar y su larga cola afilada. Al mirarlo, yo asistía a una especie de irrupción estrambótica de lo sagrado. Jamás bajó de la repisa alta de los juguetes; desde allí me vigilaba: la boca parecía a punto de emitir un bramido silencioso. En una ocasión, llegué a percibir su sombra desafiante desde el espejo del estudio de mi padre, pero de manera oculta, como si ese animal tuviera distintas metamorfosis. Mi padre decía que el *alebrije* era en sí mismo un laberinto de espejos pervertidos, un animal de soledad insalvable, un monstruo desorbitado y en perpetuo desafío. ¡En fin! Yo sabía que aquello era algo antiguo, pasado, y, sin embargo, igual que si tuviera cinco años, volví a sentir un miedo irracional por aquel monstruo infantil dispuesto a estrecharme y a cubrirme de besos húmedos y voraces, en un abrazo letal, con su característico olor amargo; el último olor que percibiría en mi vida.

Me eché a reír. Debía dejar de lado la tela de araña de paranoia que me estaba envolviendo. Estuve mucho tiempo en aquel sillón rememorando el pasado sin método y sin finalidad alguna: simplemente ocurría que los recuerdos familiares se apoderaron de mí con una fuerza inusitada y no pude hacer nada para zafarme de ellos o contrarrestar sus efectos. Después de habitar un rato los recuerdos, conseguí que adquirieran en mi ánimo una realidad que reemplazaba la actualidad. De alguna manera, los momentos evocados me parecieron corpóreos, y el presente, en cambio, se convirtió en algo imaginario, en una ficción endeble que sólo tenía razón de ser como sustento y motivo del recuerdo.

Acabé extenuado e intenté regresar a la realidad.

Ya bastaba. Llevaba así dos días, no podía dejarme vencer por la autocompasión. Aún no sabía nada. Consciente por primera vez del tiempo empleado en evadirme, me impuse un cierto método. Había llegado el momento de decidir. Y así, por primera vez sereno, tomé las siguientes medidas. Primero, no deprimirme e intentar mantener la cabeza clara, y, segundo, no dejarme arrastrar por la teoría de Nuria sobre la desaparición de mi padre, al menos hasta que no hubiera otra prueba concluyente. No podía abismarme en el ritmo de la muerte. Presentía un enredo superior a mis fuerzas con un único desenlace posible. ¿O eran varios? Porque al mismo tiempo tenía la sensación de ser manipulado por un estrangulador imaginario que estuviera apretando en mi sien el nudo de su locura. Pero ¿acaso lo sentía de verdad? ¿Era yo? ¿O era el estrangulador el que aumentaba el ritmo de las palpitaciones? Empecé a pensar que, en el fondo, si aceptaba las insinuaciones de Nuria, yo mismo me estaría inventando toda esta terrible progresión. Si permitía eso, si toleraba que la muerte de mi padre se convirtiera en algo superior a una hipótesis absurda, más valía tirarlo todo por la borda.

Una vez definidas estas ideas, me levanté dispuesto a hacer algo.

Al no reconocer ninguna necesidad, pensé en el buzón de casa: quizás hubiera alguna correspondencia que fuera preciso contestar. Me equivocaba, sólo había cartas de bancos y publicidad y un grueso sobre de papel manila sin remite. Al abrirlo, vi que contenía una especie de revista de literatura y poesía llamada *Inventario*, una de esas revistas caras y elegantes que algunos escritores se editan entre sí, para el placer de las pocas almas gemelas que aún siguen leyendo poemas. Curiosamente, había un pequeño separador de plástico amarillo en la parte superior de una página. De manera automática, abrí la hoja que señalaba, la sesenta y uno, y leí:

OCULTOS

Si las princesas mudas de los lienzos
–aceptando el azar como destino–
nacieron condenadas a una imagen,
–imán de los hechizos de tres magos–
ningún cuerpo camina, nadie vive.
Enjauladas en láminas de luz
miran en tu mirada su condena.

Ojos, serán sus ojos todo espejo
serpientes que se mueven por tus ojos.
serán, tras una esquina, dos colmillos.

(Aquellos que se esconden en la sombra,
cuyos nombres reúnen las vocales,
irán detrás. Comparten la primera,
posición cuarta. Si huyes te vigilan.
Asombra que sea sílaba segunda
y sumen las contrarias consonantes.)

Ojos, serán sus ojos todo espejo,
guardián de una memoria que no eres,
zaguán donde tu historia se ilumina.
En tus ojos habitan tus verdugos.

Única es la desdicha de mirar,
que conoce tu imagen y que haciendo
zigzag por los recuerdos de tu vida,
ácido deja un rastro y se destruye.

Lento te mira un ojo del olvido.
Es aquel que se queda en tu pasado
viviendo un misterio no resuelto.

ERNESTO PÉREZ ZÚÑIGA[1]

Desconcertado, volví a leer esos versos con más detenimiento. ¿Quién había escrito aquello? ¿A quiénes se refería con las princesas mudas de los lienzos? ¿Cuál era el misterio no resuelto? Aquello parecía un acertijo y, al menos en teoría, yo era un experto en resolverlos. Regresé al salón y me senté en la mesa. Necesitaba lápiz y papel. Volví a levantarme y busqué por toda la casa hasta encontrarlos en el estudio. De nuevo frente al poema, comencé a darle vueltas a aquellas líneas. Se trataba de algo referido a pintura. Lienzos, tres magos. Por lógica, tres pintores, ¿pero cuáles? La clave parecía estar en la tercera estrofa, pero no conseguía encontrar el hilo que me permitiera desenredar la madeja. De pronto, como una iluminación, pensé que quizás podía ser un acróstico y que el mensaje se podría deducir de la unión de la primera letra de cada verso. Traté de leerlo así, de arriba abajo; era un sinsentido, obviamente no podía ser.

Desesperado, me levanté y me puse a dar vueltas por la casa. Al poco me vino a las mientes una imagen de la infancia que me asaltaba con frecuencia. Se trataba de una visión que yo había intentado superar con mi profesión de especialista en arte. Ocurría que de pequeño, al estar rodeado de pinturas, libros repletos de ilustraciones, fotografías y cuadros, me sentía muy desazonado porque esos objetos no eran cosas que yo hubiera vivido, sino imágenes de vivencias que otras personas habían creado y manipulado para mí. Por entonces pensaba que nunca conseguiría vivir realmente y miraba con envidia a los que habían tenido con-

1. Este poema fue publicado en la revista semestral de poesía y literatura *Inventario*, números 9 y 10, Madrid-Barcelona, verano de 1999, pp. 61-62. *(N. del E.)*

tacto con esas apariciones y aventuras. Con el paso del tiempo comprendí que tampoco aquellas personas a las que envidiaba habían conseguido vivir realmente lo que representaban y que acaso la vida fuera eso, un trasiego de imágenes. Y puestas las cosas así, qué mejor profesión que la de documentalista de ese inventario iconográfico, experto en esa falacia de espejos de arena.

Me maldije por esas reflexiones. Retrocedía a la rutina desencantada de las últimas jornadas y era preciso reaccionar. Recordé que había tomado dos decisiones y decidí enhebrar una nueva cuenta en el rosario. Conque, tercero –me dije–, debo intentar progresar en la relación con Pablo Arana. Nuria me había puesto en una pista inquietante y además él sabía casi todo lo que había que saber sobre el cuadro de Velázquez. Por consiguiente, cuarto, necesitaba averiguar todo lo relativo al cuadro. Quizás ahí, en la investigación del retrato de Luis Méndez de Haro, estuviera la clave de todo.

Y sobre todo, no ser paranoico, no ser paranoico ni sentimental.

Era ya casi mediodía cuando decidí llamar a Nuria:

–¿No te habré despertado? –pregunté tontamente.

–¿A las doce menos cuarto? –contestó ella riendo–. Hace tres horas que estoy despierta y dos días que no sé nada de ti. ¿Qué pasa?

Ignoré el tono de reproche de sus palabras y continué:

–En realidad, nada especial. Esta mañana he venido a casa de mi padre y he encontrado en la correspondencia una revista con un poema marcado que parece ser un acertijo.

–¿Qué dices que has encontrado?

–Espera, es complicado explicarlo por teléfono. ¿Vas a hacer ahora alguna cosa?

–Nada extraordinario, pensaba ir a la compra.

–Si no te importa, espérame en tu casa. No sé todavía la razón, sin embargo, creo que este poema es importante.

Nuria volvió a reír.

–Te has levantado animado, ¿eh?

–No me tomes el pelo –respondí confuso. Y sin darle tiempo a reaccionar–: Estoy contigo en veinte minutos.

En realidad fueron treinta. Cuando me abrió la puerta, Nuria estaba tranquila y sonriente. Llevaba una camisa de tono verdiazulado apenas abrochada y suelta, sobre unos pantalones de algodón muy ceñidos, que dibujaban las piernas largas y musculosas. Tenía la cara brillante, recién lavada, quizás bajo el efecto de esas cremas luminosas que usan las mujeres al levantarse y acostarse, y llevaba una cinta de tono mostaza asiendo el pelo, entre la parte de detrás de las orejas y la frente. Estaba guapa y, sobre todo, parecía limpia, olía a limpio.

Y no estaba sola. La acompañaba un tipo desaliñado, joven, algo encorvado, bajo, ligeramente barrigón y con un aire festivo que de entrada ganaba la simpatía ajena. Al saludarle, me sonrió y respondió con cortesía. Yo le había conocido un par de días antes, en un encuentro casual en la escalera de la casa, y Nuria me había contado algún detalle sobre él: Jorge Monzón, treinta y cuatro años, programador de informática, miope, apasionado por las matemáticas, la realidad virtual y la música de Dire Straits. Tal como lo describió, parecía ser la típica buena persona un tanto huraña concentrada en su trabajo. Según intuí, se debía a su escasa relación con las mujeres. Nuria temía que se hubiera enamorado de ella, lo que la incomodaba un poco, aunque en el fondo alimentaba su autoestima; no obstante mantenía con él un inconsciente tira y afloja típicamente femenino.

–Te presento a Jorge Monzón, mi vecino.

La mano que me tendió, gordezuela y cálida, se cerró con suavidad, igual que el apretón de manos de una mujer. Intentó despedirse con la excusa de un trabajo pendiente, pero Nuria le retuvo con facilidad:

–Espérate un poco, hombre, ¿qué tienes que hacer ahora? –y dirigiéndose a mí–: Bueno, cuéntanos, ¿qué era eso tan importante?

Yo estaba inquieto y, sin atender a la presencia incómoda de Jorge Monzón, les puse al corriente de mi hallazgo. De inmediato, nos sentamos a tratar de desvelarlo. Al principio, seguimos sin verlo; en un momento dado, Jorge volvió a preguntarme.

–Has dicho antes que podía ser un acróstico, ¿verdad?

–Cuando se me ocurrió, estaba seguro de haber hallado la solución, pero más vale olvidar esa posibilidad. Lo he intentado uniendo la primera letra de cada verso, de cada estrofa. Incluso con la última letra; todo son palabras sin sentido...

–Tienes razón –constató después de hacer parecidas maniobras.

Yo le miraba desde atrás, a sabiendas de su fracaso.

–Aguarda, tú mismo lo has dicho, leyendo de arriba abajo...

–¿Qué? –dije.

–Somos idiotas.

Ambos le mirábamos expectantes. Más tarde le agradecería el plural.

–Léelo de abajo arriba.

Leímos de nuevo el poema.

–¡Dios mío! ¡Es verdad! –dijo Nuria.

> Si las princesas mudas de los lienzos
> –aceptando el azar como destino–
> nacieron condenadas a una imagen,
> –imán de los hechizos de tres magos–
> ningún cuerpo camina, nadie vive.
> Enjauladas en láminas de luz
> Miran en tu mirada su condena.
>
> Ojos, serán sus ojos todo espejo
> Serpientes que se mueven por tus ojos.
> Serán, tras una esquina, dos colmillos.
>
> (Aquellos que se esconden en la sombra,
> cuyos nombres reúnen las vocales,
> irán detrás. Comparten la primera,
> posición cuarta. Si huyes te vigilan.

Asombra que sea sílaba segunda
y sumen las contrarias consonantes.)

Ojos, serán sus ojos todo espejo,
guardián de una memoria que no eres,
zaguán donde tu historia se ilumina.
En tus ojos habitan tus verdugos.

Única es la desdicha de mirar,
que conoce tu imagen y que haciendo
zigzag por los recuerdos de tu vida,
ácido deja un rastro y se destruye.

Lento te mira un ojo del olvido.
Es aquel que se queda en tu pasado
viviendo un misterio no resuelto.

Ante nuestros asombrados ojos el misterio no resuelto del poema aparecía ahora claro, diáfano:

VELÁZQUEZ GOYA PICASSO MENINAS

Me senté frente a él y dije con una sonrisa:

–¡Claro! *¡Las Meninas!* Es un juego de palabras con *Las Meninas*.

–Velázquez, Goya y Picasso –repitió con voz reflexiva Jorge.

–Los tres pintaron el mismo cuadro –contesté–. Velázquez lo hizo en el siglo XVII para retratar a la familia real. En realidad, *Las Meninas* es un nombre reciente. Siempre fue conocido por *La familia de Felipe IV* al estar representada la infanta Margarita y los reyes en el espejo del fondo.

–No voy por ahí. Ya me explicarás lo de los personajes en otro momento. Lo que no entiendo es lo de Goya...

–¿No lo entiendes? ¿No puedo creerlo? Y además, a eso me refería. Goya también pintó la familia real como *Las Meninas*.

–¿Cuándo?

–Te lo estaba empezando a decir. Al encargarle retratar a la familia de Carlos IV decidió copiar el mismo esquema. Nuria, ¿no tendrás por ahí algún libro de Goya?

Nuria se aproximó a la estantería de su cuarto y volvió con un grueso volumen dedicado al pintor aragonés. Casi se lo quité de las manos para encontrar la reproducción del cuadro.

–Fíjate –le dije, señalándolo–. Es la misma idea de Velázquez. Goya, tras el lienzo, utilizando un espejo para autorretratarse junto a los reyes y su familia.

–Sin embargo, el cuarto es muy diferente –objetó Jorge.

–¡Y tanto! –exclamé–. Es una de las grandes diferencias entre uno y otro pintor. Ambos son sin duda los más populares de la pintura española y también quizás los más antitéticos. Observa la habitación, sólo eso, y podrás contrastarlos, ver su diferente posición.

–Será muy claro para ti, pero yo no lo veo.

–Ya verás como te das cuenta. Mira primero el cuadro de Goya, ¿qué ves?

–Lo que todos, un retrato cruel de la familia real.

–Exacto, Goya tenía como máxima preocupación al hombre y su obsesión fue desenmascararlo, revelar bajo la máscara que ostenta, aristocrática o popular, su humanidad, tantas veces oscura. Observa los rostros de la familia real y lo comprenderás.

–¿Y Velázquez no estaba interesado por eso?

–En absoluto. En lo personal también fueron como las dos caras de una misma moneda. Mientras Goya era un escéptico, un moralista empeñado en utilizar su arte para aprisionar la realidad, lo sublime y también lo feo, Velázquez era un tipo muy discreto, un flemático al que le horrorizaba el histrionismo. Su postura y su personalidad le convirtieron en una especie de notario para quien no existía la palabra emoción. Velázquez estaba empeñado en la observación seria y rigurosa y trató a sus personajes con una indiferencia rayana en el desdén. Su objetividad fue tan formidable que no se entregó ni siquiera en su autorretrato.

–Entonces, ¿qué perseguía?

–Su único objetivo fue transformar todos los elementos del cuadro, humanos y materiales, en simples objetos, meros fenómenos pictóricos. Esto ha sido muy comentado, muchos estudiosos de su obra no han entendido que pasara la mayor parte de su vida encerrado en palacio retratando al rey, sin comprender en absoluto su mentalidad, por otro lado tan moderna. ¿Qué mejor motivo –me pregunté– que poder observar el envejecimiento de un rostro e ir trasladándolo sucesivamente a la tela?

–Idéntico a Rembrandt –dijo Nuria, que había visto dos meses antes una exposición monográfica de sus autorretratos en Londres y había vuelto impresionada por el desarrollo del pintor con su propia degradación. Aunque yo ya le había oído comentar algo al respecto, me agradó verla explayarse con Jorge.

–Los dos artistas tuvieron una actitud análoga frente al rostro humano, pero el parecido acaba ahí –contesté con voz pensativa–. Mientras Velázquez sólo estaba interesado en dar fe de la apariencia de la realidad: la perspectiva, el aire, la entonación de los colores, a Rembrandt le preocupaban otros asuntos.

–¿Y Goya?

–Goya también fue otro hombre, otro pintor. A él no le motivaba el espacio, sino las personas. Mostrarlas como eran, sin el menor recato. Su evolución es bien interesante.

Guardé silencio por unos segundos. Jorge me miraba atento. Se me estaba calentando la boca y evocaba al pintor aragonés con apasionamiento, sin la menor vacilación, juzgándole ajeno a mis ideas y completamente obvio. Nuria tosió dos veces, animándome a continuar:

–Bueno, es conocido, creo –les dije, levantándome del sofá desde donde contemplábamos el libro sobre la mesa–: Goya fue un pintor tardío. Al principio, fue el típico cortesano dedicado a retratar la sociedad de su época, ese modo de vida alegre y elegante tan característico del siglo XVIII. Pero después, su sordera, las decepciones amorosas y, sobre todo, la experiencia aterradora de la guerra contra los franceses y la corrupción de la corte de Carlos IV, le hicieron cambiar por completo de actitud.

Volví a quedar callado para reflexionar. Ellos esperaron con paciencia.

–Su elección fue tan espontánea como calculada. Tras el desastre de la guerra se obsesionó por mostrar la pesadilla de la vida, las injusticias y las miserias de las que fue testigo. Para ello sólo vio un camino posible: convertir en protagonista de sus cuadros a la vida misma. Ahora bien, él sabía que esa opción implicaba un cambio de postura con respecto a lo que había hecho hasta entonces. No podía permanecer al margen, como en la época de Carlos III, ante la pugna entre Ilustración y popularismo. Si quería reflejar la realidad y trasplantarla a sus telas, debía tomar partido y ser completamente consciente de la verdad. Y para hacerlo, no podía engañarse, estaba obligado a dar un paso más allá del naturalismo.

–¿Qué quieres decir? –preguntó Pablo.

–Que ya no le servía mostrar la superficie de la realidad y que debía profundizar hasta lo íntimo. O dicho de otro modo, cuando Goya comprendió por fin que hay muchas realidades y que todas ellas son complejas e insondables, no tuvo otra disyuntiva que penetrar en una capa más honda de lo real y de lo anímico, en la que ya no valían las triviales explicaciones racionalistas. No es una teoría que yo me invente, él mismo lo advirtió en la portada de sus *Caprichos:* «El sueño de la razón produce monstruos».

–Ya entiendo –asintió Nuria.

–Por eso –continué– optó por un realismo, ¿cómo decirlo? Un realismo ideológico, entendido desde su consciencia como artista, adoptando una actitud casi religiosa al representar al hombre, en el que creía con firmeza. Por eso quizás también lo pintó con más saña que nadie, resaltando sus aspectos más grotescos.

–Es verdad, el rey tiene una cara de bobalicón increíble. Y la reina parece una bruja.

–Es lo que eran. Lo verdaderamente increíble es que no lo percibieran. Por ejemplo, María Luisa, la reina, estaba convencida de tener unos brazos preciosos y siempre exigía que los pintaran desnudos. Pues ahí lo tienes, Goya muestra esos brazos fofos y gruesos sin la menor compasión.

–No entiendo cómo no se molestaban.

–Nadie lo comprende y sin embargo salta a la vista.

–Sí –dijo Jorge–, al ver los cuadros de Goya, parece que los grandes de España firmaran su propia condena –hizo una pausa–, y me imagino que no sería por su amor a la pintura.

Me volví hacia él. Era una observación aguda y nos echamos a reír por lo bajo.

–Te gusta mucho Goya, ¿verdad? –constató Nuria en tono de pregunta. Sus ojos amusgados me animaban en el relato.

–Mucho –contesté con voz ronca–: Fue un hombre muy especial. Un visionario de la vida que eligió una opción anticultural y anticonformista; la de un comprometido que conocía bien al pueblo, nunca dejó de formar parte de él, y sabía interpretar sus anhelos. De esa manera fue capaz de reflejar sucesivamente la alegría de vivir del siglo XVIII y la angustia y el pesimismo del hombre contemporáneo. Y con ello nos dejó no sólo el alegato moral más impresionante de la pintura de su época, sino que puso el prólogo y anticipó lo que estaba por llegar.

Me detuve para recobrar el aliento, me estaba poniendo serio. Sonreí con levedad, Nuria me había estimulado a entrar en mis obsesiones.

–Lo que no entiendo es la mención a Picasso –dijo Jorge.

–Picasso pintó cuarenta y tantas versiones de *Las Meninas*. A su manera, casi de una tacada, en un par de meses de 1957. Están todas en el Museo Picasso de Barcelona. Las donó para su fundación. Pero su punto de vista es muy diferente al de Velázquez y Goya. Si rehízo *Las Meninas* desde todos los puntos de vista fue por la manía casi enfermiza que tenía de expresar todas las posibilidades, todas las ramificaciones de cualquier realidad a la que se enfrentara. Picasso estudiaba los objetos como un cirujano disecciona un cadáver.

–Quizás tengas razón –apuntó Jorge–. Y quizás también por eso mucha gente se sienta alterada ante sus cuadros. Parece como si fuera un enemigo del rostro humano, que despedaza y maltrata, poniendo tres ojos, cuatro narices y dos bocas en los monstruos de su venganza.

–Eso dicen –continuó Nuria–. Ahora bien, si consigues penetrar en la manera cubista de ver las cosas no te parecerá tan grotesco.

–¿Qué manera?

Miré de reojo a la restauradora antes de interrumpirla.

–Él partía de un hecho obvio: dado que el cuadro, la tela, sólo tiene dos dimensiones: ancho y largo, y la tercera dimensión, la perspectiva, el espacio, es una ficción, un invento del Renacimiento, ¿por qué no dar un paso más allá y retratar una cuarta dimensión?

Ahora fue Nuria quien se me adelantó:

–Imagínate que te estuviera haciendo un retrato. Si me lo planteo de manera tradicional, mostraré un rostro parecido a la imagen que verías si te estuvieras mirando en un espejo, ¿verdad? Pues bien, un cubista cuestiona eso y se pregunta por qué ha de pintar sólo lo que ve, de frente, de espaldas, de perfil o como sea. Y se dice, ¿por qué no integrar todos los puntos de vista en una misma visión y mostrar al mismo tiempo tus ojos y tu nuca, tus orejas, tu frente, tu mentón y hasta tu coronilla?

–A pesar de eso, reconocerás que abusa de una cierta estética de la fealdad –acotó Jorge con tono desenfadado.

–A veces –dije yo–. Él mismo afirmaba que hay que defenderse de las cosas hermosas y destruir los hallazgos. Decía que el éxito es el resultado de los hallazgos condenados. De lo contrario, uno se convierte en su propio enamorado.

–Dicho así parece razonable, pero me suena a la típica frase de artista.

–Quizás –reconocí–. Por otro lado, no olvides que también realizó cuadros bellísimos. Recuerda la paloma de la paz. Es largo de hablar, pero Picasso fue un hombre comprometido políticamente y cuando pintó, por ejemplo, el *Guernica*, quería enseñar a odiar lo odiable. Yo pienso que en otras ocasiones, como la que te comentaba, también sabía enseñar a amar.

Nuria arrugó la nariz y me dirigió una mirada irónica.

–Perdonad, cuando hablo de estos asuntos me enrollo un poco.

Me mordí el labio, medio sonrojado.

–Y además, volviendo a donde estábamos, ¿qué hay de nuestras *Meninas*?

Jorge nos contemplaba desde atrás, como si quisiera mantenerse a cierta distancia. Nuria se acercó y me tomó del brazo para que me sentara.

–Espera, antes tengo curiosidad por entender el bendito poema. ¿Qué significará la estrofa que está entre paréntesis? Fíjate, dice:

> Aquellos que se esconden en la sombra, / cuyos nombres reúnen las vocales, / irán detrás. Comparten la primera, / posición cuarta. Si huyes te vigilan. / Asombra que sea sílaba segunda / y sumen las contrarias consonantes.

Me encogí de hombros. Nuria hizo un ligero mohín y dijo:

–Yo tampoco comprendo de qué va. Sólo sé que el único camino para averiguarlo es intentarlo. Venga, vamos –me animó.

Dicho esto, se puso el lápiz en la boca y se concentró frente al mensaje de los versos. Yo traté de darle vueltas a lo mismo sin llegar a ningún lado. No tardamos demasiado; un minuto después Nuria escribía, con estudiada parsimonia, los tres nombres de los pintores uno encima del otro y más tarde, al lado de cada uno de ellos, las vocales y consonantes de cada palabra:

VELÁZQUEZ	E A U E	V L Z Q
PICASSO	I A O	P C S
GOYA	O A	G Y

Yo la miraba con curiosidad, sin entender:

–¿Qué haces?

–Aguarda un poco, hombre. Recuerda el dicho de los carpinteros.

Mis ojos se achataron.

–¿No lo conoces? Es muy útil en la vida. Es algo como «mide dos veces, corta una».

Nuria me miró socarronamente, sin apartar el lápiz de su boca.

–Es curioso –dijo de pronto con los ojos entornados–, observad las coincidencias entre las palabras, entre los nombres de los tres pintores.

–¿Como cuáles?

–Mira con atención, hombre –su tono era casi burlón, pero enseguida lo suavizó–. Olvídate ahora de la pintura y, si me perdonas, de esa mentalidad tan racional que te domina. Estamos buscando en otra dirección.

Hizo una pequeña pausa y señaló al papel:

–Primero, no coincide ninguna consonante en los tres nombres.

–Es verdad.

–Y únicamente coincide una vocal: la A.

–Pero juntos, como dice el poema, reúnen todas las vocales.

–No, esperad, esto es mucho mejor. Velázquez tiene cuatro vocales y cuatro consonantes, Picasso tres y Goya dos –dijo Jorge.

–Parece increíble –reconocí–. Y además, ahora que me fijo, la A es la segunda vocal de los tres nombres.

–Y la única letra común en la segunda sílaba de los tres nombres.

–También lo dice el poema –apunté–. La manera de expresarlo es muy hermosa: *Asombra que sea sílaba segunda.* ¿Quién habrá escrito esto? –me pregunté en voz alta.

–Según la revista, un tal Ernesto Pérez Zúñiga. ¿No te dice nada ese nombre?

–No.

–Aquí pone –comentó Jorge con la revista en la mano– que es un joven poeta y editor granadino, de vida un tanto nómada.

No me sugería nada y negué con un movimiento de la cabeza.

Nuria seguía encerrada en su particular debate con los nombres de los tres pintores.

–Hay más. La A es la cuarta letra de los tres nombres.

–Es asombroso –reconocí–. No parecen coincidencias casuales.

–Pues tienen que serlo –dijo Jorge–. Y... esperad un poco, porque falta otra.

–¿Cuál?

–La que nos faltaba del poema: *Y sumen las contrarias consonantes.* El último verso.

–Perdona, no lo veo.

–Pues debería estar claro para un experto en simbología –apuntó Nuria con la boca torcida. Me sonrojé y la miré con ojos dolidos. Nuria estaba pendiente del papel y Jorge de Nuria. Me quedé quieto, sin enfocar ningún punto concreto.

Jorge interrumpió el silencio con su voz tranquila:

–La suma de consonantes distintas de los tres nombres es igual al número de letras de la palabra Velázquez.

El comentario me había herido y mi oscuro resentimiento se manifestó de forma orgullosa.

–Es cierto, ahora bien, no sé qué tiene que ver este juego de casualidades con la iconografía.

–En realidad, nada o casi nada. Depende del punto de vista.

–No entiendo de qué punto de vista hablas –respondí con aridez–. Yo trabajo con lógica y la lógica tiene poco que ver con las casualidades.

–¿Tú crees? –respondió Nuria, abriendo los ojos como platos–. Pues yo hablo de otra cosa. Digo que para resolver problemas es tan importante el conocimiento como la creatividad.

–No estoy de acuerdo –respondí al instante–, el conocimiento es esencial para resolver cualquier problema.

–No lo niego. E insisto en que ésa no es la clave –su rostro se alargó–: Lo decisivo es la manera de utilizarlo, el sistema de manejarlo, de usarlo. Yo no soy una experta en pintura, sino una restauradora, una especialista en madera, en las tablas que usaban tus queridos pintores.

–Quieres decir, una artesana.

–Exacto –confirmó–. Parece que lo dices con un cierto desdén, pero es justo el término que a mí me gusta.

Me erguí abriendo los brazos.

–No quería molestarte.

–No lo has hecho –dijo ella con intención.

Nuria debió notar en mi expresión que iba a añadir algo y con una sola mirada consiguió pararme en seco.

Jorge volvió a intervenir para suavizar el ambiente.

–Nuria tiene razón, Gonzalo. Hay un tipo de pensamiento suave, no lógico, que permite solucionar muchos problemas. Yo soy un informático, un programador, alguien para quien la lógica es esencial. Pues bien, cuando me atasco, he aprendido a desbloquearme utilizando un planteamiento casi irracional.

–¿Irracional?

Jorge sonrió quedo.

–Bueno, yo trato de despertar mi curiosidad por encontrar nuevos conceptos buscando en todas direcciones, incluso intentando aproximaciones tontas, sin sentido. La idea es predisponer la mente a la aceptación de nuevas posibilidades y del cambio.

–Como tú decías antes, suena bien –reconocí con cierta guasa–. Por cierto, ¿da resultados este procedimiento?

–Aunque no lo creas, en muchas ocasiones, sí –contestó él, mucho más templado–. Lo aprendí de otro informático, un tal Nolan Bushnell, quien en 1971, mientras contemplaba un aburrido programa de televisión en el salón de su casa, se preguntó: ¿por qué no convertir esta pasiva videotonta en un interesante juego interactivo? Y desarrolló Pong, el tenis de mesa que inició la revolución de los videojuegos. ¿Te acuerdas de ese programa?

–Claro que me acuerdo.

Me quedé pensando y acabé asintiendo con la cabeza.

–Algo similar le ocurrió a Johannes Gutenberg al inventar la imprenta –continuó Jorge–. Su descubrimiento se produjo porque desaprendió el uso lógico de dos sistemas y los combinó para crear otro nuevo.

Alcé las cejas y me encerré en un corto silencio antes de preguntar, ya con otro tono de voz, cómo había pasado.

–No lo sé exactamente. Supongo que aplicando esta misma estrategia de combinar dos ideas que hasta entonces nadie había relacionado: los conceptos implícitos en la prensa para uva de vino y la prensa para acuñación de moneda. La prensa para acuñar moneda tenía por finalidad imprimir una imagen sobre la pequeña superficie de un disco de metal. El propósito de la prensa de uva era, y aún lo es, ejercer presión sobre una gran superficie para extraer el jugo de las uvas. Yo me imagino a Gutenberg tomando un vaso de clarete y diciéndose: «Si pongo varias prensas de acuñar monedas bajo la presión de una prensa de vino, podría imprimir las imágenes de las monedas sobre el papel». Dicho y hecho, Gutenberg inventó la imprenta combinando una prensa de imprimir y caracteres móviles de aleación de plomo.

Todavía me costaba asumir esa manera de ver las cosas.

–Es un buen ejemplo, pero insisto, en la investigación debes seguir un proceso lógico.

Me miró con lentitud. Nuria, al lado, empezaba a juguetear con los dedos.

–La lógica, no lo discuto, es una importante herramienta, pero sólo cuando estamos evaluando los proyectos y nos preparamos para llevarlos a la práctica. Sin embargo, si lo que pretendemos es buscar ideas, el uso excesivo del pensamiento lógico puede cortocircuitar los procesos creativos.

–Como ahora, con el poema.

–Algo así –contestó, inclinando la cabeza a un lado–. Cuando mirábamos el poema, tú actuabas con sentido práctico, pero Nuria estaba dominada por una lógica diferente, de tipo más metafórico, fantástico, difuso o como lo quieras llamar. Y lo único que planteo es que en la fase germinal de los procesos creativos conviene utilizar el pensamiento suave, o sea, el de tipo metafórico, el elíptico, el que soporta las contradicciones, el que intenta encontrar similitudes y conexiones, como ahora, entre las cosas. Luego, sin duda, tienes razón, en el momento de las pruebas, cuando se evalúan y ejecutan las medidas, es más conveniente el pensamiento duro: objetivo, lógico, claro.

–Es interesante lo que dices –reconocí, tras un instante de reflexión.

–Lo curioso es que de alguna manera ambas formas de analizar se conectan. Imagínate a un alfarero moldeando un jarrón de cerámica. Mientras la arcilla está blanda, puede hacer lo que quiera con ella, alargarla, contraerla, estriarla, ¡en fin!, imprimirle la forma que desee. Luego, conforme se va secando, se torna quebradiza e imposible de moldear.

–Ya comprendo dónde quieres ir a parar, el pensamiento requiere suavidad en el moldeado y dureza en el horno, pero en períodos diferentes.

–Eso es –contestó Nuria, echando a su alrededor una mirada de satisfacción–. Y conste que te entiendo, no es fácil aprender a manejar el pensamiento suave. No nos han enseñado a ello.

Afirmé apesadumbrado con la cabeza. Era la primera vez que oía hablar de esas ideas.

–No sé vosotros, mi educación está basada en la eliminación de lo que Jorge llama procedimientos suaves. A mí me han enfatizado básicamente el orden y cuando, por ejemplo, han medido mi inteligencia en un test, medían mi lógica...

Nuria me detuvo y susurró:

–Eres demasiado ordenado, Gonzalo...

Suspiré, pasándome la mano por la frente.

–Por seguir tu mismo ejemplo, piensa lo distinto que sería ese test si midieran otras variables como las habilidades musicales, pictóricas, decorativas o culinarias.

–Es cierto –confirmé, cayendo en la cuenta de la importancia de tales factores–. Nadie consideraba esos parámetros.

–A eso me refería, Gonzalo. Ahí iba.

Nuria se arrellanó en el sofá y me cogió del brazo:

–¿Sabes lo que me encanta? –prosiguió–: Las metáforas. Las metáforas son herramientas formidables para ayudar a pensar algo diferente. Ortega y Gasset decía que la metáfora es la más potente fuente de fertilidad intelectual que posee el ser humano.

Hablaba en un tono dulce, musical, como si estuviera penetrando en su intimidad.

–Y ya que ha sido un poema el detonante de esto, te diré que el camino es pensar como si fuéramos poetas. ¿Sabes? Hay otro cultismo que me encanta; la palabra «poeta» deriva del griego *poietes*, que a su vez proviene de *poieo*, que significa «crear».

–Es bonito eso.

–¿Verdad?

Me apretó el brazo con la mano. Parecía relajada. Yo aún sentía mi cuerpo en tensión. Volví mis ojos a los suyos y ella sostuvo la mirada durante unos segundos, después, desasió su mano y se puso en pie de un pequeño salto hasta quedar en el centro de la habitación:

–No sé a vosotros, a mí me está entrando un apetito increíble –dijo con firmeza, antes de preguntar–: ¿Os apetece que prepare algo?

–Sí, ¿por qué no? –contesté.

–O mejor –añadió–. ¿Qué os parece si bajamos a tomar un aperitivo? Con franqueza, no hay demasiadas cosas en el frigorífico.

Comimos en un restaurante situado a menos de dos manzanas de su casa. Era un sitio pequeño y limpio, con aire de antiguo, aunque con toda probabilidad llevaba abierto poco tiempo. Nuria debía de ir a menudo; fue saludada por la dueña con un beso y el muchacho que atendía las mesas la trató con familiaridad de amigo. Nos sentamos en un rincón cerca de la puerta, bajo un espejo hurtado a algún hogar de principios de siglo. Olía a guiso recién hecho y antes de que cayera en la cuenta estábamos disfrutando de un arroz caldoso, repleto de pequeños tropezones de pescado y marisco sin necesidad de encargar nada. Al menos no fui consciente de ello. Les propuse mejorar el vino de la casa, que ya nos estaban sirviendo, y acabamos brindando con un tinto de la Ribera del Duero que me gusta en particular: Mauro, un vino cuyo color habla, entre rojizo y cereza, templado por la finura, de aroma afrutado y paladar sedoso.

–Imagino que ese poema del que hemos estado hablando no será casual –preguntó Jorge con tono ligero.

–Ya os lo he dicho, me lo encontré en el buzón de mi padre.

–Jorge tiene razón –replicó Nuria–. Piénsalo, la referencia a *Las Meninas* no puede ser fortuita.

Alcé las cejas y miré a Nuria un tanto confundido. Nos estábamos adentrando sin el menor recato en los pormenores de nuestra investigación particular delante de Jorge Monzón. Ella mantuvo la mirada y llevó la mano hasta mi brazo. Sus labios tenían una expresión seria, pero en sus ojos brillaba la señal de la complicidad:

–Jorge es un buen amigo y está al tanto de todo desde el principio –aclaró la restauradora. Torció su cara menuda, masticando de lado–: ¿De qué creías que hablábamos cuando llegaste?

Una expresión extraña cruzó mi rostro. Aunque conforme le conocía su vecino me iba pareciendo cada vez más interesante y discreto, debo reconocerlo, no me gustaba incluir a Jorge en nuestro mundo, y parecía no haber elección posible. Nuria había decidido ya y se quedó ahí parpadeando, proyectándose sobre mí. Volví la cabeza al restaurante: era una sala profusamente adornada con molduras y espejos, en la que apenas comíamos una docena de clientes. El suelo de madera de roble estaba brillante y daba la impresión de ser resbaladizo. Desde el fondo, el informático bajó la cabeza y su cuello espeso se arrugó como una tortuga; luego, encogió los hombros con humildad antes de arrancar:

–Tal y como lo he entendido, primero encontrasteis un emblema de Alciato que de alguna manera cuestionaba o al menos abría nuevas posibilidades sobre el anillo del retrato de Velázquez, que estaba restaurando tu padre antes de desaparecer. Y ahora recibes un poema en el que hay un mensaje que hace referencia al cuadro más famoso de Velázquez, *Las Meninas*. Por lógica, ha de estar relacionado.

–No lo he recibido yo –insistí.

–¿Ah, no? –dijo Nuria.

–Repito que lo encontré mirando la correspondencia de mi padre en su casa.

–Pero él no está y, como dice Jorge, si sigues tu querida lógica, ese mensaje debía acabar en tus manos.

Guardé silencio. Ellos tenían razón. Nadie podía encontrarlo salvo Alberto o yo. De nuevo volvía a mí la sensación de sentirme parte de un enredo más amplio, que se me escurría igual que si intentara atrapar la niebla entre mis dedos. Me sentía actuando en una obra de teatro rodeado de fantasmas, intercalando frases al vacío, consciente tan sólo de mi papel. Acabé dándoles la razón:

–Eso es cierto. Y también que sigo sin ver la conexión con *Las Meninas*.

–Yo tampoco la veo, y por ahora me da igual. Ha de existir algún vínculo –remachó Nuria con énfasis.

Nos quedamos los tres en silencio durante algunos minutos, en apariencia concentrados en la comida y pendientes del hilo que nos ayudara a desentrañar esa red. Jorge, con su sentido común, acabó arguyendo:

–Acabo de llegar a este enredo, ahora bien, si el poema se refiere a *Las Meninas*, ¿qué perdemos con ir al Prado y echar un vistazo? Quizás frente al cuadro se nos aclaren las ideas.

–Hoy no podemos –respondí con voz segura–. Es lunes y está cerrado por descanso.

–¿Quién dice que no podemos? –contestó Nuria al instante–. Te olvidas de que yo trabajo allí y tengo acceso cualquier día. Jorge tiene razón, vamos a verlo; además hoy el museo está vacío y podemos visitarlo con calma.

Una vez resuelto el futuro inmediato, Nuria siguió poniendo en antecedentes a Jorge Monzón. Conversamos mucho durante aquella comida; ella nos explicó pequeñas anécdotas de mi padre e hizo sentir su presencia muy cercana, casi como si estuviera compartiendo la mesa con nosotros. Jorge escuchaba en silencio. Ya había observado que era parco en palabras y sólo hablaba cuando tenía algo que decir. En cambio, Nuria estaba como desatada y charló por los codos: sobre Alberto, su infancia y hasta el origen de su trabajo actual.

Al parecer, su interés por la restauración comenzó mucho tiempo atrás. Ella había estudiado Artes y Oficios en Barcelona y, al finalizar, pudo conseguir una beca para ampliar su formación en Nueva York, donde empezó a trabajar con cerámica y vidrio. Su compañero de mesa era un joven bajo y corpulento, de origen italoamericano apellidado Bussaco, que ya por entonces colaboraba con el Metropolitan Museum of Art. Alesandro Bussaco era un individuo peculiar que estaba enamorado de las posibilidades que ofrecía la restauración de la pintura sobre tabla, «la única materia –decía él– que continúa latiendo viva después de que el artista haya dejado su huella sobre ella». Por algún motivo sintió una inmediata simpatía por Nuria y tomó a su cargo la tarea de enseñar a la joven aprendiz la infinita variedad de posibilidades que escondía la madera debajo de cualquier veta, tras el mínimo nudo. La enseñó a distinguir la variedad de soportes, a sentir la respiración de cada tipo de tabla, a recorrer su antigüedad y a amar su aparente sencillez. Y entonces, un día, cuando ya habían trabajado meses juntos, Alesandro Bussaco la llevó a su casa del Greenwich Village, tras haberse aprovisionado en Balducci's, y la invitó a comer un buen plato de pasta:

–No sé qué vas a hacer con tu futuro, Nuria, yo he decidido seguir esta vía y convertirme en un experto en soportes de madera.

Ella había contestado que se sentía bien con la cerámica y de momento no contemplaba otra opción. No obstante, discutieron largo rato y aquella charla se había grabado como una huella indeleble en Nuria, que, a la postre, acabó apostando por el mismo oficio. Después, habían pasado varios años sin verse, siguiendo cada uno su propio camino, hasta dos meses atrás, cuando se habían reencontrado en el Prado para restaurar la tabla de *Las Tres Gracias* de Rubens.

–Estaba destrozada, con una raja de más de un metro en la

parte inferior del cuadro. Ha sido un proceso de lo más interesante, recomponerla e ir viendo día tras día cómo la pintura volvía a recuperar su color original.

–Sí, esa pieza estaba fatal –reconocí.

–No sabes cuánto –continuó Nuria–. Al principio, cuando nos mostraron las radiografías y la observamos a través de rayos ultravioletas, nos imaginábamos que resultaría complicado. No suponíamos la mitad de la mitad del esfuerzo que ha costado.

Yo la veía tan interesada que decidí azuzarla con el argumento que pone a mi padre a cien: ¿hasta qué punto es razonable recuperar una obra original y olvidarse de las aportaciones posteriores de la historia?

–Por ejemplo –argumenté–, ¿tú crees que debían desvelarse los desnudos que pintó Miguel Ángel en la Capilla Sixtina?

Se volvió hacia mí. Los ojos eran de nuevo duros y vacíos, como agujeros negros. Al responder estaba inclinada sobre el plato y murmuraba en tono serio:

–Me pones el peor caso de todos y tú lo sabes, Gonzalo. Sin embargo, te diré algo. En mi opinión, sí debe hacerse. Para empezar, por norma, siempre hay que volver al original, salvo que los añadidos hayan sido realizados por un maestro tan importante que aporten calidad al cuadro. Y no es el caso.

Jorge, desde el fondo de la mesa, carraspeó un poco y nos pidió que le aclarásemos nuestra discusión. No entendía de qué estábamos hablando.

–Gonzalo me está haciendo una pregunta un poco capciosa y le respondo como puedo –contestó Nuria–. Cuando Miguel Ángel pintó la Capilla Sixtina quiso mostrar la furia de Dios en el momento de impartir justicia y plasmó cataratas de desnudos pregonando la fuerza del exterminio final. Al descubrirse la obra, ese enjambre de figuras desnudas provocó una oleada de protestas en todo el Vaticano, y al final el papa Julio II encargó a otro pintor, un tal Danielle de Volterra, que cubriera las partes pudendas de los personajes más significativos, Cristo, la Virgen, los santos, con paños de tela.

–Los italianos –acoté–, tan dados a los motes estridentes, llaman a Volterra *Il Braghettone*. Ahora es más conocido por ese nombre que por el suyo propio.

–Bien, pues hace unos años, al acometerse la restauración, se planteó el debate de retirar esos paños. No había duda sobre la necesidad de limpiar el fresco. Después de más de cuatrocientos años sufriendo el humo de las velas y de los papeles quemados de los cónclaves, el colorido había sufrido un oscurecimiento irreparable, pero ¿qué hacer con las pinturas añadidas casi inmediatamente después por Volterra?

–Que por cierto, Jorge –maticé–, responden a la decisión y a la mentalidad del Renacimiento. Y eso, sin añadir que se trata de pintura al fresco, donde la posibilidad de rectificar, como en la acuarela, es casi nula, y por tanto era muy difícil recuperar los originales.

–Bueno, lo que sea, ya conoces mi opinión. Si los añadidos los hubiera hecho Rafael o Leonardo, no los habría quitado, pero siendo una obra menor, soy partidaria de haberlos eliminado.

La miré incisivamente. Ya intuía su opinión antes de exponerla y, por una vez, disfrutaba caminando un paso delante de ella. Jorge, de nuevo, nos tranquilizó recordando la polémica reciente por la restauración del cuadro del Greco, *El caballero de la mano en el pecho*.

–Es el típico debate político que no vale la pena comentar –dijo Nuria–. Ese cuadro fue restaurado en 1996 y todo el mundo estuvo de acuerdo en que se había hecho un trabajo modélico. Y ahora, de pronto, un diputado comunista, que por cierto debe de entender tanto de esto como yo de su profesión, decide rebatir todo el proceso y organiza un lío de mil demonios en el Parlamento en el que cuestiona el fondo, la limpieza, el tamaño de la tela... ¡en fin!, casi toda la labor. Hasta ha acabado pidiendo la dimisión del director del museo y del secretario de Estado de Cultura.

–¡Bendita política! –sentenció Jorge Monzón.

Nuria me contemplaba de soslayo, con una sonrisa lateral.

Con toda probabilidad sospechaba que le había incitado a ese debate conociendo de antemano las respuestas, sin embargo no hizo la menor alusión a ello y volvió a la tabla de *Las Tres Gracias* de Rubens y a su amigo Alesandro Bussaco con buen humor:

–Debíais conocerle: bajito, moreno, de pelo rizado y brillante y con perilla. Parece un tipo recién sacado de Brooklyn a punto de ir a bailar con sus amigos. Es lo menos parecido al restaurador prototípico de bata blanca que os podáis imaginar.

Antes de marcharnos hacia el museo, recuperamos el tema de mi padre y ella evocó con voz nostálgica las tardes en las que, de vez en cuando y, después de hacerse rogar mucho, había accedido a invitarla a nuestra casa para obsequiarla con un pequeño concierto de piano.

–Esto te va a gustar, Jorge –dijo ella con la cara iluminada–. Un día, al finalizar, creo, un *Nocturno* de Chopin, Alberto se volvió hacia mí y dijo una frase que no he olvidado.

Ambos la miramos expectantes:

–Ya conoces a tu padre –continuó, dirigiéndose hacia mí–. Terminó su interpretación, levantó las manos del piano, se dio la vuelta en su banqueta, tomó un poco de vino de la copa que tenía a su lado y dijo: «Chopin, Brahms, Mozart... ¡Bah! ¿Qué habría sido de ellos sin Pitágoras?». Yo fumaba un cigarrillo y decidí aguardar sabiendo que Alberto continuaría. No me defraudó: «Pitágoras, ya sabrás», me dijo, «fue un filósofo griego que vivió hacia el año 500 antes de Cristo aficionado a tocar la lira». Asentí. «¿Y qué hizo? Pues nada menos que descubrir la armonía de los tonos musicales. Logró producir la octava, la quinta, la cuarta, la tercera. Por medios matemáticos. Por subdivisiones nada menos. Te diré lo que hizo Pitágoras», dijo tu padre, inclinándose hacia delante y proyectando la barbilla: «Descubrió el invisible fluir del sonido».

Salimos silenciosos hasta la calle bajo el peso de esas palabras.

VIII

Tomamos un autobús hasta el museo. Al cruzar el paseo del Prado en dirección a la puerta Goya y pasar bajo los enormes cedros que flanquean la fachada, pensé que mi padre los llamaba a veces los «gentiles custodios», como si ellos mismos estuvieran convencidos de su noble función. A nuestra derecha, el edificio de piedra y ladrillo, gris y rosa, se extendía en dirección a Atocha. El paseo estaba casi desierto, sin vendedores ni guías; sin autocares, japoneses o americanos. Era lunes y éramos conscientes de nuestro privilegio de ir a un lugar acotado. Al atravesar la puerta giratoria y mostrar su carnet Nuria, yo sentía en ese mismo movimiento circular una advertencia de ingreso en un mundo irreal.

Siempre me han fascinado las oportunidades que he tenido de caminar por el Prado vacío, sin el trasiego de visitantes, mochilas y pantalones cortos, pudiendo transitar por las salas como paseando, dejándome llevar por los pasillos en penumbra, adivinando los cuadros en las esquinas, sorprendiéndome por el roce del perfil de las esculturas. Ese rodar por las salas, que como fisonomías cambiantes a veces nos reciben con diferente humor, e ir buscando aquellas que iba a encontrar a ciegas, es un placer antiguo y yo podía adivinar hasta el ángulo de luz que las envolvía. Lo había hecho desde pequeño; mi padre gustaba de llevarme a comer los lunes a un restaurante de comida casera y dar una vuelta por los salones sin más objeto que saborear el contacto vecino de las obras maestras, quedas, silenciosas, siguiendo nuestro deambular. Yo tenía la sensación, casi la certeza, de interrumpirles, y que los personajes de los cuadros guardaban silencio a nuestro paso y luego, otra vez a solas, volvían a agitarse, mudarse, dialogar o predicar. El lunes era, asimismo, su día de descanso y las figuras pintadas también habían conseguido plasmar la jornada de asueto en su vetusto convenio colectivo como si se tratara de actores de una compañía teatral. Por eso, al interrumpir ese derecho sólidamente establecido, yo tenía una cierta impresión de profanar un espacio. De ahí mi privilegio y mi emoción.

Subimos al primer piso buscando la Sala 12, esa gran rotonda basilical que acoge las obras principales de Velázquez. Desde mucho antes de ingresar, supimos que no íbamos a estar solos. Sonreí al reconocer la voz didáctica y grave de Julián Gallego que me llegaba en un susurro; yo mismo podía evocar sin la menor dificultad tardes enteras atrapado por sus explicaciones en mis tiempos de estudiante en la facultad de Historia del Arte.

–Acerquémonos al grupo –le dije quedo a Nuria–: Vale la pena escuchar.

La suerte nos favoreció. Estaba empezando a explicar *Las Meninas:*

–Fíjense –decía– en la sensación de improvisación, de espontaneidad, de tema casual que nos produce este cuadro. La infanta Margarita ha irrumpido en el taller de Velázquez, en el Cuarto del Príncipe, seguida de su pequeña corte, sus damas de honor o *meninas*, para verle trabajar. En el momento que refleja el lienzo, ella solicita agua para refrescarse y una dama se la ofrece con gran reverencia en una jarra, sobre una bandeja dorada. Entonces, de pronto, llega una visita inesperada y todos se quedan absortos ante ella.

Hizo una pequeña pausa para que pudiéramos apreciar la instantánea.

–En cuanto a los personajes –prosiguió, cambiando de asunto–, gracias a Palomino podemos identificar a todos. Aparte de la infanta Margarita, en el centro, a quien ya conocen, la muchacha en acto de arrodillarse es María Agustina Sarmiento, de la cual sabemos que en 1659 casó con el conde de Aguilar, y en segundas nupcias con el conde de Barajas, sin conseguir ser feliz en ninguno de los dos matrimonios. Al otro lado está la menina Isabel de Velasco, en actitud de hacer un gesto de reverencia al darse cuenta de la presencia insospechada a la que antes me he referido; tampoco tuvo suerte, casó con el conde de Fuensalida y murió en palacio en 1659. Delante de ella se encuentra la enana María Bárbola, de cara ancha y aplastada, que también se ve sorprendida por la irrupción; hacía cinco años que vivía en el Alcázar, pero antes estuvo divirtiendo a la condesa de Villerbal. Y más adelante, ya en el costado del marco, aparece otro enano, el italiano Nicolasio Pertusato, que parece hostigar a un perro grande y pacífico acostado en el suelo. Este personajillo se hallaba en palacio desde 1650 y llegó a ser ayuda de cámara del rey en 1675, aunque en el cuadro aparezca como ausente. En segundo término vemos a Marcela de Ulloa con hábitos monjiles, pues acababa de enviudar de Diego Peralta, dialogando con una figura muy tenue. Es Diego Pérez de Azcona, el guardadamas de la reina, que actuó de testigo en el testamento de Isabel de Velasco. Al fondo, destacando su silueta sobre una puerta que se abre a una escalera, aparece el mayordomo de la reina, José Nieto, que retira una cortina para que penetre la luz.

El profesor, antes de perfil, señalando las figuras, se volvió hacia nosotros abriendo teatralmente los brazos:

–Sólo nos resta conocer al personaje que se encuentra detrás del lienzo. Todos ustedes lo conocen. Es un autorretrato de Velázquez en el cual el pintor se muestra con el pincel en el aire pensando o mirando hacia nosotros. Lo que mira, al igual que lo que están viendo la infanta, la Velasco, el guardadamas, el hombrecillo del fondo y hasta el perro, es algo que está fuera del cuadro, en el lugar en que nos encontramos los espectadores o un poco más atrás. No obstante, podemos imaginar con facilidad de qué se trata gracias al espejo colocado en la pared del fondo, junto a la puerta abierta, y que refleja, desvaída, la visita inesperada a la que me he referido en tantas ocasiones. Si lo observan, verán las caras del rey y de la reina, bajo una cortina carmesí.

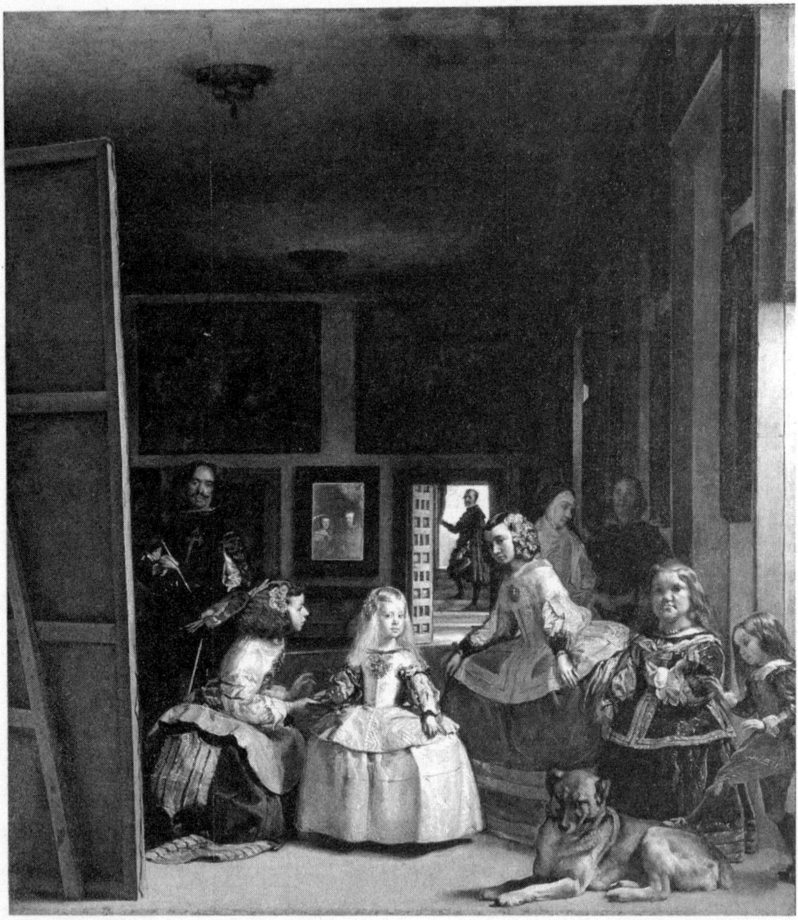

Un murmullo de aprobación recorrió el grupo.

–Ahora bien, ¿ese reflejo corresponde a los reyes de carne y hueso, personajes principales, pero excluidos del cuadro? ¿O al retrato que de ellos está haciendo Velázquez? ¿Qué opinan ustedes?

El profesor dejó la pregunta en el aire, obsequiosamente.

A mi izquierda, una estudiante de rostro moreno, coloradote, que estaba anotando sin parar en un pequeño cuadernillo, se atrevió a responder:

–Quizás lo segundo, considerando la cortina simbólica.

El profesor asintió con el mentón.

–Poco importa –continuó–, porque en ambos casos Velázquez ha suprimido de su cuadro lo esencial, a los mismos reyes, para mostrarnos que todo es ilusión y que es tan falso el pintor que nos mira como el grupo que interrumpe su trabajo. Tan falso el espejo o la puerta que multiplican los espacios como las figuras en aquél reflejadas. O incluso nosotros mismos, fantasmas ante la tela.

–Disculpe, no entiendo esto último –preguntó un alumno.

–Piénselo un poco y verá. Si los reyes que refleja el espejo del fondo están detrás de él, ¿acaso no se encuentra usted dentro del cuadro?

–¿Quiere decir virtualmente?

–En términos modernos, sí, eso quiero decir.

Desde la derecha se adelantó un muchacho de pelo largo, ondulado y ojos vivaces, abriéndose paso hasta quedar situado al otro lado del profesor frente a todo el grupo:

–«¿Qué es la vida?: una ilusión, una sombra, una ficción.»

–Exacto, Jaime –corroboró el profesor.

El muchacho, con gesto airoso, se inclinó hasta casi el suelo para ir abriendo el brazo de abajo arriba en un lento movimiento semicircular, dando a entender un saludo caballeresco hecho con un sombrero imaginario.

–Así dice un personaje de *La vida es sueño* de Calderón de la Barca, escrita en los mismos años en que Velázquez pintaba *Las Meninas*. El arte es ilusión. Por eso, con esta obra se consigue por primera y quizás única vez romper la línea que separa la ficción de la realidad. Miren ustedes cualquier otro cuadro de la sala y verán que el espacio redondeado que crean los personajes nos deja fuera. Pues bien, ahora, con *Las Meninas* está roto: en el corro entramos nosotros mismos.

Sus ojillos brillantes cambiaron el punto de enfoque al señalar la rotonda basilical de la Sala 12 del Museo del Prado:

–De hecho –prosiguió, volviendo a nuestro cuadro–, hasta hace pocos años este lienzo estaba situado en una pequeña salita y se completaba con otro espejo colocado junto a él. El objetivo era subrayar, en apariencia, la perspectiva aérea que rodea a los personajes pintados en una atmósfera increíblemente cierta, y, en la realidad, para incluir en la composición a los espectadores que lo contemplan.

Era mi ocasión. Arañé el brazo de Nuria y se volvió hacia mí:

–Théophile Gautier, el gran escritor francés, al ver *Las Meninas,* preguntó: «Pero ¿dónde está el cuadro?».

Ella asintió con una leve sonrisa y se llevó el dedo índice a los labios.

–No obstante, esta obra tan abierta es, al mismo tiempo, uno de los lienzos más herméticos del mundo –continuó el profesor–. Ahí está la paradoja del autor. El cuadro no sucede fuera de su mente, sino en ella misma. No es una visión impresionista de una casual realidad externa, sino la plasmación de una idea. No es el triunfo de la imitación, sino de la idea sujetando a la imitación. Con ello, Velázquez consigue superar la tediosa dicotomía de las academias entre pintura imitativa y pintura inventada, inventando una realidad.

Julián Gallego sonrió abiertamente al grupo.

–Veamos eso con más detalle. En primer lugar, el cuadro está compuesto con todo cuidado a pesar de versar sobre una ficción. Y eso, tanto en lo que se refiere al espacio, es decir, a la sala en la que *estamos todos,* Velázquez, la corte, los reyes y nosotros, con su prolongación *real* de la puerta e *ideal* del espejo, más las prolongaciones imaginarias de los cuadros pintados.

Quedamos por un instante prendidos en la descripción.

–En lo que respecta a la luz, igual. Miren, si vamos viendo de atrás adelante, observarán un centro luminoso en primer término, dentro y fuera del lienzo, producido por las dos primeras ventanas abiertas. En ese espacio es donde nos encontramos nosotros de manera *virtual*. Luego, una leve alusión a otro reflejo, tres ventanas herméticamente cerradas y la quinta entreabierta, para pasar a otro foco violento, la puertecillla de la escalera. A su izquierda, verán otro reflejo desvaído, el espejo donde aparecen los reyes, y así sucesivamente.

–Y si ésa es la composición espacial y lumínica –continuó–, observen ahora el planteamiento lineal: rectas, verticales y horizontales, caballete, muros, ventanas, cuadros, espejo, puerta, escaleras, en las que se engarzan dos irregulares pero equivalentes curvas: la formada por las cabezas del pintor, doña Agustina y la infanta, y la dibujada por doña Isabel, la enana y el enano, ambas respondiendo a la silueta del perro.

El profesor estaba ahora ensimismado, pendiente del hilo de ideas que iban formándose en su cabeza: sobre la frente dos gotas de sudor perlaban la calva.

–No importa la composición, lo importante es la idea. En este cuadro, realizado hace trescientos cincuenta años, Velázquez nos está mostrando de espaldas el lienzo que está pintando, como advirtiéndonos de que guarda su secreto, que todo sucede en su imaginación creadora. ¿No les parece increíble que el pintor se esté representando al margen de su propia concepción, igual que si la viera en el dibujo invisible de su mente? Ahora bien –continuó–, no se retrata a sí mismo de cualquier manera. Observen su cintura y verán sobresaliendo la llave maestra de palacio, por su cargo de aposentador mayor y, en el pecho, la Cruz de Santiago, que tantos esfuerzos le costó conseguir. Ahora verán por qué trata de mostrarse con la mayor distinción. La clave está en dos partes ajenas al cuadro que, sin embargo, forman parte del mismo. De un lado, en las telas apenas visibles que cuelgan al fondo. Se trata de dos copias de Mazo de obras de Rubens y Jordaens y representan dos historias con una moraleja común: *Las fábulas de Minerva y Aracne* y de *Apolo y Pan*. En las dos, se castiga al artesano que se cree comparable al artista divino. En la primera, la obrera tejedora que se soñó pintora, como la diosa Minerva, es reducida por ésta a la condición de insecto, y en la segunda, el sátiro que se figuró poeta y músico como Apolo es condenado para siempre al silencio. En otras palabras, el mensaje del pintor sevillano es afirmar que la pintura, como la música, como la poesía, es un arte noble, en el cual lo de menos es el trabajo con las manos.

El profesor guardó silencio para que pudiéramos reflexionar sobre la conclusión.

–¿Cuál es la otra clave que indicaba? –preguntó un estudiante desde atrás.

–¿No lo advierte? –respondió el historiador–. Se trata del otro elemento ajeno al lienzo, de otro cuadro dentro del cuadro. El espejo. Mírelo, está reflejando a los reyes, ¿no es cierto? Pues bien, con ello, con esa visita regia al taller de Velázquez, el pintor refuerza su discurso fundamental sobre la valoración de la pintura como arte noble y digno, pues en caso contrario, ¿usted cree que le visitarían los reyes?

–Y nosotros –dijo Nuria en voz alta– completamos la escena. Nosotros, personajes invisibles asistiendo a su discurso. Si los reyes se reflejan en un espejo, los espectadores, que necesariamente debemos estar para poder ver el cuadro entre ellos y Velázquez, estamos obligados a participar del mismo mensaje.

–Así es –dijo Julián Gallego, mirando a Nuria como si la viera por primera vez–: ¡Nuria Valls! No sabía que tuviéramos el honor de tu compañía –le dijo con amabilidad. Y dirigiéndose al resto, añadió–: Les presento a Nuria Valls, restauradora de este museo y una de las mayores expertas en soportes de madera de todo el mundo.

Yo desconocía su relación y asistí complacido a la escena. Nuria había bajado los ojos y sonreía tenuemente. El profesor se volvió al grupo con gesto enérgico después del saludo y continuó:

–Ahora, si no están ustedes demasiado cansados, vamos a ver qué opinan del *Mercurio y Argos*.

Les dejamos partir y quedamos solos frente a *Las Meninas*.

–Ahí está el cuadro –dije, señalando las figuras silenciosas y enigmáticas de la tela y el espacio umbrío, en penumbra, de la habitación–: A ver si sois capaces de explicarme qué relación tiene esto con la desaparición de mi padre y el retrato de Luis de Haro.

–Ya te he dicho que no lo sé –contestó Nuria con precipitación–. Y también te vuelvo a insistir en lo que sostiene Jorge. Debe haber alguna conexión entre ambas pinturas.

–Quizás sea inteligente –objetó el aludido, desde mi lado– que actuemos con tranquilidad, sin prisa. ¿Por qué no hacemos lo mismo que antes con el poema, dar tiempo al tiempo y buscar de manera más creativa?

–¿Qué sugieres? –dije, ya más atento a sus procedimientos.

–Dar un pequeño paseo, dejar que fluyan las ideas, que vengan solas. Además –confesó con voz tímida–, no he estado en mi vida solo en el Museo del Prado y me gustaría aprovechar la oportunidad para caminar un poco.

No creí que fuera la mejor opción, pero era la única y nos dejamos llevar por los pasillos y las salas, deambulando sin destino, en silencio, entre la penumbra general y los pequeños destellos de luz que alumbraban a intervalos las obras.

Al pasar junto al *Apostolado* de Ribera, Jorge se apartó de nosotros, se acercó a un cuadro irrealmente iluminado entre las sombras que envolvían al resto y comentó:

–Es increíble la expresión de este apóstol. Parece una fotografía. Nunca había visto un cuadro tan realista.

Lo miré con perplejidad y contesté de inmediato.

–¿Realista? ¿Quieres decir que te parece real ese cuadro?

–Sí, ¿por qué no?

–Mira, Jorge, no te confundas con ese término. En primer lugar ese concepto sólo tuvo sentido a partir del siglo XIX, cuando se trató de representar científicamente de forma objetiva. Entonces, en el siglo XVII, ni el pintor quería ni los espectadores esperaban nada parecido al realismo.

–¿Qué esperaban, pues?

–Algo muy diferente. Al pintarla, una taza de agua podía significar la pureza fecunda de la Virgen; un frasco de vidrio, la dignidad del sacerdocio; una manzana, el pecado; y una rosa, el amor. Y los contemporáneos de esos cuadros, viendo la taza, el frasco, la manzana o la rosa, pensarían sin dificultad en su sentido oculto, como al ver un gallo o unas llaves pensaban en san Pedro, al ver un bote de cerámica con su tapa en la Magdalena, al ver unos cacharros de loza en las santas Justa y Rufina.

Hice una pausa para recapitular.

–Te lo diré con más claridad, mientras el realismo del siglo XIX reposa sobre una base científica, el supuesto realismo del siglo XVII es esencialmente simbólico y religioso.

Seguimos caminando con tranquilidad. Yo quería dejar claras las implicaciones de ese asunto:

–No se puede confundir la naturaleza y el arte. La supuesta expresividad de una planta, de un animal o una piedra no es intencional, no parte de la cosa misma. Necesita de un espectador que la vea o la sienta como un ente expresivo. Por el contrario, los cuadros o las esculturas son formas inventadas, es decir, imágenes que recogen y mantienen la *energía* del artista.

Hice un alto en el camino.

–No sé qué opinará Nuria –concluí–, yo pienso que ésta es quizás la distinción más clara entre las formas de las cosas, de todas las cosas que pueblan la naturaleza, y la forma de la cosa creada, un cuadro, un poema, un libro.

–Gonzalo tiene razón –continuó ella–. Míralo de este modo. En primer lugar, cualquier cuadro, incluso el que parezca más realista, incluso ese apóstol que veíamos antes, recoge una imagen creada por proceso de transposición. Y eso es como tu querida informática, vamos, que no tiene nada que ver con la naturaleza.

–En realidad –añadí–, si tiene algo, es justo lo contrario. Posee la energía de la antinaturaleza por ser cosa inventada.

–Quieres decir que... –trató de intervenir Jorge.

–Quiero decir que mientras la naturaleza respira y vibra de manera natural, biológica, cualquier forma creada respira y vibra de manera artificial.

–Y por eso –continuó Nuria, tomando del brazo a Jorge–, en segundo lugar, si Gonzalo me deja hablar, cuando la forma del modelo se metamorfosea en la imagen de la tela, ya sea reproduciendo su fisonomía o alterándola, se produce una especie de tránsito, y de alguna manera se pasa de esta parte del universo a otro mundo.

–¿Y cómo se entra en ese mundo?

–Igual que en el tuyo, Jorge, igual, aunque yo no sepa nada de informática –Nuria se encaró con su vecino, mirándole a los ojos con esa expresión entre amable y segura que yo sentía ya de mi propiedad–. De un lado, con el conocimiento de la época y de la personalidad del pintor. Y de otro, y esto es lo verdaderamente importante, adivinando, intuyendo, experimentando, y sobre todo gozando la respiración energética de las obras significantes.

–Según esa teoría –contestó Jorge–, es tan difícil penetrar en el mundo de *La Gioconda* como en el universo de un pintor abstracto.

–Exacto –contestó Nuria, complacida–. El verdadero artista transpone la naturaleza. Quiero decir que no busca darnos una visión igual o distinta de lo que ve. A pesar de lo que opine tanta gente, ése no es su debate. Lo que le importa es enfrentar el problema que plantea el lienzo en blanco y resolverlo con su obra para decir algo más, algo original, y, desde luego, algo que no está en la naturaleza como intencionalidad.

–No puede estarlo –añadí–, sólo la conciencia humana es intencional y trascendente.

Jorge atendía meditabundo nuestros comentarios asintiendo levemente con la cabeza.

Por entonces, nos encontrábamos de nuevo en la sala de Velázquez. Nuria propuso mirar otra vez *Las Meninas* sola, sin gente; pero antes llevé del brazo a Jorge hasta *Las Hilanderas* y le dije:

–Mira este cuadro, por ejemplo, ¿qué ves?

–Parece un taller de hilado –contestó él con voz tímida.

–Es cierto. Ésa es la tesis tradicional, Velázquez retratando el obrador de hilado de la fábrica de tapices de Santa Isabel, pues, como aposentador de palacio, debía visitar las manufacturas reales y seleccionar la decoración de las estancias del Alcázar. Sin embargo, esta explicación que hace del apunte del natural el primer cuadro impresionista no es suficiente. Como en otras ocasiones, Velázquez realiza un cuadro dentro de un cuadro y sitúa el tema fundamental en la escena secundaria, la del fondo, basándose en su libro de cabecera, *Las Metamorfosis* de Ovidio. En el plano final del lienzo verás a tres mujeres que representan a las jóvenes de Lidia asistiendo como jueces a la disputa entre la diosa que lleva un casco, Palas Atenea o Minerva, hábil en todas las artes, y Aracne, una doncella lidia que presumía de ser la mejor tejedora, y para demostrarlo se atrevió a confeccionar un tapiz en el que Júpiter, padre de Minerva, adoptaba la forma de un toro para gozar de la doncella Europa. Por ese atrevimiento Aracne fue

convertida en el animal al que ha dado su nombre, la araña; un insecto que, en efecto, teje maravillosamente, pero cuya tela se deshace con gran facilidad y cuyo veneno simboliza la soberbia.

Jorge me miraba con expectación.

–Ésa es la historia. Y a partir de aquí las interpretaciones. Hay quien piensa que *Las Hilanderas* es una alegoría política, basándose en las teorías del padre Ripa, cuyo libro poseía Velázquez. Según este autor, la hiladora de más edad del primer plano, a la izquierda, representa a la obediencia al poder constituido.

–¿La mujer de la izquierda?

–Para Ripa la obediencia es un conocimiento razonado, propio de la edad madura; el que obedece al monarca debe ser rápido, de ahí la pierna desnuda; mientras que el torno en el que está hilando representa la velocidad y variabilidad de los mandatos que recibe y obedece, pues el rey hace girar el mundo según sus intereses.

Señalé el cuadro.

–Detrás de ella hay un gato, ¿lo ves?

–Claro.

–Pues bien, el gato representa la libertad doméstica, es decir, el buen súbdito, independiente y, a la vez, sumiso. Un poco más al fondo, a la derecha, puedes ver la parte trasera de un violón apoyado sobre la pared del arco. Ahora bien, ¿qué pinta un violón en esta escena? Simboliza la buena política; el buen gobernante debe saber armonizar los intereses de sus súbditos del mismo modo que el músico puede extraer una melodía armoniosa de un instrumento difícil.

–¿Y cuál es el mensaje de todo eso?

–Uno muy concreto. En el momento en que se pintó este cuadro, Portugal y Cataluña se habían rebelado contra la corona española y Velázquez quiso hacer una metáfora contra la insurrección. Minerva y Aracne, al fondo, simbolizan estos dos reinos, mientras que las jóvenes de Lidia representan las regiones fieles, Castilla, Andalucía y Aragón. Con ello, el cuadro se convierte en un alegato contra la arrogancia de quien se subleva y quiere igualarse a los dioses y, en el siglo XVII, al rey. Lo increíble –añadí– es que no sólo se muestra el problema político, sino además y de manera destacada, el perdón del rey a Cataluña, es decir, a Minerva.

–¿Dónde? –preguntó Jorge, mirando fijamente la pintura.

–Mediante el ramo de olivo que lleva en la mano. Cataluña era famosa por sus manufacturas textiles.

–Has mencionado también a Portugal.

–Portugal había conseguido la independencia en 1640 y, a pesar de continuar la guerra para incorporarlo a la corona, nunca se logró recuperar.

–Es fascinante, ¿quién podía imaginar esta cantidad de historias?

–Pues no te creas, hay más.

–¿Más?

–Está también la interpretación artística que sostiene que los personajes de ambas escenas son los mismos. Es decir, las dos mujeres de la escena central son también Minerva y Aracne y representan las artes manuales o *menores* (la artesanía), mientras que al fondo simbolizan las artes *mayores*, en las que la idea domina sobre la ejecución. Aracne es la pintura y las doncellas la música, la arquitectura y la escultura. Así, la luz del arte, el segundo plano, ilumina el oficio servil del primer término. Según esta tesis, *Las Hilanderas* se convertirían en un alegato análogo al que nos contaban de *Las Meninas*, a favor de la nobleza y la exención de impuestos de la pintura frente a los oficios manuales.

–¿Y dices que hay más interpretaciones? –preguntó incrédulo Jorge.

–Aunque te parezca imposible, hay otra –contesté riendo–. En realidad, falta mi preferida. Es un poco complicada y no puedo entrar a fondo en ella. Trataré de resumirla en pocas palabras. Relacionando a Ovidio con nuestro querido Andrea Alciato, y concretamente el emblema 115, llamado *Las Sirenas*, con otros emblemistas españoles, Velázquez habría elegido el tapiz del fondo, *El rapto de Europa*, para enfatizar la prudencia frente a los desvíos libidinosos y la cautela frente a la lisonja. El mensaje de esta teoría se dirigiría de forma expresa a Felipe IV, a quien llamaban el *Rey Galante* por su insaciable apetito erótico, tuvo más de cuarenta hijos bastardos, advirtiéndole contra la vanidad, la adulación y, en particular, del peligro de los pecados carnales.

–Es asombroso –dijo Jorge con un hilo de voz.

–Lo asombroso, Jorge, es ver a tantísimas personas, desorientadas ante el arte contemporáneo, tratando de descubrir en los cuadros abstractos, como si fueran una charada, el personaje, la cosa o el trozo de realidad que el pintor ha querido representar, cuando no tenían ninguna intención en mostrar nada de la naturaleza. No obstante, esas mismas personas, al contemplar un Velázquez o un Zurbarán, se contentan con percibir una apariencia casi fotográfica, sin tratar de ir más allá.

–Tienes razón.

–Velázquez es complicado. Cada obra suya significa, al mismo tiempo, varias cosas, y muy a menudo la clave de la historia está en la escena del fondo, en un cuadro dentro del cuadro.

Nuria, que había permanecido callada, intervino por primera vez:

–Esto es lo que olvidan muchos pedantes de nuestro tiempo, que aplican a las obras del pasado el mismo rasero con que miden las actuales, error tan estúpido como medir las obras del presente con las reglas del pretérito.

Jorge se había quedado reflexionando.

–Perdona, dices que la clave de los cuadros de Velázquez suele encontrarse al fondo, en otra escena aparentemente secundaria.

–Sí, eso es lo que digo; vamos, lo digo yo y cualquiera que conozca a Velázquez.

–Entonces...

–¿Qué?

–¿No podría pasar lo mismo con el retrato de Luis de Haro?

–No entiendo.

–En *Las Meninas* hay un montón de cuadros desdibujados por toda la habitación, ¿no puede ser uno de ellos el que buscamos?

Miré a Jorge con cierta autosuficiencia.

–¡Ojalá! Pero no, todas las obras están identificadas.

–¿Cómo? Es imposible reconocerlas.

–Es cierto, pero olvidas la puntillosa burocracia española, con su manía por anotarlo todo. Hay un inventario de palacio donde se describen todos los cuadros de ese cuarto y ninguno de ellos coincide con el que buscamos.

–¿Incluso los que están detrás del que está pintando Velázquez?

Enarqué las cejas intrigado. ¿Qué estaba tratando de insinuar?

–Detrás de ese lienzo ha de haber un muro que en *Las Meninas* no se muestra. ¿También sabemos lo que había colgado en esa pared?

Le miré con cara de perplejidad. Yo no recordaba nada alusivo a ese espacio y, sin duda, el inventario debería especificar también lo que estaba colgado allí. Me volví a Nuria; ella sonreía con expresión satisfecha y parecía decirme: «Ya ves si puede dar resultado un sistema difuso de acercarse a un problema», pero yo estaba más que dispuesto a aceptar cualquier aproximación que sirviera a mis propósitos. Y desde luego, no podía situar ningún documento en el que se hiciera referencia a esa parte del Cuarto del Príncipe. Claro –pensé–, que nunca me había preocupado por averiguarlo. Por lógica, el inventario cataloga todos los objetos, ahora bien ¿a qué historiador del arte le iba a motivar ese rincón? ¿Quién se iba a interesar por describir o analizar lo que no se muestra en la pintura? Sin embargo, la pregunta que había hecho Jorge era coherente, tanto con nuestra búsqueda concreta como con la personalidad de Velázquez. En puridad, el maestro sevillano era muy capaz de hacer un juego alusivo con esos elementos, bien sea por simple divertimento o por completar su teoría. El que alguien fuera tan sutil como para adivinarlo o no, a Velázquez le habría sido indiferente.

Conforme iba dándole vueltas a la idea que Jorge había sugerido, me iba gustando cada vez más.

–La verdad –reconocí–, nunca se me había ocurrido reparar en lo que hay detrás del lienzo. Y sí, tienes o debes tener razón, por fuerza el inventario tiene que describir el contenido de esa pared.

–¿Entonces?

–No te preocupes, vamos a averiguarlo muy pronto. Si no me equivoco, hay un artículo de Jonathan Brown que tengo en casa, donde están reseñados todos los objetos de la habitación que retrata Velázquez.

–¿Y qué esperamos? –preguntó Nuria.

–Nada –respondí sonriendo.

–Pues vamos –dijo ella con voz resuelta.

Bajamos las escaleras con precipitación, mirándonos alternativamente y encontrando cada uno en el brillo de la mirada de los otros una señal de complicidad y esperanza que aceleraba nuestro ritmo.

Cuando encarábamos la sala central de la planta baja, oí resonar detrás de mí una voz conocida:

–¡Gonzalo! ¡Gonzalo Fernández!

Me volví de inmediato para ver diez pasos por delante a Pablo Arana acompañado de Juan del Serrallo, el director del museo. Parecían la imagen prototípica de dos sesudos profesores: entrecanos, cargados de documentos, caminando con tranquilidad y cierta displicencia, en compañía y, al tiempo, absortos en sus preocupaciones. Venían andando el uno junto al otro, despacio, sin hablar. El director iba medio encorvado, un poco delante de Pablo, con una mano metida en el bolsillo de la gabardina y la otra sujetando una enorme cartera de cuero llena de correas y papeles. Pablo, además de otro portafolios similar, llevaba dos planos o dos carteles enrollados bajo el brazo; su carga no disimulaba ese andar ligero y desgarbado que le caracterizaba. Por su parte, Juan del Serrallo tenía la misma pinta despistada de siempre. Nos detuvimos a esperar su llegada.

–Gonzalo, Nuria. ¡Qué sorpresa veros hoy por aquí!

Nuria aprovechó la pausa para hacer las presentaciones de rigor con Jorge Monzón y, sin darles oportunidad de que continuaran inquiriendo, tomó la iniciativa.

–Menos mal que os encontramos –dijo–: Venimos de comer y Gonzalo me ha preguntado tantas cosas sobre el retrato de Velázquez que estaba restaurando su padre que se nos ha ocurrido venir a verlo.

Pablo y el director se miraron con expresión recelosa.

–Pero soy boba –continuó Nuria–. Se me había olvidado que hoy es lunes y se cierra con llave el taller de restauración, aparte de que tampoco sé el lugar exacto donde está. Así que hemos dado una vuelta tranquilamente por el museo.

–Es culpa mía –la interrumpió Jorge con el mismo tono–. Cuando llegamos al Prado y Nuria cayó en la cuenta del día de descanso, les sugerí, más bien les pedí –dijo, esbozando una sonrisa de disculpa–, si era posible dar una vuelta por las salas vacías. Nunca he visitado un museo sin gente y era una oportunidad demasiado buena para dejarla escapar.

–¿Y por qué no habéis subido a la dirección por las llaves? –dijo con toda lógica el director–. Ya os marchabais, ¿no?

Quedamos momentáneamente en silencio, cohibidos por la pregunta. Fue un instante, Nuria supo salir del paso con su agilidad mental acostumbrada.

–La verdad, entre unas cosas y otras, ya nos habíamos hecho a la idea de no ver el cuadro. Hemos dado el paseo con Jorge y pensábamos regresar mañana a buscarlo. Ya os dije que no sé dónde se guarda. Y a propósito de eso –se volvió a nosotros con expresión de júbilo–: ¡Qué suerte haberlos encontrado! Ahora podremos verlo.

Cuando mentía, la voz melosa de Nuria se tornaba más opaca y cantarina, fruto del acaloramiento. Pablo y el director volvieron a intercambiar la misma mirada seria. El conservador bajó la vista, dejó la cartera en el suelo y sin levantar los ojos hacia nosotros, torció los labios con la vista puesta en Juan del Serrallo. Este último dio un paso en nuestra dirección.

–Ya que sacas ese asunto, Nuria, me alegro de que estéis aquí los dos. Justamente esta tarde hemos estado hablando de ello y dada la inminencia de la presentación y la inexplicable ausencia de tu padre, había que hacer algo.

La sonrisa de Nuria se había transformado en una mueca inmóvil. Por mi parte, me mantenía expectante, sin saber dónde quería ir a parar.

–Entiéndelo, Gonzalo, no podemos esperar de manera indefinida a que regrese tu padre. El museo tiene obligaciones pendientes, así que he decidido encargar la limpieza del retrato a otro restaurador.

–Ya –contesté.

–Y en cuanto a tu pregunta, mira, Nuria, mejor no. El cuadro está guardado y no te voy a poner la excusa de que iba ya camino de casa y ahora no me apetece volver a mi despacho por las llaves; con franqueza, creo que es mejor que no lo veáis. No tengo ganas de volver a abrir polémicas con este asunto.

Seguimos en silencio.

–Dentro de muy poco tiempo podréis contemplarlo cuantas veces queráis –intervino Pablo con su voz musical–. El especialista a quien hemos encargado que termine el trabajo va a dedicarse a ello en exclusiva y en una semana o diez días estará acabado.

–¿Tan pronto? –preguntó Nuria con voz cáustica.

–El quince de noviembre se presentará públicamente coincidiendo con los preparativos de la exposición del 400 aniversario del nacimiento de Velázquez. También esta tarde hemos acordado la fecha definitiva.

Después de un instante de silencio, añadí:

–Es una pena, me hacía ilusión poder ver ese bendito retrato.

–Lo comprendo –me interrumpió Pablo–, pero hemos resuelto en firme. Ya no podíamos retrasar más tiempo la presentación oficial y, me vas a disculpar –dijo en tono seco–, aparte de que tu padre no fuera la persona adecuada para terminar el trabajo, ahora ni siquiera está. No teníamos elección.

Abrió brazos y manos en señal de impotencia:

–Por cierto, ¿no habrá aparecido?

Negué con la cabeza.

Aún intercambiamos dos o tres frases intrascendentes antes de despedirnos. En el último momento, mientras me tendía la mano, Pablo se quedó clavado ante mí y dijo:

–Otra cosa, ¿te acuerdas de aquella misteriosa frase que encontré en tu casa: *Esto es hecho, señores*?

–Claro. ¿Cómo podía olvidarla?

–Ya sé de quién son esas palabras. Las pronunció el conde de Villamediana en el momento de su muerte.

–¿Juan de Tasis?

–Así es, estoy seguro –hizo una ligera pausa antes de añadir–: Supongo que complementan el mensaje a máquina. Tú sabrás. A ciencia cierta, yo no las entiendo.

Le contesté con un asentimiento de cabeza. Luego, les vimos marcharse y seguimos sus pasos hasta que atravesaron la puerta, como si necesitáramos cerciorarnos de su partida.

No tuve tiempo de asimilar la última información. De inmediato, Nuria nos guiñó un ojo con una sonrisa malévola dibujada en su rostro, nos tomó del brazo y nos llevó hasta un rincón cercano:

–No os preocupéis por lo que han dicho. ¡Ya lo creo que iremos al taller de restauración! –dijo, llevándose la mano al bolsillo y agitando delante de nuestros ojos un manojo de llaves. Y dirigiéndose a mí, añadió–: No sé si encontraremos el retrato de Luis de Haro; en todo caso, tu padre hizo un montón de fotografías del cuadro y no creo que nadie las haya tocado.

–¿Vamos a por ellas?

–Pues claro –contestó–. ¿Se creerán esos idiotas que me pueden impedir entrar a mi taller?

–¿Y el inventario? –alegué.

–Eso podemos resolverlo más tarde –replicó–. ¡Vamos!

Nos metimos en el decrépito ascensor sin mediar palabra. Yo sabía que el servicio de seguridad del museo anotaría cada uno de nuestros pasos y quedaría registrada la visita, pero ella mandaba y yo estaba deseando contemplar, aunque fuera en una reproducción, el objeto de tantos enredos. Al salir, nos saludó un viejo cartel decolorado por el tiempo que anunciaba la muestra de las obras maestras del arte español en Ginebra en 1937, en plena guerra civil. Estábamos en el umbral del taller de restauración, el techo del museo, una sala larga y blanca, llena de caballetes, lámparas, aspiradoras, pinceles, mesas y cuadros, que olía a barniz y a cera. Nuria atravesó aquel ordenado caos hasta llegar a un armario lleno de cajones y compartimentos. Detrás de mí un gran óleo de Rubens medio cubierto por un paño se imponía en el espacio sin marco ni adorno alguno. No sé cuál será la sensación de otros; a mí me ha impresionado siempre ese contacto directo con las obras maestras, viéndolas así, despojadas de cualquier artificio, desnudas, sobre el caballete. Mientras Nuria iba probando llaves en el cajoncillo al que se había dirigido sin dilación, yo recordaba un día, tres o cuatro años antes, en que mi padre me había llevado a esa misma sala para ver dispuestos sobre una mesa cuatro o cinco óleos de Goya pintados sobre cobre, preparados para una exposición de su obra de pequeño formato. Alberto había ido levantando la funda de lino que los protegía hasta poner ante mi vista los rectángulos de metal y exclamar:

–Hay quien dice que lo mejor de Goya son sus pinturas negras de la Quinta del Sordo. Yo, al ver estas maravillas, cada vez estoy más convencido de que si Goya fue maestro de un color, o de un tono, ése fue el blanco.

Nuria interrumpió mis pensamientos con un gesto de satisfacción:

–Aquí las tienes –dijo, tendiéndome un grueso sobre de color crema–. Ya sabía yo que nadie las habría tocado. Éste es el polémico retrato de Luis de Haro pintado, según casi toda la crítica, por don Diego de Silva y Velázquez.

Recogí la documentación y fui sacando las fotografías. Había veinte o veinticinco. Las pasé con lentitud, mirando los detalles. Nuria tenía razón, mi padre había ido dejando constancia del estado de la obra en cada fase de la restauración. Aunque las instantáneas estaban intercaladas se podía observar el tránsito que fue viviendo la pintura en sus manos. Al observarlo, Jorge se interesó por el asunto y Nuria me arrebató dos o tres de las manos para explicarle algunas nociones de los procesos básicos de su oficio.

–El primer problema –dijo– es la capa de barniz natural con la que se protegían estas viejas pinturas al ser terminadas. Mira esta foto del cuadro cuando llegó al Prado. Si te fijas, verás el fondo muy oscuro, casi negro, ¿verdad? Es lógico, con el paso del tiempo, el barniz se decolora y absorbe polvo, oscureciendo los verdaderos colores. A ello hay que añadir, en muchos casos, repintes y restauraciones equivocadas, que pueden cambiar radicalmente la percepción del cuadro. En este caso, creo, no fue así; a pesar de ello tu padre invirtió mucho tiempo hasta devolver a la tela las tonalidades originales.

Luis de Haro, desde la indiscreta colección de cartulinas mates, nos contemplaba inmutable. El pintor no debió sentir ninguna especial sensación por él y lo había retratado con una objetividad casi pagana: la frente amplia, la boca seria y la barba fina enmarcando el rostro de un hombre de unos cuarenta años, vestido con un tabardo de terciopelo verde oscuro, entre nopal y musgo. Por delante, el brazo derecho caía indolente sobre la cintura, de tal forma que el dedo índice de la mano cerraba por debajo el codo opuesto. Encima, un anillo de oro se coronaba con un zafiro de singular brillo, dibujado con absoluta precisión. Era difícil asegurar nada, pero entre aquel mosaico de detalles y vistas generales, parecía desprenderse ese hálito especial de Velázquez, esa manera suya de pintar *alla prima* y sin embargo engañar a la vista, que recomponía la pincelada quebrada y sinuosa en volúmenes redondeados, armónicos. Y no obstante, sí, quizás mi padre tuviera razón, no parecía coherente ese rostro suelto, de mirada viva, con los detalles de las extremidades, mucho más acabados, como si el artista tuviera dudas de su capacidad de insinuar y necesitara precisar cada perfil, cada arista.

De entre el conjunto de fotografías separé dos instantáneas: la primera mostraba los ojos, la nariz, las mejillas y el bigote de la barba; la otra era un primer plano de la mano derecha y sobre ella resaltaba de forma insultante la piedra del anillo.

–Mira estas dos fotos, Jorge. Dime la verdad, a simple vista, ¿crees que han sido pintadas por el mismo pincel?

Jorge se concentró en los papeles por unos segundos y me los tendió de nuevo:

–La verdad, no sabría qué decirte.

–¿Qué opinas tú, Nuria?

Ella estaba iniciando un movimiento hacia atrás y me respondió con un ademán del brazo.

–Espera un momento, Gonzalo. O mucho me equivoco o sé a quién le han encargado restaurar este cuadro.

Dicho esto, se dio media vuelta y se dirigió hasta el fondo del taller esquivando mesas y podios. Al entrar, había iluminado sólo una parte del recinto y la vimos ir sumiéndose paulatinamente en la oscuridad, hasta que el resplandor de un foco recién encendido nos indicó dónde estaba. Parecía llevar una idea fija en la mente y fue levantando las telas blancuzcas que cubrían varios caballetes hasta encontrar la respuesta a su intuición:

–¡Venid! ¡Venid! –dijo, apartando con un movimiento del brazo la funda de un cuadro–. Dejad de mirar las fotografías. Aquí está.

Nos trasladamos a su lado. Bajo la luz anaranjada del reflector la expresión de Nuria parecía irreal, entre dorada y rojiza, con su media sonrisa característica. El hallazgo la divertía y actuaba como un prestidigitador al finalizar un truco de magia:

–Señores, les presento a don Luis de Haro, primer ministro de la corte de Felipe IV, rey de todas las Españas.

–Como me imaginaba –dijo, arrugando la nariz–, lo va a terminar Rafael García.

Esperamos a que continuara.

–¿Quién mejor que él? –se preguntó en voz alta–, tan disciplinado, tan leal a sus jefes, tan pulcro...

Yo no conocía a Rafa –como le llamaba mi padre– más que de

manera fugaz, un hombre ambiguo, cuya barba poblada y su mirada cerúlea le convertían en un sosias un tanto descafeinado de los gentileshombres que limpiaba. Opté por dejarla en sus pensamientos para concentrarme en el cuadro.

Ahí estaba, en efecto. El fondo grisáceo, neutralizado, acentuando la ilusión de volumen del retratado, y el rostro serio, con esa apostura tan elegantemente majestuosa, con esa sencillez que siempre han aparentado los personajes de la corte española. Luis de Haro tenía la vista puesta en el espectador y al reflejarme en su mirada, al ver desfilar ante mis pupilas el pelo castaño y largo, con crenchas cubriendo las orejas, la nariz recta, la boca encarnada, el cutis rosado, la barba fina y la lejana mirada de sus cansados ojos, no pude menos de admirar la capacidad del pintor sevillano para hacer emanar de sus personajes una turbadora sensación de realidad. Sí, esa cara parecía un Velázquez. Sin duda, yo me encontraba frente a una figura humana. De hecho, el mentón fuerte y voluntarioso que asomaba tras la barba contrastando con el aspecto dormido de la expresión daban fe a las reveladoras palabras posteriores del poeta Rafael Alberti:

> Más vida, sí, más vida,
> y tu pintura
> pintor, de haber vivido,
> más que real pintura hubiera sido
> pintura sugerida,
> leve mancha, almo cuerpo diluido.

Bajo la barba, emergía una golilla blanca, pequeña, almidonada, respetuosa con las reglas de la pragmática contra el lujo, dictada por la Junta de Reformación de las Costumbres, por la que se prohibieron los grandes cuellos de encaje o escarolados propios del reinado precedente, mostrando la severidad propia de un ministro de la corte de Felipe IV. Por lo demás, el tabardo verdoso y las mangas bobas, de las que sobresalían los brazos del sayo más rico, enmarcaban el enaltecimiento del anillo azulado.

Acababa de ver las fotografías de ese cuadro, reproduciendo con minuciosidad cada detalle, y volvía a maravillarme al comprobar la capacidad de ciertos artistas para burlar los entresijos de la técnica. No había instantánea capaz de mostrar esa mirada, esa apostura natural. Al llegar a esta idea, remachaba una conclusión ya vieja en mí, que se había ido constatando conforme visitaba cada museo y me enfrentaba cara a cara con la pintura. Era una conclusión muy simple, casi pueril, elaborada tras el continuo sobresalto ante cada nuevo encuentro con Rembrandt o Matisse. Y también, por cada decepción frente a los pintores cuyos cuadros eran iguales a como los mostraban los libros, algunos tan celebrados a veces como Van Gogh o tan reconocidos como Botticelli. Al comentarla en voz alta, esa opinión había sido considerada discutible, cuando no elemental. Me importaba un rábano. Es un hecho: sólo me emociona la pintura irreproducible, la que me hace asombrarme frente a la presencia del cuadro tantas veces visto en volúmenes y monografías, la que me obliga a confirmar ante cada original que únicamente la verdadera pintura hace de la vida una ventana abierta.

–¿Qué opinas Gonzalo?

–Perdón.

Nuria frunció los labios con gesto escéptico y dijo con tono desenfadado:

–¿Crees que es auténtico?

Levanté las manos en ademán de fastidio. Un momento antes yo le había hecho la misma pregunta sin el menor éxito. No estaba en condiciones de responder con rotundidad. Aproveché el intervalo para examinarme las uñas e intentar hurtar una respuesta:

–No lo sé. No soy un experto.

Ella me miraba por encima del hombro con sus ojos brillantes y altivos.

–Sólo quiero saber tu opinión.

Acabé respondiendo de manera más radical de lo que hubiera deseado.

–Tengo la sensación de ver dos pintores en la obra. El rostro sí que parece un Velázquez, pero la mano y el anillo, no.

Los ojos de Nuria se nublaron pensativamente.

–Bueno, es más o menos lo que dice tu padre.

Asentí con solemnidad. Nuria se acercó a mí pisando el suelo de mármol con suavidad felina, y se interrumpió de golpe para volver y tapar el cuadro con la vista puesta en la puerta que estaba a mis espaldas.

–Y ahora, vámonos. Debemos de tener a todo el servicio de seguridad preguntándose qué demonios hacemos aquí tanto tiempo. Esperemos que mañana no tenga que dar explicaciones.

Al salir a la calle, Jorge alegó una cita y nos dejó solos. Tras acompañarle a la parada del autobús, fuimos caminando durante un trecho en silencio. Sin plan alguno en la cabeza, abandonamos el paseo del Prado y nos internamos en una calle peor iluminada, de aceras estrechas, por nombre Los Madrazo. Se trata de una de esas calles laterales que se sienten propias, calles de niños, de vecinos, de algún perro, calles para pasear o pararse y encender un cigarrillo debajo de un farol antes de tomarse una tapa. El invierno se estaba aproximando y era una noche fría, opaca, sin estrellas ni luna.

Yo iba dándole vueltas a las palabras de Pablo Arana identificando al autor de la nota que había dejado mi padre, sin lograr encajar el mensaje con nuestra investigación. No quería evocar la otra parte de la idea, la desaparición de Alberto. Por eso no lo pensaba y ahora me cuesta justificarlo mediante la escritura. Era algo quizás un tanto ridículo; yo sentía que para que estallara el problema tenía que manifestarlo, de la misma manera que ahora, al escribir, si quiero destruir una fortaleza debo antes construirla con palabras, darle forma, contenido, aislarla, tejer a su alrededor una historia. Por otro lado, desde mi vuelta a Madrid, llevaba muchos días de bandazo en bandazo, oscilando entre un debate impuesto y la exploración de nuevas incertidumbres sin encontrar ningún asidero firme donde aferrar el ancla. Nuria me había embarcado en un periplo al que no veía fin y los demás elementos, el cuadro de Velázquez, mi padre, y hasta Ana, mi ex mujer, me hacían sentirme poblado del resto de otros viajes, algunos frustrados y otros, verdaderos naufragios. En consecuencia, me empeñé en encontrar el nexo de Villamediana con el retrato de Luis de Haro, argumentándome que por lógica debía existir una relación. Todo estaba empezando a integrarse en el rompecabezas de Velázquez y ese detalle no podía ser superfluo. No obstante, si mi memoria no fallaba, no cuadraban las fechas. Al cabo, consciente de la poca atención que estaba prestando a mi compañera y todavía absorto en mis ideas, decidí posponer ese asunto hasta llegar a casa y tener la posibilidad de comprobar los datos.

Por entonces, seguíamos ascendiendo con calma por la misma calle. Al llegar a la altura del Ministerio de Educación, caí en la cuenta de la proximidad de La Ancha y propuse a Nuria entrar a tomar un aperitivo. La Ancha es un bar desvencijado, cuyo éxito había dado lugar, a la vuelta de la calle, a un comedor elegantón para diputados y periodistas especializado en recetas caseras y platos de cuchara. Sin duda, sus lentejas guisadas podían alternar con las mejores de Madrid, pero no deseaba que nos internáramos en el barullo del restaurante –mezcla de pequeño *bistrot* y tasca ilustrada– y opté por la tranquilidad del figón original, de humilde y sabroso sabor culinario. La Ancha cobijaba el mismo perfume callejero que tanto he añorado fuera de España, ese aroma a cocido con hierbabuena, a puchero con carne de vaca, a callos bien aderezados de picante y a gallina en pepitoria que se escapa por las cocinas de las posadas y de las fondas anónimas.

Nos sentamos en unos taburetes al fondo de la barra y Nuria se disculpó para ir un momento al cuarto de baño. Levanté la cabeza para contemplar el decrépito mesón vacío, mal iluminado, imaginando su ambiente treinta años atrás, repleto de funcionarios, aspirantes a actores, representantes y vendedores de paños de ultramar jugando cartas, peleando hembras y satisfaciendo hambrunas plebeyas. Cuando regresó nos esperaba una humeante cazuela de tortilla cubierta de almejas y un plato de boquerones en vinagre rodeados de recias anchoas y provocadores pepinillos frente a dos vasos de vino de Valdepeñas:

–¡A tu salud, Nuria!

–Mmm. ¡Qué rico! –dijo ella tras probar la tortilla. Tenía el pequeño tenedor de latón en la mano y debajo del labio inferior asomaba una mota de grasa color mostaza–: Te encanta venir a estos antros, ¿verdad?

–Los he echado mucho de menos en Roma y, no creas, en cualquier otra capital europea hubiera sido peor.

Nuria estaba inclinada sobre el plato, concentrada en la comida.

–En Roma –continué con tono ausente– aún quedan casas de comidas y pequeñas *trattorias* donde la camarera es a la vez cocinera metida en especias y ajo. Ahora bien, yo he nacido en esta tierra y me gusta paladear el viejo Madrid en lugares así, sitios hechos para el aperitivo y la tertulia que huelen a fritanga de chopitos y entresijos de vieja judería.

Nuria asintió con la boca llena. Su mirada era cálida y despreocupada tras el maquillaje.

–También a mí me gustan los bares de barrio donde el camarero te llama por tu nombre y te pregunta por tu salud.

–Donde todavía es posible pasar la tarde jugando al dominó –concluí.

Seguimos disfrutando de las tapas.

–Hay que comprobar el inventario del Alcázar de los Austrias –recordó Nuria al poco rato.

–No te preocupes, lo haré al llegar a casa.

–Y por cierto, ¿a qué se refería Pablo con la frase *Esto es hecho, señores*? Me pareció entender que eran palabras del conde de Villamediana...

–Sí, Villamediana, Juan de Tasis –corroboré–. Llevo parte de la tarde dándole vueltas a eso y me cuesta asumirlo. Además soy un poco tonto –me reproché–, ¡cómo es posible que no haya caído en la cuenta antes!

–¿Por qué ibas a recordarlo? ¿Tan bien conoces su vida?

–No es eso. Podía haberlo relacionado con facilidad si hubiera puesto un poco de atención. En la misma revista en la que viene el poema *Ocultos* hay también un artículo referido al conde de Villamediana; no era complicado suponer que en este enredo donde no hay hilo casual, la referencia a Villamediana también tenía su razón de ser[1].

–Ese conde, ¿no fue el que acabó asesinado por orden del rey?

–Exacto. ¿Has oído hablar de él?

–No sé mucho –dijo Nuria, mirando su plato–. Una vez leí algo sobre su vida y encontré una anécdota que me encantó. Parece ser que una tarde, en una velada de palacio, la reina Isabel le preguntó por el nombre de la dueña de su corazón y él, a pesar de estar platónicamente enamorado de ella, tuvo que reprimirse y guardar silencio. ¿Cómo podía decir la verdad a la esposa del rey? Habría sido, además de intolerable, un suicidio. Así que, por toda contestación, se quedó mirándola unos segundos, luego esbozó una sonrisa enigmática y acabó cambiando de tema. Al día siguiente, a la hora del desayuno, Isabel recibió su respuesta enmarcada de una forma deliciosa. El conde se había pasado la noche escribiéndole un apasionado poema de amor. Una vez finalizado, lo copió sobre un espejo, lo hizo envolver con primor y se lo envió como regalo. La reina, al abrir el paquete y encontrarse con el soneto, por fuerza tuvo que leerlo viéndose reflejada en él. Estaba claro, era innecesario poner nombre y apellidos a la dama en cuestión y Villamediana lo había hecho sin comprometerse. Fíjate qué manera tan elegante de manifestar sus anhelos y evitar problemas.

Nuria levantó la cabeza y suspiró:

–¡Qué hombres los de entonces!, ¿verdad? ¿A quién se le ocurriría hoy un modo tan sutil de declararse?

Sonreí. No conocía el suceso y, en verdad, era refinado. Por otra parte –pensé–, de nuevo volvían los espejos a aparecer en es-

1. Alfonso Lucini, «La noche de autos de Villamediana», revista *Inventario*, números 9-10, Madrid-Barcelona, verano de 1999, pp. 55-60. *(N. del E.)*

cena con su ronda discordante. Me volví hacia ella sin querer añadir nada a sus últimas palabras: hubiera sido, además de inútil, un poco estúpido. Sin embargo, había puesto el dedo en la llaga y me llevaba de vuelta a mis ensoñaciones.

–El conde de Villamediana fue un espécimen bastante singular –dije–: Gran poeta, discípulo de Góngora y, según muchos autores, el inventor de la poesía satírica española. Además fue el arquetipo del aventurero ilustrado de la época, bizarro, galante, libertino, jugador, torero, coleccionista de piedras preciosas y no sé cuántas cosas más.

–¿Fue amante de la reina? –insistió Nuria en su propia senda.

–Lo dudo, aunque en su momento se comentó mucho. Hombre, está claro que galanteó con ella; de hecho, se atrevió a llevar como divisa en unos juegos de cañas la frase «son mis amores reales», en un juego de palabras que podía aludir por igual a su amor al dinero, a la reina y hasta a una portuguesa a la que estaban intentando conquistar al mismo tiempo el rey y él. También está demostrado que Felipe IV acabó escamado con su audacia. Hay otra anécdota divertida acerca de eso. Quizás la hayas oído.

Nuria parecía haber perdido el interés por la comida y me contemplaba con la palma de la mano bajo el mentón.

–Sucedió una tarde en que se corrían toros en la Plaza Mayor y Villamediana lucía su habilidad de rejoneador. ¿La conoces?

Nuria negó con un ademán ligero.

–Bueno, él era un Tasis, es decir, tenía el cargo de correo mayor del reino y, por tanto, en su cuadra se encontraban los mejores corceles de Madrid. Así que era especialmente bueno toreando a caballo, que por cierto era la única forma posible entonces; el toreo a pie no surge en España hasta el siglo XVIII. Bien, pues en un momento dado de la corrida, después de un lance peligroso y bien ejecutado por el conde, la reina se volvió admirada a Felipe IV y le comentó: «Qué bien pica el conde». A lo que el monarca respondió seco: «Pica bien, pero pica muy alto».

–Ahora me acuerdo –dijo Nuria sin poder contener la risa.

–Lo que me choca es su papel en nuestro lío. Estoy deseando

llegar a casa para comprobarlo; si no me equivoco murió al menos veinte años antes de que Luis de Haro llegara al poder. No entiendo la relación con Velázquez.

–Tampoco yo te entiendo.

–Quiero decir que el mensaje debe de estar relacionado con Luis de Haro o con Velázquez. Hasta ahora todo lo que hemos encontrado nos ha llevado en esa dirección. Sin embargo, Villamediana moriría cuando Velázquez tenía diecisiete o dieciocho años y no he oído nunca que se conocieran.

–A Villamediana lo mató el rey, ¿verdad?

–Si no lo mandó matar, tampoco lo evitó. No soy un experto en el tema, pero siempre se ha dicho que fue el conde duque de Olivares quien tramó el asesinato y dio la orden de ejecución.

–¿Olivares?

–Eso es.

–¿Y no te dijo Pablo también que Olivares había pronunciado esas mismas palabras en la hora de su muerte?

–¡Es verdad! –reconocí–. Parece increíble que ambos dijeran la misma frase antes de expirar. Es curioso todo este juego de casualidades.

–A mí me parece todavía más curioso que sepamos ambas anécdotas por la misma persona.

Asentí un par de veces en silencio.

–Bendito Pablo Arana –dije, reconociendo ante ella por primera vez mis verdaderos temores–. Al final vas a tener razón, Nuria, y va a ser él quien esté detrás de todo esto.

Ella notó mi pesadumbre y reaccionó. Al contestarme, su mano derecha estaba oprimiendo con calidez mi brazo.

–¡Bah!, no te preocupes –dijo–. Ya verás como Alberto acaba apareciendo y al final no pasa nada.

No contesté. Sabía que su forma de hablar estaba fundada en el afecto y no deseaba adentrarme en una discusión sobre ese asunto. Había sido Nuria quien me abrió la mente a la posibilidad de haberle perdido. Fueron sus insinuaciones, sus frases veladas las que hicieron aterrarme; fue ella quien había imaginado la absurda trama de suponer a Pablo imitando la voz de mi padre en su contestador telefónico para asegurarse una coartada perfecta. Y sin embargo, debía reconocerlo, por muy elaborada que fuese, era una descripción igualmente plausible. Además, no podía olvidar al mismo Pablo mintiéndome con todo descaro al anunciarme la visita a nuestra casa en una fecha que yo sabía imposible. Por cierto, de esa visita había surgido el texto de Villamediana. Igual me estaba complicando la vida por nada y todo era un ardid del conservador. No, era estúpido, la nota estaba manuscrita y Pablo podía ser todo lo bueno que quisiera imitando voces, pero dudo que fuera capaz de falsificar tan bien la escritura de mi padre.

Me llevé la mano a la frente.

¿Cómo era posible que Alberto hubiera desaparecido sin dejar rastro? Volví a pensar en lo que había podido ocurrir sin querer pasar del linde de la ausencia. Mi mente todavía era incapaz de aceptar cualquier sugestión que implicara algo definitivo. Ya sé, jugaba con las palabras, pero las palabras son peligrosas: lo dicho, dicho queda, como quedan puestos los ladrillos que añades a una casa. ¿Me mentía? Sólo en cierto modo: la máscara no es mentira si se toma como tal. Me detenía el pavor de entrar en una senda tan expuesta. Primero Nuria y luego Pablo Arana, Luis de Haro, Velázquez y ahora Villamediana me habían situado en un cerco amenazador. Por eso me refugiaba en mis certidumbres, como ahora lo hago en este párrafo, también un mero conjunto de palabras, como el gusano que se esconde en el ovillo que él mismo se fabrica. Yo seguía –necesitaba seguir– aferrándome a mis pertenencias, a mis deseos. Sería incongruente, pero mientras no tuviera una prueba que demostrara la posibilidad del suicidio, mi conciencia iba a negarse a admitir la menor alusión a ese desenlace. No obstante, recordé, no debía engañarme, había ocurrido ahora; fueron las palabras de Nuria, odiosas palabras, las que me hicieron caer en la cuenta de estar cerrado como una almeja respecto a la desaparición de Alberto. Por otro lado, yo era cada vez más consciente de que había pasado demasiado tiempo para aceptar un viaje, una fuga, lo que fuera. Blasfemé interiormente. Estaba decidido, no iba a seguir por esa ruta... Sin querer reconocer los hechos aun sabiéndolos, y menos delante de ella.

Así que al oírla, mientras iban fraguándose estas ideas, me esforcé en responder con una sonrisa y esbocé un gesto que no pasó de ser una mueca. Después, incapaz de afrontar su mirada, me levanté de la banqueta y llamé al camarero con la excusa de la cuenta. No lo esperé, sino que fui hasta el centro de la barra y mantuve la vista fija en las hileras de botellas de licor junto a la caja registradora.

Pagué, guardé las vueltas y, al fin, casi sin verla, le hice un gesto con el brazo en dirección a la calle. Por una vez dócil, Nuria me obedeció sin añadir el menor comentario.

Estuvimos caminando mucho rato sin dirección por las estrechas callejuelas del Madrid viejo, dejándonos llevar. Acabamos desembocando en un banco frente al Teatro de la Ópera. La plaza estaba casi vacía, desalojada por la brisa fresca de la noche, y me levanté las solapas de la chaqueta. Las sombras de la inmensa estatua de Felipe IV, las gotas de agua que salpicaban la fuente, el ruido de un transistor en manos de un grupo de adolescentes susurrando un rock modulado y dulce, el rumor de la gente saliendo de los restaurantes cercanos, un tipo que pasó junto a nosotros musitando una letanía, me hicieron sonreír y atraje a Nuria hasta mi pecho, pasándole el brazo por el hombro.

–Mi querido emblemista –dijo ella en un susurro, tomándome la mano y entrelazando los dedos.

–No te rías de mí –contesté–. Estas cosas tienen su interés. Mira ahí enfrente nuestro querido Palacio Real, tan europeo, tan clásico, llamado de Oriente contra toda lógica y todo sentido de la orientación. ¿Sabías que cuando se diseñó, sus arquitectos habían proyectado coronar sus azoteas con una muchedumbre de estatuas que formaban parte de un vasto programa iconográfico?

–¿Con qué fin?

–Ése era el lugar del viejo Alcázar de los Austrias y el palacio lo encargaba Felipe V, el primer rey de los Borbones, la nueva dinastía. Por eso, aunque Juvara y Sacchetti, los arquitectos, le aconsejaron realizarlo en otro lugar, él quiso que se construyera en el solar de la casa real de los Austrias, en el mismo lugar del castillo árabe, que fue el primer gran edificio de Madrid. Ya sabes que la arquitectura es uno de los símbolos de poder más importantes. Y fíjate, para imponer su legitimidad, mandó hacer una escultura a tamaño natural de todos los reyes de España, desde la más remota antigüedad, para que, colocados en la azotea, nadie dudara de que los Borbones sostenían a toda la monarquía española.

–Sin embargo esas estatuas no están.

–Se hicieron, pero nunca llegaron a colocarse todas. Por exceso de peso, según algún autor, o por desidia, según otros. Lo cierto es que se esculpieron y de esa manera adornan tantas plazas de España; aquí mismo en Madrid, en esta plaza de Oriente o en el parque del Retiro, y en otros sitios como Toledo, Burgos o Sigüenza. Si las miras con cuidado verás que están pensadas para verse colocadas a cuarenta metros de altura y su acabado es tosco, irregular. Y sobre todo, concebidas con un propósito barroco, simbólico, han acabado agrupándose de la forma más disparatada del mundo. Es curioso –hice una pausa– cómo los símbolos van perdiendo su significado y con el tiempo degeneran en otra imagen completamente distinta.

Nuria sabía que no hablaba por hablar.

–¿En qué estás pensando?

–Ahora recordaba la Cibeles, la fuente mitológica por excelencia. ¿Tú crees que a los ojos de algún madrileño conserva su imagen fabulosa y alegórica? Ahora es *La Cibeles*, tan alejada de la cultura grecolatina como la torre Eiffel de París.

–Y todavía más –corroboró Nuria–, si es símbolo de algo, es del Real Madrid.

El aire arreciaba y nos levantamos para ir por la plaza de Ramales –donde estuvo la pequeña iglesia de San Juan Bautista en la que fue enterrado Velázquez–, hasta el portal de mi pequeño apartamento de la calle del Biombo. Supongo que ella pensaría que paseábamos sin plan alguno en la cabeza, sin embargo yo había ido afirmando poco a poco una decisión:

–Yo vivo aquí, en el tercero izquierda. ¿Quieres subir?

Nuria seguía prendida de mi brazo y apretó la cabeza contra la axila y el pecho, como si le hubiera entrado un escalofrío. Luego me miró con cara de sorpresa, se desasió, se llevó la mano al cabello en un gesto automático y acabó encarándome:

–Es una proposición tentadora, pero esta noche mejor no. Prefiero volver a mi casa.

–Como quieras.

Nos despedimos y subí las escaleras con un ánimo ambivalente, imaginando que las sábanas estarían irremediablemente frías. De un lado, me había costado proponérselo y me dolía su negativa; de otro, sentía un cierto alivio por ascender solo. Nuria era la primera mujer a la que invitaba a atravesar el umbral de mi solitario piso tras la pérdida de Ana y no sabía si estaba preparado para compartir la cama con ella. Además, la sombra de mi padre seguía presente después de nuestra conversación en La Ancha y, aunque yo hacía esfuerzos por aferrarme a la necesidad de pruebas, el tiempo iba pasando con su ritmo inexorable.

Al abrir la puerta, la humedad del pasillo me recibió con un zarpazo. La mujer de la limpieza había olvidado cerrar la ventana de la salita. El aroma de la casa parecía diferente, pero mi desconcierto inicial se fue diluyendo al reconocer los olores habituales. El olor a desinfectante del piso de al lado, el olor a loción de la peluquería de abajo, el olor a pañales y polvos de talco del niño de la vecina con la que compartía el rellano, el olor rancio de la escalera. Bajo el influjo de todas estas fragancias fui encontrando mi propio tufo en mis libros, mi cama, mis camisas sucias y, sobre todo, en la imagen del espejo del cuarto de baño, devolviéndome la cara torcida por la decepción y el cansancio del vagar todo el día, los ojos agotados de perseguir la sombra de mi padre y el sexo yerto bajo el pantalón. Me desnudé, me puse el pijama y cuando estaba preparándome para entrar en la cama, oí llamar tenuemente a la puerta:

–He cambiado de opinión. No te importa, ¿verdad?

Aquella noche fue muy diferente a la de nuestro primer encuentro. Entre aquel nudo de hilos de diferentes madejas, también ocurría que me encontraba recuperando mi virilidad y al final me sentí como si hubiera oficiado una ceremonia excitante, cuyo rito pasara por encima del rubor y la sangre, del esperma manando y hasta del juego de exprimir y calcinar, de derramarse el uno en el otro. Nuria estaba consiguiendo que volviera a sentirme impúdico y terrenal, igual que si me hubieran quitado la piel y dejado expuesto ante ella. Sin secretos, abierto en canal cual conejo degollado. En aquella velada interminable llegué a sentir incluso que mientras hacíamos el amor la media luz del amanecer se acompasaba a nuestro ritmo. En cambio, antes de estar a su lado, cuando tapeábamos en La Ancha o incluso al llegar a casa, la sola idea de tocarla me confundía: en realidad, después de poseerla también seguí aturdido, medio atónito. Por eso sólo puedo mencionar instantes fugaces, el momento en que untaba su cuerpo lustroso con mis labios y descendía por el túnel de su vientre de vainilla, sintiéndola vibrar en breves espasmos, pequeños y deliciosos, como una sinfonía de sonidos líquidos. O aquel otro en que, sin fuerzas para resistir, me pidió que cerrara los ojos mientras sus labios recorrían mis articulaciones. Yo estaba abandonado sobre la sábana, pendiente únicamente de la huella húmeda de su saliva, dejando que su boca pequeña se posara en mis párpados y en mis cejas, en mis labios y en mi estómago, aprisionara una oreja, mordiera cada pliegue de mi rostro y se abandonara en las profundidades de mi piel. En aquellos momentos yo podía sentirla azuzada por mis pequeños gemidos, por mi cabeza fosforeciendo en lúbricas sensaciones, y me sentí seguro al escalar su espalda hasta revolcarme y penetrar en la satinada geografía de su cuerpo. Nadie podrá cancelar aquella noche. Sólo puedo constatar que desde entonces me convertí en su prisionero.

IX

Por la mañana, me levanté temprano dispuesto a encontrar las páginas que contenían una reproducción del inventario realizado por las mismas fechas en que Velázquez pintó su obra maestra. Las recordaba de memoria y, después de hallarlas, fue tanta mi curiosidad que ni siquiera pasé por la ducha. Cuando vi venir a Nuria de la cocina, ya me encontraba inmerso en ellas sentado en camiseta y calzoncillos frente al pequeño escritorio del salón. Ella traía una toalla blanca alrededor del cabello y otra ciñendo su cuerpo elástico; en la mano una bandeja con dos tazas de café humeante y un plato con galletas anunciaban su inteligencia.

–Buenos días, Gonzalo.

–¡Ah!, hola, buenos días.

Colocó el desayuno en una esquina de la mesa y se sentó a mi lado, mirando por encima del hombro.

–Mira, aquí está –le dije, señalando la página que mostraba un dibujo del arquitecto Juan Gómez de Mora de 1626–. Ésta es la galería principal del Cuarto del Príncipe del viejo Alcázar de Madrid. Observarás un muro dividiéndola en dos partes; no obstante, entre 1645 y 1649, bajo la dirección de Velázquez, se alteraron unas habitaciones del piso de encima, el Salón de los Espejos y la Pieza Ochavada. Se supone que fue por entonces cuando eliminaron el delgado tabique de la pieza que nos interesa y abrieron una nueva puerta en el lado norte para dar espacio a la escalera.

–¿Te refieres al lugar por donde baja el mayordomo de la reina?

–Exacto. José Nieto, al lado del espejo donde se reflejan los reyes.

–¿Y el inventario?

–El que nos interesa fue realizado en 1686 y enumera todos los cuadros de la habitación, muchos de los cuales podemos identificar en *Las Meninas*. Los más fáciles de reconocer son los situados al fondo de la estancia. Se trata de dos copias de Juan Bautista del Mazo de obras de Rubens y Jordaens, *Palas y Aracne* y *El juicio de Midas*, que podemos ver colgadas en las sombras a ambos lados del espejo del extremo. Me refiero a la pared del lado norte, de hecho, su emplazamiento real.

Miré a Nuria por el rabillo del ojo:

–Lo desconcertante no es este lado, sino la parte derecha del lienzo, la pared este: ¿por qué Velázquez se molestaría en duplicar con tanto mimo los cuadros que colgaban de ella?

Es comprensible que quisiera pintar una estancia auténtica.

–No necesitaba tanta precisión. ¿Quién hubiera notado la diferencia? Y más ahora, después de perderse la mayoría de las obras con el incendio y la destrucción del Alcázar en 1734 –dije con énfasis–. No, debió de tener algún motivo para ser tan cuidadoso.

–¿Y no puede ser precisamente el que estamos buscando? –replicó con tranquilidad.

–Eso empiezo a pensar, que quizás se sirviera de una reproducción tan mimética para aludir a lo oculto.

–Me gusta la idea. Confrontar lo real y lo velado y hacer que una cosa sirva de confirmación de la otra. Es bonito, lo mostrado para resaltar lo ausente, el ruido para amplificar el silencio...

–Era típico de Velázquez, difundir algo y, al tiempo, sugerir lo encubierto. Y sin embargo –continué–, aunque te parezca mentira, creo que no es bastante. Debe haber algo más.

–¿No es suficiente?

–Mmm. Es difícil explicarlo. El cuadro no parece detallar casi nada, y a pesar de ello sabemos que está pormenorizado todo. Tiene que haber otra causa...

–Es posible –respondió ella, dudosa.

Nos quedamos unos instantes en silencio.

–¿Por qué no vemos ya el bendito inventario?

–Cuando quieras. Ya verás hasta qué punto es fiel. Y si no te importa, observa primero con atención esta parte de la sala conforme aparece en *Las Meninas* –dije, señalando el lado derecho del cuadro–. La disposición es la siguiente: en la zona inferior, cuadros estrechos y largos, separados de una segunda fila por un pequeño margen; por encima de ella se encuentra una tercera fila de lienzos, situados justo bajo el techo y flanqueados por otros de formato rectangular, colgados encima de las ventanas.

–Está muy claro.

–Pues bien, como te decía, estas pinturas se corresponden punto por punto, en número, tamaño relativo y tema, con las que se describen en el inventario de 1686, realizado de techo a suelo, lo que nos da una pista segura para reconstruir el esquema general e identificar los cuadros individuales. Por ejemplo, los números 905-911 son: *Siete pinturas sobre ventanas a tres varas de ancho y tres quartas de alto de diferentes Aves y Animales, copias de Rubens (sic) de mano de Mazo, marcos negros.* ¿Los ves en el cuadro?

Nuria contempló en la reproducción de *Las Meninas* las composiciones borrosas de estos paisajes en tonos verdes y marrones, tal y como aparecían descritos.

–Los números 912-916 –proseguí– son: *Cinco quadritos iguales de a media vara de ancho y tres quartas de alto en los claros de las sobreventanas, marcos negros. Pintados un Javalí y unos Perrillos, de la mano del mismo Juan Bapta del Mazo.* Si te fijas, son los que aparecen en los dos primeros pilares de la habitación.

Asintió de nuevo.

–Continúo. Los números...

–Vale, vale, está claro. Y ¿dónde está descrito lo que había en la pared del lado oeste, la que tapa Velázquez con su lienzo?

–Aguarda un poco, impaciente, ya llegaremos a eso.

Seguimos buscando hasta repasar todo lo descrito por Jonathan Brown sin llegar al punto deseado. Después, bajé de la librería un grueso catálogo dedicado al Alcázar de Madrid que conte-

nía parte de los inventarios de 1636, 1666, 1686 y 1700 para concluir de nuevo infructuosamente. Cuando me dirigía a por otros libros de Santiago Sebastián y Fernando de la Flor, le dije:

–Ya verás como aquí aparece.

Ella me detuvo con su lógica aplastante.

–Espera, Gonzalo. No vamos a encontrarlo. Estamos intentando un absurdo. ¿A quién le puede haber interesado reproducir algo que no se muestra en el cuadro?

Giré la cabeza.

–¿No te das cuenta? Todo lo que puedes hallar va a estar siempre referido a lo que Velázquez enseña, y nosotros vamos por otro lado.

Me quedé inmóvil camino de la estantería, reconociendo mi estupidez. Tenía razón. Por mucho que buscáramos en estudios sobre *Las Meninas* nunca hallaríamos la descripción de un espacio oculto. ¿Para qué iba alguien a enumerar la disposición de una pared inexistente, que además había sido pasto del fuego setenta años después de haberse pintado? Y sin embargo seguía persuadido de que me faltaba algún elemento. Tanta minuciosidad para reproducir en detalle todos los fragmentos del cuarto únicamente tenía sentido en relación con un espacio encubierto, pero debía haber algo más. En todo caso, considerando tan sólo lo primero, ¿cómo era posible que no hubiera advertido antes ningún historiador esa fidelidad?

Levanté la vista hacia Nuria:

–Es verdad, estamos perdiendo el tiempo.

–Mientras lo hagamos en libros y monografías sobre Velázquez, sin duda.

–¿Qué quieres decir?

–¿No habrá manera de poder ver el inventario original?

Claro. Era obvio. El único camino posible era concentrarse en la copia del inventario. Debía existir alguna pista sobre eso. Me acerqué a la mesa y tomé de nuevo el libro de Brown buscando las notas a pie de página.

–Soy idiota, aquí está –leí–: El inventario de 1686 ha sido publicado por Ives Bottineau, en *L'Alcázar de Madrid et l'inventaire de 1686*. La enumeración de las pinturas de la pieza principal se encuentra entre las páginas 450 y 483 del volumen sesenta, publicado en 1956.

–¿Y dónde lo encontramos?

–La sección de Arte de la Biblioteca Nacional creo que tiene una copia. ¿Vamos a verlo?

–¿Qué esperamos?

La Biblioteca Nacional de Madrid es un inmenso edificio neoclásico de piedra gris varado sobre el paseo de la Castellana como un buque fantasma. Yo había recuperado mi antiguo carnet de investigador –sin el cual no podríamos pasar– de un cajón del aparador del salón. Por suerte tenía vigencia dos meses más. Al llegar a la sección de Arte y solicitar el volumen del *Bulletin Hispanique* reseñado, la bibliotecaria nos miró con ojillos de suspicacia y desapareció con las fichas de la signatura entre los dedos. Nos sentamos a aguardar en uno de los pupitres de roble de la sala. A nuestras espaldas, seis o siete estudiosos estaban concentrados sobre su trabajo. Parecían repudiar la compañía ajena y se encontraban desperdigados a bastante distancia unos de otros. Los fui mirando para entretenerme. A mi derecha, un hombre de unos treinta o treinta y cinco años, de pelo largo, rubio y lacio, con los ojos congestionados, se encarnizaba sobre un pergamino del siglo XV, agarrándose la cabeza con las manos. Se notaba el esfuerzo violento que hacía para comprender la escritura arcaica y retener los datos. Un poco más adelante otro investigador trabajaba metódicamente, tomando apuntes, con calma. En su rostro había una expresión apagada, severa, de inteligencia. Oí el rumor del frisar de la bata blanca de la bibliotecaria contra sus piernas casi cuando llegaba a nuestra mesa.

Nuria me sacudió el brazo y me di la vuelta.

–¿Es esto lo que deseaban?

Asentí de forma mecánica. Abrí el grueso volumen para buscar el inventario del Cuarto Bajo del Príncipe y fui leyendo en diagonal hasta llegar a la pared oeste:

–¡Por fin! –exclamé sin poderme contener–: ¡Aquí está!

–Calla. Habla más bajo –dijo Nuria en un susurro.

Me volví. Siete pares de ojos me contemplaban con talante desaprobador, sin ocultar su sorda irritación por haberles interrumpido. Sonreí a modo de disculpa y guiñé un ojo a Nuria. Al volver la mirada, reparé en el gesto de complacencia que brillaba sobre su rostro y los ojos me llevaron a su dedo índice. Estaba situado sobre una página del libro y señalaba una línea. Sobre ella podía leerse:

> Un quadro de a media vara de ancho y dos terçias de alto, marco negro. Retrato de D. Luis de Haro, ministro de su Augusta Magestad Felipe IV, de la mano del dcho. Juan Bapta del Mazo.

Nuria trasladó el dedo del papel a su boca y me hizo una señal para que la siguiera. Guardó el lápiz y los folios en blanco que había apoyado en la mesa, tomó el libro y se dirigió a la bibliotecaria con paso decidido:

–¿Sería posible una fotocopia de esta página? –dijo, señalando el volumen abierto.

–No, una fotocopia no puede hacerse.

Nuria la miró con expresión perpleja mientras ella sonreía.

–No se preocupe, ese documento está informatizado y puedo duplicarlo tantas veces como desee.

–Con una copia basta.

–Tardará cinco minutos.

–Espera un momento, Nuria –dije, tocándole levemente el brazo–. Mejor reproducir todo el inventario de la habitación.

–¿Para qué? –contestó ella, volviéndose hacia mí.

–Para nada, pero es mejor tener todo el cuarto. Es posible que en los libros que hemos consultado en mi casa no esté todo lo que aparece en la parte visible del cuadro. ¿Quién sabe si lo podemos necesitar?

–No lo entiendo; ahora bien, por mí de acuerdo.

Dos horas más tarde, tras haber almorzado un poco de queso y jamón que compramos en una charcutería cercana al piso de Nuria, volví a llamar por teléfono, como cada día, a casa de mi padre. Al regresar a la cocina, la restauradora sujetaba una copa de vino con cara pensativa. Me vio venir y preguntó:

–¿Igual?

–Sí, como siempre. Nadie contesta –dije con voz abrupta.

–Estaba pensando –dijo ella, cambiando de asunto y mostrando al aire las cuatro páginas del inventario del Cuarto del Príncipe– que si tuviéramos una fotografía de estos cuadros podríamos hacer una maqueta de la habitación y reproducir el espacio que pintó Velázquez en *Las Meninas*.

–Bueno, es relativamente fácil conseguirlos. Aunque la mayoría desapareció en el incendio del Alcázar están uno por uno, si no me equivoco, en una monografía sobre el cuadro, excepto los de nuestra querida pared oeste –me senté a su lado–: ¿Con qué objeto?

–No sé. Esperaba que me dijeras que era una buena idea. Tú eres el experto en pintura.

–No tanto. Ayer cuando estuvimos en tu taller me pareció que el retrato de Luis de Haro era un Velázquez, al menos una parte. Y ahora hemos visto en el inventario que está atribuido a Juan Bautista del Mazo.

–Eso –contestó Nuria– suponiendo que se trate de la misma obra, puede haber dos lienzos. De todas formas, no seas tan destructivo contigo mismo. Tu padre también pensaba que había dos manos en la pieza que estaba restaurando.

–En todo caso, la única prueba que tenemos indica que el autor es Mazo.

–Eso parece –dijo ella con expresión de duda.

–¿Qué estás maquinando? –pregunté con una sonrisa.

–Estaba pensando que tal vez Velázquez quisiera mostrar algún tipo de mensaje con los cuadros ocultos de *Las Meninas*, incluido éste, como sugirió Jorge y hemos hablado esta mañana.

Jorge Monzón. Me había olvidado de él, sin embargo fue una

sugerencia suya lo que nos encaminó en la dirección actual. Estaría esperando una respuesta. Sonreí, me lo imaginaba en su casa, quedo, silencioso, paciente, trabajando con su ordenador y aguardando nuestra llamada.

–¿Has hablado con Jorge? –pregunté.

–¿Cuándo iba a hacerlo? He estado todo el tiempo contigo.

Nuria se levantó de la silla y cruzó hasta la terraza de su casa. La seguí para contemplar desde atrás el grado de cercanía con su vecino: apartó una maceta y se abalanzó sobre el barandal hasta golpear con los nudillos en la ventana de al lado; Jorge, con sus pocos pelos despeinados, se apresuraba a abrirla. Les oí hablar desde la puerta, sin llegar a escuchar las palabras. Poco después Nuria estaba a mi lado anunciándome que enseguida venía.

Dos minutos más tarde se encontraba con nosotros. Tras informarle de los pasos que habíamos dado siguiendo su intuición y nuestra sorpresa frente al inventario completo de la habitación de *Las Meninas*, afirmó que él también tenía algo que contarnos:

–He estado pensando en el asunto del cuadro dentro del cuadro y creo haber hallado un camino para resolverlo. Veamos si estoy en lo cierto. Primero, vayamos por partes. Estaréis de acuerdo en que el problema fundamental que afrontaba Velázquez en *Las Meninas* era la creación de un espacio.

–Así es.

–Para ello lo primero que tenía que hacer era concretar, definir y modelar la intuición que tenía de dicho espacio.

–¿Qué quieres decir con intuir?

–Hombre, el espacio por principio es infinito ¿no? Pero si el artista trata de limitarlo, si desarrolla una solución plástica para sugerir la infinitud, se está sometiendo a ciertos límites, como mínimo a los de la estructura de la propia obra.

–Ya veo. Continúa.

–A eso me refiero cuando hablo de intuición del espacio. Bien, pues desde mi perspectiva, la reflexión que hace Velázquez en *Las Meninas*, con independencia de lo que escuchamos en el museo, se basa en dos pilares. Primero, enfrentarse consigo mismo y con su obra a través del espejo. Y después, afrontar el problema de fondo del espacio sin el menor complejo.

–También de acuerdo, aunque todavía no entiendo dónde quieres ir a parar.

–Dame un poco de tiempo y te lo explico. Como tú decías al hablar de la pintura, él sabe que al representar una escena, se inventa todo. Lo que pinta, el espacio y las cosas representadas no existían antes de que él las creara. En otras palabras, sabe que está plasmando una visión.

–Eso es lo que quería señalarte cuando hablábamos del realismo al pasear por el Prado.

–Deja al informático caminar por su senda –dijo Nuria desde la derecha.

–Gracias, Nuria. Quiero ir poco a poco para que me entendáis.

–Disculpa –dije.

–Bueno, si el artista reproduce un espacio cierto, crea otro que por fuerza tiene que ser virtual, ¿no os parece? De hecho, quizás aceptéis por definición de un cuadro la aparición de objetos virtuales en un espacio virtual.

–De acuerdo, ni los objetos ni el espacio del cuadro son reales; son inventados. Es decir, tienen realidad plástica, pero son artificiales en relación con la naturaleza. Ahora bien, vuelvo a insistir, ¿dónde quieres ir?

–A esto. Si Velázquez era consciente de representar una realidad virtual, ¿por qué no complicar o si quieres hacer más explícito el problema, convirtiendo la escena representada también en algo virtual?

–Aguarda un poco.

–Piénsalo –continuó–, utilizando el juego de espejos e introduciendo al espectador en el cuadro, el espacio finito se hace infinito.

Le miré con cara de asombro. Con toda probabilidad Jorge desconocía el alcance de sus palabras, el calado de lo que acababa de decir. Sin embargo, su insinuación abría nuevas posibilidades al problema, en particular considerando un asunto que me era especialmente cercano, los espejos mágicos.

Me volví a Nuria por un instante, ella se arrullaba contra la ventana, concentrada en las palabras de su vecino. La luz de la tarde ponía en su cara reflejos rojizos, amarillos, ámbar. La dureza de la cara se suavizó y contrajo al pedirle a Jorge que concretara:

–¿Qué insinúas?

–Quizás una barbaridad. Pero ¿no sería posible que Velázquez hubiera querido realizar un cuadro que contuviera un espacio virtual?

–¿Y?

–Si eso es así –prosiguió Jorge con voz tranquila–, podemos comprobarlo introduciéndonos en el espacio de la tela.

–¿Cómo?

–Mediante la informática, a través de un programa de realidad virtual.

Yo estaba en otra parte. La primera alusión de Jorge entraba en mi testera como un fogonazo y no lograba desasirme de ella. Al escucharla, había sentido una leve punzada de duda que me sacudí. ¿Sería posible tanto atrevimiento en Velázquez? Jorge había disparado al azar y hecho blanco por casualidad, sin sospechar la relevancia de su hipótesis. Conforme asimilaba las repercusiones de estas palabras, dejé de atender a la conversación. Abrían tantas oportunidades que mi mente se puso a trajinar de modo automático.

Para empezar, fue en aquel momento cuando, al menos en lo que a mí respecta, toda la investigación se fue tornando coherente. No quiero decir comprensible, pues quedaban muchos detalles sin resolver y algunas observaciones o frases en sí mismas no tenían sentido. Pero por primera vez intuí fugazmente que todos los episodios eran piezas sueltas que acabarían por combinarse para formar una sola historia. También fue entonces cuando barrunté que todos nosotros estábamos entremezclados con una argamasa mucho más sólida de lo que suponía; tanto los personajes reales –Alberto, Nuria, Pablo Arana, Jorge Monzón y hasta yo mismo– como los personajes ficticios –Luis de Haro, las figuras de *Las Meninas*, Velázquez y hasta el conde de Villamediana.

No debía anticipar acontecimientos, había dado con la clave. Conforme iba cavilando, la posibilidad de que Velázquez hubiera construido ese espacio detenido en el tiempo a través de espejos mágicos se me hacía más seductora. Sí, ¿por qué no? –me decía, cada vez más cautivado–: ¿por qué Velázquez no iba a pintar un cuadro que contuviera un espacio virtual? En puridad, no sólo se avenía perfectamente con la forma de pensar del pintor sevillano, sino que, si hacía un recuento de los elementos, saltaba a la vista que pudo haber preparado cada paso con ese fin.

Era tan natural, tan lógico que parecía imposible que nadie lo hubiera percibido antes.

Por otro lado, ese razonamiento aclararía todas las dudas. En primer lugar, el nombre por el cual siempre fue conocido el cuadro, *La Familia*, se descifraría en toda su amplitud. Sólo mediante espejos mágicos podía condensar en esa habitación a todo el grupo, incluido su autorretrato; sólo de esa manera se discernía que el pintor osara mostrarse de frente y el retrato de los reyes en un desvaído reflejo. En segundo lugar, gracias a esa aclaración conseguía entenderse la causa por la que había pintado a escala natural a todos los personajes, empezando por él mismo. Siempre me había inquietado ese punto y nunca hallé una explicación satisfactoria en las interpretaciones del cuadro, que eludían el tema como si se tratara de una cuestión menor. Y en tercer lugar, sólo desde esa perspectiva era comprensible la pregunta que me estaba inquietando desde que empezamos a analizar el inventario: ¿por qué tanta precisión, tanta exactitud al reproducir el Cuarto Bajo del Príncipe? ¿Qué originaba tan extremado perfeccionismo al duplicar la habitación de *Las Meninas*? Era obvio, Velázquez había utilizado espejos mágicos: el único método posible para encerrar virtualmente la realidad. Y además lo había enfatizado por todos los medios: mostrando la estancia desde abajo, otorgando casi tanto espacio al techo, al aire, como a los personajes. Situando en el primerísimo plano de la derecha un foco de luz proveniente de una ventana doble de la que el cuadro mostraba algo menos de la mitad, de tal forma que el resto revele la iluminación que incide en el teórico espectador.

Había más. Gracias a ese singular artificio también podía justificar mi otra gran duda, la razón por la que Velázquez había atribuido tanta consideración al espacio situado detrás de él. Yo se lo había preguntado decenas de veces a mi padre sin obtener una respuesta satisfactoria. ¿Qué le motivaba a invertir los términos tradicionales y a centrar el tema de su cuadro en lo que estaba a su espalda? Goya, por ejemplo, al afrontar el mismo problema, no había caído en esa tentación. Tampoco Picasso al reinterpretar el cuadro se había detenido demasiado en ese punto. Y sin embargo, al menos para mí, era la otra gran cuestión de *Las Meninas*. Y ahora –aún me resistía a creerlo–, me parecía haber encontrado la pieza esencial del rompecabezas.

Me rasqué la cabeza.

Todavía faltaba algo. El dato esencial era el autorretrato. Siempre había sido un sinsentido suponer que en el reinado de Felipe IV un pintor, por muy aposentador de cámara que fuese, pudiera pintar a la familia real obviando el tema principal y acabara autorretratándose mediante el recurso de un espejo. Hubiera sido inadmisible, salvo por una cosa... Salvo que ellos mismos, los protagonistas, participaran en el secreto. Este razonamiento convertía un argumento imposible en factible. Ahora sí podía en-

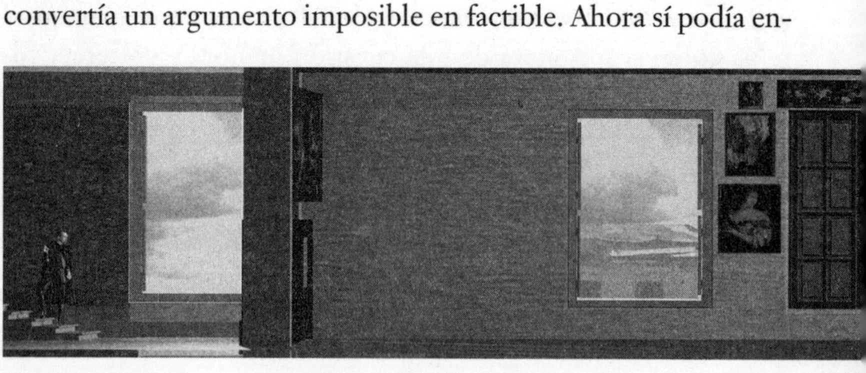

tender que el monarca decidiera decorar con este cuadro sus aposentos particulares, otro hecho hasta entonces incomprensible para mí. Pero no se trataba sólo de una cuestión política, la conjetura también permitía discernir por qué el hombre más discreto del reino se atrevía a mirar con todo descaro a los espectadores. En realidad, era una gentileza: nos estaba invitando a entrar en los dominios de su cuadro.

Todo había salido a la luz, por fin se esclarecía el móvil de tanta minuciosidad. Había montado la escenografía del cuadro con dos espejos mágicos, uno para reflejar la escena de *Las Meninas* y el otro para mostrar a los reyes, de tal forma que los monarcas adquirieran todo su protagonismo al situarse en el espacio interior. Y entre ambos, el aire de la arquitectura de la habitación congelado, detenido en el tiempo. ¡Cómo no ser fiel con cada objeto, por minúsculo que pudiera parecer, con ese objetivo!

Era tan perfecto, tan coherente, que me parecía mentira.

No sé cuánto tiempo pasó hasta que sentí una mano en el hombro y una voz conocida en el oído. Alcé la vista: una luz contra los párpados me devolvía a un mundo rojo y cerrado. Parpadeé, todavía pendiente de mis imágenes interiores. De nuevo escuché la voz sobre mí, aunque conseguí mantener los ojos bajos. La voz era el suave ronroneo de Nuria haciendo un sonido como un cloqueo con la lengua contra el paladar.

–Te has quedado callado, Gonzalo, ¿qué mascullas con tanto interés?

Levanté la cabeza por segunda vez. Nuria seguía acodada en la

ventana y me miraba con curiosidad; las sombras habían caído sobre la calle y sólo se oía el monótono rumor del tráfico. Por su parte, Jorge también parecía al tanto de mi ausencia.

El silencio se me había empastado en la garganta y, después de tanto tiempo de dar vueltas a mis ideas, las palabras no querían salir a pesar de estar dispuesto para hacerlo. Contuve un suspiro y los miré con lentitud antes de conseguir arrancar.

Y de pronto, a borbotones, empecé a hablarles de los espejos. Del que teníamos en casa y acababa de recibir por sorpresa de regalo y de los que había oído hablar desde que era un crío. Les pormenoricé la obsesión de mi padre por esos objetos y su manera de introducirme en la historia a través de ellos. Fue un largo parlamento; era como si las ideas hubieran reventado el dique que antes me impedía hablar. Ellos atendieron con calma cada uno de mis argumentos, si bien noté el brillo en los ojos de Nuria cuando relacionó mis palabras con el sueño que le había contado Alberto poco antes de su desaparición. Tratando de parecer desapasionado, les fui narrando la historia de algunos de los que tenía noticia, el de Nostradamus, el de María Antonieta, el que vio Andersen en Nápoles, el de la Alicia de Lewis Carroll y otros tantos:

–Gracias al espejo de mi casa –comenté en un momento dado–, pude conocer a escritores tan olvidados como Villiers de L'Isle-Adam, un gentilhombre bretón que, aunque vivió en la miseria, conseguía evadirse de ella encerrándose en un cuarto vacío junto a una luna veneciana donde veía los mundos que describía. Según contaba mi padre, al reflejarse se vislumbraba en una mansión como un gran señor rodeado de chambelanes y sirvientes frente a una mesa repleta de manjares. Por milagro, su pobre chistera se había transformado en una suntuosa birreta de terciopelo que fue de su bisabuelo, gran maestre de Malta, y sus miserables ropas en refinados damascos y terciopelos. Entonces conseguía imbuirse de aquel mundo y escribía historias románticas y decadentes.

–¡Qué forma tan amena de aprender literatura! –señaló Jorge con envidia–. Tu padre debe ser un tipo muy especial.

–No lo sabes bien –aseveró Nuria.

–Si soy sincero –continué con voz pensativa–, fue ese objeto el que me abrió la puerta de casi todas mis aficiones, con él aprendí a discernir mi futuro.

–Un día le oí comentar a Alberto que el espejo ayuda tanto a distinguir como a digerir y ahora entiendo que su alusión iba mucho más lejos de lo evidente.

–No te extrañe, le encantan los guiños.

–Es cierto –reconoció ella–. Tu padre es muy hábil intercalando alusiones.

–Ahora recuerdo, por ejemplo, una de sus favoritas, mezclar historias de princesas y hadas con otras de princesas que la literatura ha convertido en hadas.

–¿A qué te refieres? –replicó Nuria, que sabía que no hablaba por hablar.

–Estaba pensando en la famosa Sissi, la emperatriz de Austria, quien también tenía otro espejo mágico que mostraba todo el tiempo la misma escena. Al reflejarse veía un pesado cortinón escarlata que una mano blanca, casi transparente, apartaba para que pudiera contemplar su belleza. En el fondo del mismo, existía un jardín amarillo por el que paseaban gentes desconocidas que se detenían un momento y le dirigían una mirada indescifrable, entre el saludo y el reconocimiento. Entonces, la princesa, aterrorizada, retrocedía sin reconocer a nadie de los que la miraban. Era lógico su pavor. Alberto asegura que entre ellos estaba Lucchesi, el anarquista medio loco que la mató con un estilete el diez de septiembre de 1898.

–Estas historietas parecen sacadas de *Blancanieves* o alguna fábula para niños parecida, en la que cualquier cosa puede ocurrir –dijo Jorge.

–Pues la última seguro que no es un mito. Está descrita con todo tipo de detalles en las *Memorias* de su marido, el emperador Francisco José I.

–Tal y como hablas pareces creer en la vida detrás de los espejos –replicó Jorge.

–¡Quién sabe! –contesté, pasándome la lengua por los labios resecos–: ¡He vivido tantos años con esta referencia que ya no sé en lo que creo o dejo de creer! No obstante, te contestaré con una vieja leyenda que puede ayudarte a conocer mi punto de vista. La recoge, no podía ser de otra forma, la bestia de Borges, otro ser obsesionado por esta cuestión, en uno de sus libros menos difundidos, el de los *Seres imaginarios.* Según la historia, en la primera mitad del siglo XVIII, el padre Zallinger, de la Compañía de Jesús, escribió que el pez es un ser fugitivo y resplandeciente que nadie ha tocado, pero que muchos pretenden haber visto en el fondo de los espejos. El padre Zallinger murió en 1736 y el trabajo iniciado por su pluma quedó inconcluso; ciento cincuenta años después Herbert Allan Giles tomó la tarea interrumpida. Según Giles, la creencia del pez es parte de un mito más amplio, que se refiere a la época legendaria del Emperador Amarillo. En aquella época, el mundo de los espejos y el mundo de los hombres no estaban, como ahora, incomunicados. Eran, además, muy diversos; no coincidían ni los seres ni los colores ni las formas. Ambos reinos, el especular y el humano, vivían en paz; se entraba y se salía por los espejos. Una noche, la gente del espejo invadió la tierra. Su fuerza era grande, pero al cabo de sangrientas batallas las artes mágicas del Emperador Amarillo prevalecieron. Éste rechazó a los invasores, los encarceló en los espejos y les impuso la tarea de repetir, como en una especie de sueño, todos los actos de los hombres. Los privó de su fuerza y de su figura y los redujo a meros reflejos serviles. Un día, sin embargo, sacudirán ese letargo mágico. El primero que despertará será el pez. En el fondo del espejo percibiremos una línea muy tenue y el color de esa línea será un color no parecido a ningún otro. Después, irán despertándose las otras formas. Gradualmente diferirán de nosotros, gradualmente no nos imitarán. Romperán las barreras de vidrio o de metal, y esta vez no serán vencidas. Junto a las criaturas de los espejos combatirán las criaturas del agua. Hay quien dice que antes de la invasión oiremos desde el fondo de los espejos el rumor de las armas.

–¡Qué bonita leyenda! –dijo Nuria.

Me encogí de hombros.

No obstante, Jorge seguía manteniendo una expresión recelosa, como si esta versión del discurso de Velázquez fuera excesivamente fantástica para sus oídos.

–Tu argumentación es demasiado deslumbrante para un informático –dijo con cierta reticencia.

–Más que eso –dijo Nuria, ya de mi lado–. Te parecerá increíble, pero es la mejor explicación de todo el asunto. Y en todo caso no hace sino confirmar tu teoría.

–Es verdad –reconoció Jorge–. Sin embargo, me cuesta admitir que Velázquez quisiera ir tan lejos.

–No te extrañe –dije yo con el mismo entusiasmo de antes–. El que Velázquez tuviera auténtica obsesión con los espejos no era raro, en la cultura barroca fue uno de los símbolos preferidos de los emblemistas. No sólo él, otros muchos pintores y artistas lo utilizaron de manera constante.

–Aguarda –me interrumpió Jorge–, ¿por qué dices que Velázquez estaba obsesionado con ellos?

–Porque eran un medio perfecto para lo que le gustaba, mostrar intenciones ocultas y deambular entre insinuaciones y medias verdades, mezclando comentarios eruditos y retóricos con simples advertencias y moralejas. Porque es ahí, justo donde su teórico realismo debería ser más objetivo, el espejo no juzga, sólo reproduce, cuando pudo rebelarse frente al naturalismo, alterando las leyes de la reflexión, penetrando y distorsionando, jugando a enfrentar la reproducción fiel de la mayoría de sus objetos con reflejos falsificados.

–¿Por ejemplo, aparte de *Las Meninas*?

–Por ejemplo, *La Venus del Espejo.* Recuerda el cuadro y dime, ¿tú crees que el espejo puede reflejar la cara de la Venus, por otro lado tan contradictoria con la perfección del cuerpo?

Nuria acercó un libro con una reproducción del lienzo y nos quedamos viéndola.

–¿No lo ves? –dije–. A pesar de que Velázquez fue especialmente cuidadoso al componer la escena, en realidad, basta mirar ese cuerpo de marfil para darse cuenta de que el rostro del espejo no cuadra con el resto. Para mí está claro, la Venus velazqueña posee un poder de atracción tan especial, la belleza de sus formas es tan irresistible y el ambiente está cargado de un erotismo tan refinado que sólo es preciso relacionar ambos elementos para hacer innecesaria cualquier disquisición.

Jorge arrugó la nariz y frunció los labios con gesto escéptico.

–No me lo invento, si quieres pruebas, está hasta demostrado mediante una reconstrucción fotográfica del cuadro. Mira –dije, señalando al centro del espejo que sostenía Cupido–, si Velázquez hubiera seguido las leyes de la reflexión, el espejo no revelaría el rostro, sino parte de la cadera y el pubis.

–¿Seguro?

–Sí, ahora verás por qué. Esta obra fue pintada en Roma y aunque hay quien dice que la modelo pudiera ser la pintora Lavinia Triunfi, a quien Velázquez también retrató, los personajes son sin duda Venus y Cupido. Verás que este último lleva una cinta entre las manos como una ligadura para simbolizar el irrompible enlace con el que el Amor se ata a la Belleza. De esta manera, Cupido, incapaz de rebelarse, se postra rendido ante la hermosura, mientras que Venus, indiferente a todo lo que no sea ella misma, se concentra tan sólo en la belleza de su cuerpo. Ahora bien, la belleza de su cuerpo reflejada en un espejo, es decir, en el atributo de la verdad y la vanidad. Por ese motivo, Velázquez muestra tanta insensibilidad al pintar la cara de Venus en el espejo; el espejo no puede mentir, no puede falsificar la vulgaridad de un rostro que no se corresponde con la idea de un cuerpo divinizado. Por eso también Cupido, preso de la imagen de la belleza, ni siquiera lo mira, sino que lo enseña, acaso para moralizar.

–Es interesante eso –reconoció.

–Y más si sabes quién lo encargó, casualmente el hijo de nuestro buscado Luis Méndez de Haro.

–¡No es posible tanta coincidencia! –exclamó Nuria.

–Velázquez no dejaba nada al azar –contesté–: Se llamaba

Gaspar Méndez de Haro y Guzmán y fue marqués de Heliche. Y no hay duda, estuvo en el inventario de su colección. Era un tipo curioso –continué con otra voz–, extrovertido, aficionado al juego y toda clase de diversiones, casado con Antonia María de la Cerda, hija del poderoso duque de Medinaceli y mujer de renombrada belleza. Lo más probable fue que ella posara para el cuadro. Da igual, don Gaspar fue un notorio libertino y disfrutó poco tiempo de la dicha conyugal, pasando el resto de su vida malgastando su fortuna entre jugadores, actrices y prostitutas.

Se abrió un prolongado silencio entre nosotros que hizo perceptible el leve murmullo del tráfico.

–Has dicho antes que el espejo era el distintivo de la verdad y la vanidad –dijo Jorge, que tampoco dejaba hilo sin hilvanar.

–En la cultura barroca fue una de las alegorías preferidas por los artistas –contesté–. Tiene esos sentidos y algún otro más. Por ejemplo, Juan de Borja le atribuye el significado de *conocimiento de sí mismo* y de *esplendor del amor divino.* Además se consideraba *emblema del desengaño* por cambiar de apariencia según quién lo mire sin cambiar jamás de esencia.

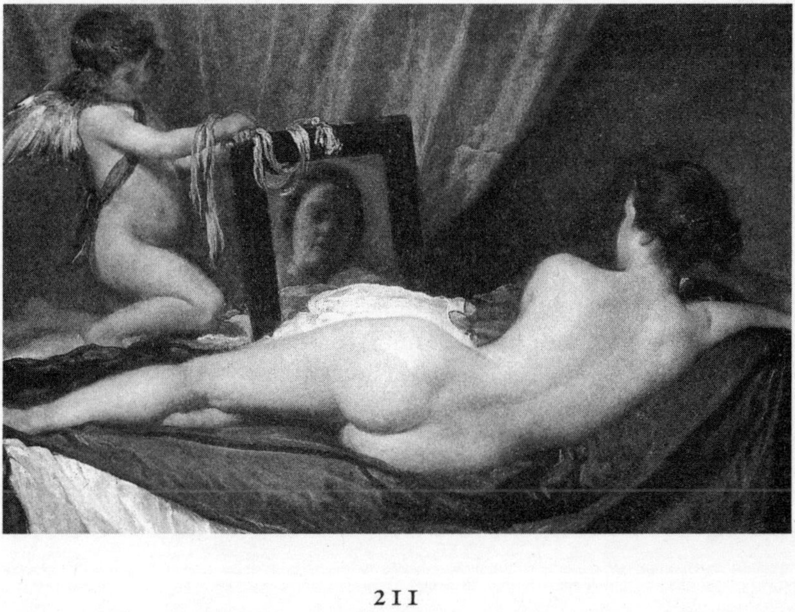

–Son sentidos lógicos.

–En la misma línea, también se utilizó para aludir a la constancia y al tiempo. No obstante, el símbolo que más nos interesa y el más importante es el de representar al príncipe.

–¿Al príncipe?

–Sí, al príncipe, al rey. Porque éste ha de ser *espejo de su reino, en quien se miren y se compongan las costumbres.* De hecho, éste es el significado preferido por Velázquez y por muchos otros pintores. Hay muchos textos sobre eso. Mi padre, por ejemplo, atesora como especiales joyas un libro de Francisco de Monzón llamado *El espejo del príncipe cristiano* y otro inglés, *Mirrour of Maiestie*, atribuido a Henry Goddyer y publicado en Londres a principios del siglo XVII.

–Quizás tengas razón –acabó reconociendo Jorge–. En todo caso no he terminado de contaros todo. Y debo admitirlo, tu teoría no lo afecta. Al contrario, anima el tema...

–¿Cómo?

–Bueno, estamos intentando comprobar la autenticidad del retrato de Luis de Haro del Museo del Prado, ¿de acuerdo?

–Claro.

–Y por fin habéis confirmado en el inventario del Cuarto Bajo del Príncipe, la habitación de *Las Meninas*, que ese cuadro estuvo colgado en la pared oeste, conque...

–¿Qué? –dije sin poderme contener.

–¿Por qué no entramos a verlo y lo comprobamos? –replicó Jorge con una sonrisa.

–¿Entrar en el cuadro? –repetí, pensando en la posibilidad de integrarme con los personajes de *Las Meninas.* Recordé fugazmente mis pensamientos anteriores acerca de esa hipótesis y me atreví a interrogarme por primera vez sobre el nudo de la cuestión: ¿personajes reales y personajes ficticios? ¿Qué distinción era ésa? Miré a Jorge sin verlo, consciente de que estaban empezando a interferir en mí dos órdenes de la realidad y que apenas conseguía entender aquella a la que pertenecía... La otra comenzaba a esbozarse.

–Ya os lo insinué hace un rato. Es posible hacerlo mediante la informática, a través de un programa de realidad virtual.

–A ver si me aclaro –dije, cayendo en la cuenta de algo que antes no había podido asimilar–. Tú propones que reconstruyamos la habitación en una maqueta y que intentemos entrar en ese espacio virtual.

–No. Propongo algo mejor –continuó Jorge, haciéndose el interesante–: Ni siquiera necesitamos reconstruir la habitación, aunque reconozco que es formidable tener el inventario completo para confirmar cada detalle.

Nos mantuvimos a la espera. Jorge sonrió en tono burlón antes de añadir:

–Bueno, no os hago esperar más. Ya sabéis que el uno de diciembre se inaugura una gran exposición de Velázquez para conmemorar su cuarto centenario. Pues bien, como apéndice de la misma, se les ha ocurrido recrear virtualmente algunos cuadros y, como no podía ser de otra manera, entre ellos está *Las Meninas*.

–¡No me puedo imaginar a la dirección del Museo del Prado pensando en una exposición tan didáctica! –dijo Nuria, frunciendo el entrecejo.

–No lo dudes, es así. Tengo todos los datos. Ya os comenté al principio que tenía algo que contaros –continuó Jorge encarándonos y hablando con un tono ligero y desenfadado. Estaba de pie, con los ojos achatados y las manos dentro de los bolsillos de sus pantalones vaqueros–. Desde hace unos días estoy dándole vueltas a la idea del espacio virtual y he llamado a varios colegas para comentarlo, entre ellos a un especialista un poco loco, a quien llamamos de manera coloquial *Chamuco* por su ingenio. Es lo mismo. Lo importante es que no me dejó ni hablar, conforme comenzaba a explicarle mis intuiciones, me interrumpió a la mitad para decirme que no buscara más, él había planificado el proyecto de la exposición y se había encargado de diseñar todo lo relativo al espacio de *Las Meninas:* «Déjate de líos», me dijo; «si lo que quieres es poder entrar virtualmente al cuadro, vente por mi casa, tienes a tu disposición todos los datos».

Jorge hizo una pausa casi teatral hasta anunciar:

–Tengo los discos del programa en mi estudio. Podemos hacerlo cuando queramos.

Miré a Nuria con los ojos inyectados de euforia. Ella se estaba acercando a Jorge con paso lento, sobre su cara se dibujaba una sonrisa especial, fruto de apoyar los dientes sobre el labio inferior en un leve mordisquillo.

–¿Queréis verlo? –dijo Jorge, sin poder contenerse.

Nuria se aproximó a él y le dio un sonoro beso en la mejilla.

–¡Venga! –dijo.

X

Cruzamos el rellano y nos dirigimos a su casa. Jorge trabajaba en una habitación oscura y destartalada, repleta de pequeños objetos, carteles y libros, que daba efecto de abarrotamiento. En la pared de la derecha, en medio de una estantería irregular, se imponía la pantalla del ordenador, inmensa y negra, la más grande que había visto nunca. Bajo ella y a su lado se desperdigaban disquetes, tijeras, cajas de diapositivas, monedas, cubos y vasos de cerámica y vidrio conteniendo todo tipo de plumas, rotuladores y lápices. En la esquina de la mesa, al alcance de la mano, un equipo de música pequeño, compacto y de un gris metálico estridente se alineaba con un estante vertical colmado de discos. No había ventanas ni casi objetos decorativos, salvo dos o tres fotografías, entre las que reconocí una de Nuria y Jorge junto a otro amigo común sonriendo a la cámara, y un panel de corcho con notas, pegatinas amarillas y recortes de periódico; en la parte inferior, tras una chincheta común, sobresalían una reproducción de *Las Meninas* en tono sepia y una foto de una niña pecosa que parecía deshojar una margarita, sus manos estaban proyectadas en escorzo haciendo una especie de semicírculo y bajo ellas podía leerse: «*The heart has its own reasons.* Pascal».

Jorge Monzón entró abriéndonos camino y, después de dar la luz y apartar de un manotazo los objetos que había sobre el tablero, se dirigió a la estantería, sacó un CD ROM de una funda de plástico y lo introdujo en la parte inferior del ordenador:

–Aquí está la reconstrucción virtual de *Las Meninas*. Si os parece, la vemos primero y luego entramos en el asunto.

Asentimos sin mediar palabra.

Después de varias manipulaciones vimos aparecer sobre la pantalla una reproducción de *Las Meninas*. Luego, accionado por un pequeño resorte, el punto de enfoque empezó a retroceder hasta situarse cinco o seis metros por delante del cuadro de Velázquez. Era una sensación curiosa poder contemplar los personajes con una cierta lejanía, sentirse en el extremo delantero oculto de la escena. Nos preparamos para asistir a la representación.

No hubo tiempo de apreciar el plano en detalle, Jorge había situado el puntero del ratón sobre una flecha y a partir de ese momento, igual que si hubiera puesto en funcionamiento una película, fuimos asistiendo a una especie de sobrevuelo por encima y por ambos extremos de la obra. Primero vimos acercarse las figuras a media altura y nos sentimos penetrando en el interior del espacio pictórico. Más tarde la cámara pasó entre ellas y se dirigió hasta el espejo del fondo de la estancia, para mostrarnos a continuación la escalera y las ventanas de la pared este. Una vez finalizado el reconocimiento de los puntos de luz de la habita-

ción, el objetivo nos hizo regresar hasta la posición de la escalera. Allí hizo una pirueta de ciento ochenta grados y nos enseñó el cuarto desde la perspectiva de José Nieto, cuyo brazo se animó para descorrer la cortina y dejarnos en la penumbra. La volvió a abrir y nos puso la vista en las espaldas de todo el grupo de *Las Meninas* para constatar la verdadera iluminación del cuarto. Luego, la cámara volvió a elevarse y, casi a vista de pájaro, fue recorriendo lentamente todo el aire del cuadro hasta llegar a los personajes. Al tiempo, desde atrás, también se iba alterando el ángulo de enfoque para transitar con deliberada parsimonia entre ellos. Ante nuestros sorprendidos ojos, la infanta, Isabel de Velasco, el enano, el guardadamas y los demás componentes del grupo exhibían en cada imagen una escala y una perspectiva de los detalles completamente insólita. Al sumergirse en Velázquez, asistimos al examen de su hábito de caballero de Santiago, sus manos en la paleta, las llaves colgadas en la cintura y el volumen total de su cuerpo ingrávido. Por fin, apareció el rostro serio del artista sevillano y, sin pausa, fuimos ascendiendo hasta los ojos para encontrarnos con un nuevo guiño del objetivo, que retorcía

el enfoque y se proyectaba desde su mirada advirtiéndonos del lugar hacia donde mira el pintor. De esa manera llegamos a las figuras de los reyes y, tras ellos, a una imagen bastante difusa que representaba la silueta de una inmensa multitud.

Toda la escena estaba filmada como si se tratara de un travelling cinematográfico y el operador pudiera moverse a su antojo sobre una grúa por la habitación. Una dimensión infinita quedó enmarcada por aquella puerta insospechable, aunque lógica. Al contemplarla, yo me sentía atravesando el aire, palpando el filo de la magia. No obstante, se trató de un recorrido corto –apenas dos o tres minutos–, en el cual nos había sido permitido, primero, sumergirnos en el fondo del cuadro con la misma naturalidad con la que podíamos haber ingresado en el salón de una casa cualquiera, manifestando toda la profundidad de ese lienzo fantasmagórico, dejándonos acceder a la densidad de una atmósfera meramente sugerida. Y, después, cuando el movimiento de la cámara y el encuadre nos puso en el espejo y nos hicieron rotar para que encaráramos al espectador, contemplar las espaldas de todos los personajes y abrirnos de dentro afuera hasta llegar a nuestra posición inicial.

–Bueno, ¿qué os parece? –dijo Jorge, volviéndose hacia nosotros desde su silla giratoria.

Nuria y yo seguíamos pendientes de la pantalla detrás de él, quedos, absortos en aquel viaje que nos había hecho explorar el interior de un lienzo de manera semejante a como se abre un portafolios y se mira el interior.

Continuamos mudos hasta que Nuria quebró el asombro.

–Es fantástico –dijo con voz tenue y para sí misma. Volvió a callar y a los pocos segundos preguntó–: ¿Podemos verlo otra vez?

–Claro. Se puede repetir cuantas veces queráis –contestó con naturalidad.

Los labios de Jorge fueron dibujando una sonrisa maliciosa:

–Incluso hacer algo más divertido.

–¿Qué? –inquirí sin poder contenerme.

–¿No lo supones?

Por supuesto que lo presentía; desde las primeras imágenes estaba tan deslumbrado por lo que estaba mirando como por las puertas que entreabría. Sin atreverme a expresarlo en voz alta, ya me planteaba la posibilidad de hacer esa inmersión de manera directa e ingresar en el cubo mágico de *Las Meninas*.

Lo dijo Nuria.

–¿Entrar nosotros en el cuadro? ¿Poder acceder al volumen interno del mismo modo que lo ha hecho ese programa informático?

Jorge sonrió de nuevo, moviendo la cabeza con gesto aprobatorio. Levantó una mano.

–Esperad un momento –dijo.

Después de pronunciar estas palabras, descolgó el teléfono que tenía a su derecha, sobre la mesa, y llamó a su amigo. Fue una conversación mínima, tres o cuatro frases nada más. Al colgar, se le había iluminado el semblante y nos contemplaba con expresión satisfecha.

–Podría ser dentro de un rato si os apetece. Chamuco me ha dicho que nos espera en su casa en media hora.

Al bajar a la calle pregunté a Jorge por algo que me rondaba la mente desde que oí el nombre por primera vez:

–Este Chamuco ¿no será de origen mexicano?

–Así es. ¿Cómo lo sabes?

–Lo imaginaba. Me suena ese apodo, no olvides que mi padre vivió mucho tiempo en México –le tomé del brazo y nos paramos entre escalón y escalón para averiguar lo que de verdad me interesaba–: ¿Chamuco significa diablo, verdad?

Se echó a reír.

–Sí, hombre, sí. Espera un poco, lo vas a conocer dentro de diez minutos.

Jorge tenía su pequeño coche estacionado enfrente del portal y nos pusimos en marcha. Al acomodarse, Nuria le reprochó el desorden del asiento de atrás, cubierto de revistas, bolsas de plástico repletas de papeles y cajas de disquetes.

–¡Eres un desastre, Jorge! ¡Un día te van a robar todo sin que te des cuenta!

–¡Bah! ¿A quién le pueden interesar estos papeluchos? –contestó él sin dar importancia al comentario.

Al llegar al primer semáforo en rojo, se volvió a Nuria y luego me miró a mí:

–Bueno, preparaos. Dentro de un momento vais a vivir una realidad virtual inmersiva.

–¿Inmersiva?

–Acabamos de ver una no inmersiva a la que hemos asistido como meros espectadores. Recordad, lo único que había era la restitución de un espacio previamente dado, reconstruido mediante una base de datos que contenía toda la información del lugar en el que queríamos penetrar; en este caso, la habitación de *Las Meninas*.

–En casa de tu amigo va a ser muy diferente.

–Claro, allí vamos a ingresar y, para eso, una vez rehecho el espacio hay que organizar las cosas de tal forma que el usuario esté en condiciones de reconocer cada objeto y que a su vez sea reconocido por el sistema. Ahora, lo importante es que conozcáis algunos detalles. El acceso, por ejemplo, lo haremos desde una plataforma circular cuya superficie está cubierta de pequeñas bolas de goma apretadas unas contra otras.

–¿Es muy grande?

–Es relativamente pequeña, tiene tamaño bloc de anillas o de enciclopedia y sirve para que al caminar sobre estas bolas puedas moverte en cualquier dirección. Una vez en la plataforma, marcas un código para acceder a la base de datos que reproduce la habitación de *Las Meninas* y el ordenador construye la realidad virtual que se proyecta en un casquete de plástico.

–¡Ah, igual que en las películas! ¿Tendremos que ponernos un casco?

–Algo parecido.

–Explícame mejor la forma en que podemos ver las imágenes –dije.

–Ya me has oído: el dispositivo de visualización típico es parecido al casco de un motorista. A través de él se recibe la información.

–Ya, pero ¿cómo se genera?

–Mediante proyectores. El sistema contiene una serie de sensores ópticos que ubican tu posición en el espacio. Hay además varias cámaras, de tal forma que si haces un desplazamiento se traslade la imagen hacia ti. Los aparatos ópticos generan la imagen de tus movimientos reales. Es fácil, a medida que uno se mueve por la plataforma, la proyección cambia, de modo que se tiene la sensación de ir caminando por un espacio natural.

Fruncí el labio con gesto escéptico.

–Dudo que sea tan natural.

Jorge me miró por encima del hombro antes de responder:

–Podrás caminar a tu antojo, detenerte en cualquier sitio y mirar lo que desees. La realidad virtual reproduce superficies en tres dimensiones completamente dibujadas, con mapas de textura antialas, que consiguen superficies curvas auténticas, no poligonales. Por otro lado, los cascos llevan incorporados unos sensores infrarrojos para que el sistema pueda detectar en cualquier momento hacia dónde estás mirando y proyectar la imagen dentro del casco de acuerdo con la dirección de la mirada. Se trata de una simulación muy realista.

–¿Cuántas personas pueden entrar?

–Habitualmente se suele aceptar hasta tres usuarios al tiempo. Si caminas junto a alguien, puedes girarte y ver a tu acompañante. La cámara de vídeo de la habitación lee su expresión y la dibuja en la cara virtual de la persona virtual que hay a tu lado.

–Si mi acompañante lleva un casco no podré verle los ojos.

–Muy cierto –reconoció–, no puedes verlos por llevarlos ocultos por las gafas. Sin embargo, está todo pensado, el sistema genera otros ojos ficticios.

Hizo una pequeña pausa.

–Estoy anticipando demasiado, pero para que os hagáis una idea, entraremos en un sistema de simulación multisensorial inmersivo.

–A ver si me entero –dijo Nuria–. Lo que insinúas es que vamos a sustituir nuestros sentidos naturales por mecanismos artificiales.

–Perdona, si lo he entendido bien –contesté yo–, quizás sea más adecuada la palabra encubrir. Tal y como lo veo, se trata de desfigurar nuestra percepción y aparentar que vivimos una realidad fingida. Otro sistema de representación, vaya.

–Es algo así –respondió Jorge–. Salvo que este sistema no funciona con líneas ni colores, sino a través de dispositivos mecánicos. Al menos, los siguientes: dispositivos de visualización, de rastreo de posición y orientación del cuerpo humano, dispositivos de entrada o *input*, dispositivos táctiles y, por fin, un sistema de cómputo y uno de audio.

–Y olfativos, supongo.

–No te creas. Los instrumentos olfativos se utilizaron en los primeros simuladores. Pero hoy en día no existe una investigación importante en esta línea ya que producir un olor es algo relativamente fácil, el problema es eliminarlo.

Cruzamos la calle O'Donnell y nos encaminamos por la de Jorge Juan hasta llegar a una pequeña urbanización que yo conocía muy bien. Detrás de ella estaba el parque de la Fuente del Berro, uno de los últimos jardines románticos que restan en pie en Madrid; mi padre gustaba de llevarme a pasear por allí las mañanas de domingo. Estaba atestado de pavos reales y de pequeño, cuando llegábamos, me fascinaba encontrarlos por la calle; muchas veces teníamos que tocar el claxon para poder abrirnos paso con el coche; otras, los veíamos mirándonos fijamente desde los tejados de los hotelitos del barrio. Al contemplar sus rutilantes colas llenas de ojos no podía dejar de evocar la fábula de Ovidio, que tantas veces recreó Alberto para mí y pintara Velázquez con suprema elegancia en una de sus últimas obras y casi su único nocturno, *Mercurio y Argos*.

–Es una escena preciosa –decía mi padre–. Júpiter, enamorado de la belleza de la diosa Ío, cavila el modo de atraparla y gozar su cuerpo. Y se le ocurre la estratagema de crear una espesa niebla para confundirla e impedir su huida. Dicho y hecho. Pero Juno, la esposa de Júpiter, sospecha de la repentina oscuridad y baja del Empíreo a la Tierra dispuesta a averiguar lo que ocurre. Al encontrarse con la nube, decide deshacerla. Júpiter, a punto de ser atrapado cometiendo adulterio, tiene el tiempo justo de transformar a Ío en una bella ternera. Sin embargo, Juno desconfía de la súbita aparición del animal y le pide a su marido que se la regale. Éste acepta y se retira, pero Juno sigue recelando y encarga a Argos, el pastor de los cien ojos, que vigile a la ternera. Júpiter, sin saber cómo librar a su metamorfoseada ninfa de la vigilancia del pastor, le pide a Mercurio, su mensajero divino, que se haga el encontradizo con Argos y le invite a un recital de flauta o siringa, confiando en que la música le adormezca. Y cuando por efecto de la melodía cae en un sueño profundo, se aproxima Júpiter por detrás, corta la cabeza de Argos y huye con la ternera. Poco después llega Juno y encuentra a su vigilante muerto. Compadecida por su fidelidad, al verle por el suelo, como recompensa, va recogiendo con extremo cuidado sus cien ojos y los va insertando, uno a uno, en la cola de un pavo real, ave consagrada desde entonces a esa diosa durante toda la eternidad. Con ello –concluía Alberto–, el mito del cielo cuajado de estrellas, que titilan como ojos vigilantes, tomaba forma.

Jorge aminoró la marcha del automóvil y me sacó de mis ensoñaciones.

–Bien –continuó el informático–, como os decía, el sistema os remitirá al centro del cuadro previamente construido. Desde allí

podréis comprobar si está el retrato de Luis de Haro. Ahora bien, entendedme, no hay que caminar.

–Antes has dicho...

–Cuando os mováis en una u otra dirección, se generarán imágenes de lo que estéis mirando de forma automática. En realidad os estaréis desplazando en el espacio mediante un ratón o por una banda sin fin.

–¿Del tipo de las de un gimnasio?

–Más o menos.

–¿Y es eso lo que vamos a hacer? –pregunté yo.

–No exactamente. Os he contado lo más común. En la actualidad hay muchos sistemas de realidad virtual. Vía red, en Internet; sistemas de simulación; mejores algoritmos de *render* en tiempo real; sistemas de interacción, *interfaces* y otras tecnologías como el *body tracking*.

Bajamos del coche y fuimos andando unos minutos hasta la casa. De pronto, un perro se acercó hasta mis piernas y me detuve a acariciarlo. Estaba excitado, pero se movía indolente bajo la presión de mis dedos. Luego se volvió, lanzó un gañido y se puso a ladrar roncamente a una mariposilla blanca, que revoloteaba en torno a las plantitas canijas que crecían desordenadas bajo los árboles de la calle. El perro dio un manotazo que la mariposa logró eludir rozándole el hocico. Acabó pasando por encima de él, con su vuelo ligero, indeciso. Indiferente a todo, en un momento estuvo casi inmóvil y el perro giró sobre sí mismo y se abalanzó sobre ella creyendo haberla atrapado, pero un segundo después la vi volar a ras de tierra, dos metros más allá. Me impresionó aquel perro mendigo con la piel sobre los huesos y la mirada alerta. Todo el día pensé en aquellos ojos.

Jorge y Nuria echaron a andar. El informático retomó su relato y continuó ampliando las características de cada uno de los artilugios que había mencionado. Al alcanzarlos, noté que hablaba con una voz más apagada, llena de implicaciones, e hice un esfuerzo por atender aunque estaba inquieto por la sorpresa y cansado de términos técnicos.

Y así, de pregunta en pregunta, de cita en cita, de sobrentendido en sobrentendido, guiándonos de aspirantes a conversos, contestando con balbuceos o monosílabos, o con el mero silencio, fuimos siguiendo su explicación hasta fijar los pormenores de ese mundo al que aspirábamos a ingresar.

Antes de llamar al timbre de la casa, me tomó del brazo y dijo:

–Preparaos. Lo que ha construido Chamuco es verdaderamente diabólico.

Sonreí ante el evidente juego de palabras.

–Ha construido un *techo inteligente* mediante un arreglo de fotosensores en el techo y emisores de luz en el casco. No me entendéis, ¿verdad? Es complicado, pero, en síntesis, ha situado en el techo cuatro paneles de treinta y dos fotosensores que hacen un mapeo cada doscientos microsegundos de la posición de los cuatro emisores de luz que tiene el casco. Con ello, restringiéndose a una habitación cuadrada, se logra la ubicación absoluta de un usuario en ambiente virtual.

Le miramos con cara de no comprender una sola palabra.

–Dan igual los nombres. Lo importante es que ha relacionado ese techo con un piso también inteligente, creando una especie de *habitación inteligente* en la que se integran los sensores del techo con otros situados debajo de vosotros. Todavía no lo he visto, según me indicó está utilizando sensores de presión conectados a una computadora neuronal que no sólo establece la posición de cada usuario, sino que compara la presión ejercida en el suelo con patrones establecidos y, en consecuencia, nos presenta la posición exacta del sujeto en cuestión. Conque no os preocupéis, si ha hecho lo que dice, vais a ver *Las Meninas* como nadie ha podido hacerlo, situándoos donde os dé la gana. Dentro de ese espacio cerrado, claro.

–¿No te dará miedo? –me preguntó de pronto.

Sonreí quedo. Si era cierto lo que iba a vivir, lo que estaba imaginando, me afectaba tan íntimamente, me tocaba tan en lo hondo, que si lo cuestionaba sería como cuestionarme a mí mismo.

Jorge estaba llamando a la puerta.

Nos abrió el mismo Chamuco. Era un hombre de edad indefinida, quizás joven, vestido con pantalones de franela gris y una camiseta de manga larga sin dibujos ni marca alguna. Nada de apuesto había en él; más bien lo contrario. De estatura media y piel morena, un tanto grueso, tenía las orejas desproporcionadamente grandes y llevaba el pelo peinado para atrás, recogido en una coleta, resaltando una frente tan alta como despejada. Por lo demás, la nariz era chata y los ojos grandes, pesados, vidriosos e inexpresivos. Pero en la boca había más terreno de observación. Los labios sobresalían un poco y estaban apretados, al punto que sería imposible imaginar otra combinación de rasgos, por más compleja que fuera, capaz de producir de manera más total y sencilla la impresión de gravedad, de solemnidad y reposo. Al verle tuve la sensación de ser mirado por mí mismo.

Atravesamos el jardín hasta el interior. Chamuco nos indicó que estaba al tanto de nuestro interés y que viniendo con Jorge no era necesario conocer otras razones para querer entrar en *Las Meninas*. Luego, en el salón, les vimos hablar unos momentos en privado, nos volvieron a contar algún detalle complementario y Chamuco acabó señalando un rincón:

–Arriba están los vestidos.

–¿Hay que cambiarse? –preguntó Nuria.

–Debes ponerte lo que llamamos traje inteligente o *data-suit*, calzarte en cada mano un guante inteligente o *data-glove* y colocarte en la cabeza un casco ocular o *eyephon* –aclaró Jorge.

–Con ello –continuó Chamuco con un ligero ademán de la mano– estaréis en condiciones de entrar en una realidad ilusoria y de vivirla como si fuese real o casi real.

Nuria y yo nos manteníamos callados, atentos a cada palabra.

Cuando terminó de hablar, Chamuco señaló la escalera y ascendimos al primer piso, donde estaba situado su taller, una habitación enorme pintada de blanco que debía de ocupar toda la planta superior del edificio. A diferencia del estudio de Jorge, todo se veía inmaculado, dispuesto con un orden preciso, desvelando en cada detalle la huella de una mente estructurada y eficaz. Únicamente resaltaban por su color dos pequeños bustos dorados de Milton y Dante situados en una esquina del cuarto. Debajo se encontraban las perchas con los trajes. Nos mostró el lugar y dijo que nos vistiéramos.

Nuria le dirigió una mirada de inteligencia.

–Imagino que podremos ponernos todo encima de nuestra ropa.

Dijo que sí y se quedó a nuestro lado. Mientras nos cambiábamos observé a Nuria; creo que por vez primera en esos días no llevaba pantalones y la vi introducirse las perneras hasta los tobillos con cara de fastidio. Luego, de forma repentina, desechó la idea, se situó de espaldas a nosotros y, de un tirón, se deshizo de la falda para vestirse con más comodidad. La silueta de sus muslos y la curva de la pequeña braga contra las nalgas destellaron en mis ojos por un instante.

Cuando estábamos dispuestos, Chamuco señaló unas pequeñas plataformas situadas a unos dos metros del ordenador y subimos en ellas. Nos pusimos los cascos.

–Bueno, muchachos, ya estáis preparados para explorar desde el interior una realidad que es la contrafigura de la nuestra. No os preocupéis, va a ser lo mismo que si os proyectarais en un videojuego. Y sin ningún riesgo, con la vicaria complicidad de Jorge, que actuará como vuestro sosias.

Para mi asombro, Chamuco soltó una carcajada. Su risa era fea y destartalada, de tono bajo. Me pareció percibir un atisbo de burla en ella, pero quizás fueran imaginaciones mías.

–Jorge será vuestro alter ego digital –dijo Chamuco, golpeándole con ligereza en la espalda.

Inmediatamente se dirigió al teclado y se puso a trabajar.

Apenas unos instantes después nos encontrábamos delante de la escena de *Las Meninas*. Era igual a la que me sabía de memoria, los mismos personajes, el mismo tamaño. La única diferencia estribaba en que ahora me sentía suspendido a media altura frente a una especie de tarima de teatro en la que los personajes y el escenario se hubieran dispuesto en la forma del cuadro. Ahora podía sentir el espacio, ese aire de *Las Meninas* delante de mí. Miré a Velázquez y tras él fui hasta la imagen borrosa de los reyes en el espejo del fondo de la habitación.

Y de pronto sucedió.

Fue como si el espejo mismo se abriera con escalofriante rechinar de goznes y aquella especie de portón insospechado nos invitara a una dimensión infinita. Sin embargo, no se trató de una sustitución de la imagen anterior, sino que por milagro ya estábamos dentro. Me volví a Nuria, a mi lado, y sentí que al moverme estaba atravesando el vacío. Jorge llevaba la iniciativa y nos dirigimos hacia delante, abriéndonos paso entre las figuras como fantasmas, sin tocarlas; no obstante, yo las sentía irreales y si hubiera querido asirlas, estaba seguro de que se me hubieran escurrido. El informático pasó a la derecha de la infanta Margarita y penetró en el interior de la estancia. Detrás Nuria y yo seguimos sus pasos. Al fondo, la habitación, mucho más ancha y larga de lo que había imaginado, estaba prácticamente desnuda, sin muebles, alfombras ni objeto alguno. Me volví a la derecha. Allí estaban, en efecto, los cuadros que repasamos en el inventario, los mismos que Nuria y yo habíamos comentado con tanto acaloramiento. Se los señalé con la mano y ella meneó la cabeza. Al regresar a mi posición vi a José Nieto con expresión ceñuda contemplándonos desde la escalera. Lo real y lo imaginario se confundían. Estaba tocando el viento del misterio. Sonreí, era el momento de enfrentarse al objeto de nuestra búsqueda. Torcí la cabeza a la izquierda para poder mirar los cuadros de la pared oeste de *Las Meninas*.

Me quedé perplejo. No había nada en la pared. Ni un miserable lienzo, ni un adorno, nada, absolutamente nada. Giré de nuevo la vista en dirección al cuadro que Velázquez está realizando. Nueva decepción ante el lienzo en blanco. Caminé hacia él; al llegar a la altura donde está el pintor vi su figura corpórea y apoyé la mano en la espalda. Para mi sorpresa, noté dureza en el cuerpo. Me desplacé a la derecha hasta quedar situado frente a la tela objeto de tantas disquisiciones. Nada. Esa tela no podía responder a la pregunta tantas veces formulada: ¿qué está pintando Velázquez en *Las Meninas*? Nuria se encontraba ya junto a mí y me tomaba del brazo. Escuché decir a alguien, quiero suponer que a Jorge, que no nos preocupáramos por lo que había o no había y disfrutáramos de ese paseo mágico. Asentí con un movimiento enérgico de la mandíbula.

Al finalizar el tiempo de conexión, Chamuco se acercó a nosotros y nos fuimos despojando de los utensilios de navegación virtual sumidos en el silencio. Él aguardó con paciencia hasta que Nuria hizo el primer comentario:

–Ha sido fantástico, Chamuco, de verdad.

Movió la cabeza de lado a lado sin decir nada.

–Simplemente ocurría que buscábamos algo que no está en tu reconstrucción.

–¿Qué esperabais encontrar?

Se lo contamos. Uno tras otro, quitándonos a veces la palabra, le fuimos poniendo al corriente de todo. El descubrimiento del retrato de Luis de Haro pintado en apariencia por Velázquez, las dudas de mi padre al restaurarlo y su misteriosa desaparición. El interés de Nuria por saber qué había pasado y el encuentro inesperado con el emblema de Alciato y el poema de la revista *Inventario* que nos habían llevado hasta *Las Meninas*. Y también los pequeños detalles, el extraño comportamiento de Pablo Arana mezclando datos ciertos con otros inventados, como si quisiera confundir nuestros pasos; las dificultades que habíamos tenido para ver el cuadro y, luego, una vez visto, la necesidad de comprobar si se trataba del mismo descrito en el inventario del Alcázar de Madrid. Por contar, Nuria le explicó hasta su rocambolesca teoría acerca del asesinato hecho pasar por suicidio mediante la argucia del mensaje en el contestador telefónico.

–Cuando Jorge nos informó de este desarrollo virtual, comprendimos que era la única salida para comprobar su autenticidad. Ahora, al no ver ningún lienzo en esa pared, compréndelo, nos hemos decepcionado. Nos encontramos en un callejón sin salida.

–Pero era imposible que lo hallarais aquí –replicó Chamuco–. Jorge sólo me dijo que queríais entrar en *Las Meninas*. Debíais habérmelo comentado al principio y os hubiera evitado el disgusto. En la base de datos sólo se han introducido los elementos visibles de la tela. No hay nada más. Un sistema de realidad virtual no puede inventarse escenas; reconstruye a partir de la información previamente almacenada.

–Tienes razón. No se nos ocurrió preguntarte.

Al colocar el traje en la percha reparé de nuevo en los pequeños bustos dorados y, un tanto al azar, tomé el de Dante; era una miserable escayola pintada, semejante a las que se pueden adquirir en cualquier bazar de trabajos manuales. Con ella en la palma de la mano derecha, escuché hablar a Nuria de comida.

Propuse que nos acercáramos al antiguo Buen Provecho, un pequeño establecimiento que conozco bien, situado a pocas manzanas de la casa de Chamuco. Aceptaron. Es una mezcla de tasca ilustrada moderna, tienda de ultramarinos y enoteca sesuda que antaño presidía el orondo Rafael Rincón, ciento veinte kilos en canal, con la tozudez de quien está empeñado en demostrar sus razones. Rafael tiene alrededor de cincuenta años, los que aparenta, y propone a sus parroquianos una oferta vinícola más que tentadora y un recetario lleno de guiños cultos sin protocolos, sin complejos, sin mal humor y sin demasiados lujos.

Nos acomodamos en una mesa de hierro y mármol y les dije a los demás que esperáramos su llegada. Por otro lado, el menú era innecesario, conocía a Rafa y a Carmen, su ex mujer, desde hacía más de diez años –quien, a pesar de todo, seguía mandando en los fogones–, y podía recordar de memoria su diminuta carta. Lo nuevo, lo de ese día, era imposible predecirlo; hace tiempo Rafa enviaba por correo una vez al mes una carta con los menús que iba a elaborar cada mañana, pero en los últimos tiempos había dejado de hacerlo.

–Hace mucho que no te veo, Gonzalo –me dijo Rafa al llegar a nuestro lado–. No sabía si estabas enfadado con nosotros.

–¡Qué cosas dices! No, hombre. Estoy viviendo en Roma y, cuando paso por Madrid, vengo más apurado de tiempo. Mira, te presento a mis amigos.

Rafa logró sacar uno de sus bracitos entre la inmensidad de su cuerpo y se estiró para dar la mano a Nuria, Jorge y Chamuco. Después recitó los platos de esa jornada con voz grave:

–Lo siento, ya es tarde, quedan únicamente tres raciones de cada –dijo–. Hoy se ha preparado para empezar un revuelto de setas con morcilla de Burgos y, de segundo, pecho de ternera de Sanabria al horno con patatas. De postre hay requesón con pasas y miel.

Aceptamos compartir las raciones entre los cuatro y pedimos de aperitivo unas anchoas y unos pimientos de piquillo rellenos de merluza y bacalao. Al recibir el primer plato, constaté por milésima vez la genialidad de lo sencillo: un cuenco alargado cubierto por una fina capa de aceite virgen de Baena sobre el que reposaban, apenas cubiertas, docena y media de anchoas del Cantábrico bien desaladas con agua y vinagre de vino.

Tenía sed y pedí una cerveza de barril bien tostada. Se apuntaron todos.

–¿Pan *tumaca*? –preguntó Rafa ya desde la barra.

–Por favor –contesté.

Chamuco sonreía con suavidad, un gesto que conforme fue pasando el tiempo comprendí que era su expresión característica. Jorge y Nuria permanecían en silencio, en parte por la misma situación y, en parte, porque conforme llegaron las rebanadas de pan de payés caliente bien impregnadas de ajo, tomate natural y aceite virgen de Siurana, se abalanzaron sobre ellas.

–Bueno, ¿qué tal la experiencia? –dijo por fin Chamuco.

–Como tal, fantástica; me ha parecido increíble poder entrar en el cuadro y relacionarme con ese espacio. Realmente se siente uno dentro.

–La realidad virtual va a revolucionar el mundo. Imagínate la posibilidad de hacer esto en todos los ámbitos –afirmó Jorge con fruición.

–Tampoco creo que sea para tanto –alegué yo.

–No te creas –me interrumpió Nuria–. Piensa en cualquier chaval de ahora mismo y mira el tiempo que pasa conectado a Internet o enganchado con los videojuegos. Si a ello sumas las horas que dedica a ver dibujos animados o películas en la televisión o incluso el cine, se puede decir que cada vez tiene menos contacto con la vida real. Cuando la realidad virtual se desarrolle a fondo y esté al alcance de cualquiera va a ser una verdadera revolución.

–Lo que dices es interesante –continuó Chamuco–. Hay quien ha planteado que nos conducimos a un mundo desmaterializado, en el cual nuestra realidad futura estará constituida por presencias inefables, un mundo desprovisto de materialidad y de carácter físico.

–¿No exageras? –dije, más que nada por mantenerme en mi postura. Lo que afirmaban tenía, sin duda, parte de verdad.

–Se ve que eres poco aficionado a la literatura de ciencia ficción –alegó Jorge con cierta sorna.

–Muchos sociólogos y científicos –dijo Chamuco con voz plana– afirman que a mediados del siglo XXI mantendremos la mayor parte de nuestras relaciones con realidades intangibles, imágenes ilusorias, evanescentes, una especie de mundo poblado de espectros, de alucinaciones, de ectoplasmas.

–¿Y tú crees en ello? –pregunté, apuntándole con el tenedor.

–Con sinceridad, no –admitió–. Aunque en la sociedad actual algunos tienden a ver el camino a la desmaterialización por el poder que está asumiendo la información, yo creo que el *software* no es sino una tecnología y que llevar los temas tan lejos es excesivo. Ahora bien, si no hay que llegar hasta ahí, no cabe duda de que estamos viviendo de manera creciente una especie de relación con fantasmas, de fantasmagoría.

–Es verdad –dijo Nuria–. Si las imágenes de ese mundo de la información con el que nos relacionamos continuamente, si las cosas de ese mundo soñado a través de la informática y la tecnología son objetos desmaterializados, esas cosas son, en consecuencia, simulacros de cosas. Son como cuerpos sin cuerpo, fantasmas de cuerpos, fantasmas de cosas.

Pasé la lengua por los labios resecos y asentí de manera mecánica, un poco forzada. Tomé de la mesa mi copa de cerveza para llevármela a la boca.

–No te convencemos, ¿eh, Gonzalo? –dijo Jorge.

–Piensa en las películas que ves en el cine o en la televisión, en la información que recibes, en tu trabajo diario con tu ordenador –continuó Nuria con tono persuasivo–, ¿hasta qué punto eres capaz de distinguir los simulacros de acontecimientos de los acontecimientos mismos?

–Hombre, siempre ha habido una relación del hombre con lo maravilloso. Recuerda las fábulas y las leyendas –maticé.

–Pero se trata de una relación distinta –dijo Chamuco–, ahora han cambiado los términos. ¿O se te ha olvidado tu fascinación de hace un rato dentro de *Las Meninas*? ¿Tú crees que es comparable esa experiencia a la de las fábulas?

–Tiene razón –dijo Nuria–. La imaginación es muy poderosa, pero su ámbito es diferente –su voz era pensativa. Agregó a modo de reflexión consigo misma–: Nunca podía haber soñado vivir experiencias parecidas a las de hoy.

–O, sin ir tan lejos –prosiguió Chamuco con una sonrisa blanca, carnívora, sorprendente en su rostro moreno–, ¿no te has asombrado a veces por el prodigioso realismo de ciertas imágenes digitales o representaciones que te ha ofrecido el medio fílmico o televisivo?

Sus ojos me miraban con dura sospecha. El escepticismo había precipitado en mí una segunda personalidad y se preguntaba qué parte me pertenecía y qué parte era sólo una actitud dialéctica.

–De acuerdo –reconocí, recordando los efectos de alguna película de George Lucas–. Está cambiando la naturaleza de nuestra enajenación. Lo que ocurre es que me parece muy peligroso.

–¿Por qué? –dijo Jorge.

–Porque provengo de un mundo de palabras, es decir, de símbolos que se resuelven en lo que significan, en lo que hacen entender. Porque mi vocabulario de conocimientos consiste en su mayoría en conceptos abstractos que no tienen ningún correlato con cosas visibles. O si no, ¿cómo representarías Estado, soberanía, justicia, libertad, derecho, inteligencia o felicidad? Porque, además, entendemos la palabra sólo si conocemos la lengua a la que pertenece. Por el contrario, la imagen es pura y simple representación visual. La imagen se ve y eso es suficiente. No se ve en árabe, chino o inglés. La diferencia es radical. La nueva cultura que proponéis invierte las premisas del mundo que conozco. Habláis de algo que produce imágenes y anula los conceptos. De algo que se justifica por el simple acto de ver.

–¿No estás haciendo un discurso un poco elitista? –alegó Jorge–. La cultura del libro es de unos pocos, mientras que la audiovisual afecta a la mayoría.

–No hagas demagogia. El número de beneficiarios no altera su naturaleza ni su valor. Sobre todo si el coste de la cultura de todos es el desclasamiento en una subcultura que, en el caso de la televisión es, de hecho, incultura.

–Todo hallazgo tecnológico ha encontrado siempre inquisidores –dijo Chamuco–. Aparte de que, te pongas como te pongas, el avance del mundo audiovisual es inevitable; no sé por qué das por hecho que palabra e imagen se contraponen.

–Ojalá tuvieras razón en lo último. Sería formidable. Pero te diré sólo un dato. Observa cómo está decayendo el número de lectores en los países civilizados y te bastará para darte cuenta de que esa integración es falsa.

–Quizás. Incluso acepto que el acto de ver, como decías, pueda empobrecer el entendimiento. Sin embargo, no negarás que este empobrecimiento está ampliamente compensado por la difusión del lenguaje televisivo y por su accesibilidad a la mayoría.

–No se puede llamar avance a un progreso meramente cuantitativo que implica una regresión cualitativa. Ya te dije antes, el mundo de la escritura está basado en conceptos y en concepciones mentales. A eso debemos todo el desarrollo de la civilización. Por el contrario, la televisión o el ordenador producen imágenes y anulan los conceptos, es decir, atrofian nuestra capacidad de abstracción. Y si no atrofian la tuya, ¿qué piensas del niño al que se refería antes Nuria, prendido desde que nace a la tele como una esponja? ¿Sabes cómo acabará? Yo sí. Como tantos jóvenes hoy: sin interés por leer nada, parapetado en su cuarto repleto de carteles de héroes informáticos o televisivos, pendiente de sus propios espectáculos, caminando por la calle inmerso en su música. Despertando sólo cuando se encuentra en la discoteca por la noche, cuando, por fin, saborea la ebriedad de apiñarse contra sus semejantes en un único cuerpo colectivo danzante.

–No seas apocalíptico –dijo Chamuco–. Tienes algo de razón, sobre todo en lo que se refiere a la tele, pero no trates de negar lo inevitable. Además asocias los dos nuevos medios visibles como si fueran iguales. Y son muy diferentes. La televisión nos muestra imágenes de cosas reales, es fotografía y cinematografía de lo que existe. Por el contrario, el ordenador cibernético no sólo ha unificado la palabra, el sonido y la imagen, sino que además ha introducido en lo visible realidades simuladas, *realidades virtuales*. Ya lo viviste antes. Aunque ahora sepamos que nos encontramos ante una ficción permanente, ya no estamos tan seguros de ello. Lo increíble se está volviendo creíble.

Me quedé pensando en sus palabras. Al bajar los ojos divisé una franja del muslo blanco de Nuria bajo una media de seda que me produjo una perturbadora descarga de deseo. Sonreí nerviosamente y volví la vista a Chamuco.

–En realidad es bastante lógico –continuó concentrado en su idea–. Es el resultado de tu propia cultura. Por referirme sólo a tu trabajo, Gonzalo, a la historia del arte, de la que soy un simple aficionado, reconocerás que durante cinco siglos la máxima preocupación de los artistas, sobre todo la de los pintores, ha sido investigar en torno a la perspectiva. O dicho de otra manera, el objetivo del sistema de representación de nuestra civilización ha sido el espacio tridimensional. No parece extraño, pues, que ese sistema haya terminado por producir imágenes cada vez más fieles a la realidad. Una prueba de ello es que desde el advenimiento de la fotografía, a mediados del siglo pasado, no se ha hecho sino avanzar en este sentido: el cine, la televisión y, más recientemente, la gráfica computerizada y las holografías.

–No sé si estás teniendo en cuenta dos cosas –dije con una mueca lateral–. Primero, justo a partir del momento que has señalado, los artistas dejaron de interesarse sólo por la realidad. Y segundo, que la perspectiva desarrollada por los hombres del Renacimiento, la que ha servido de base a todo el desarrollo de la pintura moderna, es falsa.

–Así es, tú mismo lo afirmas, el nacimiento de la bohemia, ése fue el problema...

–Espera un poco, Gonzalo, ¿has dicho que la perspectiva lineal es falsa? –le interrumpió Nuria con gesto de asombro. Me volví hacia ella. Sus ojos amusgados me miraban con perplejidad tiñendo la cara de un color ambarino.

–Ellos te lo podrán argumentar con más autoridad que yo, puesto que son científicos –contesté–. Pero te aseguro, por encima de cualquier duda, que la perspectiva lineal, lo mismo que cualquier sistema diseñado para reproducir el espacio en un plano, tiene una naturaleza en parte convencional y ni representa ni puede representar la realidad.

Chamuco afirmó con el mentón. Por su parte, Jorge asentía a cada frase, o fruncía apreciativamente las cejas o se acariciaba la barbilla como si tuviese luengas barbas y, a veces, se echaba hacia atrás con brusquedad, asombrado por algún dato o preguntándose por su exactitud.

–La historia del arte, tal y como la conocemos, es un tanto rara –dijo entonces Chamuco, inclinándose hacia mi lado–. Unos autores han puesto el énfasis en la vida de los artistas y, por tanto, también, en el contexto social y económico. Otros han preferido mostrar el contenido simbólico de las obras de los artistas para determinar el *espíritu del tiempo* dominante en cada período histórico. Ha habido también estudiosos que se han dedicado a analizar las técnicas de representación. Y en fin, hay autores que analizan la dinámica de los estilos, sus continuidades y discontinuidades. Pero ninguna de estas variables puede explicar el arte de las últimas décadas, lleno de fenómenos artísticos, paraartísticos y antiartísticos.

–Estás hablando –afirmé con énfasis– de una disciplina que intenta documentar, describir e interpretar las obras de arte. No de una ciencia exacta.

–Pues en ese caso, que empiece a olvidar sus limitaciones tradicionales –repuso Chamuco con energía–. Ya te digo que no soy ningún experto en estos temas, pero he leído algo y hasta ahora sólo he encontrado a un autor, Gombrich, que muestra algún interés por incluir en sus análisis la psicología de la percepción o las ciencias cognoscitivas.

Nos miró a todos antes de continuar.

–Durante siglos hubo una fecunda relación entre la producción artística y científica. Recordad a Leonardo, a Durero o a vuestro querido Velázquez. Sin embargo, a finales del siglo XIX, primero con la bohemia y ya en nuestra época con la tontería de ciertas vanguardias, se decidió romper esa ligazón y se inventaron al *artista*, ese ser estúpido y egocéntrico que depende de la inspiración e impone al resto del mundo sus normas.

Sonreí. Aunque me costaba darle la razón, estaba poniendo en su boca parte de mis propias ideas.

–No sé vosotros, pero yo estoy bastante cansado de estos seudovanguardistas vestidos de negro que siguen creyéndose medio Rimbaud y, a poco que te fijes, tienen su máxima aspiración intelectual en la arquitectura, la pintura y la literatura de los años treinta.

–Y sin embargo, se sienten los tipos más modernos del mundo –constaté, recordando el ambiente de ciertas tertulias madrileñas.

–Pues que no olviden que estamos a media hora del año 2000 y que la vida va por otro lado. Los movimientos que añoran, aunque no lo reconozcan, murieron hace sesenta años.

–Estoy de acuerdo –dije–. Ya es hora de olvidarse de las ideas románticas que nos legó el siglo XIX. El precio que está pagando el mundo del arte por haberse apartado del de la ciencia cada día es más alto.

Chamuco puso la frase final.

–Es necesario salvar la brecha entre ciencia y arte. En estos momentos no tiene el menor interés buscar la huida del mundo con el arte, sino elaborar la creación de un mundo propio.

Era una buena frase, sustituir la *fuga mundi* por la *creatio mundi*, y nos quedamos callados.

Cuando salimos del restaurante llovía con intensidad. Era un día frío de vientos esquinados y nos refugiamos en la entrada para despedirnos. Jorge se ofreció para acercar a Chamuco a su casa y se fueron juntos. Al quedarnos solos, Nuria me tomó del brazo y se apretó contra mi cuerpo:

–¿Quieres venir a casa?

Corrí a la esquina en busca de un taxi bajo la tormenta; por la acera pasó a mi lado, como una exhalación, un paraguas con un cura debajo, bien agarrado al mástil. Hacía frío y utilicé la bufanda para taparme ya que no podía guarecer ambas manos en los bolsillos. Durante un buen rato estuve mirando a izquierda y derecha sin el menor éxito. Pasaba poco tráfico y me encaminé dos manzanas adelante hasta una intersección más transitada. Al atravesar las bocacalles, el viento aplastaba contra mi cabeza gotas robustas como chuzos. Por fin tuve suerte y conseguí detener uno para regresar en búsqueda de Nuria; al sentarme en la parte de atrás me miré la ropa, el agua de los aleros me había empapado la chaqueta y los zapatos estaban ya encharcados. En la puerta del restaurante, Rafa y Nuria estaban departiendo con toda la tranquilidad del mundo, ajenos a las inclemencias. Un poco enfadado, les hice señas a través de los cristales de la ventanilla y les vi reírse. Finalmente Nuria dio una pequeña carrera, ascendió y nos dejamos conducir en silencio. Durante el trayecto, fui mirando la calle hasta llegar a su casa.

Nuria se durmió un instante después de acurrucar su cuerpo felino contra el mío. Por el contrario, yo no conseguía conciliar el sueño y viví la noche en un duermevela intranquilo, escuchando rumorear la lluvia en el cristal de la claraboya del cuarto de baño. Hacia la madrugada, un redoble de granizo surgió como una alarma y la gota que cada breves segundos caía en la palangana aumentó el ruido, el tamaño y la frecuencia. Por mi cabeza iban pasando imágenes veloces, fragmentadas, como retazos de conversaciones entre una impresión constante. No sé por qué estaba convencido de que el recipiente parecía a punto de llenarse y de que, si seguía durmiendo, el agua se derramaría por el suelo. Me levanté dos veces a comprobarlo. Mientras tanto, Nuria descansaba con placidez y, a veces, decía oscuras palabras que me llegaban como un susurro de erres. A lo largo de aquellas horas de tan frágil reposo, cuando lo real y lo ficticio se confundían, volví al cuadro de Velázquez y llegué a creer que yo mismo era un espejito donde se reflejaba, sufriendo una leve transformación, la situación misma que me llevaba a posar sobre él los ojos.

Por la mañana me despabilé perseguido por el sentimiento de irrealidad que había experimentado la tarde anterior. Miré hacia fuera: el día nacía tras los cristales empañados de la habitación; el sol, todavía invisible, teñía el cielo de una blancura perlada y difusa. Me levanté para abrir las cortinas y volví a la cama en orden y silencio. Permanecí aún bastante tiempo acostado, resistiéndome a abandonar el calor confortable del lecho. Al cabo, deseando que llegara un momento en que despertara más tarde que ella, decidí levantarme. Cuando salí de la ducha y me vestí, regresé al dormitorio para contemplar a Nuria entre las sábanas, dulce e imperturbable.

Eso fue un domingo. Lo sé con exactitud porque me dirigí a un kiosco de prensa para comprar el periódico y estuve leyendo el suplemento con calma mientras desayunaba en la terraza de un bar cercano; la lluvia había dado paso a una de esas mañanas diáfanas del otoño madrileño y me entretuve saboreando el sol y la atmósfera transparente. Pero sobre todo lo recuerdo porque al día siguiente era lunes, la jornada de descanso del Museo del Prado.

Regresé a casa de Nuria a mediodía con un hatillo de *croissants* y churros. Al llegar al ascensor apareció ella, elegante y sobria, con un traje negro de chaqueta y pantalón y una blusa de lino color marfil. Le mostré lo que llevaba y se echó a reír:

–Ya he desayunado, tonto. Anda –dijo, tomándome del brazo–, vamos a dar un paseo.

–Espera al menos a que deje en la cocina lo que he comprado.

Al introducir la llave en la cerradura oímos sonar el timbre del teléfono. Era Jorge Monzón. Me quedé aguardando de pie con los brazos cruzados, intentando entender la conversación. Cuando escuché a Nuria afirmar que iríamos para su casa, fruncí el ceño. Ella me hizo un gesto con el dedo índice y esperé hasta que colgó.

–Esos dos se han pasado la noche hablando sobre nuestro asunto y creen haber encontrado una posible solución –me dijo–, algo experimental que no me han sabido explicar muy bien.

–¿Has quedado con ellos?

–¿No lo has oído? Les he dicho que íbamos para allá, están en casa de Chamuco.

Por el camino me amplió la información: se trataba de un sistema que todavía estaba muy poco ensayado, provenía de un investigador amigo que trabaja o trabajaba en un centro de desarrollo virtual de California y habían pensado que valía la pena probarlo frente al cuadro. La dejé hablar sin saber muy bien dónde íbamos a meternos.

El chalet de Chamuco tenía otro aspecto bajo el sol. La fachada parecía recién remozada y el jardincillo de la entrada estaba cubierto por cactus y ficus enterrados en esas vistosas macetas mexicanas que han aunado la influencia de la cerámica de Talavera de la Reina con regustos orientales, hasta converger en ese estilo propio, entre *naïf* y elaborado, que hace de la loza poblana algo tan característico. Siguiendo a nuestro anfitrión caminamos en dirección a la terraza trasera, donde había una pérgola con un tresillo de mimbre bajo el que estaba sentado Jorge. A su derecha, una mesa de comedor de hierro y cristal dispuesta con todo detalle: las sillas alineadas a ambos lados, los cubiertos, los manteles individuales de paja, un enorme cuenco de madera con la ensalada recién hecha. Más atrás, encima de un trinchador de madera de cerezo, había una botella de vino abierta oreándose y otras dos al lado. Cuando leí la etiqueta no pude contener un gesto de asombro: Château Talbot, 1964, un Burdeos muy especial producido en una pequeña viña de los alrededores de Beychevelle, en la comarca de St. Julien, distrito de Médoc, una joya inesperada y, por lo demás, impensable en una comida teóricamente improvisada como aquélla.

Chamuco me vio observar los detalles con interés y esbozó una mínima sonrisa. Yo callé y esperé a que Nuria se acomodara al lado de su vecino para tomar asiento en uno de los sillones. Me mantuve en esa posición durante unos minutos, alejado de ellos, medio ensimismado, intentando situarme en ese espacio. Al levantar la cabeza vi a Jorge contándole algo gracioso a Nuria, y a ella, casi de espaldas, riendo e intercalando algún comentario entre sus frases.

Me puse en pie. Chamuco trajinaba por la casa, haciendo la comida, y fui en su busca. Le encontré en la cocina, delante de una cazuela humeante, tarareando una cancioncilla:

–¿Qué estás preparando? –pregunté con la mejor de mis sonrisas.

–¡Ah! Ya lo verás –contestó en el mismo tono–. Es una sorpresa.

Iba a regresar cuando recordé algo por lo que me había preguntado la noche anterior, entre el insomnio y las fantasías.

–Por cierto, sólo conozco tu apodo...

–Astarot. Me llamo Luis Astarot.

Camino de la terraza le escuche reír. Su breve risa sonó aguda y quebrada como el grito de un pájaro marino.

Fue una comida extraña en la que la conversación estuvo casi siempre polarizada por Chamuco, si bien no lo percibiría hasta después, cuando entramos en el asunto. Habló mucho, con voz serena y metódica, y se expresaba con la precisión de un científico, o por ser más concreto, con la de un médico, dado que el tema principal, aunque ahora no recuerdo los vericuetos que nos llevaron hasta allí y parezca chocante al relatarlo, fue el funcionamiento del sistema nervioso.

–El cerebro humano es algo parecido a un potente ordenador –dijo en un momento dado–. Sin embargo, su capacidad es mucho mayor. Uno adulto contiene más de diez mil millones de células que forman entre sí billones de interconexiones. Para que os hagáis una idea, una tarea compleja como la visión se realiza aproximadamente en cien pasos, mientras que a una computadora le llevaría millones de órdenes de procesamiento –hizo una pausa–: Al mismo tiempo es increíblemente delicado, tan blando como este aguacate maduro –dijo, señalando el plato de frutas.

Más tarde pormenorizó sobre el sistema de la mente para procesar la información que ingresa a través de los nervios conectados con nuestros ojos, oídos, nariz, lengua, piel y con el interior del cuerpo. Hablaba en un tono didáctico, conciso, nada pedante:

–Cuando acariciamos la piel de un bebé, experimentamos una sensación de calor y suavidad, ¿no es cierto? Es así porque un grupo de nervios sensoriales de las yemas de los dedos responden al calor, mientras que otro grupo responde a la tersura. Es en el cerebro donde ambos mensajes se unen para darnos una *imagen* de la piel del bebé. Del mismo modo –continuó–, las informaciones más detalladas procedentes de los ojos y los oídos se unen también para producir imágenes y sonidos. Al contemplar alguna cosa, las terminaciones especiales de los nervios de los ojos responden a la luz, y estos avisos se transmiten a una parte del cerebro llamada corteza visual. La corteza transforma los modelos de luz en objetos con límites, más grandes o más pequeños, más próximos o más lejanos.

–Sin embargo, todo eso es aproximativo, necesitamos los recuerdos para poder reconocer –dijo Nuria–. Por mucho que el ojo vea una línea vertical con una horizontal encima, sólo podrá reconocerla una persona que haya aprendido la letra T.

–Muy cierto, Nuria. Ahora bien, estás hablando de la parte emocional, el territorio más difícil de comprender por la ciencia, aquel que puede generarte un punto tal de miedo que te indica la inconveniencia de cruzar a pie una autopista. En realidad, ese ámbito todavía es casi desconocido. No hay más que pensar en el hipotálamo, cuyo tamaño es más o menos el de una cereza, para tomar conciencia de lo que nos resta por averiguar. Sabemos dónde está, sobre el tronco encefálico, en el mismo corazón del cerebro; y para qué sirve, pone en marcha los deseos sexuales, el hambre, la sed, la agresividad, la protección de nuestros hijos...

–Pero no sabemos mucho más –dijo ella.

–No. Sin embargo, de las otras partes conocemos cada día que pasa más detalles. Por ejemplo, todas las células nerviosas que configuran el cerebro y el sistema nervioso actúan de la misma manera, es decir, eléctricamente, aunque no transporten una corriente del modo en que lo hace un hilo de cobre. En su lugar, cuando una célula nerviosa se excita, se transmite un cambio pasajero de potencial eléctrico a lo largo de la superficie de la célula, igual que el movimiento ondulante en una cuerda de saltar. Los impulsos se transmiten de una célula a otra mediante unas sustancias químicas llamadas neurotransmisores. Pues bien –continuó–, estas células pueden excitarse unas a otras o persuadirse mutuamente para no hacerlo –hizo otra pausa–: Voy a proponeros un ejercicio de imaginación. Suponed que los sensores del cuerpo que emiten sensaciones, los oídos, los ojos, el tacto, etcétera, pudieran sustituirse por otros biosensores que captaran cualquier magnitud física y también la tradujeran de manera directa al cerebro.

Chasqueé los dedos.

–Trata de imaginar, aunque sólo sea en teoría, que pudiéramos instalar en el cuerpo otros biosensores que se comportaran como un enchufe conectado con el cerebro.

–¿Para qué?

–Para que esos sensores artificiales vieran una realidad virtual.

–Un poco más despacio, por favor.

–Recuerda el casco que te pusiste ayer para entrar en *Las Meninas*. Ahora, piensa en la posibilidad de sustituir el nervio óptico, que es una cosilla del grosor, más o menos, de un termómetro clínico y de unos cinco centímetros de longitud, tendida entre el cerebro y el ojo, por un sensor de luz que sirviera para captar imágenes.

–¿Y cuál sería su apariencia?

–La de unas gafas normales; la diferencia es que actuarían a manera de fotoceldas reaccionando a haces de luz.

–En realidad existen –alegó Jorge– y pueden ver casi como nosotros.

–¿Qué quiere decir casi?

–Que hace muy poco tiempo sólo podían visualizar. Es decir, funcionaban con vista virtual, de tal forma que si te acercabas al objeto que estabas viendo y lo tocabas, lo atravesabas. Ahora ven.

–Imagina –continuó Chamuco, ya lanzado– que esas gafas tuvieran en sus patillas unos sensores de audio para captar el sonido virtual y que, al apoyarse sobre la base del temporal, el hueso que se conecta con el sistema auditivo, te transmitieran al cerebro lo que percibieran mediante señales eléctricas.

–¿Y para simular el tacto, la temperatura? –preguntó Nuria.

–Sería de modo parecido, mediante otros sensores. En este caso, de lo que se trataría es de captar lo duro y lo blando, el calor y el frío, ¿verdad? Pues bien, para conseguirlo se cubriría el cuerpo con una especie de *resina epoxy*...

Le miré con cara de incomprensión.

–Es una resina líquida que al secar se convierte en una película plástica muy delgada. Estaría diseñada con orientaciones moleculares que permitieran captar la dureza y lo blando, la sensación de movimiento, ya sabéis, haciendo el efecto de un acelerómetro.

No lo sabía, sin embargo, me interesaba averiguar adónde quería ir a parar.

–De acuerdo, empiezo a imaginar todo lo que sugieres. Lo que no logro ver es qué conseguiríamos con ello.

–Es cierto –dijo Nuria–. Con los elementos que planteas se podrían simular nuestros sentidos naturales con dispositivos artificiales, pero eso ya lo hicimos ayer, aquí mismo –matizó, señalando el piso de arriba–. ¿Qué adelantaríamos con ese cambio?

–Estás equivocada Nuria –contestó Chamuco con voz calmada–. Ayer, en efecto, simulamos una realidad, mientras que hoy estamos planteando otra posibilidad muy diferente. Ahora no se trata de encubrir ni de aparentar imágenes, sino de algo mucho más radical, de sustituir una realidad por otra. De lo que hablo es de conectar directamente esos biosensores con el cerebro, de colocar una clavija entre la mente y nuestra vista, nuestro tacto, nuestros oídos, nuestro olfato...

–Es un paso abismal –subrayó Jorge.

–Pero tú mismo dijiste que en la base de datos sólo se habían introducido los aspectos visibles de *Las Meninas*, así que aunque pudiéramos engañar a nuestra inteligencia mostrándole una realidad virtual, ¿qué más nos da si no contiene lo que buscamos?

–Primero, te vuelvo a insistir en que no se trata de engañar, sino de sustituir. Ya no vamos a simular, sino a integrarnos en otra realidad. Y segundo, no pretendo hacerlo con la información incompleta de esta base de datos.

–¡Ah, no! Entonces ¿de dónde la vamos a sacar?

–Del mismo cuadro.

–Espera, espera, lo que tú pretendes es hacerlo... –dije con voz trémula.

–Delante del lienzo, en la habitación misma de *Las Meninas* del Museo del Prado.

¿Cuánto tiempo permanecí allí, asombrado, tratando de entender? Lo que proponía Chamuco era, sin duda, otro camino. Me costaba aceptar que esa posibilidad fuera factible, pero ¿y si yo estuviera equivocado? ¿Y si todo este nuevo planteamiento fuera mucho más que un juego retórico? De repente, recordé mi certeza al descubrir que Velázquez había construido ese espacio detenido en el tiempo a través de espejos mágicos, mi asombro al concluir que *Las Meninas* contenía un espacio virtual. Por mi cabeza desfilaron atropelladamente todos los argumentos; la justificación del nombre por el que siempre fue conocida esa obra, *La Familia;* el que así pudiera condensar a todo el grupo en esa habitación, incluido su autorretrato; la razón que hacía plausible que el pintor osara mostrarse de frente y el retrato de los reyes en un desvaído reflejo; por qué había pintado a escala natural a todos los personajes, empezando por él mismo. Además estaba el asunto de discernir su minuciosidad, su extremada precisión al reproducir el Cuarto Bajo del Príncipe, y no podía olvidar la enorme importancia que Velázquez había atribuido al espacio situado detrás de él. Y, por fin, el dato esencial: el autorretrato. Yo le había dado vueltas toda la vida, incapaz de entender que, en el reinado de Felipe IV, un pintor de cámara pudiera trastocar un retrato de la familia real haciendo de sí mismo el eje de la pintura y situando en segundo plano a los protagonistas. Era una suposición inadmisible, por mucho recurso del espejo que se hubiera utilizado, salvo que ellos mismos, los monarcas, participaran del secreto. Ese argumento me había hecho comprender que el rey decidiera decorar con esta obra su dormitorio particular y hacía lógico que un hombre tan comedido como Velázquez se atreviera a encarar con ese desparpajo a los espectadores. Para mí estuvo claro desde que comprendí la razón de fondo: estaba actuando de introductor, como un mayordomo, invitándonos a entrar en los dominios de su cuadro.

En consecuencia, si para mí era obvio que utilizara el recurso de los espejos mágicos con el objetivo de encerrar virtualmente la realidad, lo que sugería Chamuco podía tener sentido. Con ese sistema podríamos plantearnos penetrar en el espacio interior de la tela. Quizás todo era absurdo, pero la perspectiva abría nuevas posibilidades. ¿O no? ¿Por qué iba a ser absurdo? Veamos –me dije–, estaba claro que Velázquez montó la escenografía del cuadro con dos espejos mágicos, uno para reflejar la escena de *Las Meninas* y el otro para mostrar a los reyes, de tal forma que los monarcas adquirieran todo su protagonismo al situarse en el espacio interno. Yo mismo lo había dicho, podía recordar mis palabras a la perfección: entre ambos, el aire de la arquitectura de la habitación estaba congelado, detenido en el tiempo. Así pues, si conseguíamos engañar a nuestro cerebro haciéndole partícipe de esa ficción, ¿qué impediría convertirla en un hecho?, ¿por qué no íbamos a poder entrar?

Viéndolo bien, era una simple cuestión de confianza.

–¿Vas asumiendo la idea, Gonzalo?

Levanté la cabeza.

–Perdón.

–Ya lo vas entendiendo, ¿verdad?

–No es fácil, pero creo saber dónde quieres ir a parar.

–Nuria también lo ha comprendido, de hecho fuiste tú quien le diste los argumentos al explicarle la esencia de *Las Meninas*.

–Si os digo la verdad, estaba pensando justo en eso. Sin embargo, me cuesta aceptar esta interferencia de dos órdenes de la realidad.

–Tranquilo –dijo Chamuco con su sonrisa perenne–, no intentes entender más que aquella a la que todavía perteneces... La otra, acéptala si quieres.

Era cierto, en el fondo, una vez asumidas las conjeturas racionales, todo se reducía a una cuestión de credulidad. Cuando alcancé la obvia conclusión, vi claro, e igual que en un juego cuyas piezas se arman velozmente, me percaté de que ése era el único desenlace posible. ¿Por qué no? Le miré de nuevo, su cara estaba sembrada de luces indirectas y parecía satisfecho, dejándonos tiempo para asimilar que, al haber llegado al final del laberinto por el que habíamos deambulado a tropezones, ahora nos encontráramos con la necesidad de aceptar un sistema inacabable de fes recíprocas, inacabables como las figuras de un espejo reflejándose en otro espejo.

Aquella noche medité largo rato, tendido en una cama del chalet de la Fuente del Berro. Cuando al fin llegamos al acuerdo de probar con las mismas *Meninas* y comprendimos que el día perfecto era el siguiente, aceptamos quedarnos a dormir y pasar las últimas horas juntos. Hasta entonces, Chamuco había actuado por medio de sugerencias, consciente de que resultaba imprescindible dejarme solo hasta que llegara por mí mismo a las conclusiones, pero al ponerle alguna dificultad para pernoctar en su casa, entró en escena el Chamuco más persuasivo: tenía tres habitaciones preparadas; todavía quedaba una botella abierta y otra llena del vino que tanto había ponderado; y, sobre todo, debíamos vernos temprano para preparar la inmersión: por poner sólo un caso, rociarnos la *resina epoxy* por el cuerpo y dejarla secar nos ocuparía más de una hora y media.

–De acuerdo –acabé aceptando–. ¿Qué más da?

De la calle me llegaban los ruidos de la penumbra: el rumor oscilante del tráfico; una lejana conversación, apenas un susurro; el frisar de las ramas de los árboles en la calle. De madrugada terminé incorporándome en el lecho arrebatado por una pesadilla: tenía escalofríos, el corazón me latía apresurado, me dolía la cabeza y creía percibir un zumbido en los oídos. Siguió resonando, se hizo más intenso hasta que en un momento experimenté todas las angustias del ahogo: estaba ciego, sordo, aturdido. Hice un esfuerzo por sacudir este desasosiego de mi alma. Cuando tomé conciencia del lugar en el que me encontraba, sentí una cierta zozobra: unas horas después íbamos a atrevernos a desafiar el umbral de la realidad. Hablé en voz alta para librarme de esa sensación. Miré mi ropa. Me había quedado dormido vestido, sin desabrochar siquiera los cordones de los zapatos. Me desnudé y me apresuré a buscar el calor de las sábanas, seguro de pasar la noche en vela.

Por fin debí de dormirme. Lo cierto es que al día siguiente no habían dado las siete cuando bajé a la terraza. Todo estaba vacío, negro; la mañana se resistía a aparecer. En lenta graduación, el amanecer fue confundiéndose con el vértigo y llegó Chamuco. Se sentó a mi lado, en uno de los sillones de mimbre, y tras darme los buenos días nos quedamos en silencio mirando la lluvia fina que empezaba a caer; mirando el césped, de dibujo inglés, con un arreglo de florecillas en un extremo y una cara tolteca en una esquina; mirando los otros hotelitos del barrio; mirando los árboles; mirando las inestables pagodas que formaban las últimas ramas de un eucalipto, mientras tomábamos un café con leche, fumábamos cigarrillos Ducados y no pronunciábamos una sola palabra. Poco a poco, una sensación apática sustituyó el malestar de la noche anterior. Ninguna preocupación, ninguna esperanza, ningún esfuerzo. Después de un rato Chamuco empezó a hablar con su voz aguda sobre pequeños detalles, sin hacer la menor referencia a los acontecimientos que nos aguardaban ese mismo día. En un momento dado comentó que él también estaba seducido por los retratos de Velázquez, sobre todo por la distancia a la que conseguía mantenerse el pintor, por su absoluto desinterés en mostrarnos su opinión sobre el modelo.

–A sus efectos –continuó–, daba igual que los infantes, los duques o el rey fueran buenos o malos, castos o depravados. Al retratarlos parece decirnos: «Así se ven ellos y así los muestro, como haría un espejo».

–Esa actitud no significa insensibilidad, sino en todo caso escepticismo –dije.

–El ejemplo no era casual –contestó–. Al igual que tú, yo estoy fascinado con ellos. El espejo no juzga y no le importan el valor o la falta de valor, el ingenio o la banalidad de lo que entra en su campo visual: únicamente reproduce. ¿Sabes qué pienso? Que Velázquez, al elegir agazaparse tras sus lienzos, no sólo anticipaba el ideal estético de Flaubert, según el cual «el yo creador ha de quedar absorto en la creación», sino que actuaba como el otro gran solitario del Siglo de Oro español, Cervantes.

Era una observación aguda. Le dejé continuar.

–Hay muchas coincidencias entre ellos. En ambos casos, sus vidas coinciden con los años de mayor auge de la monarquía española y con el comienzo de su decadencia, el epígono feliz del momento de mayor exaltación de lo hispánico en el mundo, y ellos, como representantes de ese instante, son artistas retirados en sí mismos.

Estaba de acuerdo, pero debía precisarlo con un poco más de sutileza.

–También se podría decir lo mismo de Zurbarán o Calderón de la Barca –maticé.

–No, son casos diferentes y además tú lo sabes. Por debajo de los cuadros de Velázquez o las páginas del *Quijote* subyace el mismo afán de perseguir la ilusión de lo real, lo verosímil, lo que es más verdadero aún que la verdad. Hoy está claro, ¿no te parece? Si el *Quijote* no fuera sino un trozo de vida copiado de la realidad, estaría anticuado desde que se escribió, como también es obvio que *Las Meninas* son mucho más que una instantánea de la familia real o *Las Hilanderas* un apunte del natural de la fábrica de tapices de Santa Bárbara.

XI

Un rato después nos trasladamos al estudio de Chamuco dispuestos a abordar los preparativos de la operación. Nos debimos de despertar todos igual de confusos y pasamos el tiempo del desayuno en la cocina –otro lapso en apariencia eterno–, en un estado de placentera quietud durante el cual las sensaciones luchaban por convertirse en pensamientos. Poseídos por la fantasía del sueño que íbamos a vivir, permanecimos inmóviles y callados. Sin embargo, cuando Chamuco extrajo de un cajón de madera un par de esponjas naturales, se agachó para acercar un cuenco de plástico que contenía un líquido transparente y nos indicó que se trataba de la resina, fue como si un choque eléctrico nos enviara de nuevo la sangre de las sienes al corazón. Con esa zambullida en la realidad, ya estábamos, de pronto, frente al envite que íbamos a afrontar.

–Tenéis que desnudaros –dijo Chamuco–. Hay que rociarse por todo el cuerpo.

–De acuerdo, pásame un poco –le pidió Nuria adelantando el brazo–. Lo haré en mi habitación.

–Lo siento, Nuria, no puedes hacerlo sola. Necesitas ayuda.

–¿Por qué no puedo? –contestó con tono irritado.

–Es imposible que puedas abarcar por ti misma todos los rincones de tu piel.

La miré con un gesto de pudor, esbozando una mínima sonrisa.

–No os preocupéis por mí –contestó ella con rapidez. Y dirigiéndose a Jorge–: ¿Te importa acompañarme a mi habitación?

–¿Yo? –preguntó el aludido–: Claro, claro... –se volvió hacia Chamuco–: ¿Cómo lo hago?

–Todo el cuerpo, incluidas las plantas de los pies y el cabello.

–¿No pretenderás que vaya al Museo del Prado con una película plástica cubriéndome la cabeza? –replicó Nuria.

–Tranquila, no se ve. Hará el mismo efecto que si llevaras un fijador de cabello. En todo caso, si lo deseas, hay tres o cuatro pelucas en el cuarto de baño del fondo, nadie podrá advertir si llevas algo puesto.

Me volví a él con gesto de asombro, sin poder aceptar que también tuviera previsto ese detalle y hubiera almacenado todos los dispositivos imaginables, como si esta situación estuviera premeditada desde mucho antes. Vi a Jorge y a Nuria asentir y no pregunté nada. Al mirarlos de nuevo, sentí una puntada de celos –¿por qué no me lo habrá pedido a mí?–, pero me callé de nuevo y los dejé alejarse hacia la escalera rumbo al cuarto donde había dormido la restauradora.

Me desvestí en silencio y fui pasando cada una de mis prendas a Chamuco, que las iba doblando con cuidado y depositando sobre una mesa. Después de quitarme los calcetines, me puse de espaldas con los brazos en alto y, de inmediato, empecé a sentir el contacto húmedo de la sustancia sobre mi espalda, mis nalgas y mis piernas. A una voz de Chamuco, me di la vuelta y repetimos la operación de frente, con toda minuciosidad. Luego me pidió que me sentara y él se agachó para cubrir la parte interna de los muslos y la palma de los pies. Finalmente, dijo que bajara un poco la cabeza para completar el trabajo en la zona del cabello. Al acabar, me señaló una pequeña silla de metal situada al otro extremo de la sala y me rogó que me sentara durante unos minutos.

Sin más, él se dirigió en dirección a la escalera:

–Aguarda un poco. Voy a comprobar que Jorge no olvida ningún rincón de Nuria.

Cinco minutos después volvían los dos informáticos riendo y haciéndose comentarios. Casi ni me miraron. Jorge se desnudó y Chamuco procedió a repetir en su anatomía la misma operación que había realizado conmigo. Seguían hablando entre ellos, pequeños gestos, alguna exclamación, incluso dos o tres carcajadas. Por el contrario, yo tenía frío y estaba aterido, agazapado, con una sensación a media distancia entre el pudor y el ridículo, contemplando mi cuerpo desnudo, preguntándome por qué era tratado con tanta indiferencia por el resto del grupo.

Por fortuna, una vez finalizado su trabajo con Jorge, Chamuco cayó en la cuenta de mi lamentable estado y, con la ropa en la mano, me llamó para que me vistiera. Cuando terminé de amarrarme los cordones de los zapatos, levanté la cabeza. Aún continuaba al lado y me incorporé con cara de fastidio. Sin embargo, él mostraba la mejor de sus sonrisas y me invitaba a seguirle hasta su biblioteca:

–Acompáñame un momento, mientras Jorge termina de secarse –dijo–. Me gustaría enseñarte algunos libros que quizás te interesen.

Me dejé llevar. Era un cuarto no muy amplio, situado en el piso bajo y cubierto en sus cuatro paredes por una estantería de caoba. En el suelo había una alfombra de tipo persa, en apariencia antigua y, en uno de los rincones, un sillón de cuero junto a una lámpara alta. Dentro, uno se sentía aislado del exterior, igual que en la sala de lectura de un museo, sin poder relacionar ese espacio con el resto del edificio. Chamuco se acercó a un estante para extraer un libro y yo seguí sus movimientos con la mirada. Junto a su mano había volúmenes que no podía creer que estuvieran allí. Moví la cabeza, aturdido –¿cuántas veces ya?– ante las sorpresas que deparaba este cada vez más peculiar sujeto. No era para menos, allí estaban, que recuerde, el Vitrubio de Venecia de 1511; las ediciones príncipes de *Le Vite* de Vasari, editadas en Florencia en 1550; *Los diálogos de la pintura* de 1633 de Vicente Carducho; la primera edición española de *Los diez libros de arquitectura* de León Baptista Alberti, publicada en Madrid en 1582; y muchas otras maravillas, como una *Teoría de la proporción* de Durero, italiana del siglo XVI, junto a libros insólitos, o no tanto, ¿quién podría afirmar eso?, tales como el que me enseñaba ahora, la primera impresión alemana del *Tratactus de Confessionibus Maleficorum et Sacrarum*, al que no presté demasiada atención por mi desconcierto ante tanto prodigio. Estaba atónito por la riqueza de aquel tesoro; incrédulo de ver lo que me mostraban mis propios ojos. Medio aturdido, fui tomando los libros que me iba pasando Chamuco hasta que me sobrepasó su número y su peso. Acabé dejándome caer en el sillón para hojear, aunque fuera de manera acelerada, los preciosos volúmenes. Cuando levanté la vista, Chamuco, Nuria y Jorge se encontraban frente a mí:

–¿Has acabado ya de verlos, Gonzalo? Tenemos mucho que hacer.

Esbocé una excusa y me puse en pie para acompañarlos. Salimos de la casa en busca del coche de Jorge. No muy lejos se oía un pleito de gorriones.

Me senté en la parte de atrás, junto a Nuria:

–¡No te puedes imaginar lo que guarda Chamuco! Tiene ejemplares inencontrables, que ya quisiera para sí...

–¿No estás emocionado? –me interrumpió Nuria tomándome de las manos, sin haber oído una palabra de lo que le acababa de comentar.

Intenté responder con una expresión de simpatía y me recosté sobre el asiento, ausente de la conversación que fueron manteniendo los tres durante todo el camino. Cuando quise darme cuenta, Jorge estacionaba su automóvil en la calle de Felipe IV y nos encontrábamos camino de la puerta Goya del Museo del Prado. Todos los acontecimientos se estaban desarrollando por delante de mí y empezaba a sentir que su ritmo superaba mi capacidad de entendimiento. Vacilante, me dejé conducir por el grupo hasta la mítica Sala 12 que atesoraba los Velázquez.

Otra vez a nuestro frente, *Las Meninas* se imponían en el espacio como un desafío. Excepto que ahora, por primera vez, existía la posibilidad real de traspasar su misterio. En ese momento, por una especie de milagro, desapareció mi ensimismamiento y empecé a atisbar la posibilidad de lo que íbamos a intentar. Giré la cabeza para contemplar a Jorge y Nuria. Lo mismo que yo, estaban arrebolados ante el cuadro, quizás aún recelosos del salto infinito que nos proponíamos realizar, pero sin duda fascinados por la posibilidad.

Desde atrás, la voz metódica de Chamuco nos devolvió por unos instantes a la realidad:

–Tomad –dijo, mientras extraía tres pequeñas gafas de una cartera de piel que, según parece, había llevado todo el tiempo en la mano y de la que yo no me había percatado–. Son semejantes a unos lentes comunes, apoyadlos sobre la nariz y las orejas.

Lo hicimos.

–¿La resina funciona debajo de la ropa? –preguntó Nuria.

–No te preocupes por eso. Ya os dije antes que sí –hizo un alto y nos pasó revista a los tres–: ¿Estáis preparados?

–Cuando quieras.

–Pues adelante. *Sitra Agra!* –gritó.

Y entonces se produjo el encantamiento. De pronto, sin notar la menor sensación de distancia, me sentí trasladado en el tiempo y en el espacio, atravesando el límite del azogue, caminando en dirección a un grupo de sombras informes, indefinidas, que poco a poco iban adquiriendo presencia. De lejos me llegó otra vez la voz de Chamuco, semejante a una letanía, repitiendo sus últimas e incomprensibles palabras con un tono que no pertenecía a un solo ser, sino al de una multitud de seres, variando en su cadencia de una sílaba a otra, penetrando en mis oídos: *Sitra Agra! Sitra Agraaaa!* Ahora bien, ya no atendía; lo recupero ahora, al evocarlo, y lo descubrí mucho más tarde, cuando averigüé el significado de la voz aramea que señalaba sus dominios en el otro lado.

Delante de nosotros las sombras iban espesándose de verosimilitud. Su aspecto comenzaba a ser más pleno, más definido, más perturbadoramente auténtico, y mis sentidos estaban concentrados en observar ese tránsito.

Luego sucedió una ligera pausa en la que todo fue confuso,

para sobrevenir, más tarde, la mera conciencia de que las figuras existían y verlas. Las formas aéreas fueron tomando consistencia, las manchas de las caras se transformaron, dejando paso a los ojos espirituales de José Nieto, a la mirada gentil de Isabel de Velasco, a la lozanía cándida de la infanta, al sonido cadencioso y triste de la conversación que mantenían la pareja de detrás de la enana Maribárbola, al rumor del mastín castellano dormitando... Contemplé entonces el rostro serio de Velázquez como si escudriñara páginas prohibidas, y el misterio de su mirada se proyectó en el espejo de mis ojos hasta abarcar la habitación entera.

Viendo a los personajes de ese modo, penetró en mi fantasía la noción de que el cuadro debía ser el lugar del más dulce reposo. E igual que si sintiera resonar en mi interior una profunda nota musical, todas mis sensaciones fueron tragadas, absorbidas por el torbellino de la estancia, los colores, el aire, las figuras. Permanecí unos instantes atrapado por ese hechizo, un minuto o quizás quince, pues sólo tenía una noción imperfecta del tiempo. Me encontraba en un estado de ánimo difícil de precisar, parecido a aquel que alcanzan los seres nerviosos cuando los sentidos están vivos y despiertos, mientras las facultades yacen amodorradas. Y en cuanto al movimiento ¿qué decir?, yo me sentía libre de andar por donde quisiera y, a la vez, privado de la movilidad, como si estuviera quieto por obra y gracia de la más obstinada quietud, largamente prolongada y voluntaria. Me parecía estar dentro de un sueño confuso y excitante y, al tiempo, percibía vivas todas las facultades de mi ser. Por fin, de modo súbito, el movimiento y el sonido fueron afianzándose en mi espíritu, en el tumultuoso flujo de mi corazón y, en mis oídos, su latir. De esa manera fui llegando a la inmersión completa. Ya estaba presente en *Las Meninas;* débil, apenas sensato, apenas definido... pero entero.

Cuando nos sentimos seguros de formar parte del cuadro decidimos encaminarnos sin más trámite a la pared de la izquierda, detrás de Velázquez, para buscar el retrato de Luis Méndez de Haro. Al pasar junto a la infanta rocé con suavidad el extremo de la falda notando la densidad de una tela. No tuve tiempo de analizar ese tacto rumoroso, Nuria, delante de mí, doblaba por detrás del pintor y se perdía dentro de la habitación. Continué avanzando con esa insólita percepción en mi piel hasta situarme en el centro de la estancia. Por fin viré hacia la pared oeste y, tras comprobar que, en efecto, estaba llena de telas, vi por fin a Luis Méndez de Haro en la parte inferior derecha imponiendo su majestad sobre las demás obras.

Nos acercamos al cuadro y lo contemplamos con embeleso por espacio de unos minutos.

De pronto, Jorge, con una infinita audacia, dio unos pasos hacia delante y lo tomó con ambas manos por el marco para descolgarlo. Sorprendido, levanté un brazo para detenerle, pero lo hice tan tarde que cuando conseguí alcanzarle ya estaba delante de nosotros mostrándonos el lienzo objeto de tantas búsquedas. Un reproche quedó atrapado en mi garganta mientras atisbaba el color de la piedra engastada sobre el anillo. En apariencia, se trataba de un zafiro, del mismo zafiro regularmente dibujado que se estaba restaurando en el taller de Nuria y que observamos en

nuestra accidentada visita al Museo del Prado; el mismo que iba a ser presentando en público por Pablo Arana.

Escéptico, meneé la cabeza y volví a mirarlo con atención.

–¿Será el Velázquez o el Mazo? –pregunté en voz alta hablando conmigo mismo.

Nuria me tomó del brazo y señaló la tela:

–No sé qué pensar, Gonzalo.

De repente noté algún tipo de movimiento alrededor y me pareció escuchar algunas frases entrecortadas. Las palabras silbaron en mi cerebro como plomo derretido. Torcí la cabeza hacia el grupo de las *meninas* para corroborar que persistía la misma quietud.

–¿Habéis oído algo? –preguntó Nuria.

Sin saber qué responder, contesté que todo era extrañamente real e irreal al mismo tiempo.

–Esta atmósfera –dijo Nuria– es aire de verdad. Velázquez supo captar el latido del aire.

Estábamos en actitud de oír algún sonido imaginario, sintiendo que a nuestro alrededor se deslizaban y afianzaban las figuras del cuadro, a pasos lentos y seguros.

–¿Te sientes dentro de la pintura? –preguntó Jorge.

–No –dijo Nuria–. Más bien dentro de los espejos mágicos de los que nos habló Gonzalo.

Los contemplé sin verlos. Yo sabía que en ese momento estaba intentando dar el gran salto y era posible llevar mi presencia a otra dimensión. No obstante, me detenían ciertas cautelas. De un lado, me desorientaba el bosque enmarañado de realidades por las que veníamos caminando desde hacía tantos días, indagando, olfateando, tratando de avanzar, y que ahora, por fin, parecían ofrecérsenos como objeto de diálogo. De otro, mi consciencia sospechaba de lo intrincado del proceso. Es verdad, ya estaba suspendido entre las proyecciones de las láminas, ya respiraba el aire de la estancia de *Las Meninas* y hasta tenía la sensación de hallarme en un inmenso congelador en el que el tiempo estuviera estancado varios cientos de años. Sin embargo, a la vez, me dominaba el peso de la decepción derivada de las anteriores comprobaciones virtuales. Además, como si recelara de los resabios de los espejos, mi mirada sobre el recinto aún seguía obstinada en ordenarlo desde fuera, desde la rendija que no se aventuraba a internarse, que no permitía desahogo a las figuras amontonadas en aquel interior para que se revelaran en una sucesión lenta y autónoma de personajes fieles a su propia confusión, a su propio orden.

Pasé varios minutos debatiéndome en esa charca, tratando de afilar mi ingenio para talar la maleza que ofuscaba mi visión y entorpecía nuestros pasos. De forma paralela iba afirmándose en mí la seguridad de que ese silencio extraño marcaría el preludio de lo que iba a pasar, y esperaba la transformación sumido en una impaciencia febril. Sin embargo, desde el fondo las palabras seguían bailando y alejándose en una armonía indescifrable. Sonreí, me sentía como un miope empeñado en leer sin gafas la letra menuda de un cartel lejano.

Sin saber qué hacer, me vinieron a las mientes los primeros versos que escribió Calderón sobre la muerte del conde de Villamediana y grité al aire:

–«Mentidero de Madrid, decidnos, ¿quién mató al conde?»

El silencio se hizo más hondo. Yo sabía que me encontraba en una versión contradictoria de la realidad en la que ya no me enfrentaba a un solo ser, sino a muchos. Apenas habían llegado a mi mente estas ideas cuando percibí un eco claro, profundo, metálico y resonante, aunque en apariencia sofocado.

De lejos, como traído por el viento, me llegó la obvia respuesta:

–«Ni se sabe ni se esconde. Sin discurso, discurrid.»

Me volví. Era José Nieto, el mayordomo de la reina, hablando desde las escaleras de la parte norte. Le miramos en silencio, paralizados, de manera semejante a si nos encontráramos frente a una aparición.

–Habéis movido el cuadro de don Luis de Haro.

Continuamos callados sin saber qué responder.

–¿Por qué lo habéis hecho? –insistió.

–Necesitamos saber si lo pintó Velázquez –contestó Nuria.

–¿Cómo? –arguyó Nieto con flema–. ¿Os encontráis dentro de un cuadro pintado por el maestro y queréis saber si lo ha realizado él?

–No –dije después de una pausa–, estamos en la habitación que representó en su cuadro.

–En ese caso, intentad averiguadlo en ella –respondió Nieto con naturalidad.

Miré a Nuria y a Jorge con recelo, intuyendo por primera vez la dificultad más peligrosa de aquel prodigio. Si ahora tratábamos de ahondar en lo maravilloso y dábamos por entronizada la posibilidad de comunicación con los personajes del cuadro, confiando en que fuera la tecnología quien aportara los remedios que posibilitaran el diálogo, lo más probable era que acabáramos sumidos en un juego de artificio: uniendo destellos de inefabilidad, puro baile de luces en espejos, acumulando mensajes sin contenido ni designio que a nadie en concreto se dirigirían ni podrían dirigirse porque se cruzarían en el vacío. Ellos –las figuras del cuadro– se convertirían en una masa de rostros irrelevantes que nos ignorarían en su particularidad, cuyas barreras no podríamos hollar, cuyos gestos y enigmas no podríamos interpretar; y nosotros quedaríamos irremediablemente fuera. En la frontera, pero fuera.

No tuve tiempo de expresarlo a los otros.

–¿Qué hacemos? –preguntó Nuria al aire.

–Esperad, tengo una idea –dijo Jorge.

Dicho esto, se dirigió al fondo de la habitación y le vimos apoyar las manos en la parte baja del espejo donde estaban reflejados los reyes. Fue apenas un instante desde que empezó a moverlo. Ocurrió así, al levantarlo para descolgarlo fue quedando dentro del marco un vacío oscuro, e igual que si hubiera retumbado la caja de los truenos, vimos desvanecerse toda la escena. Al apoyarlo en el suelo, la habitación se encontraba desnuda, sin personajes, sólo con los cuadros en la pared y en el suelo Luis de Haro y el marco holandés del espejo real.

–¡Ya no hay espacio virtual! –exclamó Nuria.

–No es eso –repliqué de inmediato con un sentimiento de sofocación y ansiedad por habernos atrevido a aceptar el reto del mayordomo de la reina.

Nuria tosió dos veces.

–Lo que ocurre es que esta habitación atrapada en el tiempo contiene su propio tiempo –exclamé–. En consecuencia, si alteramos su disposición también destruiremos su contenido.

–Los espejos son el sostén –continuó Nuria con tono reflexivo–. Tenías razón, Gonzalo. Si eliminamos cualquiera de ellos, si hacemos desaparecer el reflejo que contienen, desaparece el enigma de los personajes.

Desconcertado, Jorge nos miró desde el fondo de la habitación con expresión interrogante.

–¡Vuelve a colocar el espejo en su sitio! –le ordenó Nuria con tono imperioso.

Al restablecerse la escena, José Nieto nos encaró de nuevo.

–¿Habéis comprendido ya?

–A medias –confesé.

Nos miró con un gesto infinitamente amable.

–Éste es un espacio atrapado por dos o quizás más espejos, un volumen detenido en el tiempo que contiene dos órdenes de realidad, la de las figuras que habitan la parte delantera del cuadro y la proveniente de la atmósfera de la misma pintura.

Giré la cabeza hasta el grupo de las *meninas*. De nuevo me había parecido advertir el latido del eco de una conversación lejana. Sin embargo, persistía la misma calma aparente de un momento antes. Confuso por esa apreciación intermitente retorné a Nieto.

–Entonces –le pregunté– ¿podéis explicarme la razón por la que podemos estar con vos dentro del cuadro y al tiempo sentirnos fuera, como si el resto de la obra estuviera en otra dimensión?

–¿Qué esperabais? ¿Acaso creéis posible entrar en esta estancia y conversar con la familia real con toda naturalidad? ¿Acaso suponéis que los personajes son de carne y hueso?

–¿No estamos hablando con vos?

–Es diferente. No olvidéis que mi cargo es el de mayordomo de su majestad. Si reparáis en mi soledad dentro del lienzo, quizás atisbéis la causa por la que don Diego Velázquez dispuso situarme al fondo del aposento abriendo una cortina para dejar paso a la luz.

Sus palabras parecían sugerir un asidero que permitiera vislumbrar lo que sucedía. Reflexioné unos instantes sobre ellas y recordé algo:

–Antes señalasteis que había dos órdenes de realidad.

–Tenedlo por cierto, señor. Yo habito la trasera, la que delimita la atmósfera, y me encuentro aquí, entre otras razones, para abrir la puerta y recibir a quien consiga penetrar el secreto del cuadro.

–¿Entonces?

Abrió la mano derecha en un gesto de cortesía.

–Sed bienvenidos a esta estancia.

Incliné la cabeza para corresponder a su hospitalidad.

Había algo más, pero era semejante a resolver un inmenso puzzle sin referencias. Estaba persiguiendo el hilo que me permitiera ensartar las cuentas del collar de un designio.

–¿Y no es posible pasar al otro territorio?

–Continuáis sin entender. Velázquez creó ese espacio como un refugio congelado en el tiempo.

–Ningún refugio vale de nada si estás atrapado por él –alegué.

–Es posible –sonrió–. Sin embargo, eligió que vivieran en ese ámbito.

–Afirmáis que se trata de una elección. ¿Qué fue entonces lo que buscaba rescatar Velázquez? ¿Quizás un sueño?

–¿Qué buscaba rescatar? –replicó el mayordomo con voz lánguida–. Algo simple, un rastro de tiempo. Ese tiempo que tanto cuesta recobrar. Un refugio entre su pintura, un tramo entre la vida que pasó en este Alcázar de las sombras.

–Es decir, un sueño –repetí.

–No entiendo vuestra obstinación en puntualizar que esto es un sueño. Vuesa merced es demasiado razonable.

Sonreí lateralmente.

–Os diré algo más –continuó–. Don Diego solía comentar que, con los años, sus conjeturas se iban deshilvanando conforme se alejaba de estos muros y que por eso quiso perpetuarlas en una sola escena.

Dicho esto, el mayordomo enmudeció y volví a escuchar el rumor del otro lado. Miré a mis compañeros con la misma expresión sobre la cara.

Fue entonces cuando lo comprendí. El secreto, largo tiempo prisionero, irrumpió, devolviéndome de improviso al perfecto conocimiento. Fue el momento en el que asumí encontrarme dentro del laberinto, rodeado de cosas materiales y espirituales, en el que el desafío se impuso sobre la pesadez de la atmósfera.

Nuria me tomó del brazo:

–¿Y cómo podemos averiguar si fue Velázquez o Mazo quien pintó a Luis de Haro?

–Del mismo modo que hemos conseguido desembocar en este espacio –contesté con lentitud–. Siendo conscientes de que ni este cuadro ni la historia son una cosa que se construye poniendo en orden las fechas y se nos presenta como inamovible, aceptando que cada acto que hemos realizado, cada movimiento hasta llegar aquí guarda una pieza del rompecabezas que nunca podremos contemplar entero.

–Explícate mejor –dijo Nuria.

Me quedé quieto por unos instantes, pensativo, con la intuición –casi la certeza– de que aquella visión interior era también en parte ilusoria y que nuestro contacto estaba separado por algo semejante a un cristal, porque nosotros vivíamos en el tiempo, en la sucesión, y las mágicas figuras en la actualidad, en un instante perpetuo.

–Si he comprendido la disposición final del pintor sevillano –dije–, Velázquez se autorretrató para invitar a cualquier espectador a entrar en su obra virtual. Pues bien, siguiendo el mismo esquema, estableció que fuera el mayordomo real quien acogiera y conversara con los que fueran capaces de traspasar la frontera del recinto. Se trataba de la solución más lógica, ¿no os parece? Ahora bien, en el interior, si uno viene de fuera, no hay posibilidad de comunicarse con los personajes del cuadro. No puede haberla. La misma coherencia del discurso obliga a que ellos, aislados en su propio ámbito, estén condenados a repetir hasta la eternidad su debate en un rumor permanente y desigual.

–Si eso es así –dijo Nuria–, acabas de aclararme la intervención y el interés de Chamuco.

La miré con un gesto de inteligencia. Era cierto, ahora se justificaba el empeño de Chamuco en acompañarnos a penetrar un espacio de figuras que, si bien habían conseguido superar el umbral del tiempo, debían asumir, como una maldición, que eso conllevaba la penitencia de tener que duplicar sus palabras en una salmodia incesante. De esa manera, asimismo, se podía vislumbrar la última aspiración de Velázquez, en una pirueta postrera, consiguiendo llevar su discurso sobre los espejos hasta el límite, hasta convertirse él mismo y el resto de las figuras en otros espejos que reflejaran y refractaran las conversaciones.

En todo caso, lo decisivo era constatar que si la intuición había atinado, sólo era preciso que tuviéramos la paciencia de escuchar hasta reconocer el significado de lo que se estaba hablando frente a nosotros.

Nos volvimos frente al mayordomo real.

–Contemplad de nuevo el cuadro que habéis descolgado –dijo José Nieto.

Fue otro prodigio. Al acercarnos al cuadro de Luis de Haro, en apenas unos segundos, se produjo un tránsito irreal que mostraba el desvanecimiento de una imagen y la aparición de otras dos. Ante nuestros ojos los colores de la tela fueron desmenuzándose y recomponiéndose como si estuvieran inmersos en un caleidoscopio hasta dar lugar a dos rostros en apariencia similares. Ambos, severos, indolentes, frágiles; vestidos con semejantes tabardos de terciopelo verde, casi musgo.

Mientras miraba a los dos personajes a la vez, desafiando cualquier procedimiento lógico, recordé una de las experiencias más confusas de mi vida. Tres o cuatro años antes, en un viaje por la sierra de Oaxaca, al sur de México, llegué con mi padre a un pequeño pueblo, Huatla, donde conocimos a una sacerdotisa indígena, por nombre María Sabina, que nos invitó a probar un hongo que contenía, lo supe poco después, una sustancia llamada psilosibina. Esa tarde, sentados sobre la hierba, sentí que, de manera gradual, sin perder el contacto con la realidad, se iba ampliando mi capacidad de percepción y, durante un rato, conversé con Alberto y aquella *chamana*, viéndolos como eran y al tiempo captando sus componentes. Pero antes que nada, una aclaración. Aunque ese hongo fuera denominado alucinógeno, el nombre era erróneo; yo no viví una alucinación. Los habitantes de esas tierras lo llamaban *carne de Dios*. Recuerdo cada minuto con absoluto detalle. Mi padre estaba allí y yo podía captar al tiempo su esqueleto y sus músculos en una mezcla insólita que aunaba su fisonomía exterior con los elementos interiores. Luego levanté la vista al campo y advertí que también la naturaleza entera se me revelaba de nuevo. A unos pocos pasos, por ejemplo, un árbol gigantesco se dibujaba ante mis ojos con la misma exactitud de siempre y con otra infinita variedad de matices. Al mirarlo, me percaté por vez primera de que su corteza podía descomponerse en millones de átomos que aparecían como innumerables puntos de color, de manera similar a si tuviera una fotografía delante y hubiera ampliado un ínfimo detalle hasta llegar a advertir la trama cromática que conformaba la instantánea. No obstante, las sensaciones fluían con absoluta placidez, sin implicar el menor desconcierto. Se trataba únicamente –nada menos que eso– de abrir la puerta de la percepción.

Y ahora, de nuevo, dentro de *Las Meninas*, volvía a transitar por la misma senda. De un lado, a la derecha, reaparecía la imagen conocida de Luis de Haro con las mismas crenchas de pelo castaño y largo, la misma nariz recta y la misma mirada fatigada. Y, de otro, como una aparición, surgía una nueva faz, enhebrándose y desenhebrándose sobre la textura del óleo. Era un rostro menos solemne que mostraba a un hombre de ojos claros, barba rala y unos cuarenta años de edad; un retrato de medio cuerpo en el que resaltaba la armonía del jubón y una mano alargada, de dedos sinuosos sobre la que sobresalía un anillo dorado con una esmeralda.

Por fin le veía la cara a Juan de Tasis, conde de Villamediana. Un instante después resonaba el eco de mi pregunta inicial.

–«Mentidero de Madrid, decidnos, ¿quién mató al conde?»

Nos quedamos silenciosos contemplando la distancia con los personajes del cuadro. Es cierto, estábamos allí, podíamos tocarlos si lo deseábamos, pero permanecían aparte, lejanos, idos. Al ver el enjambre de figuras en su mundo, sentí el zumbido del silencio y volví a intentar penetrar en la letanía de las voces para descifrar sus mensajes. Yo escuchaba su lejana conversación sin poder entender las palabras. Era una melodía sin sonido que marcaba un son determinado, un silencio especial que, por serlo con tanta densidad, contaba más que si se oyera. No obstante, seguía fugándose, sus sonidos estaban hechos para la luz y el espacio abierto y allí no podía percibirlos. Ahora es fácil describirlo. Continuaba juzgando ese momento con arreglo a normas previas y postizas, aplicándome en rectificar lo que veía, colocarlo e inventariarlo de modo definitivo apenas se dibujaba el más tímido escorzo que pudiera animar a la exploración. Pero entonces era muy difícil aceptar la existencia paralela de dos espacios diferentes, dos tiempos distintos en los que se desarrollaba también en paralelo otro par de melodías que armonizaban y excluían cada escena.

Poco a poco, cuando conseguimos aventurarnos a mirar partiendo de cero, sin leer la escena por el resumen de nuestro anecdotario personal, pudimos empezar a librarnos de la cadena de la representación habitual, otorgándonos esa posibilidad de sentir por la que suspirábamos.

También entonces fuimos conscientes de haber profanado el terreno más íntimo del arte: la ambigüedad. La ambigüedad como clave del arte, de la misma literatura. Conscientes también de estar en un mundo que sólo podíamos poseer soñándolo y que tal vez por la fuerza de nuestro sueño, por la fuerza de nuestra fe, íbamos a poder concretar.

Así fue como logramos entrar, del mismo modo que si anduviéramos por un laberinto iniciático o nos hubiéramos despertado convertidos en Gregor Samsa, sin saber que aquello que veíamos era verdad o mentira, sin saberlo nunca, oscilando entre la matemática y la fantasía, entre la informática y los pigmentos de óleo, entre el olorcillo, el tufo acre de nuestra entrada y la ausencia de olor del cuarto mágico.

Por fin volábamos sobre el aire de *Las Meninas.*

Lentamente, el rumor uniforme, la salmodia que glorificaba el reino de lo inefable fue transformándose en voces reconocibles:

–¿Mi asesinato? ¿Preguntan por mi asesinato? ¿Qué puedo alegar yo? –dijo Villamediana desde el cuadro.

–¿No sabéis qué lo causó o quién? –preguntó Luis de Haro al lado.

–¿Cómo iba a saberlo? Si hubiera esperado ese ataque, os aseguro que ese bellaco de Ignacio Méndez no me hubiera ballesteado con tanta facilidad.

–¿No es acaso cierto que lo intuíais? –continuó–. Francisco de Quevedo menciona en su obra *Grandes anales de quince días* que os había avisado Baltasar de Zúñiga.

–¿Zúñiga?

–Debéis recordarlo, don Juan –dijo Haro con voz tranquila–, fue presidente del consejo de la reina y representó el papel de ángel de la guarda de vuesa merced en una comedia que no podéis haber olvidado, *La gloria de Niquea.*

Las palabras resonaron con suavidad en la atmósfera del cuadro.

–Según Francisco de Quevedo –continuó–, al advertiros del peligro de muerte y que «miraseis por vos», le respondisteis «que sonaban las razones más de estafa que de advertimiento».

–No hagáis demasiado caso a esa desigualadísima bestia de Quevedo.

–Además, pocos días antes del suceso habíais escrito un soneto con estos versos:

Mas como todo lo iguala,
temida, buscada muerte,
lo mismo que en buena suerte
el disponerse en la mala.

–¿Y qué decís de las estrofas que hallé en vuestro bolsillo? –insistió Luis de Haro.

–No las recuerdo.

Don Juan había cambiado el tono de su voz y ya no se percibía esa ronquera característica de sus primeras palabras. Ahora hablaba con una vacilación trémula.

–Después de que os asesinaran –continuó el de Haro–, yo mismo os trasladé a vuestro palacio y os desnudé para comprobar la gravedad de la herida. Luego, al mirar entre vuestras pertenencias, hallé unos versos que no he podido olvidar:

Y aunque esta agraviada
hablar no me deja
ni que tenga queja
de muerte buscada.

–¿No los recordáis? –concluyó.

El conde bajó la mirada y guardó silencio.

–Mi comedia, *La gloria de Niquea*... ¿cómo olvidarla? –dijo, cambiando de tema. Miraba al frente–: Estáis al corriente de muchos detalles, así que quizás podáis darme razón de la infame manera con la que se ha especulado sobre los acontecimientos de la noche del estreno. En todo caso, olvidad los embustes, yo os diré la verdad. Esa obra me fue encargada para celebrar los diecisiete años de su majestad, Felipe IV, aquí presente. Fue una pieza magnífica, para la fiesta imaginé una máquina suntuosa con ayuda de César Fontana, superintendente de las fortificaciones de Nápoles. Edificamos un teatro formidable en el Real Sitio de Aranjuez, con casi ciento veinte pies de largo y arcos en cada parte, con pilastras, capiteles y cornisas dóricas. Y todo iluminado con multitud de antorchas. Ocurrió, si la memoria no me falla, una noche de ventisca de la primavera de 1622, y las escenas, los encantamientos y las maravillosas transformaciones se desarrollaron sin contratiempo alguno. ¿Acaso habéis olvidado –dijo, elevando la voz y dirigiéndose al rey– aquel momento en que abríase una montaña dejando al descubierto un suntuoso palacio de oro y espejos donde brillaba en su trono la *reina de la hermosura*, que no era sino vuestra esposa? Fue después, mucho más tarde, cuando terciaba el segundo cuadro de *El Vellocino de Oro*, la comedia que también compuso para la ocasión Lope de Vega, cuando cayó una antorcha encendida sobre un dosel y, propagándose al ramaje, convirtió rápidamente en hoguera la techumbre del teatro. No obstante, la mala ventura vino a aliarse con la ignominia, y no sólo se me acusó de haber provocado el incendio, sino de conducir en mis brazos a la reina Isabel para salvarla del siniestro.

Hizo una pequeña pausa.

–Pero vos sabéis –dijo, alzando la voz y dirigiéndose de nuevo al monarca– que no fue así, vos estabais presente.

–Yo sé –repuso el rey– que aquella pieza era un despropósito plagado de emblemas y símbolos complejos, como sé que incluisteis a la reina y a Francisca de Tabora de protagonistas. También sé que ofendisteis a vuestra soberana, la reina Isabel.

–¿Cuándo? –preguntó Villamediana con voz insolente.

–En la escena en la que la Tabora se dirigía a mí diciéndome: «Y en cuanto al sol, adoro yo el de España», con lo cual hacíais de tercero en mi relación con la portuguesa y desairabais a mi esposa, la reina, que estaba delante.

–Ésa, majestad, fue una broma sin importancia y vos también lo sabéis.

Felipe IV guardó silencio y el conde pareció aguzar su mirada, de por sí altanera:

–Si alguien quiere conocer detalles de mi muerte –continuó, dirigiéndose a todos– que no me pregunte a mí sino a vos, don Luis, que veníais a mi lado en la silla de manos cuando ocurrió el percance. O mejor, preguntad a su majestad por ello.

–Sois más que consciente –respondió el monarca con voz plana– de que no tuve nada que ver en ello. Recordad que fui yo quien os repuso en los cargos de los que mi padre, Felipe III, cuya memoria Dios guarde, os había despojado. Recordad también que mantuvimos una estrecha relación y que hasta os presté dinero para pagar deudas de juego.

–Pero nunca me perdonasteis los versos que escribí sobre vuestra noche de bodas...

–¿Cómo podía perdonarlos, don Juan? –dijo Luis de Haro–: ¿Por ventura vos lo habríais hecho?

Nuria desde atrás me hizo una señal y me preguntó cuáles eran esos versos. Le respondí que los reyes, aunque se habían casado cinco años antes, únicamente fueron autorizados por el papa a hacer vida marital cuando el rey contaba quince años y medio y la princesa diecisiete. Pero el matrimonio no se pudo consumar esa noche porque el rey tenía fimosis. Y el conde escribió al día siguiente:

> Gran madrugada me cuenta
> una epistolar historia
> poca señal de victoria
> y mucho de afrenta;
> y a fe que no me contenta
> el dejar en la estacada
> lanza mal ensangrentada
> y por España me pesa
> que quedase la francesa
> bien corrida y mal montada.

–No, eso no os lo perdoné –confesó el monarca–. Sin embargo, nunca hice caso de chismes ni habladurías, incluso cuando se cuestionaba en ellos mi propio honor.

Desde atrás, el bufón Nicolasio Pertusato comentó:

–No le deis vueltas, conde. Si Dios, nuestro Señor, destruyó Sodoma por vuestros mismos desórdenes, no os extrañe que al día siguiente de morir asesinado las musas callejeras comentaran:

A Juanillo le han dado
con un estoque.
¿Quién manda a Juanillo
salir de noche?

–¡Eso es una infamia! –bramó Villamediana.

–No habléis tan alto conde –replicó suave Luis de Haro–. Antes invocasteis mi nombre solicitando a quien quisiera saber que me preguntara y opté por callar. Ahora diré algo que todos conocemos. Vos sabéis mejor que ninguno que el Santo Oficio os había procesado por la dudosa relación que manteníais con vuestro subordinado, Silvestre Adorno. Y aún añadiré un dato que quizás desconozcáis. Yo puedo atestiguar que, una vez muerto, su majestad nos mandó que guardáramos secreto del proceso para no infamar vuestra memoria.

Don Juan se quedó en silencio con la vista puesta en Luis de Haro. Desde fuera resultaba insólito contemplar el cuadro bifacial. Al ver la imagen refractada en dos rostros, me pareció que se reconocían por primera vez, que descubrían el misterio de sus retratos al mismo tiempo que nosotros.

Lo confirmó Luis de Haro.

–Don Diego, vengo a descubrir que don Juan y yo mantenemos la misma apostura y estamos sobre el mismo lienzo, ¿cómo fue eso?

Velázquez volvió su cara:

–Es una historia larga. Permitidme que intente narraros el origen de esa tela en la que estáis ambos. Comenzó hace ya mucho tiempo, cuando realicé mi primer viaje a la corte, treinta y tantos años antes de pintar esta obra en la que estamos –su mirada se tiñó de nostalgia–. Yo traía una carta de presentación de mi maestro Pacheco para Juan de Fonseca, el sumiller de cortina de su majestad Felipe IV, quien me encargó retratar a don Luis de Góngora, el insigne poeta cordobés. Más tarde y por intermedio de él, su discípulo favorito, Juan de Tasis, conde de Villamediana, me pidió retratarle. Y lo hice en la misma postura y con el mismo anillo que lleváis vos, don Luis.

–¿Por qué lo hicisteis igual? –dijo Villamediana.

–Disculpad, señor, la cuestión está mal planteada –alegó el pintor con su voz afilada–, lo correcto hubiera sido que inquirierais, ¿por qué repetisteis en el cuadro de don Luis de Haro la misma postura y el mismo anillo que habíais pintado treinta años antes conmigo?

–Eso quise decir.

–Tenía buenas razones –contestó el pintor–. Quizás os baste saber que ya estaba imaginando el desafío de permanencia perfecta que buscaba para este cuadro.

–No es bastante.

–Es prolijo responder. Cuando me hicisteis la merced de retrataros, desconocía que ibais a ser muerto semanas después, como ignoraba que vuestras últimas palabras iban a ser las mismas del instigador de la muerte al llegarle su hora postrera, el conde duque de Olivares: *Esto es hecho, señores.* Tampoco sabía que el único testigo directo del lance, la persona que os acompañaba en la noche en que fuisteis asesinado, era don Luis Méndez de Haro, justamente el hombre que con el tiempo sucedería al conde duque de Olivares como primer ministro de la corte. Por ello, al encargarme un retrato de don Luis de Haro, quise unir ambas obras mostrándolo en la misma postura que a vos y con el mismo anillo. También por esa causa tuve especial interés en que el cuadro de don Luis se colocara en esta estancia. Podía hacerlo, no olvidéis que el rey me había nombrado para el cargo de aposentador mayor de palacio. Me costó mucho ese puesto –dijo bajando la voz–. Pero ése es otro asunto. Lo importante es que decidí utilizar el mismo soporte en el que había pintado al conde de Villamediana para retratar a Haro. Yo ya estaba pensando en este cuadro y quería que todo tuviera la unidad que buscaba.

–¿Y por qué hicisteis desaparecer mi imagen? –dijo Villamediana.

–No fui yo. Cuando os asesinaron, el cuadro estaba en poder de la reina y fue su majestad quien me rogó que lo destruyera. No obstante, al llegar a mis aposentos me dio reparo deshacerlo y lo cubrí con una capa de yeso. Así estuvo durante más de treinta años, arrumbado en un rincón de mi estudio, hasta que lo hice reentelar para emprender el retrato de don Luis de Haro.

Hizo una pequeña pausa.

–En todo caso, ya veis que es posible verlo. Esta habitación mantiene su propia lógica atemporal.

Mientras contemplábamos el cuadro bifacial, Velázquez continuó hablando:

–Yo tenía una deuda especial con vos que quizás hayáis olvidado –dijo, dirigiéndose a Villamediana–. Acababa de llegar a Madrid y mi pintura no tuvo el menor reconocimiento. Excepto con vos. Supongo que recordaréis el día en que finalicé el cuadro y me hicisteis acompañaros a recorrer el Madrid más infernal. Durante la cena ponderasteis mi trabajo de un modo que no había hecho antes ninguno –sonrió para sí mismo–. Fue una noche terrible. Si os digo la verdad, salí tan escaldado que acabé concentrándome en este palacio, en las habitaciones y los personajes que habitaban el viejo Alcázar –dijo, señalando la puerta del fondo.

Miramos en la dirección que indicaba.

–Nadie puede hacerse ilusiones vanas. No es posible abandonar este aposento. Bastante es estar aquí, poder habitar esta ilusión de espacio que es real y ficticio al mismo tiempo. Ésa fue mi obsesión y ése mi logro.

Se abrió un alto silencio entre nosotros que hizo perceptible el leve murmullo del aire. Yo necesitaba resolver el problema de la autenticidad del retrato y, sin embargo, no había medio de comunicarme con ellos. Don Luis de Haro se adelantó a mis inquietudes.

–Ya que estamos en ésas, ¿por qué me retratasteis con una esmeralda?

–Vuestro retrato... –contestó–. Por Dios que fue un enredo

tan simple que me turba manifestar la verdad en voz alta. Ya os he señalado que con ocasión del mismo quise rendir homenaje a mi recuerdo del conde de Villamediana. Se me ocurrió que el mejor medio era mantener el anillo con el que lo pinté. Así os lo expliqué al entregároslo, pero no admitisteis mis razones. O por decir mejor, no las discutisteis conmigo, sino que acabasteis devolviéndome el lienzo y encargándole a mi yerno, Juan Bautista del Mazo, que hiciera un duplicado de la obra mostrando vuestro zafiro en vez de la esmeralda que yo había puesto. Mazo vino a contármelo y pensamos que no valía la pena tanto esfuerzo. Acabé dándole el cuadro para que retocara la mano y el anillo y lo hiciera pasar por suyo. Desde entonces todos lo consideraron de esa manera. Incluso vos llegasteis a afirmar que mi yerno había conseguido una expresión más ajustada que la que yo pinté originalmente al pagarle los ducados estipulados en el contrato.

Así que ésa era la historia. Por fin estaba aclarado el misterio.

De lejos, vimos sonreír al rey desde su mirada cansada.

–¡Ah, truhán! Me engañasteis, pagué dos veces la misma compra –dijo el de Haro.

El pintor se encogió de hombros y, por no enfrentar su mirada con la de Luis de Haro, agachó la cabeza con levedad para saludar a Felipe IV.

El rumor de la sala siguió retumbando en mis oídos durante varios minutos hasta irse apagando como un rescoldo de leña. Acabamos oyendo estas palabras:

–Quien quiera conocer los detalles de la muerte del conde de Villamediana, que se los pregunte a él –dijo don Luis, señalando con su mirada al retrato del conde duque de Olivares, al otro lado del cuadro y de la sala.

Giramos la cabeza en esa dirección. La parte frontal de *Las Meninas* estaba sumida en la más negra sombra y, de forma automática, echamos a andar hasta situarnos delante del grupo. Poco a poco fue tomando forma el retrato del conde duque a caballo. Allí estaba, erguido y singularmente frágil, impulsándose como un aparecido. De pronto, me pregunté cómo era posible ver otro cuadro de la sala de Velázquez del Museo del Prado desde el interior de *Las Meninas*. Aterrado, volví la vista. Pero ya era tarde, nuestra mirada hacia fuera nos estaba impulsando al exterior devolviéndonos al punto de partida. No hubo principios inteligibles en aquel inexorable y vago retorno a la realidad que sólo puedo esbozar en palabras con la imprecisión del lenguaje.

Fue un tránsito veloz y sosegado, contradictorio y coherente, en el que la fantasmagoría de toda la dimensión del cuadro, incluidos nosotros mismos, parecía cuestionarse a sí misma. Viendo el débil estremecimiento de vida irse apagando hacia el reposo, no supe si las figuras del cuadro eran fantasmas vivos de personas o si Jorge, Nuria y yo éramos los verdaderos fantasmas ante la mirada de esos personajes. Lo único cierto era que Velázquez, la infanta y el resto estaban otra vez en el lienzo buscando sus rostros en el espejo, guareciéndose en la tela, librándose de perecer. Y nosotros salvándonos junto a ellos, embarcándonos en el navío inmóvil de la Sala 12 del Museo del Prado, recobrando nuestro tiempo y nuestros olores, aquel tufillo acre que nos había despedido. Si una centella hubiera caído a mis pies, no me habría sentido más asombrado. No obstante, mi asombro no involucraba el menor disgusto. La salida se desarrolló con tanta serenidad, tanta quietud y a la vez traduciendo un refinamiento tan grande que mis únicos sentimientos fueron de admiración y desconcierto.

Cuando estuve seguro de pisar el suelo de mármol del Prado, miré a Nuria. Una oscura y apacible melancolía teñía su rostro. Se quitó las gafas y me tomó de la mano para mirar de nuevo el cuadro.

–Ha sido increíble, ¿verdad? –dijo Jorge.

Durante algunos minutos, todavía poseídos por el hechizo, permanecimos inmóviles, mudos, oprimidos por mil sensaciones contradictorias. Meneé la cabeza a ambos lados, dudando de la razón o, por lo menos, de la evidencia de los sentidos, y transcurrió algún tiempo antes de convencerme de que no estaba loco ni había soñado. Entre las sombras del recuerdo de aquella inmersión se imponía, sólida, la seguridad de que los personajes existían y la de haber escuchado su conversación.

De improviso Jorge se preguntó en voz alta:

–¿Dónde está Chamuco?

La pregunta nos tocó el lado realista. Nuria se separó, dio un giro de ciento ochenta grados y confirmó la evidencia suscitada por Jorge.

–Es cierto. Chamuco no está.

–Esperad un momento –dije–. Quizás esté en la sala de al lado. Vamos a buscarle.

Todo fue ya más fácil a partir de ese instante.

Al salir de la sala volví por última vez la cabeza para contemplar el cuadro inmutable.

XII

Recorrimos las galerías con paso ligero. Debíamos poner a Chamuco al tanto de lo que había pasado. Y de paso –pensé con presencia de ánimo–, intentar que nos explicara algunas dudas que empezaban a relampaguear en mi mente.

Al llegar a la sección de pintura italiana, oímos resonar una voz a nuestras espaldas.

–¡Nuria!

Era un vigilante de seguridad. Nos detuvimos a esperar su llegada.

–Un señor me ha pedido que si los veía les dijera que no le esperen. Debía marcharse.

–¿Cómo que se fue? –preguntó ella en voz alta.

–No sé. Yo no le conocía y al verle me dirigí a detenerle, pero dijo que había venido con usted y que tenía que irse. No llevaba nada y le dejé marchar.

–No se preocupe, Martín –dijo Nuria para tranquilizarlo–. Es amigo mío. Todo está controlado.

–Pero usted sabe que nadie puede entrar en el museo el día de descanso salvo que vaya acompañado por alguien de la casa.

–Disculpe, nos entretuvimos charlando delante de un cuadro y cuando nos quisimos dar cuenta, ya había desaparecido –balbuceó Nuria para excusarse.

El hombre se rascó lentamente la nuca antes de añadir:

–Debo ponerlo en mi informe.

–Haga lo que tenga que hacer. Por cierto, ¿no habrá dejado algún recado?

–¡Ah, sí! Lo había olvidado, comentó que mañana se pondría en contacto con un tal Gonzalo.

–Muchas gracias, Martín.

–Lo siento, señorita Nuria. Tengo instrucciones muy claras.

–Ya le dije antes que no se preocupara.

Salimos del museo atravesando la rotonda circular del piso alto en dirección a la escalera. Al pasar bajo la inmensa cúpula de aquel edificio mágico, piedra y ladrillo, gris y rosa, y luego atravesar la puerta giratoria, fue como si la forma de aquélla y el movimiento de ésta me confirmaran la despedida de lo ilusorio. Resignado, comprendí que nunca volvería a repetir una experiencia comparable. Sin embargo, no estábamos preparados para el tránsito. No fue preciso sino apoyar los pies sobre la acera para que el encuentro con la vida cotidiana nos desconcertara como una bofetada en la mejilla: el mundo exterior cobraba forma de nuevo y sentimos la claridad del sol bañando las franjas pálidas de las losas del pavimento; los cedros levantando al cielo su largo ramaje irregular; las nubes pasando por encima de nuestras cabezas semejantes a un torrente de leche; la gente que cruzaba a nuestro lado, pendiente de sus quehaceres; los ruidos del tráfico de la avenida.

Junto al impacto por la experiencia que habíamos vivido se mezclaba esa sensación difusa, multiplicada por mil, que se tiene a la salida de ciertas películas: la mente está todavía intentando asimilar la trama y, si bien, uno es consciente de haber visto la palabra fin, los títulos de crédito, de haberse levantado, recogido la chaqueta e incluso del hecho de estar abandonando la sala oscura y encontrarse caminando con los amigos o la novia en dirección al coche o a tomar una copa, necesita de un cierto lapso hasta comprender que lo visto ya ha pasado.

Así sucedió. Fuimos recobrándonos lentamente, con gradación de tortuga, envueltos en un estado de ánimo similar al que transcurre entre el despertar de la siesta y la plena consciencia, cuando tu cuerpo parece repartirse en dos mitades autónomas que obran por su cuenta, sintiendo que aquellos momentos de silencio tenían una importancia capital para las ideas indeterminadas y vagas que pasaban fugaces por la imaginación, sospechando de manera imprecisa que dentro de un mes todo habría sido para nosotros lo que en el fondo ya era entonces: ¿un sueño?

Cruzamos el paseo del Prado y nos internamos por el bulevar hasta la calle de Alcalá. Al llegar a la entrada del metro, Jorge se paró al lado de un kiosco de periódicos e interrumpió nuestro ensimismamiento:

–Os dejo. Estoy intranquilo con lo de Chamuco y voy a buscarlo a su casa.

–¿Te acompañamos? –dijo Nuria.

–No. Si ha dicho que mañana hablará con vosotros es mejor ir solo.

–Es un tipo extraño, ¿verdad?

Jorge sonrió abiertamente sin contestar. Levantó una mano en el aire.

–¡Hasta mañana!

Después de eso ninguno de los dos habló durante un rato. Proseguimos el camino sin rumbo fijo, dejándonos llevar. Por fin rompí el silencio entre nosotros.

–No logro entender cómo os ha podido pasar desapercibido el retrato de Villamediana en el taller de restauración del Museo del Prado, ¿no hacéis radiografías?

–Estaba pensando en eso. Tampoco yo lo comprendo. La única explicación que se me ocurre es lo que ha dicho el mismo Velázquez. Si dio una capa de estuco sobre el lienzo original y luego, cuando tuvo que pintar a Haro, reenteló el soporte, es posible que se hayan confundido los especialistas del museo.

–¿Cómo?

–Imagino que desentelarían la tela situada encima y le harían a ella todos los análisis. Con respecto a la de debajo, si la han tomado por un simple soporte de yeso ¿por qué iban a repetir en él un proceso similar salvo que sospecharan algo?

–Ya veo. Tú crees que han pasado por rayos X sólo la tela que contiene la imagen de Haro.

–Algo así. En caso contrario, habría aparecido Villamediana.

–¡En fin! Lo cierto es que esto ha cambiado todo. Tanto tiempo imaginando un segundo cuadro, buscando el verdadero retrato de Luis de Haro y resulta que sólo hay uno, que siempre fue el mismo.

–Es más o menos lo que pensaba Alberto y lo que tú mismo sentiste al verlo.

Me paré en la calle y la encaré:

–No hables de mi padre en pasado, por favor.

–Disculpa, no lo puedo evitar, cada vez estoy más segura de que le ha ocurrido algo.

–Le conozco bien, sé que no se ha suicidado. Estuve a su lado en los peores momentos de su depresión después de la muerte de mi madre y si entonces no se le pasó esa idea por la cabeza, te aseguro que no lo iba a hacer ahora a causa de la restauración de un cuadro, por muy importante que sea.

Nuria me miró con expresión triste y se pasó la lengua por dientes y labios, intentando reprimir una respuesta.

–¿Sigues empeñada en lo de Pablo Arana? –pregunté al verle el gesto.

–Pues sí. No tiene sentido que haya desaparecido de esta manera, sin dejar rastro. Ya han pasado muchos días –hizo una pausa y bajó el tono de voz–: Vale, de acuerdo, te concedo que no ha hecho nada por sí mismo. ¿Y ahora qué? ¿Tú dirás?

–Pablo no tenía ninguna necesidad de hacerle daño. Ahora tenemos pruebas de que el cuadro que van a presentar es al menos medio Velázquez.

–Nosotros lo sabemos, pero ¿quién te dice que él piense lo mismo?

–Siempre se ha mostrado convencido de la autenticidad.

–No estés tan seguro. Alberto debió averiguar algo. Si no, ¿qué sentido tiene que Pablo te mintiera sobre la fecha en que estuvo en casa de tu padre el día en que te hizo escuchar el contestador automático y te dio los papeles?

Esbocé un gesto de duda a sabiendas de que sus argumentos eran lógicos.

–Además, recuerda la tarde que nos conocimos, cuando me llamaste para que fuera a vuestra casa. Estaba todo revuelto, como si hubieran entrado a robar. Sin embargo, no echamos nada en falta.

Afirmé con la cabeza.

–Yo pienso –continuó– que quien estuvo allí buscando fue el mismo Pablo.

–Es una posibilidad –dije con tono neutro.

–¿Tú crees? –contestó ella con voz irónica–. Hace un momento nos hemos enterado de un dato bien interesante con respecto al cuadro de Haro. No sé si te has dado cuenta; Velázquez ha dicho que después de devolverle Luis de Haro su retrato, se lo regaló a su yerno para que no tuviera que repetir el trabajo y pudiera cobrarlo igual que si fuera enteramente suyo. Eso concuerda además con el inventario de la sala, donde se dice que la tela es de Mazo.

–Ya te entiendo. Si mi padre encontró el inventario como hemos hecho nosotros y se lo enseñó a Pablo...

–Voy incluso más lejos, ese cuadro siempre pasó por Mazo; Velázquez nos ha asegurado que le obsequió la autoría de la parte que había pintado él. ¿Quién te dice que no hay algún otro documento que lo acredite? También ha afirmado que hubo un contrato entre Luis de Haro y Juan Bautista del Mazo. ¿Por qué no lo va a haber encontrado tu padre? ¿No podríamos aventurar incluso que se lo mostrara a Pablo Arana?

–Eso explicaría el robo –respondí cauteloso.

–No sólo eso. Por mucho que nosotros sepamos la verdad, si hay algún recibo que afirme que la tela proviene únicamente de la mano de Mazo, la posición de Pablo Arana y del mismo director del Museo del Prado quedaría en entredicho.

–Lo que dices es sólo una hipótesis. Además, olvidas que el inventario del Alcázar es de dominio público.

–No olvido nada. Es más que una hipótesis. Estoy convencida

de que Alberto tenía en su poder algo que intimidaba a Pablo y que éste se lo robó o al menos lo buscó en vuestra casa. Mira, te diré claramente lo que pienso. Creo que Pablo Arana es un cínico y un ambicioso y también un buen especialista. Ahora, imagínate su situación. Encuentra un nuevo cuadro de Velázquez, una obra que puede asegurarle la plaza de conservador del museo por la que lleva luchando tantos años. Y todo ello sin el menor problema ético dado que él mismo está seguro de su autenticidad, al menos tanto como tu padre y tú mismo. No contento con ello, lo muestra a otros especialistas y hay coincidencia total, se trata de un Velázquez. Y de pronto aparece Alberto con un documento que echa abajo todo el montaje. Lo del inventario podría ser subsanable, tratarse únicamente de un error de adscripción, pero si tu padre tiene un contrato, la cosa cambia, ya no se trata de una prueba sino de dos. Sería una situación enervante, ¿no te parece? Saber que un lienzo es de Velázquez y tener pruebas de lo contrario porque, aunque Pablo lo desconozca, el mismo autor participó en el fraude. En esa tesitura, ¿no te lo imaginas haciendo todo lo posible para hacer desaparecer ese testimonio y a quien lo tiene?

Guardé silencio.

–Por otro lado, aunque sea un poco enrevesada, no encuentro ningún argumento que contradiga mi versión del asesinato hecho pasar por suicidio.

–Lo siento, no lo veo. ¿Por qué iba a hacerlo?

–¡No quieres aceptarlo! Lo cual es muy diferente. Para mí está muy claro, simplemente para silenciarlo. Te lo vuelvo a decir, si Alberto tenía alguna prueba aparte de la del inventario, bastaría para hacer dudar de la autenticidad. Pablo es muy capaz de llegar a eso, se juega mucho con esta presentación.

Me quedé pensando unos momentos. Quizás era absurdo plantearse esa hipótesis, pero ¿qué perdíamos con probar? Además, exceptuando a Alberto, era el único resquicio relacionado con el retrato de Luis de Haro que faltaba por concretar.

–De acuerdo, tú ganas. Te diré qué podemos hacer. ¿Por qué

no vamos mañana los dos a ver a Pablo Arana a su despacho y le planteamos estas dudas claramente?

–No es mala idea –contestó ella–. Pero mejor hagámoslo con una cierta picardía, recuerda que no es nada tonto.

–¿Qué propones?

–Que nos tiremos un pequeño farol y, aparte de hablarle del inventario, le aseguremos que sabemos que hay un contrato entre Luis de Haro y Mazo acreditando que el cuadro es de este último. Y aún más, por ejemplo, yo puedo afirmar que Alberto me habló de ello con detalle antes de desaparecer. ¡En fin!, que le digamos que tu padre lo tenía y él se lo quitó. Recuerda la denuncia que pusimos la noche de tu llegada. Además, tú le puedes demostrar que te mintió acerca del día que dijo haber estado en vuestra casa. ¡Que explique eso! Incluso podemos afirmar que sospechamos del mensaje del contestador automático y le exigimos que nos entregue la cinta para que se haga una prueba de voz. Podemos amenazarle con ir a la policía. Vaya, no sé, que intentemos acorralarle para que nos diga lo que ha hecho con tu padre.

–Adelante. Es arriesgado, no tenemos ninguna prueba e igual nos manda a paseo. Pero tienes razón, vale la pena intentarlo.

Me interrumpí de golpe y me quedé parado en la calle:

–Y te digo más, como flaquee, como le haya hecho algún mal a Alberto, que se prepare. No va a ser necesario que venga ningún policía ni que ningún juez le condene.

Mi tono de voz la inmovilizó.

–Tranquilo, Gonzalo, tranquilo. Lo que importa ahora es que pensemos en todos los detalles y preparemos las trampas de la entrevista. Ya veremos mañana qué ocurre.

–¿Vamos a mi casa?

–Sí –contestó ella–. Te acompaño.

Ascendimos por la escalera hasta el tercero con calma, deteniéndonos a cada paso para intercalar algún comentario. Nuria había conseguido que finalmente empezara a creer en la posibilidad del asesinato y trataba de combatir mi irritación, que era cada vez mayor. Sin embargo, era igual que si se fraguara una sombra en un rincón de la mente, como una instantánea de una polaroid, cuya intensidad quedara oculta por la caperuza. Hice un movimiento brusco para introducir la llave en la cerradura sin atender a sus argumentos: estaba persuadiéndome sobre la conveniencia de estar sereno, yo había dado muestras de mucha calma durante todo el proceso –dijo–, y ahora, cuando podíamos aclararlo todo, no convenía dejarse arrastrar por la cólera.

Entramos directamente en la cocina para preparar algo de comer.

–Lo primero es asegurarnos de que esté solo en su despacho, pero por ese lado no creo que haya dificultades –añadió–. Mónica, su secretaria, es buena amiga mía, he tomado café muchas mañanas con ella y estoy segura de que aunque no sepa lo que queremos, nos ayudará a encontrar el momento adecuado.

Yo asentía con la cabeza gacha, sin querer añadir palabra, mientras Nuria cortaba rodajas de tomate sobre una base de madera hasta que, de forma súbita, me apuntó con el cuchillo. Sus ojos grises estaban sombríos.

–Cada minuto que pasa estoy más convencida de que Pablo robó a tu padre el contrato del que nos ha hablado Velázquez.

Asentí de manera mecánica. Estaba cada vez más inquieto por la semilla que había depositado en mi abonado terreno; conforme la percibía germinar y contemplaba cómo el dolor mismo era el mejor alimento de la memoria, me absorbían los interrogantes de la entrevista del día siguiente. Alcé la vista hacia el pasillo, había un leve resplandor, y pensé que al salir debí dejarme encendida la luz del salón. Me levanté para ir a apagarla.

Al entrar, deslicé automáticamente la mano sobre el muro para encontrar y girar el interruptor. Conforme regresaba a la cocina, después de situarme de nuevo frente a Nuria, noté que seguía persistiendo el mismo resplandor.

–Pero bueno, si acabo de apagar...

–¿Qué pasa?

–No entiendo –me adelanté hasta la sala–: ¿Quién anda ahí?

Llegué hasta el umbral. Estaba frente a mí, tranquilamente sentado en un sillón.

–Buenas noches, Gonzalo.

Al oírle hablar tan tranquilo y verle después levantarse y ponerse en pie, frente a mí, con toda su apacible naturalidad, quedé literalmente pasmado.

Pasado el primer momento de rabia y sorpresa, dejé escapar un sonoro suspiro, abrí las manos desde la altura de la cintura y ya sonriendo, sin poder contenerme, fui subiendo los brazos y avanzando en su dirección hasta fundirme en un abrazo contra su corpachón.

Gracias a Dios mi padre estaba perfectamente.

–¡No me lo puedo creer! Desde luego, eres increíble –y tras una pausa–: ¡Nuria! ¡Nuria! Mira quién está aquí esperándonos.

Escuché sus zancadas por el pasillo.

–¡Alberto! –exclamó Nuria al llegar, sin dar crédito a sus ojos.

–¿No me vas a dar un beso?

Vi a Nuria por el rabillo del ojo y nos separamos. Ella se estaba adelantando moviendo la cabeza de izquierda a derecha. Acercó su mejilla a los labios de mi padre y dijo:

–Eres incorregible. No te puedes imaginar el susto que nos has dado. Estábamos convencidos de que Pablo Arana te había hecho algo y mañana íbamos a ir a la policía...

–Ya lo sé, perdonad. Únicamente puedo alegar en mi descargo que estaba seguro de que Gonzalo nunca aceptaría la posibilidad de un suicidio. Por eso te he dejado continuar durante todo este tiempo –dijo, mirándome con un gesto de cariño–. Sin embargo, ahora, al sospechar seriamente que me habían asesinado, ya no podía permitir que permanecieras con esa duda.

–¡Hombre, me encanta! ¡Yo lo llevo imaginando desde hace más de una semana! –dijo Nuria con voz irritada.

–Me refería a Gonzalo. Tú debías recelar, era parte de la idea.

La perpleja mirada gris de Nuria se hizo más profunda.

–Aguarda un poco –dije–. Vamos por partes. ¿Dónde has estado? ¿Se puede saber por qué desapareciste de la circulación?

–Tranquilo, te contaré todo lo que desees saber. Ya verás como acabas entendiendo mi comportamiento, pero antes, permitidme que os presente a un amigo. Estábamos charlando mientras esperábamos vuestra llegada.

Extrañado, me volví para ver a un hombre tendiéndome la mano. No le conocía, era un tipo alto, más bien delgado, con gafas, de aspecto desgarbado, vestido con pantalones de pana y un chaleco de punto sobre una camisa polo de un azul descolorido, mate.

Miré a mi padre con expresión interrogativa.

–Venga, sentémonos y hablemos –dijo Alberto, dejándose caer sobre el sillón. Sobre su rostro arrugado pasó una sonrisa tenue, como la luz del sol sobre el campo arado.

Aquello era excesivo. Me quedé en pie esperando una explicación.

–No te preocupes, Gonzalo, podemos hablar con confianza. Él está al tanto de todo desde el principio.

Confuso, acerqué un par de sillas y nos acomodamos. No entendía nada, pero en todo caso su amigo era la menor de mis preocupaciones.

–¡Adelante! –le dije.

–Bueno, es largo de explicar. Lo primero, tenéis razón, al menos en parte. Os he oído en la cocina. Y sí, Pablo Arana entró en casa y hurtó todas las copias del recibo del retrato de Luis de Haro. Excepto el original –dijo con una sonrisa entre culpable y triunfal–. Te parecerá mentira, hijo, desde el primer día tenías la prueba de que el cuadro fue al menos pintado en parte por Mazo.

–¿Que la tenía yo? –pregunté, apoyando el pulgar a la altura del pecho.

–Recuerdas el libro que te regalé la noche de nuestra despedida.

–¿Cómo podría olvidarlo? Es uno de tus favoritos. *El oficio de vivir*. Al final de ese diario, Pavese anuncia su suicidio. Fue muy canalla por tu parte, ha sido el aspecto que más me ha hecho dudar, aunque Nuria no lo sepa.

–Te vuelvo a pedir perdón, pero cuando contemples todo este

enredo en su conjunto, creo que me comprenderás. Por cierto, ¿no tendrás el libro en casa?

–Está en mi habitación.

–Tráelo, por favor.

Me levanté incómodo. Después de todo aquel trabajoso enredo, en apenas diez minutos estaba consiguiendo que me sintiera no sólo como un títere que hubiera manejado a su antojo, sino que no olvidara que él todavía seguía manipulando los hilos. Resignado por un destino que no hacía sino mofarse de mí, fui hasta el dormitorio a recoger el libro. Al regresar reflexioné un momento sobre las ambigüedades de la vida. No debía quejarme, ahora, con la simple reaparición de mi padre, yo ya era suficientemente feliz como para permitirle que se aprovechase de mi ingenuidad y la utilizara como caja de resonancia. Esta nueva benevolencia que aparecía en mí me devolvió la generosidad. Entré de nuevo en la sala y le tendí el volumen, Alberto me esperaba de pie y lo tomó por la tapa posterior para apoyarlo sobre la mesa. A su lado, había un bote de cristal y un pincel grueso con el que mojó y extendió la solución del frasco. Dijo que debíamos aguardar y, quince o veinte segundos después, le vimos separar y levantar cuidadosamente la guarda de la tapa dura. Entre ambas, había un pequeño papel que estaba oculto entre la página y el cartón. Lo extrajo, lo miró, lo desdobló con parsimonia y me lo tendió para que lo leyera. Nuria se acercó a mi lado y vimos un recibo fechado en 1648 por el cual Juan Bautista del Mazo declaraba haber recibido setenta ducados por el retrato de Luis de Haro, *en la misma apostura y con el mesmo donaire dél fecho por el maestro Diego Velásques, visto de medio lado y la mano diestra al aire, y con la piedra del anillo pintada en su color*.

Al leerlo me quedé otra vez perplejo.

Señalé a Alberto con el dedo.

–Eres un cabrón de mucho cuidado. Yo tenía la prueba desde el principio sin saberlo. No te das cuenta de los problemas que nos hubiéramos evitado si lo hubiera sabido...

Se rió y me interrumpió con voz tranquila.

–Era una posibilidad. Sin embargo, no se trataba de lo sustancial –continuó en voz baja, monótona, para sí mismo–: En realidad, ahora, contemplando todo en su conjunto, da un poco igual este documento.

–¿Cómo va a dar igual? –pregunté ya verdaderamente enfadado–. Con franqueza, no consigo entender el lío que has montado. Si desde el principio tenías el recibo original en tu poder, ¿puedes explicarme por qué no lo mandaste a cualquier periódico? Todo lo que hemos averiguado se hubiera aclarado desde el primer momento.

–Parece que no me conoces. Nunca hubiera hecho eso. Nunca. Piénsalo, el único perjudicado de ese desenlace hubiera sido mi museo. Quien hubiera quedado en entredicho sería el Museo del Prado y no Pablo Arana o el director. Compréndelo, Gonzalo, yo necesitaba solucionar el problema de la autenticidad del cuadro con dos condiciones previas. La primera, que el prestigio del museo no se dañara por la mala gestión o la ambición de gente en todo caso temporal, sin la menor incidencia en su historia. Y, segundo, que pudiera jubilarme con toda dignidad. Tengo sesenta y cuatro años, me quedan apenas unos meses de trabajo, llevo toda la vida dedicado a la restauración y no iba a permitir que unos personajes de ese calibre me retiraran como a un trasto viejo. Tenía que salir por la puerta grande. Y para eso no podía hacerlo solo. Te necesitaba.

Le miré con ojos de desafío y acabé bajando la vista.

–Bueno, venga, cuéntanos –dije con voz más calmada mientras tomaba asiento.

–Ya te lo he dicho, necesitaba tu ayuda. Y la de Nuria, por supuesto –dijo, volviéndose hacia ella–. Así que pensé en involucrarte sin que te dieras cuenta. Era imprescindible que te pusieras a investigar. Y para eso no tenía otra alternativa que irme, debía preocuparte con mi desaparición.

Frunci los labios con gesto escéptico.

–¿No podíamos haberlo hecho juntos?

–No, Gonzalo. Lo sabes perfectamente. Hubiera pasado lo que te comenté antes, que Pablo Arana quedara en entredicho y se publicaran unos cuantos artículos cuestionando la capacidad de expertización del Museo del Prado. Piensa en el escándalo que han montado en el Parlamento por la restauración de *El caballero de la mano en el pecho* del Greco y verás si tengo o no razón. Y además, también te lo he dicho, si no me jubilaban anticipadamente, en la mejor de las situaciones hubiera acabado sin trabajo hasta la fecha de mi retiro.

–También podría haberse resuelto bien –dije.

–Lo pensé, no vayas a creer. Llegué a la conclusión de que era demasiado arriesgado. Lo lógico hubiera sido que se resolviera de la manera que ya te he comentado. No –concluyó decidido–. No había otra solución más que hacerlo de esta forma.

–Entonces –era tanto una pregunta como una constatación–, ¿has sido tú quien ha ido dejando los mensajes?

Alberto se movió inesperadamente hacia mí y puso su pesada mano en mi hombro. Asintió con solemnidad.

–Desde el principio –dijo, echando a su alrededor una mirada amplia–. Empezando por la llamada de despedida a Pablo que hice un par de días antes de tu llegada –se volvió a Nuria–: Esta vez te tengo que pedir disculpas a ti, pero yo estaba seguro, me había encargado de ello, de que tenías en tu mesilla de noche el libro de cuentos en el que aparece la historia del tipo que asesina a su mujer mediante la estratagema del contestador telefónico. Era cuestión de tiempo que acabaras leyéndolo y relacionaras esa trama con la facilidad de imitar voces de Pablo Arana.

Nuria se sonrojó y no dijo nada. Recorrió con la lengua el labio superior.

–¿Y los demás? –dijo.

–Todos han sido puestos al alcance de vuestra mano. El epigrama de Alciato, mi ambigua despedida, la frase de Villamediana y el conde duque en la hora de su muerte... ¡En fin, todos!

–¿Y el poema de la revista *Inventario*?

–En parte. La cuestión de *Las Meninas* ha sido indudablemente mía, ahora bien, la idea de unificar a los tres pintores se le ocurrió a él –dijo, señalando a su amigo.

Le miré otra vez. Estaba recostado en el sillón con las piernas cruzadas; la mano derecha con los nudillos sobre la boca, el dedo índice tendido en paralelo a la nariz y el pulgar sujetando la barbilla por debajo. Habló entonces por vez primera; tenía una voz ronca, nasal, de tono bajo, y lo hacía con rapidez, uniendo en ocasiones unas palabras con otras.

–*Las Meninas* es el único cuadro que ha sido interpretado simultáneamente por los pintores más importantes de nuestra historia. Encargué el acróstico a un joven poeta granadino amigo mío. Era una bonita posibilidad. Pensadlo, son tres épocas de la pintura y tres, casi cuatro siglos consecutivos, el XVII con Velázquez, el XVIII y parte del XIX con Goya, y el siglo XX con Picasso.

–¿Y respecto a la cuestión de la realidad virtual?

–Ésa era una incógnita –respondió mi padre–. De todos modos, no olvides que también te regalé mi espejo mágico. Para entrar en el cuadro podías haber optado por dos sistemas. O bien, el más fácil, profundizar en el espejo, o bien, la extraña vía que habéis elegido, la tecnológica. Esta última era más complicada, pero al final ha dado igual, el resultado ha sido el mismo.

–¿Era más sencillo con el espejo? –repliqué con incredulidad.

–Claro, ¿no pensarás que han sido esos artefactos informáticos los que te han hecho penetrar en el cuadro? –preguntó en tono burlón.

Le respondí con un silencio corrosivo. Luego dije:

–Por supuesto que lo creo.

–Entonces, no has entendido nada –replicó mi padre arrugando la nariz.

–Si algo tengo claro –contesté con acento hosco– es que han sido los biosensores los que nos han permitido sumergirnos en el verdadero cuadro. Y además, puedo probarlo; cuando entramos por la vía tradicional de realidad virtual no conseguimos avanzar lo más mínimo.

–Naturalmente –dijo el amigo–, ya te lo aclararon en su momento. La llamada realidad virtual no puede inventar nada, lo único que puede hacer es reconstruir en tres dimensiones un espacio dado a partir de la información de una base de datos. Es decir, crea con la imagen una irrealidad que se convierte en realidad sólo en tu imaginación. En lo virtual, las simulaciones amplían desmesuradamente las posibilidades de lo real; pero no son realidades –el tono de voz se hizo más serio–: Lamento informarte que mediante sensores, por muy perfeccionados que estén, es literalmente imposible acceder a un mundo semejante al que habéis vivido.

–Déjalo, es lo mismo –dijo mi padre–. Lo importante es que se atrevieron a enfrentarse con la naturaleza interna de un fenómeno extraño; lo decisivo es que penetraron en *Las Meninas*.

–Perdona, Alberto, no da igual, deben conocer el verdadero mecanismo de entrada.

Era de nuevo el amigo quien hablaba. Me estaba empezando a incomodar. Hice acopio de toda mi paciencia para preguntar:

–En ese caso, ¿te importa explicarme cómo lo hemos hecho?

–Por vuestra convicción, por vuestra fe, aunque mucho me temo que ésta no sea la palabra más adecuada teniendo en cuenta al personaje. Aunque dudarais, al final, conseguisteis resolver la vacilación admitiendo que el acontecimiento podía resolverse de forma racional. Lo relevante de esos dispositivos es que os dieron la confianza que necesitabais para situaros delante del cuadro. Tú mismo lo has demostrado al expresarte con tanta certeza respecto a los biosensores.

Le miré fijamente, tratando de captar en su rostro el significado de las palabras.

–Vamos a ver –dije, intentando mantener la calma–, entonces, con el espejo...

–Ya te lo insinué antes –dijo Alberto–. También podíais haber decidido que se podía llegar a la ilusión de *Las Meninas* mediante el resultado de otra ilusión: el reflejo.

»Os hubiera bastado con situar el espejo mágico frente a *Las Meninas*. Ahora bien, precisabais la misma seguridad interior con la que os dispusisteis a entrar cuando utilizasteis los biosensores. Se trataba tan sólo de una cuestión de convencimiento. Recuerda que el mismo Velázquez te indicó que él había creado ese espacio para quien quisiera traspasarlo.

Tenía razón. En realidad, si hacía memoria, yo mismo había atisbado esa idea en algún momento aunque nunca se me ocurriera la evidente vía del espejo. Había sido la credulidad. Parecía incongruente, pero Chamuco nos había inculcado un credo. Por otro lado, si hubiéramos penetrado a través del medio que sugería este hombre, si nos hubiéramos convertido tan sólo en la imagen de un espejo: ¿cuál sería entonces la naturaleza exacta de los seres cuyo reflejo hubiéramos sido? ¿Espejo o puerta?

Levanté la vista. Mi padre se estaba dirigiendo a Nuria.

–El empeño era complicado. Debíais ser capaces de poner en tela de juicio la misma realidad. Y además, hacerlo dentro del cuadro más enigmático de la historia de la pintura.

–Y lo que es peor –continuó su amigo–, para buscar dentro de él otra pintura aún más ambigua, con dos personajes y dos autores.

–Sí –dije yo, llevado por primera vez por sus argumentos–, era necesario conciliar lo posible y lo imposible.

–Todavía peor –matizó–. Os habéis atrevido a dudar que exista una oposición irreductible entre lo real e irreal.

–Estábamos obligados –repliqué.

–Exacto. Tuvisteis que negar la oposición entre realidad y ficción. Ahora bien, para negar una oposición, era necesario, en primer lugar, reconocer sus términos. Para llevar a cabo un sacrificio, es preciso saber qué se sacrifica.

–¿Y se puede saber lo que hemos sacrificado?

–Vuestra conciencia de la realidad. Aunque teóricamente hoy en día nadie crea en una realidad inmutable y externa o en un arte que sólo pretenda transmitir esa apariencia, hay mucha diferencia entre afirmarlo y asumirlo en la medida en que lo habéis hecho vosotros. Por eso vacilasteis antes de integraros en la dimensión inaudita de *Las Meninas*. Sin embargo, os atrapó lo maravilloso y acabó pareciendo admisible poder estar inmersos en un mundo cuyas premisas son totalmente diferentes a las nuestras. La transgresión de las leyes de la naturaleza os ha hecho tomar una mayor conciencia de la naturaleza del desafío.

Desde el sillón, el amigo de mi padre se había quitado las gafas y procedía a limpiárselas metódicamente con el extremo de la camisa. Una sonrisa fugaz sesgaba su rostro.

–Ha sido estupendo contemplar cómo os lanzabais a sumergiros en la contradicción del arte dentro del ejemplo más paradigmático de la historia de la pintura: *Las Meninas*. Justamente en una pintura que se dice que es un calco de la realidad. Pero tanto Velázquez al pintarla, como vosotros al traspasarla, habéis dudado de que esa imagen paralela y análoga de la verdad sea también cierta. O por expresarlo con más claridad, os habéis atrevido a ir todavía más lejos hasta comprobar que era más cierta que la misma verdad. Es decir, habéis llegado a la noción de que el arte sólo puede existir en la medida en que se vuelve imposible. O bien lo que se pinta está presente allí y entonces no hay lugar para la pintura, o bien se da cabida a su representación y entonces ya no hay nada que decir.

–Me parece que no entiendo.

–Quiero decir algo muy obvio, que la pintura se manifiesta en formas y colores del mismo modo que la literatura lo hace en palabras. Ahora bien, la vocación dialéctica de ambas se expresa yendo más allá de esa noción. La pintura, evocando algo diferente a la realidad; la literatura, diciendo más de lo que dice el lenguaje. Y también, algo que quizás no lo sea tanto. Si eso es así, como creo, el arte nos vuelve a demostrar que es un arma mortífera mediante la cual, en pintura, los colores y en literatura, el lenguaje, llevan a cabo su propio suicidio.

Hizo una pequeña pausa antes de concluir:

–Por eso, probablemente sólo la literatura o tal vez el cine asumirían la antítesis que habéis vivido entre lo verbal y lo transversal, entre lo real e irreal.

Observé su silueta recortándose a contraluz. Yo era consciente de que en el arte no es fácil encontrar explicaciones simples. No hay lindes nítidos. Todo se apoya en algo, las cosas se superponen unas a otras y terminan siendo un juego intertextual, donde tratar de establecer hechos y explicaciones absolutas es una necedad en la mayoría de los casos. Ahora bien, ¿qué trataba de sugerir este hombre? Si yo le entendía correctamente, no sólo planteaba una especie de sofisma absurdo del tipo de la mentira es ficción, la ficción es arte, en consecuencia todo arte es mentira, sino que de alguna manera estaba refiriéndose a nuestra aventura como una experiencia abstracta. ¡No! ¡No podía ser! Yo sabía muy bien, lo había dicho hasta la saciedad, que la clave del viaje a *Las Meninas* fue la ambigüedad, no saber si aquello que se ha visto es verdad o mentira, no saberlo nunca. Sin embargo, también podía jurar que lo que había vivido –o soñado– me tocaba tan en lo hondo, lo sentía tan mío y verdadero que si ahora lo rechazase sería como negarme a mí mismo.

–¿No insinuarás que todo lo que hemos vivido ha sido imaginación nuestra?

El otro nos miraba socarrón, sin apartar el nudillo de la boca.

–Vamos a ver, ¿tú crees que algunos de los incidentes que habéis experimentado han sido quizás imaginarios?

–No lo sé. Quizás sí.

–¿Qué piensas tú, Nuria?

–Supongo que lo mismo que Gonzalo.

–Por consiguiente, estáis negando la naturaleza imaginaria del resto de los acontecimientos.

Ahora sí me había roto los esquemas. Lo que sugería parecía poner en duda toda nuestra experiencia, como si nos dijera: «Esta posibilidad os turba, pero es preciso que os avengáis a pertenecer a cualquiera de las partes de un esquema irrealizado».

Le miré desconcertado, sin comprender dónde quería ir a parar.

–Pero eso es un contrasentido.

–En absoluto. Te lo aseguro. Yo soy el autor de esta novela.

Apéndice interesado

Los personajes de esta novela son, en su mayoría, ficticios. Hay, sin embargo, algunas referencias a personas reales, con su nombre y apellidos. Tal es el caso, por poner uno, de Julián Gallego. He utilizado parte de su descripción de *Las Meninas* y me pareció lógico que fuera él mismo quien la escenificara. Además, hay alguna referencia velada a otras personas, entre las que destaca Alberto Fernández, el padre de Gonzalo, basado inequívocamente en aquel Alberto Resciutto con quien tuve el placer de compartir tantos buenos momentos durante mi estancia en la pinacoteca madrileña. Alberto Resciutto es un restaurador ya jubilado, de origen argentino, cuyo amor por Rubens le llevó a opositar al Museo del Prado, y he querido homenajearle de forma explícita. Por lo demás, el relato versa de alguna manera sobre el viejo asunto de la confusión entre realidad y ficción y, por ejemplo, si el poema *Ocultos* se publicó en las mismas fechas en las que transcurre la acción de la novela, de tal forma que fuera encontrado por el personaje de ficción en una revista real *(Inventario)*, no deben extrañar otros guiños y alusiones. En todo caso, deseo aclarar que si he escrito un apéndice y no incluyo un *post scriptum* semejante al de Perec es porque creo que si alguien quiere encontrar referencias, de acuerdo, pero que las busque.

Por otro lado, durante el desarrollo de la trama aparecen también ciertos personajes históricos –especialmente relacionados con el conde de Villamediana–, o asuntos con categoría de personaje, como el espejo. Quizás pueda interesar a algunos lectores conocer más datos sobre ellos.

ESPEJOS: el carácter del espejo –la variabilidad temporal y existencial de su función– explica su sentido esencial y la diversidad de interpretaciones significativas que posee. Símbolo de la imaginación y la conciencia –como capacitada para reproducir los reflejos del mundo visible en su realidad formal–, el espejo se ha relacionado con el pensamiento por la posibilidad que ofrece de autocontemplación. Incluso el mito de Narciso mirándose en las aguas ha llevado a ver el cosmos como un inmenso Narciso que se ve a sí mismo reflejado en la conciencia humana. De esta manera, el universo como discontinuidad afectada por la ley del cambio y de la sustitución proyecta ese sentido en parte negativo, calidoscópico, de aparecer y desaparecer, que refleja el espejo.

En consecuencia, desde la Antigüedad es visto con un sentido ambivalente. Al ser una lámina que reproduce las imágenes, y en cierto modo las contiene y las absorbe, ha aparecido con frecuencia en cuentos folclóricos dotado de carácter mágico, sirviendo para suscitar apariciones, devolver las imágenes que aceptó en su pasado y anular distancias, reflejando lo que un día estuvo frente a él y ahora se halla en la lejanía. Este tránsito del, digamos, *espejo ausente* al *espejo poblado* le da una suerte de fases, y por ello, como el abanico, está relacionado con la luna, siendo atributo femenino. Además, es lunar por su condición reflejante y pasiva.

Entre los primitivos, es también símbolo de la multiplicidad del alma, de su movilidad y adaptación a los objetos que la visitan y retienen su interés. Así aparece, a veces, en los mitos, como puerta por la cual el alma puede disociarse y *pasar* al otro lado. Además, como el eco, es símbolo de los gemelos –tesis y antítesis– y representa de forma específica el mar en llamas (vida como enfermedad). Para Leofler, los espejos, como los palacios de cristal, son símbolos mágicos de la memoria inconsciente. Por su parte, Bioy Casares recoge las palabras de uno de los heresiarcas de Uqbar, quien declaró que los espejos y la cópula son abominables porque multiplican el número de los hombres.

En la Grecia clásica se alumbraba el fuego sagrado por medio de espejos, y Pausanias refiere que, en el santuario de Demeter, en Patras, había una fuente sagrada que alimentaba un estanque, en cuyas aguas, combinadas con espejos, se hacían adivinaciones. Platón y Plotino conciben el alma como un espejo, idea que fue continuada por san Anastasio y san Gregorio Niseno.

En la Edad Media el espejo fue atributo mariano, simbolizándose a la Virgen como espejo sin mancha. Santa Teresa continúa la tradición de comparar el alma con un espejo por ser capaz de reflejar la imagen divina. Durante el Renacimiento tuvieron un especial significado normativo. Así los *Espejos de Príncipes* son tratados sobre el arte de gobernar (Maquiavelo, Fénelon, Rivadeneyra, Saavedra Fajardo, etcétera). Los espejos de mano son emblemas de la verdad y la vanidad. Atendiendo a este último significado, han sido muy representados por pintores como Baldung Grien, Rosso, Giorgione, Tiziano y otros.

En el islam, los sufíes conciben el universo como un conjunto de espejos donde se refleja el ser único. El alma del místico sufí actúa asimismo como un espejo, recogiendo con fidelidad lo que le rodea y penetrando hasta en lo más recóndito del pensamiento del prójimo.

En China, los espejos están dotados de la cualidad alegórica de la felicidad conyugal y de poder contra las influencias diabólicas. Además representan a la mujer, y en concreto, a la reina. Leyendas de este país citadas por Borges hablan de los «animales de los espejos».

En Japón, tiene valores solares, como en el caso de la diosa Amaterasu. Habiéndose ocultado ésta en una caverna a causa de las tropelías de su hermano Susanco, fue hecha salir de aquel escondrijo por medio de un espejo, que difundió su luz sobre la tierra.

Los mayas miran su alma no en la sombra del cuerpo, como otros pueblos de civilización inferior, sino en la reflexión del espejo, dado que consideran a la enfermedad consecuencia de la descomposición del alma. Por eso, en sus templos e iglesias, colocan sobre el pecho de las figuras de los santos pequeños espejos a los que llaman *Ojo de Dios*, con el objeto de sentirse observados y reflejados mientras rezan y dialogan con ellos (San Juan Chamula, Chichicastenango). Por su parte, los incas tenían la costumbre, en el solsticio de verano, de encender el nuevo fuego con un espejo cóncavo.

Entre los melanesios e indonesios la voz *alai*, con la que designan el alma, significa «reflexión». En concreto, en la isla Saddle de Melanesia hay una laguna en la que el espíritu maligno se apodera de la vida de quien osa verse en sus aguas. Los zulúes tienen análogo horror a mirarse en la superficie de los lagos. Los galela creen que sus hijos pierden la belleza al observarse en los espejos, y por esto les está prohibido de forma taxativa en el Código de Manú.

Finalmente, para el psicoanálisis, los sueños de espejo son infrecuentes, pero muy significativos. No todos resisten su propia mirada. Unos, como Narciso, se extravían contemplando su imagen reflejada en el agua. Otros, a su vez, no vuelven en sí hasta no haberse mirado en un espejo.

PIEDRAS PRECIOSAS: la historia nos refiere que cuando Salomón decidió la construcción de su famoso templo, mandó a la antigua Tarsis una comisión de inteligentes, con el fin de que le proporcionasen maderas finas, mármoles y otras piedras para la construcción del mismo, así como gemas para formar el *Racional*, llamado en hebreo *Essen*, que desde los tiempos de Moisés usaban los sumos pontífices como distintivo de la suprema autoridad.

El conde de Villamediana, cuyo significativo apellido era Tasis o Tarsis, amaba con lógica pasión las piedras preciosas. A continuación se exponen las características de algunas de las más significativas:

DIAMANTE: el término proviene del griego –«adamas»: *el irrompible*–. No hay nada de dureza similar. Se puede confundir con el zafiro y el topacio. Carbono puro cristalizado. Simboliza el amor y la soberanía universal. Inmejorable talismán capaz de alejar los malos espíritus, las enfermedades, los fantasmas y las brujas. En la Edad Media se creía que alejaba a las bestias salvajes.

RUBÍ: debe su nombre al color rojo y proviene del latín *(rubeus)*. Es la piedra más dura después del diamante. En la Antigüedad se la llamaba también rubí a la espínela roja y al granate (o a los tres como piedra del ántrax). Se confunde con la espínela, el topacio y el jacinto. En la Antigüedad se la consideraba emblema de la fortuna y si cambiaba de color, presagio de la desgracia. Fue utilizado para contener las hemorragias, lo que derivó en que se creyera que era bueno para el corazón, la memoria, el cerebro, el vigor y para clarificar la sangre. Se suele colocar bajo la protección del planeta Marte y pertenece al signo de Leo, por lo que tiene además el simbolismo de la fe y la victoria. Según Raimundo Lulio la piedra filosofal era de color rojo rubí.

ZAFIRO: proviene del griego y significa «azul». A veces en la Edad Media se utilizaban indistintamente los nombres del zafiro y el lapislázuli. Se confunde con el topacio y la turmalina. Según los alquimistas es símbolo del aire, piedra unida simbólicamente al cielo. En Oriente se cree que protege del mal de ojo. El cristianismo lo considera símbolo de la pureza y del reino de Dios.

ESMERALDA: proviene del griego *(smaragdos)*, aunque su origen es persa o indio y significa «piedra verde». Los mejores yacimientos de esta variedad transparente del berilio están en Colombia (mina del Muzo o de Chivor, explotadas por incas, españoles y en la actualidad abandonadas). Se suele confundir con la turmalina verde y el periodoto. Para los indígenas americanos está asociada con la lluvia, la sangre y los ciclos lunares y, en concreto, los aztecas la ligan al pájaro *quetzal* de largas plumas verdes. Los romanos creían que era un talismán: colocada sobre la lengua permitía conjurar los espíritus malignos y conversar con ellos. En el cristianismo tiene un significado dual. De un lado, se asocia a las más peligrosas criaturas del infierno por haber sido expulsado Lucifer del cielo con una esmeralda sobre la frente. Y de otro, representa la inmortalidad, puesto que en el Apocalipsis se asocia al trono de Dios; de ahí que en la Edad Media se considerara gema de Hermes y que el Santo Grial estaba tallado en una inmensa esmeralda.

ESPÍNELA: incierto origen, puede significar «chispa» (griego) o «punta» (latín). Hay espínelas de casi todos los colores. Se han confundido mucho con los rubíes.

TOPACIO: el nombre proviene de la isla griega Topazos, la actual Zerbirget del mar Rojo. Se puede confundir con el diamante, rubí, zafiro, espínela, etcétera...

AMATISTA: se le atribuyen fuerzas sobrenaturales: da suerte, estabilidad, protege de hechizos y de la nostalgia. El nombre significa «no ebrio» y se considera un amuleto contra la borrachera. Su color violeta ha hecho que la tradición cristiana moralizante la haga sinónimo de la humildad. Posee también un valor mágico, de talismán, ya que según Plinio puede utilizarse contra la gota y los venenos. Se puede confundir con la espínela, el topacio y la turmalina.

TURMALINA: es la piedra con más riqueza de colores. Gran posibilidad de confusión con amatistas, rubíes, esmeraldas, etcétera.

PROSTITUTAS EN MADRID (siglo XVII): durante la novela se habla en dos ocasiones de la noche de farra que corrieron Villamediana y el joven Velázquez en Madrid. Quizás sea interesante dar algún dato de sus diversiones. Por entonces había más de ochocientas casas públicas en Madrid abiertas día y noche, calculándose en más de treinta mil entre las putas autorizadas y solapadas. Había varios tipos de meretrices: La *manceba*, que vivía con un hombre maritalmente y sostenía, en ocasiones, un largo concubinaje, pero también otras se alquilaban por meses y se llamaban *amesadas*. Además, estaban las *cortesanas*, que tenían pretensiones de un cierto disimulo (por eso las llamaban *tusonas* o *damas del tusón*, por el Toisón de Oro, máxima orden de la caballería). Después estaban las *rameras* de una cierta categoría: *marcas*, *damas de achaque*, *damas de medio mango* o simplemente *rameras*. Finalmente, múltiples las *busconas*, que vivían de manera furtiva y podían ser *cantoneras*, *putas de encrucijada*, que acechaban a los paseantes en los cantones de las esquinas, *mozas del partido*, *del agarro*, etcétera... Los burdeles se llamaban también «dehesas» o «berreaderos», palabra que deriva de la berrea, la brama en el celo entre los ciervos. Las casas estaban gobernadas por el *padre de la mancebía*, quien respondía de ellas ante las autoridades. Por lo general estaba a sus órdenes una mujer vieja, también llamada *tapadora*, que era nombrada por el dueño de la casa y el Concejo de la Villa de Madrid debía aprobar su nombramiento. En alguna ocasión el padre se ayudaba con alguna madre y en raros casos la madre era la tapadora única. Los propietarios de las mancebías eran desconocidos y podían ser gentes de calidad.

Para que entrara una joven en una mancebía debía aportar un documento ante el juez de su barrio acreditando que era mayor de doce años, había perdido la virginidad, era huérfana o de padres desconocidos, o abandonada por su familia, siempre que ésta no fuera noble. Entonces, el juez, patriarcal, le endilgaba un sermón sin convicciones para procurar que desistiera de sus intenciones. Si no la convencía, le otorgaba un documento que la autorizaba a ejercer su oficio. Durante la primera época, se las llamaba *yeguas en las dehesas* a las pupilas del lupanar. La autoridad también velaba por la salud del cliente, puesto que un viejo reconocía a las coimas para ver si estaban sanas y la vieja que las custodiaba tenía la obligación de dar un parte si padecían algún mal contagioso.

CONDE DE VILLAMEDIANA: Juan de Tasis (Tassis), o Tarsis, y Peralta nació accidentalmente en Lisboa en 1580, donde habían ido sus padres para la coronación de Felipe II como rey de Portugal. Descendiente de la familia Thurn und Taxis, que desde el siglo XV ostentaban el cargo de correo general del Imperio y de los Países Bajos, su padre, Juan de Tasis y Acuña, fue correo mayor en Flandes y luego en España. En su primer acto oficial –asistir a la boda de Felipe III con Margarita de Austria, y su hermana, la infanta Isabel Clara Eugenia, con el archiduque Alberto (Valencia, 1599)–, le cayó tan bien al rey Felipe III que le nombró gentilhombre de casa y boca. Desde muy pronto destacó por su habilidad en el juego y por su carácter bizarro y licencioso. El 4 de agosto de 1601 contrajo matrimonio con Ana de Mendoza y de la Cerda, sexta nieta del marqués de Santillana y sobrina del duque de Medinaceli. En 1603 su padre recibió el título de conde de Villamediana, que pasaría a su hijo cuatro años más tarde, con ocasión de su muerte. Jugador notable, tras hacer perder grandes cantidades al duque de Lerma, el conde de Gelves, la reina, la condesa de Lemos, la duquesa de Medina y hasta al rey, llegó a tal extremo el escándalo que en 1608 se le ordenó salir de la corte. Se trasladó a Nápoles bajo la protección del conde de Lemos y residió en la ciudad italiana hasta 1617, aficionándose durante su estancia a las joyas, especialmente a los diamantes, que hacía engastar en plomo para aumentar su brillo. Buen coleccionista de armas, antigüedades y pintura –italiana y flamenca–, a su vuelta comenzó a escribir sátiras políticas contra Rodrigo Calderón, el duque de Uceda, Jorge de Tobar (secretario del real patrimonio), Pedro de Tapia (oidor del consejo real) y sobre todo, contra el duque de Lerma, lo que le valió enemistades y un nuevo destierro, ordenándosele vivir a no menos de veinte leguas de la corte. Se instaló en Andalucía y durante estos años murió su único hijo y su mujer. En 1621, con la llegada de Felipe IV, Tasis fue repuesto en su cargo palatino.

Excelente escritor, según algunos inventor de la poesía satírica española, fue discípulo de Góngora y enemigo de Quevedo, a quien llamaba *desigualadísima bestia*. Por lo demás, era buen mozo, curioso de piedras preciosas, mujeres y caballos. Y amaba con locura el peligro y las temeridades. Libertino y generoso, destacó tanto con la espada, el puñal y la lengua como por sus aventuras cortesanas, haciéndose acompañar en sus incursiones por las alcobas y en general en sus correrías nocturnas de un paje de cortina que era una muchachita, hija de labriegos castellanos. Muy coqueto, cuidaba mucho sus manos, que untaba con sebillo traído de Portugal y las perfumaba con ámbar, como perfumaba también sus finos guantes de Córdoba y hasta sus cuadras de Correo Mayor del Reino, con sus caballos maravillosos, los de la casta famosa de Valenzuela, al decir de muchos, fecundados al viento –son los famosos corceles guzmanes–, con los que gustaba pasear a caballo por el paseo del Prado. Su orgullo también ha sido muy celebrado. Por ejemplo, un día yendo a galope por el Prado pasó por delante del rey y se le cayó un broche de diamantes del sombrero de más de seiscientos ducados, pero él, por no abreviar el galope ni parecer menudo, siguió su marcha sin mirarlos. En fin, Villamediana tuvo todas las condiciones para deslumbrar y crearse enemigos: elegancia, ingenio, valor, pluma afilada, destreza en la plaza y en la caza; amor por el lujo y por el teatro, sensualidad y una suerte milagrosa en el juego.

Murió asesinado por orden del conde duque de Olivares el 21 de agosto de 1622. Ese día, a la caída de la tarde, el conde salía del Alcázar acompañado de Luis de Haro, hijo mayor del marqués de Carpio y futuro primer ministro de Felipe IV, y al llegar a su palacio de Oñate –curiosamente hoy fachada de la Casa de Velázquez en la Ciudad Universitaria de Madrid– salió de los portales que están en la acera de San Ginés, Ignacio Méndez, arrimándose al lado izquierdo y con una ballesta valenciana, le atravesó el pecho. El conde, sin abrir el estribo, se echó por encima de él y puso mano a la espalda, mas viendo que no podía gobernarla, exclamó: *Esto es hecho, señores.* Al día siguiente, don Juan Ruiz de Alarcón escribió este epitafio:

Aquí yace un malediciente
que hasta de sí dijo mal,
cuya ceniza mortal
sepulcro ocupa el yacente.
Memoria dejó a la gente

del bien y del mal vivir;
con hierro vino a morir
dando a todos entender
como pudo malhacer
acabar su mal-decir.

Por su parte, Luis de Góngora, su amigo, escribió:

Mentidero de Madrid:
Decidnos ¿quién mató al conde?
Ni se sabe, ni se esconde.
Sin discurso discurrid
–dicen que le mató el Cid
por ser el conde lozano[1].
¡Disparate chabacano!
La verdad del caso ha sido
que el matador fue Bellido[2]
y el impulso, soberano[3].

Y Lope de Vega respondió a Góngora con otra décima de iguales consonantes:

Atenciones de Madrid
no busquéis quién mató al conde,
pues su muerte no se esconde.
Con discurso discurrid
que hay quien mate sin ser Cid
al insolente Lozano;
discurso fue chabacano

1. Sabido es que el conde Lozano fue muerto por el Cid en un duelo, por haber ofendido a su padre. De ahí el juego de palabras.
2. Bellido Delfos, asesino del rey de Castilla, Sancho II, en el cerco de Zamora (1072), por supuesta inducción de su hermana doña Urraca, simboliza el brazo homicida movido por voluntad ajena.
3. El rey Felipe IV. Quevedo lo confirma en sus *Grandes anales de quince días*.

y mentira haber fingido
que el matador fue Bellido
siendo impulsor soberano.

Francisco de Quevedo, enemigo acérrimo de Villamediana, en sus *Grandes anales de quince días*, relata la muerte de la siguiente manera:

Habiéndose paseado todo el día en su coche, y viniendo al anochecer con Luis de Haro, hermano del marqués del Carpio, a la mano izquierda en la testera, descubierto el estribo del coche, antes de llegar a su casa, en la calle Mayor, salió un hombre del portal de Pellejeros, mandó parar el coche, llegóse el conde y, reconocido, le dio tal herida que le partió el corazón. El conde, animosamente, asistiendo antes a la venganza que a la piedad, y diciendo esto es hecho, empezando a sacar la espada y quitando el estribo, se arrojó en la calle, donde expiró luego entre la fiereza deste ademán y las pocas palabras referidas. Corrió el arrollo toda su sangre, y luego arrebatadamente fue llevado al portal de su casa, donde concurrió toda la corte a ver la herida, que cuando a pocos dio compasión a muchos fue espantosa... Pudiendo y debiendo morir de otra manera, por justicia había sucedido violentamente, porque ni en vida ni en muerte hubiese cosa sin pecado... Y hubo personas tan descaminadas en este suceso que nombraron los cómplices y culparon al príncipe, osando decir que le introdujeron al enojo por lograr su venganza, que su orden fue que lo hiriesen, y los que la daban la crecieron en muerte, abominando el engaño tanto como el delito.

Por fin, Ángel González Palencia publicó en 1942 unas *Noticias de Madrid* (1621–1627), de autor anónimo del siglo XVII, cuyo manuscrito se conserva en la Biblioteca Nacional de Madrid. En el capítulo referido al mes de agosto de 1622 puede leerse:

A 21, boca de noche, que serían las ocho, iba el conde de Villamediana con don Luis Méndez de Haro, hijo del marqués del Carpio, en un coche por la calle Mayor; y enfrente de la callejuela que va a San Ginés, se llegó un hombre embozado y dio tal herida al conde con un arma, como ballesta, que le rompió dos costillas y el brazo, y le abrió el pecho; cayó luego muerto por el estribo del coche, sin poder sacar la espada, diciendo: esto es hecho. Depositáronle aquella noche en San Felipe el Real, de donde le llevaron al Convento de San Agustín de Valladolid, de donde es Patrón, y está enterrado en la bóveda de la Capilla Mayor, casi entero su cuerpo, por la mucha sangre que le salió de la herida. Hiciéronse por orden del rey nuestro señor grandes diligencias, y nunca se pudo saber el matador. Causó gran lástima tan desgraciada muerte, porque era el caballero más amable y liberal que tenía la corte.

GÓNGORA Y ARGOTE, LUIS DE: poeta cordobés, a quien retratara Velázquez en 1622, cuando contaba sesenta o sesenta y un años de edad, y origen del cuadro que da inicio a esta novela. Don Luis de Góngora y Argote nació en Córdoba (1561) en una linajuda familia. Su padre, Francisco de Argote, fue juez de residencia en Madrid y de bienes confiscados por la Inquisición en Córdoba. De talento precoz, fue clérigo desde los catorce años, pues su tío, Francisco de Góngora, a la sazón racionero de la catedral cordobesa, le cedió algunos beneficios eclesiásticos. Entre 1576 y 1580 cursó cánones en Salamanca y comenzó su fama de hombre dado al placer y a la poesía, lo que se acompasaba mal con su profesión eclesiástica, que probablemente nunca sintió. No obstante, de vuelta a Córdoba se encontró con que su tío renunciaba en su favor a la ración de la catedral cordobesa, por lo que decidió recibir las órdenes mayores. En estos años comienza su prestigio poético –Cervantes lo elogia ya en 1585 en el *Canto a Calíope*– y su poema, *A Córdoba*, de ese mismo año, es muy celebrado, por lo que compaginó sus obligaciones religiosas con su vida de jugador y mujeriego.

Poco después un suceso condicionaría el carácter del poeta. En prueba de limpieza de sangre a que se sometió una hermana suya, un testigo acusó de conversa a la familia Góngora. No se consiguió demostrar, pero don Luis quedó afectado de por vida.

Desde entonces, alternó sus estancias en Córdoba con algunos viajes breves a la corte, si bien su situación económica no era boyante y gastaba en exceso. Poeta famoso desde 1613, en que empezaron a circular copias manuscritas de sus dos grandes poemas, *Las soledades* y *Polifemo*, obras maestras del culteranismo, atacadas por sus enemigos literatos, como Lope de Vega, Góngora respondió a las críticas con agresividad y fuerza. Animado por sus admiradores, se trasladó en abril de 1617 a Madrid, donde, tras ordenarse sacerdote, es nombrado capellán real con el apoyo del duque de Lerma y don Rodrigo Calderón. Sin embargo, Góngora continuaría endeudándose para mantener casa y coche hasta que, desaparecidos sus protectores, buscó el apoyo del conde duque de Olivares y en el conde de Villamediana, su discípulo preferido. Murió en su ciudad natal, Córdoba, el 23 de mayo de 1627, lo que llevó consigo el reconocimiento póstumo de su genio y la primera edición de sus obras (muchas de las cuales estaban inéditas) por López de Vicuña, en Madrid, 1627.

FELIPE IV, REY DE ESPAÑA. la personalidad de Felipe IV, no por contradictoria deja de ser apasionante. Nacido el 8 de abril de 1605, contrajo su primer matrimonio a los diez años de edad, el 18 de octubre de 1615, con la hija primogénita del rey de Francia, Isabel de Borbón. Aunque tardó cinco años en consumarlo, desde entonces inició una vida en la que combinó casi paradójicamente la frialdad de trato y la indolencia, con un apasionamiento erótico que le hizo mantener numerosas relaciones, tanto dentro como fuera del matrimonio. Conocido como el *Rey Galante*, un testigo de la época, el viajero francés Brunel (1656) escribe: «El desarreglo de este príncipe duró mucho tiempo, y fue tal que le hacía caer lo mismo sobre la meretriz más tirada que sobre la más reservada dama». De su primera esposa tuvo al menos seis hijas y un hijo, el príncipe Baltasar Carlos, pero a la muerte de ésta, en 1644, casó con su sobrina la archiduquesa Mariana de Austria, que aún le dio otros cinco más, de los que sólo sobrevivió un varón, el futuro rey Carlos II. Fuera del matrimonio procreó bastantes hijos más con una larga lista de amantes. Entre sus descendientes ilegítimos cabe destacar a don Fernando Francisco de Austria; a doña Ana Margarita de San José, que llegó a superiora del Monasterio de la Encarnación; a don Juan José de Austria, futuro primer ministro e hijo de la más famosa actriz de la época, María Calderón, conocida por *La Calderona*; y al famoso predicador fray Juan de Sacramento, llamado también Juan Cosío. Otros menos conocidos son el dominico Alfonso de Santo Tomás, que fue obispo de Málaga; Carlos Fernando Valdés, general de artillería y gobernador de Novara; Alonso Antonio de San Martín, obispo de Oviedo y luego de Cuenca, y alguno más que sería ocioso reseñar.

De carácter imperturbable, los testimonios contemporáneos son muy claros: «Usa de tanta gravedad, que anda y se conduce con el aire de una estatua animada. Los que se le acercan aseguran que, cuando le han hablado, no le han visto jamás cambiar de asiento ni de postura; que los recibía, los escuchaba y les respondía con el mismo semblante, no habiendo en su cuerpo nada movible sino los labios y la lengua». Su reinado fue un desastre salvo en arte. En lo demás, en política, demografía, industria, ganadería o salud, los años de su mandato constituyen una rápida y progresiva depresión cuyo calibre fue de tal magnitud que Montesquieu la compara con la decadencia del Imperio Romano. Si bien su valido, el conde duque de Olivares, demostró alguna grandeza, la mayoría de los nobles fueron unos mediocres intrigantes cuya etiqueta y corrupción afectaron de manera definitiva al poder central. Incluso la unidad nacional resultó comprometida. En 1640, una de las fechas decisivas de la historia de España, Portugal se perdía. Cataluña, también sublevada, será vencida, pero de 1700 a 1714 renovará su tentativa. Fuera de la Península, el desmoronamiento es irreparable. La alianza austríaca, contra un Richelieu o un Mazarino, no es sino un semillero de fracasos. Los tratados de 1648 registran la libertad de las Provincias Unidas, la pérdida de Artois y de las plazas flamencas. El tratado de los Pirineos (1659) desgaja del territorio español la

Cerdaña y el Rosellón, y hace perder nuevas plazas en Flandes, Henaut y Luxemburgo. Con ello España finalizaba su consideración de primera potencia del mundo en beneficio de Francia. Seis años más tarde, después del último intento baldío de recuperar Portugal (batalla de Villaviciosa o Montes Claros), Felipe IV hacía testamento en el último Habsburgo español, el estéril Carlos II, y moría cristianamente el 17 de septiembre de 1665.

Por lo que se refiere a su relación con el conde de Villamediana, Felipe IV fue generoso: le repuso en los cargos que Felipe III le había arrebatado y mantuvo una estrecha relación con él, ayudándole y compitiendo en amoríos. No obstante, nunca le perdonó los versos que escribió sobre su noche de bodas (25 de noviembre de 1620), cuando los reyes fueron autorizados por el papa a hacer vida marital. Según muchos autores, el rey aceptó sin inmutarse la condena a muerte de Villamediana gestada por el conde duque de Olivares.

ISABEL DE BORBÓN, ESPOSA DE FELIPE IV: era hija del rey de Francia, Enrique IV, y de su esposa, María de Médicis. Nació en Fontainebleau el 22 de noviembre de 1602 y contrajo matrimonio a los doce años, por poderes, con el futuro Felipe IV, que apenas contaba diez (18 de octubre de 1615). Aunque hasta 1620 no pudieron consumarlo, desde 1621, año en el que Felipe IV sucedió a Felipe III, hasta la muerte de la reina, en 1644, tuvo siete partos, pero sólo dos de sus hijos conseguirían atravesar la infancia: el príncipe Baltasar Carlos, que murió a los diecisiete años, y la infanta María Teresa, que habría de casar con Luis XIV.

Mujer elegante y afable, intentó alejar a su marido de la influencia de Olivares, pero al principio no obtuvo sino desaires. En una ocasión en que Isabel emitió una opinión sobre un asunto de gobierno en presencia del rey y el conde duque, éste puso el siguiente colofón: «La misión de los frailes es sólo rezar y la de las mujeres sólo parir». Al fin consiguió sus propósitos. En 1643, ya con Luis de Haro como primer ministro, Felipe IV visitó a las descalzas reales de Madrid y les pidió que rezaran por su privado, a lo que una religiosa preguntó arrodillada: «¿Quién es ahora el privado de vuestra majestad?». Y don Felipe respondió: «Mi privado es la reina».

Aunque no desconocía los amoríos del rey, mantuvo con él buena relación y solían asistir juntos, disfrazados y de incógnito, a los corrales y teatros públicos para escuchar a los más famosos actores de la época: María Calderón, Juan Morales y Cosme Pérez, llamado *Juan Rana*.

Es famosa, además, su relación con el conde de Villamediana, don Juan de Tasis, quien no sólo se arriesgó a competir con el rey –y según parece vencerle– por los amores de Francisca de Tabora, sino que incluso galanteó con la reina y hasta se atrevió a llevar como divisa en unos juegos de cañas el siguiente texto: «Son mis amores reales» en un juego de palabras que podía aludir por igual a su amor al dinero, a la Tabora y a la reina. En realidad, la historia ocurrió así: el conde se presentó a la corrida con una divisa llena de reales de plata con la inscripción: «Éstos son mis amores». Los cortesanos, intrigados por la clave del emblema, hicieron diversas suposiciones. «Mis amores son dinero», interpretaban algunos. «Mis amores son efectivos», suponían otros. Pero un bufón del rey, con maligna procacidad, hizo en voz alta el comentario verdadero: «Mis amores son reales». A lo cual añadió colérico el monarca: «Pues yo se lo haré cuartos».

Hay otras numerosas anécdotas sobre la relación. En cierta ocasión en que la reina estaba asomada a una ventana del Alcázar, se acercó alguien y le tapó los ojos con las manos. Isabel, suponiendo que era el de Villamediana, contestó: «Estaos quieto, conde», pero el supuesto atrevido era el rey. Y como éste respondió airado a que su mujer le diera tal título, la francesa respondió: «¿Pues qué? ¿No sois conde de Barcelona?». También se dice que la reina, tras conocer a Villamediana, le preguntó quién era la dama de sus ilusiones y Villamediana le contestó al día siguiente mandándole un espejo veneciano con unos versos de amor apasionados escritos sobre él. Otro día se corrían toros y lucía su habilidad de rejoneador Villamediana. La reina dijo a Felipe IV: «Qué bien pica el conde». Y el monarca respondió: «Pica bien, pero pica muy alto».

En puridad, los poemas amorosos del conde de Villamediana están dedicados a dos damas: *Francelisa* y *Amarilis*, sobre todo la *Égloga de las ninfas del Tajo*. *Amarilis* era María de Coutiño, prima de Francisca Tabora, con quien también se relacionó el conde. La palabra *Francelisa* es un juego de palabras que igual puede señalar a Francisca de Tabora como a la reina, pues ésta era francesa, en su escudo real estaban las lises de Francia y tenía por nombre Elisabeth.

El suceso más famoso de su relación ocurrió con ocasión de celebrarse los diecisiete años del rey Felipe IV. Al efecto, se encargó a Lope de Vega estrenar *El Vellocino de Oro* y a Villamediana componer un texto para una fiesta en el Real Sitio de Aranjuez. El conde imaginó una máquina suntuosa que diseñó su amigo César Fontana, ingeniero mayor y superintendente de las fortificaciones de Nápoles. El teatro medía ciento quince pies de largo por setenta y ocho de ancho, con siete arcos en cada parte con pilastras, capiteles y cornisas dóricas. En el tablado había dos esculturas: Mercurio y Marte. Y todo estaba iluminado con antorchas. La obra estaba llena de emblemas y símbolos y participaban la reina y Francisca de Tabora. Al fin se incendió el teatro y los cortesanos murmuraron que el conde había provocado el fuego para salvar a la reina en brazos. Parece ser que no fue así, también estaba el rey presente.

MARIANA DE AUSTRIA, SEGUNDA ESPOSA DE FELIPE IV: hija del emperador Fernando III y de la hermana de Felipe IV, doña María de Hungría, nació en Neustad el 21 de diciembre de 1634 y estaba destinada a ser la esposa del príncipe Baltasar Carlos, su primo carnal. Sin embargo, al morir éste en 1646 y haber enviudado el rey de su primera esposa, Isabel de Francia (1644), Felipe IV decidió casarse con ella a pesar de la enorme diferencia de edad –el rey tenía cuarenta y un años y su sobrina poco más de doce–, para conservar la hegemonía familiar en Europa. El matrimonio se realizó el 3 de octubre de 1649 en Navalcarnero y se consumó en El Escorial esa misma noche. Fruto de esta unión nacieron cinco hijos: la infanta Margarita (1651), futura emperatriz de Austria y modelo favorita de Velázquez; otra infanta que vivió apenas dos semanas (1655); el infante Felipe Próspero (1657), que moriría a los cuatro años de edad; el infante Fernando Tomás (1658), que murió de un año, y el futuro Carlos II, que nació cinco días después de la muerte de Felipe Próspero, un niño que según propia confesión de su padre, «fue engendrado más gastado que viejo» (Felipe IV tenía entonces cincuenta y cuatro años).

Mariana de Austria tenía poco sentido del humor. Unos mercaderes de sedas se permitieron ofrecerle medias como regalo; el mayordomo de palacio encontró el regalo de pésimo gusto y comentó: «Las reinas de España no tienen piernas», y Mariana se echó a llorar, pensando que se las iban a cortar. Sin embargo, desde 1665, a la muerte de Felipe IV, empezaría a desquitarse. El heredero Carlos sólo contaba cuatro años, por lo que el rey había establecido en su testamento que Mariana de Austria se hiciera cargo del gobierno de España hasta que cumpliera los catorce, instituyéndose una Junta de Gobierno con carácter meramente consultivo. La reina, que había declarado no querer valido, se apoyó primero en su confesor, el jesuita tirolés Nithard, previamente nacionalizado y nombrado Inquisidor General, hasta que don Juan de Austria se hizo con el poder en 1669. Éste, que era hijo bastardo de Felipe IV y la comedianta María Calderón, no supo aprovechar su triunfo y se limitó a enviar propuestas a la reina que fueron aceptablemente recogidas. Por su parte Mariana fue apoyándose cada vez más en su verdadero valido, Fernando Valenzuela, a quien nombró marqués de Villasierra y con el que intentó gobernar incluso después de finalizar su regencia, en 1675. Las relaciones que mantenía con él dieron lugar a tantas murmuraciones que el cardenal de Aragón creyó «deber de conciencia advertir a la reina los peligros con que aquella privanza amenazaba no ya a su autoridad, sino a su decoro». Sin embargo, fue necesario esperar hasta 1677, para que Mariana de Austria y Valenzuela acabaran su dominio, retirándose ésta a Toledo hasta la muerte del primer ministro, don Juan de Austria, el 16 de septiembre de 1679. El 28 de ese mes, la reina madre hacía su segunda entrada en Madrid, con todo aparato. Desde entonces siguió influyendo en su hijo, el débil monarca Carlos II, en competencia con las reinas jóvenes María Luisa de Orleans y Mariana de Neoburgo. Murió de cáncer de pecho, a la edad de sesenta y dos años, el 10 de mayo de 1696.

LA INFANTA MARGARITA DE AUSTRIA: el nacimiento de Margarita, la primogénita de Felipe IV y Mariana de Austria, que tuvo lugar el 12 de julio de 1651, ofreció a Velázquez la oportunidad de pintar una serie de cautivadores retratos en los que la vemos creciendo hasta alcanzar la madurez. Ninguno de ellos está fechado, pero por los cambios físicos de la princesa se puede deducir que fueron realizados con intervalos de dos o tres años. A medida que se iban terminando se enviaban a la corte imperial de Viena, donde su primo Leopoldo, con el que la princesa se había prometido desde su nacimiento, podía observar su desarrollo. Se trata, sin duda, de la más encantadora modelo del pintor y quizás por eso la convirtió en el centro de su cuadro más emblemático, *Las Meninas*, llamado también *La Familia*. De carácter animado y simpático, se casó efectivamente con Leopoldo I, emperador de Alemania (1640-1705) y hermano de la segunda mujer de Felipe IV, quien precisamente murió en 1666, el mismo año de los esponsales. Un retrato de esta fecha realizado por el discípulo y yerno de Velázquez, Mazo, muestra a Margarita aún en el Alcázar, vestida de luto, con una puerta tras la que se adivina a Carlos II y la enana Maribárbola. Murió muy joven, apenas con veintidós años (1673), pero pudo dar a su marido una hija, María Antonia, que casaría con Maximiliano II de Baviera. Posteriormente, Leopoldo I contraería matrimonio con Eleonora Magdalena, hermana de la reina de España, Mariana Neoburgo, casada con Carlos II. A la muerte de éste sin descendencia, Leopoldo I participó activamente en las intrigas del reparto de la monarquía española, aspirando a que heredara el trono su segundogénito, el archiduque Carlos, y una vez desbancado por Felipe V, en la Guerra de Sucesión.

EL CONDE DUQUE DE OLIVARES: don Gaspar de Guzmán y Pimentel nació en Roma en 1587, pues su padre, Enrique de Guzmán, era embajador de Felipe II ante el Vaticano. Destinado a la Iglesia por no ser primogénito, estudió cánones en Salamanca y llegó a ser elegido rector, pero a la muerte de sus dos hermanos mayores, y tras acompañar a su padre en la corte de Valladolid y Madrid, se retiró a Sevilla para ocuparse de sus dominios y ejercer de mecenas de artistas y literatos. Casado con Isabel de Velasco, dama de honor de la reina Margarita, retornó a la corte en 1615 para ser nombrado gentilhombre de cámara del príncipe. Con el acceso al trono de Felipe IV, Olivares recibió los cargos clave de sumiller de corps y caballerizo mayor (1621-1622), que le permitían controlar el palacio y tener un acceso privilegiado al monarca. En 1623, con motivo de la visita del príncipe de Gales para negociar sus esponsales con la infanta María de Austria, actuó ya como valido, pero a diferencia de su antecesor, el duque de Lerma, contaba con un programa político concreto. Este plan de gobierno, que se traduciría en su famoso Memorial secreto –*El gran memorial*–, proponía recuperar la reputación de la monarquía y devolverle una autoridad que consideraba disminuida por la decadencia y el desgobierno. A tal fin se planteaba la necesidad de coordinar los recursos militares de los distintos territorios, hasta entonces soportados sólo por Castilla (Unión de Armas). Además, se proponía una reforma de la hacienda y tributación castellana, y algunos cambios decisivos en la forma de entender el gobierno, primando los aspectos ejecutivos sobre los judiciales. Imbuido de los principios de orden y disciplina de los clásicos Lipsio y Tácito, buscó conciliar la absoluta obediencia al rey con la naturaleza consultiva de la monarquía española. Eso explica no sólo su posición como consejero de Estado, sino sobre todo que su proyecto no cristalizase en una orden comisarial, como sí sucedió en Francia bajo Richelieu. El quinquenio que va desde 1622 a 1627 fue su momento de máximo esplendor, pero tras la bancarrota de 1627, los sucesos de Mantua de 1629 y la ruptura con Francia en 1635, se desencadenaron los acontecimientos que provocaron el levantamiento catalán y la consiguiente secesión portuguesa. Por fin, en 1643, el rey se decidió a prescindir de Olivares, retirándose éste a Loeches. Protector de Velázquez, su retrato ecuestre corresponde al momento de su apogeo. Acababa de ceder al rey los terrenos para el nuevo palacio del Buen Retiro y Calderón de la Barca, en un auto sacramental, comparaba ese palacio con la custodia donde se expone el Sagrado Sacramento, siendo el rey figura de Dios y Olivares figura de hombre. Al final, el conde duque (además de conde de Olivares era duque de Sanlúcar la Mayor), tras la publicación del *Nicandro*, fue desterrado a Toro, donde murió en 1645, declarando cuando llegó su muerte las mismas palabras que pronunció Villamediana en semejante trance: *Esto es hecho, señores.* Por lo que se refiere a la relación entre los dos, parece demostrado que el conde duque temía que Villamediana aspirara a ser valido del rey y mandó dar la orden de la ejecución. El ayuda de cámara de su majestad llegó a afirmar: «Olivares ha sido quien ha inventado la traza y ha aconsejado la muerte al rey», dato que corrobora el conde de Tobar.

IGNACIO MÉNDEZ: autor físico de la muerte del conde de Villamediana. La encargó el conde duque de Olivares por medio de su secretario, Álvaro de Moscoso y Patiño, exigiendo que «el castigo sea ejemplar y la ejecución pública». Como pago por su acción fue nombrado guarda mayor de los Reales Bosques, pero también murió asesinado, en este caso por su mujer, Micaela de la Fuente, que le envenenó con los llamados polvos resolutivos (arsénico, amonito y azafrán silvestre). En la ejecución de Villamediana fue ayudado por el ballestero del rey, Alonso Mateos, quizás el cerebro de la operación, quien asimismo murió de un disparo a las pocas semanas, al ser confundido con un jabalí en una cacería.

LUIS DE HARO: Luis Méndez de Haro (1598-1661) era sobrino del conde duque de Olivares y sucedió a su tío en el cargo de primer ministro en 1644. Hombre equilibrado y paciente, le llamaban el *Discreto de Palacio* por su comedimiento. Según Novoa era: «Buen mozo, virtuoso, ornado de prudencia y avieso cazador, lo que le bastaba para no desperdiciar viciosamente el tiempo, y con libros para no ser ignorante: no seguía el delirio de los caballerosos mozos de la corte, ni apetecía el ser mal inclinado como ellos; era de costumbres inculpables, y en el tratar verdad no parecía señor, aunque lo era de su palabra». En el terreno político consiguió poner término a las guerras interminables que venían desangrando España, primero en los Países Bajos (1643) y después con Francia (Paz de los Pirineos, 1659). Con ocasión de este último acuerdo, se negoció el matrimonio de la infanta María Teresa, hija mayor de Felipe IV, con Luis XIV, recién elevado al trono francés, origen de la posterior llegada de los Borbones a España, cuya ceremonia en la Isla de los Faisanes fue preparada por Velázquez y agotó tanto al pintor que fue causa, según algún estudioso, de su muerte. No se tienen noticias de que fuera retratado por el pintor sevillano, pero no es improbable sostenerlo, puesto que fue primer ministro durante los últimos dieciséis años de la vida de Velázquez. Por otro lado, Velázquez sí pintó un cuadro memorable para su hijo, don Gaspar de Haro y Guzmán, marqués de Heliche, *La Venus del Espejo*. Luis de Haro fue muy amigo del conde de Villamediana en su juventud, a pesar de ser dieciocho años más joven que éste, y le acompañaba en la silla de manos la noche de su muerte el 21 de agosto de 1622.

Agradecimientos

Quiero expresar mi reconocimiento de manera expresa a algunos amigos con los que estoy en deuda por su colaboración en este relato. A Ernesto Pérez Zúñiga por escribir un emblema de Andrea Alciato que hubiera firmado el mismo Alciato y por saber sugerir en el poema *Ocultos* todo lo que yo perseguía, aun sin saberlo; a Alfonso Lucini por publicarlo en su momento en la revista *Inventario;* a Cuauhtemoc Senties por ponerme en la pista y a Rafael Fernández Flores de la UNAM por sus sabios consejos y su enorme gama de conocimientos en materia de ciencia, en especial sobre realidad virtual; a Ricardo Díaz Muñoz, por empeñarse en imbuirme pulcritud; a Amaya Elezcano por creer en esta novela; a Carmen de la Viña y, sobre todo, a Miguel Andrade Chamuco por embarcarse en un CD ROM que permitiera visualizar físicamente mi sueño interior de *Las Meninas* y componer la imagen de Luis de Haro; a Roberto Parodi por dibujar el emblema; a Sofía Mercado y Jaime Cohen por su entusiasmo; a México por darme otra perspectiva para escribir sobre mi tierra; a Belén por soportarme y encontrar hallazgos como el de *Sitra Agra*, voz coloquial que en arameo designa al diablo y que literalmente significa «el que vive al otro lado»; a Gonzalo y Marta por interrumpirme para que les enseñara cuentos, y a muchos más. Gracias a todos.

Tepoztlán, Ciudad de México,
diciembre de 1998 - noviembre de 1999

Diseño: Eva Mutter
Ilustración de la sobrecubierta y las guardas:
Las Meninas (fragmento) de Diego Velázquez. Museo de Prado, Madrid

Círculo de Lectores, S. A. (Sociedad Unipersonal)
Travessera de Gràcia, 47-49, 08021 Barcelona
www.circulo.es
3 5 7 9 4 0 1 1 8 6 4 2

Licencia editorial para Círculo de Lectores
por cortesía de Santillana Ediciones Generales, S. A.

Depósito legal: Na. 2477-2004
Fotocomposición: Fotoletra, S. A., Barcelona
Impresión y encuadernación: RODESA (Rotativas de Estella, S. A.)
Navarra, 2004. Impreso en España
ISBN 84-672-0254-8
N.º 43869